벨 그린

벨 그린

The Personal Librarian

마리 베네딕트 · 빅토리아 크리스토퍼 머레이 지음

김지원 옮김

이덴슬리벨

차례

벨 다 코스타 그린

벨 마리온 그리너라는

벨의 두 모습을 위하여

1장

1905년 11월 28일
뉴저지 프린스턴

올드 노스 교회의 종이 시간을 알리자, 나는 아무래도 지각할 것 같았다. 풍성한 치마를 치켜들고 프린스턴 대학의 오솔길을 따라 날 듯이 뛰어가고 싶은 마음이 간절했다. 하지만 무거운 치맛자락을 손으로 쥘 때 엄마의 목소리가 들리는 것 같았다.

'벨, 항상 숙녀답게 행동해야지.'

나는 한숨을 쉬었다. 숙녀는 절대 뛰지 않는 법이다.

나는 치마를 놓고 케임브리지와 옥스퍼드처럼 설계된 프린스턴의 나무가 우거진 고딕 양식 건축물 사이로 천천히 걸어갔다. 남들의 관심을 끌 만한 과도한 행동은 절대 해서는 안 된다. 블레어 아치를 지나갈 무렵 내 걸음은 빠르긴 해도 숙녀의 도를 넘지는 않았다.

내가 뉴욕의 아파트를 떠나 이 나른한 뉴저지의 대학 도시로 온 지 5년이 되었는데도 고요함은 여전히 불편했다. 주말에는 활기 넘치는 뉴욕으로 돌아가면 좋을 텐데, 열차표 60센트도 우리 가족의 생활비로는 부담이었다. 대신 나는 그 돈을 아껴 집에 보냈다.

총안이 있는 탑 아래를 지나가면서 나는 (도착했을 때) 숨이 가쁘지 않을 정도로 걸음을 늦췄다.

'넌 지금 프린스턴 대학에 있어. 남자들밖에 없는 곳에서 일하려면 특히 더 주의를 기울여야 해. 조심하고, 절대 눈에 띄는 행동은 하지 마라.'

거의 100킬로미터나 떨어져 있었지만 엄마는 마치 내 머릿속에 사는 것 같았다.

요란하게 삐걱거리는 소리가 최대한 나지 않도록 천천히 무거운 참나무 문을 밀고, 나는 송아지 가죽 부츠를 신은 발로 가능한 발소리를 줄이며 대리석 입구를 가로질러 두 명의 다른 사서들과 함께 쓰는 사무실로 슬그머니 들어갔다. 사무실이 비어 있는 걸 보고 나는 안도의 한숨을 내쉬었다. 상냥한 매케나 씨가 지각한 나를 보는 건 별문제 안 되겠지만, 게슴츠레한 눈에 참견쟁이인 애덤스 씨가 본다면 언젠가 상사에게 일러바치지 않으리라는 보장이 없었다.

나는 코트와 모자를 벗고, 반항적인 고수머리를 신중하게 쓸어 넘겼다. 그런 다음 짙은 남색 치마를 깔고 의자에 앉았다. 몇 분 후 사무실 문이 활짝 열리면서 나무 패널을 댄 벽에 쾅 부딪치자 나는 놀라서 펄쩍 뛰었다. 내 소중한 친구이자 동료 사서이며 동거인인 거트루드 하이드였다. 도서관의 존경받는 구매부장 샬럿 마틴스의 조카로서 거트루드는 혼이 날 염려 없이 신성한 도서관 홀의 고요함을 깨뜨릴 수 있었다. 적갈색 머리에 반짝이는 눈을 가진 발랄한 스물세 살의 이 아가씨는 그 누구보다 나를 웃게 만들곤 했다.

"놀라게 해서 미안해, 벨. 이제 너한테 한 번이 아니라 두 번이나 사과해야겠네. 첫 번째는 우리가 오늘 아침에 널 두고 우리만 온 것 때문이야. 아마 그래서 네가 늦었겠지."

거트루드는 장난기 넘치는 미소를 지으며 벽시계를 힐끗 보았다.

"그리고 방금 널 소스라치게 만든 것까지."

"무슨 소리야. 내가 잘못했지. 엄마한테 보낼 편지는 나중에 쓰고 너랑 샬럿 이모랑 함께 출발했어야 했어. 아니, 마틴스 씨 말이야."

나는 말을 고쳤다.

거의 항상 샬럿과 거트루드, 그리고 나는 대학로에 있는 그들의 큰 주택에서 함께 걸어왔다. 나는 그 집에 방을 얻어 살면서 샬럿과 거트루드, 그리고 다른 가족들과 함께 식사했다. 처음부터 두 사람은 나를 자신들의 집과 사교 모임에 기꺼이, 관대하게 받아들였고 직장에서도 많은 도움을 주었다. 이들이 없었으면 프린스턴에서 내 생활이 과연 어땠을지 상상조차 가지 않는다.

"벨, 왜 샬럿 이모 호칭을 갖고 그렇게 호들갑이야? 너랑 나 말고 여기 아무도 없는데."

거트루드가 장난스럽게 꾸짖었다.

나는 내 생각을 말하지 않았다. 거트루드는 자신의 행동이 사회적 기준이라는 검열을 통과할 수 있을까 매일매일, 하루 24시간 신경 쓸 필요 없다는 것을. 거트루드는 자신이 쓰는 단어, 걸음걸이, 예의범절을 분석할 필요 없지만 나는 그래야 한다는 것을. 거트루드와 함께 있을 때조차 나는 신중하게 행동해야만 했다. 훨씬 진보적이어야 할 북부가 아니라 흑백분리 정책이 남아 있는 남부처럼 돌아가는 이 대학 도시의 예리한 감시의 눈길을 고려하면 더더욱 말이다.

애덤스 씨의 독특한 구두창 소리가 사무실 바깥 복도에서 울렸고, 거트루드가 치마를 바스락거리며 나갔다. 거트루드는 나만큼이나 나의 사무실 동료에게 호감이 없었고, 어쩔 수 없이 대화를 나누는 상황을 피하기 위해 서둘러 나가려는 것 같았다.

사무실에서 완전히 나가기 전에 거트루드가 나를 돌아보고 속삭였다.

"오늘 밤 철학 수업에 갈 수 있어?"

3년 전에 우드로 윌슨이 프린스턴 대학의 총장이 되어 온갖 종류의 학업 개편을 한 이래로 학교 직원들과 구성원들이 들을 수 있는 강좌가 더욱 늘어났다. 거트루드와 나는 대학의 강의를 듣는 이런 생활을 굉장히 즐겼다. 하지만 나는 윌슨의 몇 가지 다른 결정들, 예컨대 다른 모든 아이비리그 학교들이 유색인을 받아들이고 있는데 프린스턴은 여전히 백인만 받고 있는 것 등은 굉장히 못마땅했다. 하지만 이런 생각을 절대 입 밖에 내지는 않을 것이다.

대신 나는 이렇게 대답했다.

"무슨 일이 있어도 빠질 수 없지."

서가의 고요함이 부드러운 담요처럼 나를 감쌌다. 나는 방문객들이 책장을 넘기는 나직한 소리와 가죽 표지 냄새를 맡으며 긴장을 풀었다. 중세 필사본과 초기 인쇄본 책들과 함께하는 긴 하루 동안 나는 마음이 진정되고 즐거웠다. 최초의 인쇄기 사용자들이 글자 하나하나 조판하여 텅 빈 종이를 숭배자들과 독자들을 감화시키는 아름다운 원고로 바꾸는 꼼꼼한 작업을 통해 영어라는 언어를 기념하고 문학을 널리 전파한 그 노동을 상상하면, 나는 아빠가 항상 믿었던 것처럼 지금의 시간과 장소의 한계를 뛰어넘을 수 있었다. 아빠에게 글은 자유로운 생각과 더 넓은 세계로 가는 초대장 같은 것이었고, 선택된 소수가 아니라 대중이 처음으로 이런 초대를 받은 인쇄물 시대의 여명기처럼 그 말이 어울리는 때도 없었다.

"그린 씨."

서고 너머에서 부드러운 목소리가 들렸다.

두 개의 단순한 단어이지만 억양과 독특한 말씨에 방문객의 정체가 드러났다. 게다가 나는 그 사람을 기다리고 있었다.

"안녕하세요, 모건 씨."

나는 그를 향해 돌아서며 말했다.

내가 부드럽게 말했음에도 불구하고 스콧 씨는 못마땅한 표정으로 대출대에서 고개를 들었다. 그녀는 내 목소리 크기 때문이라기보다는 동료 사서인 나와 수집품 기부자의 친밀한 관계에 짜증 났을 것이다.

주니어스 모건은 표면상으로는 은행가였지만, 대학에 수십 개의 고대 및 중세 필사본들을 관대하게 기부했다. 그래서 부관장이라는 명목상의 직책을 맡고 있었다. 지금과 같은 직업상 친밀한 관계라 해도 우리 사이에 어떤 관계가 생기는 건 모건 씨의 수준에 어울리지 않는다고 스콧 씨는 생각했다.

성긴 갈색 머리에 동그란 안경 아래로 상냥한 표정을 짓고 있는 덩치 작은 남자가 눈앞에 나타났다.

"오늘 일진은 좀 어떤가요, 그린 씨?"

"좋답니다. 선생님께서는요?"

내 말투는 정중하고 차분했다. 우리가 약속했던 시간보다 20분 늦었기에 그가 우리 약속을 잊어버렸나 생각하던 참이었다. 하지만 그의 지각을 절대 언급할 수는 없었다.

"우리가 어제 이야기했던 것처럼 베르길리우스 원고를 보러 갈 예정이지요. 아직도 나랑 함께 갈 마음이 있나 해서요. 물론 그린 씨의 업무나 관심사와 맞다면 말이지요."

내 머릿속으로는 주니어스라고 부르곤 하는 모건 씨는 도서관의 가장 귀중한 수집품에 관한 내 열의가 그 자신만큼이나 강하고, 다른 어떤 업무도 그가 약속했던 특별 관람을 방해할 수는 없다는 걸 잘 알았다.

우리 둘 다 고대 로마의 시인 베르길리우스에 대한 열정을 가지고 있었다. 도서관은 그의 시집을 52권 보유 중이었다. 《아이네이스》와 《오디세이아》에 나오는 암울한 여행기에 관해 주니어스와 이야기하는 게 내 일상에서 가장 즐거운 시간 중 하나였다. 주니어스는 오디세우스를 흠모하는 반면 나는 있을 곳 없는 세상에서 자신의 운명을 따라 처절하게 노력하는 트로이의 난민 아이네이아스가 늘 마음에 와 닿았다. 아이네이아스는 의무감에 따라 움직였고, 다른 사람들을 위해 자신을 희생했다.

"제 일정을 다 비워뒀답니다."

내가 미소 지으며 말했다.

"잘됐군요. 그럼 따라오겠어요?"

주니어스를 따라 베르길리우스가 보관되어 있는 작고 우아한 방으로 가는 동안 내 치마가 참나무 바닥을 스쳤다. 그가 주머니에서 묵직한 열쇠고리를 찾는 동안 나는 숨을 들이쉬고 발로 바닥을 톡톡 두드리지 않도록 꾹 참았다.

마침내 그가 문을 열자 귀중한 희귀서적들이 진열된 유리 장식장이 나타났다. 현재 남아 있는 베르길리우스의 시집 인쇄본은 겨우

150권뿐이었다. 이 책들은 전부 다 15세기에 인쇄된 것들이었고, 그 중 대부분이 주니어스가 기부한 거였다.

나는 이 책들을 복원팀과 함께 있을 때 몇 번밖에 보지 못했다. 이건 신성한 순간이었다.

모건 씨의 목소리가 나의 신성한 생각을 뚫고 들어왔다.

"내가 제일 좋아하는 책을 좀 들어줄래요?"

주니어스는 베르길리우스의 모든 책들 중에서 가장 희귀한 슈바인하임과 판나르츠 인쇄본을 들고 있었다. 독일 수사였던 콘라트 슈바인하임과 아르놀트 판나르츠는 15세기에 처음으로 인쇄기를 사용했던 사람들이었고, 그가 내밀고 있는 책은 그들의 인쇄기로 찍은 초판본 중 하나였다.

"괜찮을까요?"

나는 이 기회를 믿을 수가 없어서 물었다.

"물론이죠."

안경 너머로 그의 눈이 반짝거렸다. 자신의 소중한 것을 똑같이 소중하게 생각하는 사람과 공유하는 순간이 그에게도 짜릿한 경험이 아닌가 싶었다.

나는 그가 내민 하얀 장갑을 손에 꼈다. 책은 내가 예상한 것보다 무거웠다. 나는 펼쳐진 책 앞에 앉았다. 아빠라면 이 순간을 얼마나 즐기셨을까. 아직 어린아이였을 때 나에게 이 고고한 예술과 필사본의 세계를 알려주신 아빠를 떠올렸다.

"네 정신의 아름다움과 이 예술의 아름다움이 하나가 되는 날이 올 거다."

아빠는 언젠가 그렇게 말씀하셨다.

아빠의 말을 떠올리며 미소를 짓고 나는 누렇게 바랜 책장을 넘겼다. 나는 책장 첫머리를 표시하는, 손으로 직접 쓴 장식 글자 T를 관찰하며 금박의 광택에 감탄했다. 주니어스가 말하기 전까지 그가 옆으로 다가온 것조차 몰랐다.

"어제저녁에 삼촌과 만났어요."

삼촌이 누군지 주니어스가 설명할 필요도 없었다. 도서관의 모든 사람들이 그가 악명 높은 자본가 J. P. 모건의 조카라는 걸 알고 있었고, 그래서 내가 그 사람에 대해 절대 언급하지 않는 거였다. 내가 주니어스 본인의 박식함을 좋아하는 것임을 그가 알아주길 바랐다.

"아?"

나는 책장에서 눈을 떼지 않고 정중하게 대답했다.

"그래요. 그롤리에 클럽에서."

그가 말하는 클럽을 안다. 아니, 최소한 명성은 익히 들어 알고 있었다. 20년 전인 1884년에 설립된 이 회원제 클럽은 장학금과 책 수집을 장려하는 게 주된 목표인 돈 많은 애서가들로 이루어졌다. 이스트 32번가에 있는 로마네스크식 타운하우스의 닫힌 문 너머를 볼 기회가 있으면 정말 좋을 텐데. 하지만 여자로서 나는 절대 그곳에 가입할 수 없고, 그 남자들에게 내가 가진 죄악은 성별만이 아닐 것이다.

"뭔가 재미있는 강의에 참석했나요?"

나는 잡담을 계속 이어가려고 노력했다.

"사실 말이죠, 그린 씨, 재미있었던 건 강의가 아니었어요."

주니어스의 말투에는 거의 보기 힘든 장난스러운 감정 같은 게 담겨 있었다.

호기심이 생겨서 나는 베르길리우스에게 눈을 뗐다. 주니어스의 차분한 얼굴, 언제나 온화하지만 늘 진지한 그 얼굴에 미소가 커다랗게 떠올랐다. 약간 당황스러운 일이라서 몸을 약간 뒤로 젖히며 대체 무슨 일이기에 이러는 걸까 생각했다.

"강의가 별로였나요?"

내가 물었다.

"강의는 괜찮았지만, 어제저녁에 가장 흥미진진했던 일은 삼촌이랑 삼촌의 예술품과 필사본 개인 소장품에 관해 이야기를 나눈 거였어요. 난 삼촌에게 가끔씩 수집품에 관한 조언을 하고, 뉴욕에 있는 삼촌 집 바로 옆에 삼촌의 소장품들을 위해 짓고 있는 새 도서관에 대해서도 조언하거든요."

"아, 맞아요. 혹시 그분이 흥미로운 새 물건을 수집할 생각이신가요?"

내가 살짝 고개를 끄덕이며 말했다.

주니어스는 잠시 머뭇거리다 대답했다.

"어떤 의미에서는 삼촌이 새로운 수집품을 찾는 중이라고 할 수도 있겠군요."

그는 다 안다는 투의 웃음을 지으면서 말을 이었다.

"난 삼촌한테 새로 짓는 도서관의 개인 사서를 찾고 계시다면 그린 씨를 만나보라고 추천했어요."

2장

1905년 12월 7일
뉴욕

브로드웨이 선 트롤리가 업타운 방향으로 덜커덩거리면서 굴러
가고 뉴욕의 밤이 서서히 펼쳐지자 나는 리처드슨 씨가 오후 늦게
사무실에 나타난 덕분에 7시 열차로 늦춘 것이 오히려 잘되었다고
생각했다. 달이 없는 하늘은 짙은 남색이었으나 뉴욕은 밝고 생생했
다. 말쑥하게 차려입은 커플이 팔짱을 끼고 길을 따라 걸어가고, 그
옆으로 도서관에서 돌아오거나 술집으로 가는 중인 젊은 남학생들
이 있었고, 신문판매원이 신문을 팔려고 애쓰며 머리기사를 외쳤다.
내가 나른한 프린스턴으로 서둘러 떠나기 전에 이 도시에서 10년 넘
게 살았으니 한밤의 법석에 익숙할 법도 한데, 매번 집으로 돌아올
때마다 그 활기찬 모습에 놀라곤 했다.
　집. 그 단어에 내 모든 생각이 멈췄다. 뉴욕이 정말로 내 집인가?
나는 여덟 살 때부터 여기 살았지만, 가장 따뜻한 추억이 샘솟는 곳
은 뉴욕으로 이사 오기 전에 살던 곳이었다.
　트롤리가 브로드웨이로 올라가기 시작하자 나는 머릿속에 떠오

르는 조그만 소녀에게 미소 지으며 과거 속으로 빠져들었다. 워싱턴 DC의 T 가(街) 노스웨스트에 있던 우리 가족의 2층짜리 연립주택 앞마당에 있는 어린 시절 내 모습이 떠올랐다. 우리 집 양옆에는 엄마의 가족들이 살았다. 오른쪽에는 플리트 할머니가 제임스 외삼촌과 벨리니 외삼촌과 함께 사셨고, 왼쪽에는 모차르트 외삼촌과 외숙모 그리고 아들이 살았다. 거기는 늘 안전하고, 기분 좋고, 심지어 나 자신이 온전해지는 느낌을 주었다.

느릅나무 아래 내가 좋아하던 자리에 딱 알맞은 그늘을 발견했던 더운 여름날도 기억난다. 오래전 나는 느릅나무를 내 것이라고 선언했고, 아무도 집안의 최고봉인 할머니가 가장 사랑하고 애지중지하던 손녀에게 안 된다고 하지 못했다. 그날 나는 나무 몸통에 기대서 스케치북을 펼치고 복잡하게 얽힌 이파리들을 그리려던 중이었다. 나무의 뿌리는 할머니의 앞마당에 있었지만 가지는 우리 집 마당으로 넘어와서 모차르트 외삼촌의 집으로 향할 만큼 길게 뻗어 있었다. 하지만 선을 몇 개 그리기도 전에 엄마가 저녁 먹으라고 부르는 소리가 들렸다.

나는 두 번 부를 때까지 무시하다가 결국 스케치북과 연필을 잔디밭에 내려놓고 안으로 뛰어 들어갔다. 당시 대여섯 살 정도였지만, 그 나이에도 나는 엄마가 세 번째로 부른다는 건 플리트 집안의 행동 규칙 중 하나를 깨는 것임을 잘 알았다. 그것은 절대 목소리를 높이지 말고, 절대 어른들이 우리에게 목소리를 높일 만한 행동을 하지 말라는 거였다. 그것은 우리가 따라야 하는 수많은 원칙 중 하나일 뿐이었다. 플리트 가 사람이라는 건 고등교육을 받고(이모들과 외삼촌들 모두 대학을 다녔다) 열심히 일한다는(여자들은 전부 교사이고 남자들은 전부 기술 연구원이었다) 뜻이었다. 플리트 가 사람들은 절제된 옷차림과 태도를 갖추었고 지역사회와 밀접한 관계를 맺었으며, 우리만의 작은 세계 밖에서 어떤 대접을 받는다 해도 항상 예의 바르고 품위 있게 행동했다.

"우리 아가 왔구나."

할머니는 항상 나를 보면 그렇게 말씀하셨다. 할머니가 팔을 벌려 나를 꼭 껴안으셨다. 나는 할머니의 앞치마에 코를 박고 천에 항상 남아 있는 이스트 롤의 달콤한 냄새를 맡았다. 할머니의 품에 영원히 머무를 수도 있을 것만 같았다.

"이제 가서 네 자리에 앉으렴."

할머니가 그렇게 말씀하시며 식탁을 가리켰다.

나는 자리에 앉아서 이 특별한 시간을 즐겼다. 특히 아빠가 집에 계셔서 더 즐거웠다. 아빠는 내가 이해할 수 없는 일들로 늘 바쁘셨기 때문이다. 어른들을 위한 10인용 식탁과 언니 루이즈와 에델, 오빠 러셀, 그리고 모차르트 외삼촌의 아들이자 우리 사촌인 클래프튼과 함께 앉는 좀 더 작은 식탁, 이렇게 두 개의 식탁에 모두 앉으면 아빠가 기도를 한 다음 잔을 들고 일어섰다.

"플리트 가를 위하여. 여러분이 항상 우리의 작은 에덴동산에서 번창하고 평화를 누리기를. 그리고 나의 끊임없는 힘의 원천이자 세상을 구하려는 내 열의를 용서해주는 나의 사랑스러운 쥬네비브, 언제나 내가 당신을 얼마나 사랑하는지 알아주기를. 자기들이 얼마나 사랑받고 있는지 절대 이해하지 못할 내 귀여운 아이들아, 너희들 하나하나가 저 위에 계신 훌륭한 분의 자비로움과 가끔씩 부리는 변덕에 감사하게 되기를."

모두가 웃었고 나도 뭐가 그렇게 웃긴지도 모르면서 따라 웃었다. 그때 아빠가 몸을 구부려 엄마한테 키스했다. 아빠는 기회만 있으면 항상 그랬다. 나는 키득키득 웃으면서 눈을 가렸다. 엄마 아빠가 손을 잡고 키스하는 걸 보면 온몸이 따뜻해지곤 했지만 말이다.

트롤리의 요란한 소리에 나는 회상에서 깨어나 한숨을 쉬었다. 그 시절로부터 거의 20년이 흘렀고, 처음에는 명절에 종종 가곤 했지만 마지막으로 방문한 지 벌써 10년이 넘었다. 이제 워싱턴 DC와 나의 유일한 연결 고리는 우리 모두가 플리트 할머니한테 받는 생일 축하 카드와 모차르트 외삼촌이 정기적으로 보내는 편지뿐이었다. 외삼촌은 우리가 처음 뉴욕으로 이사했을 때는 우리 집을 종종 방문하곤 했다. 모차르트 외삼촌과 아빠는 좋은 친구였고, 처음에 우리 부모님을 서로 소개해준 것도 외삼촌이었다. 하지만 외삼촌도 오랫동안 방문하지 않았고, 이제 나에게 남은 건 추억뿐이었다. 이 기억들은 오래되고 약간 흐릿한 부분도 있었지만 그 하루하루를 소중히 아꼈고, 워싱턴 DC는 언제나 내 고향이다.

트롤리가 덜커덕 멈추자 나는 창밖을 내다보았다. 여기가 내려야 할 정거장이었다. 트롤리에서 내린 다음에도 우리 가족이 사는 아파트까지는 네 블록이나 더 걸어가야 했다. 겨울바람이 소용돌이치며 나를 휘감았다. 기온이 영하권에 머무르고 있어서 그랜드센트럴 역에서 마차를 타고 왔으면 좋았겠지만, 일정에 없던 이동인지라 가족의 경제 여건상 감당할 수 없었다.

나는 발걸음 속도를 높이려고 했지만, 가장 좋아하는 회색 사무용 드레스와 굽이 높은 새 레이스업 부츠를 넣은 짐가방이 무거웠다.

브로드웨이에서 웨스트 113번가로 접어든 다음 얼어붙은 손끝으로 나는 507이라는 숫자가 붙은 맨션의 앞문을 열려고 애를 썼다. 하지만 자물쇠에서 달칵 소리가 나지 않는 것을 보고서야 자물쇠가 또 망가져서 열쇠가 필요 없다는 걸 깨달았다. 모든 게 제대로 작동되는 곳으로 이사할 수 있으면 좋을 텐데.

안으로 들어가서 장갑 낀 손을 서로 비비고는 1층 계단참까지 올라갔다. 머리 위로 동그란 모양의 조명 하나가 매달려 있었다. 최소한 망가진 등은 교체된 상태였다. 다행히 열쇠는 문손잡이에 쉽게 들어갔고, 나는 우리 가족의 아파트에 들어섰다.

여기가 2년 전 러셀 오빠가 컬럼비아 대학교 공과 대학원에 들어갔을 때 엄마와 형제들이 이사한 집이다. 그 전에 우리 가족은 훨씬 더 다운타운에 가까운 웨스트 90번가에 살았다. 대부분 독일, 아일랜드, 스칸디나비아계 후손들로 남자들은 목수와 경찰관, 회계원, 가게 주인, 여자들은 재봉사, 점원, 교사들로 가득한 살기 좋은 중산층 동네였다. 이 새로운 동네는 학생과 교수, 대학에 종사하는 온갖 배경의 노동자들로 가득했고, 우리는 컬럼비아에서 겨우 세 블록 떨어진 제일 값싼 아파트를 찾았다. 오빠는 우리 가족 전체의 경제적 기반을 높이기 위해 광업, 전기공학, 증기공학에서 다중 학위를 따려고 했다. 우리는 오빠가 대단히 자랑스러웠다.

밤이라 침실 문 두 개는 닫혀 있고 러셀 오빠는 소파에서 자고 있을 테니 아파트가 어두울 거라고 생각했다. 모두 일찍 일어나야 하기 때문이다. 루이즈 언니와 에델은 교사였고, 러셀 오빠는 일찍 수업이 있고, 막내 여동생 테오도라도 학교에 다니고 있었다. 하지만 집 안으로 들어가자 엄마가 응접실의 작은 탁자 램프 옆 흔들의자에 앉아 있었다. 엄마는 발목을 꼬고 양손은 포개서 무릎 위에 올린 모습이 온실화로 만든 꽃다발을 완벽하게 꽂아놓은 것처럼 보였다. 엄마의 이목구비는 꽃처럼 섬세하고 사랑스러웠다. 높은 광대뼈, 내가 항상 질투한 곧고 좁은 코, 장미 꽃잎 같은 입술. 짙은 갈색 머리의 회색 줄만이 쉰 살이라는 나이를 암시했다. 언제나 그렇듯 엄마는 내가 태어나기 전에 아빠가 선물로 준 자수 장식 실크 로브를 입고 있었다.

"저 왔어요, 엄마."

내가 속삭였다. 러셀 오빠를 깨우고 싶지 않았다.

엄마의 헤이즐색 눈이 파르르 뜨이고 잠시 후 나를 알아보았다.

"아, 벨 마리온. 드디어 집에 왔구나."

엄마가 졸린 어조로 말했지만 나처럼 목소리를 낮췄다.

내 첫 번째 이름과 어린 시절에 종종 썼던 중간 이름으로 부르는 걸 보니 엄마가 아직 잠이 덜 깬 모양이었다. 엄마는 내가 프린스턴으로 옮겨 간 이래로 가족들 모두에게 마리온이라는 이름을 부르지 못하게 했다. 엄마가 종종 나한테 강조하듯 나는 벨 다 코스타 그린이어야만 했다.

나는 엄마 뺨에 살짝 키스했다.

"저 때문에 안 자고 기다리신 거예요, 엄마? 늦었는데."

오빠 쪽을 힐끗 보았으나 오빠는 꼼짝달싹도 하지 않았다.

"내 딸을 맞이하지 못할 정도로 늦지는 않았어."

엄마는 주머니 시계를 꺼내고서 말을 이었다.

"이런 세상에, 11시가 넘었구나. 네가 이 시간에 도시 길거리를 혼자 지나왔다니."

"더 빨리 왔으면 좋았을 텐데요. 5시 열차로요. 하지만 나오기 전에 끝내야 할 일이 있었거든요."

"난 그냥 지금이라도 네 아름다운 얼굴을 봐서 기쁘단다, 벨. 내일 큰일을 앞두고 있잖니."

어둑어둑한 조명 속에서도 엄마의 눈이 반짝거렸다. 우리 가족에게 중요한 날이었다. 우리 중 한 명에게 이득이 되는 건 우리 모두에게 이득이 되니까.

엄마가 일어났고 나는 엄마를 따라 거실을 가로질러 부엌으로 갔다. 엄마는 최대한 조용히 식탁 의자를 당겼고, 나도 엄마 옆자리에 앉았다. 우리 둘뿐인데도 부엌은 비좁았다. 6인용 식탁은 냉장고와 스토브 사이에 빠듯하게 들어간 찬장 앞쪽 공간을 꽉 채웠다. 방 두 개짜리 아파트가 비좁게 느껴졌다. 다섯 가족이 살기에는 너무 작았지만 이게 우리가 감당할 수 있는 최선이었다. 형제들의 월급과 엄마가 학생들에게 바이올린 강습을 해서 벌어오는 약간의 돈은 공과금 고지서들과 러셀 오빠의 교육비만 겨우 충당할 정도였다. 나도 할 수 있는 한 돈을 보태고 있지만, 프린스턴에서 방세와 생활비를 내고 나면 그리 많지는 않았다.

"자, 면접 준비를 어떻게 했는지 좀 말해보렴."

엄마가 진지한 태도로 물었다.

엄마를 봐서 굉장히 기쁘지만, 이젠 짜증이 났다. 엄마의 질문과 말투는 내가 혼자서는 제대로 준비하지 못할 수도 있다는 생각을 은근히 내비쳤다. 대외적으로는 본래 나이에서 몇 살을 빼고 말하긴 하지만, 실제로는 스물여섯 살에 직업상 훌륭한 경력을 갖고 있었다. 사서가 교사만큼 많이 벌지는 못한다 해도 말이다. 그런데도 엄마는 여전히 내가 열아홉 살인 것처럼 말했다. 하지만 우리는 어른을 공경하라는 가르침을 받았고, 그래서 짜증을 드러낸다는 건 생각조차 할 수 없었다.

"주니어스-"

나는 말을 고쳤다. 엄마는 그의 이름을 친근하게 부르는 걸 용납하지 않을 것이다.

"모건 씨 말이에요. 젊은 모건 씨가 도움을 줬어요. 저한테 모건 씨의 수집품 목록을 줬고, 저는 그분의 미술품, 책, 공예품을 적절하게 분류할 방법뿐만 아니라 통일성 있게 추가할 만한 물품까지 조사했어요. 그리고 수집품을 어떻게 배치하고 보관할지 제안하기 위해서 새 도서관의 건축 도면까지 연구했어요."

"그래, 잘했구나. 네가 그 사람의 새 건물과 소유물들에 관해 의논할 준비가 되었다니 기쁘다. 물론 그 사람이 주제넘다고 생각하지 않는다면 말이지. 그 사람이 아직 널 고용한 건 아니니까. 하지만 그 사람이 너한테 그것만 물어볼 건 아니잖니. 너도 알지, 벨?"

엄마가 말했다. 평소에 살짝 드러나는 엄마의 남부 억양이 강해졌다. 엄마가 본격적으로 들어간다는 신호였다.

"무슨 말씀이세요?"

"J. P. 모건 씨가 네 교육에 관해 물어보면 뭐라고 말할 거니? 그 사람에게는 대단히 인상적인 학위를 가진 사서들이 줄 서 있을 거야. 네 능력을 입증해야 할 거란다."

엄마는 초조하거나 회의적일 때면 항상 그러듯 오른쪽 눈썹을 치켜올렸다.

인정하고 싶지 않지만, 엄마는 내가 간과한 핵심적인 부분을 지적

하는 능력이 뛰어났다. 나는 공식적인 자기소개를 어떤 식으로 하면 좋을지 생각해보지 않았다. 사서가 되는 데 특정한 교육이 필요한 것도 아니었고, 내가 프린스턴에서 일한 5년 동안 아무도 나한테 학력에 관해 물어본 적이 없다.

"난 교육대학을 나왔어요."

"네가 지금 교사 자리에 지원하는 거니?"

엄마가 마치 면접관처럼 팔짱을 꼈다.

"아뇨, 물론 아니죠."

엄마가 모든 상황에 대비하려는 걸 알고 있는 나는 짜증을 감추려고 애썼다. 그래도 엄마의 말투에 우리가 6년 전에 나눈 대화가 떠올랐다. 엄마는 내가 얌전한 루이즈 언니나 에델과 똑같이 안전한 길을 선택해야 한다고 주장했다.

"어떤 시련을 겪게 되든 간에 언제든지 다시 할 수 있는 교사 같은 직업을 가져야 돼."

엄마는 그렇게 말했다. 하지만 동기생이 프린스턴 대학 도서관에 자리가 있다는 이야기를 했을 때 나는 누가 뭐라든 그 자리에 지원해야만 했다. 내가 그 일을 얻고 나자 엄마는 훨씬 마음을 누그러뜨렸다.

"교사 자리에 지원하는 게 아니라면, 뭐라고 말할 거니?"

머릿속이 텅 비었으나 곧 아이디어가 떠올랐다.

"뭐라고 말해야 할지 알겠어요. 프린스턴에서 보낸 시간이 세계 최고의 교육이 되었죠."

엄마가 기쁨의 웃음을 터뜨렸다가 러셀 오빠가 소파에서 몸을 뒤척이자 손가락으로 입술을 눌렀다.

"그래, 그게 정답이 아니라면 대체 뭐가 정답이겠니."

엄마가 속삭이는 투로 말을 이었다.

"정말 완벽하구나. 그리고 젊은 모건 씨가 거기 있을 테니 자기 모교 이야기를 아주 좋아하며 삼촌에게 네 칭찬을 줄줄이 늘어놓을 거야."

우리는 서로를 보며 고개를 끄덕였고, 곧 엄마가 다시 미간을 찌푸렸다.

"그 사람이 프린스턴에서 네 선생들과 네가 받은 훈련에 대해 물어보면 어쩔 거니? 네가 말했듯이 네 '교육'에 대해 물어보면? 어쨌든 거긴 남자들이 다니는 대학이잖니."

다시 안전한 주제로 돌아왔다.

"사서장인 리처드슨 씨에게 받은 광범위한 교육에 대해 설명할 거예요. 그리고 구매부의 총책임을 맡은 사서 샬럿 마틴스 씨에게 받은 훈련도요. 그리고 물론 뉴욕 공립 도서관에서 했던 수습 과정이랑, 그 사람이 정말 몰아붙이면 애머스트 대학의 플레처 여름 사서학교에서 받은 서지학 교육을 얘기하겠어요."

"훌륭하구나, 얘야."

엄마가 낮은 휘파람 소리 같은 한숨을 내쉬었다.

"상상해보렴. J. P. 모건 씨 직속으로 일할 기회라니. 그 사람은 뉴욕에서, 어쩌면 이 나라 전체에서 가장 영향력 있는 사람이야."

엄마는 믿을 수 없다는 듯이 고개를 흔들었고, 나는 엄마의 취조를 거쳤으니 모건 씨와의 면접은 쉽게 느껴질 것 같다고 생각했다.

엄마가 다시 입을 열기 전에 나는 이미 엄마가 뭐라고 말할지 잘 알고 있었다.

"이게 바로 우리가 이런 길을 선택한 이유란다."

엄마는 다시금 그저 설명하는 게 아니라 설득하려는 것처럼 말문을 열었다.

"벨 마리온 그리너라는 유색인 여성은 J. P. 모건 씨가 모집하는 자리에 고려의 대상조차 되지 못했을 거야. 벨 다 코스타 그린이라는 백인 여성만이 그런 기회를 가질 수 있지."

엄마의 말에 과거가 밀려들었고, 나는 더 이상 성인이 아니라 열일곱 살 소녀가 되었다. 이른 저녁 시간, 따뜻한 빵과 치킨 스튜 냄새가 풍겼다. 우리는 10년 전 아빠가 그랜트 기념물 협회에 새로운 일자리를 얻게 되자 워싱턴 DC에서 이곳으로 이사 왔고 나는 도시를 즐기기 시작했다. 특히 센트럴파크에서 모퉁이만 돌면 나오는 웨스트 99번가의 우리 아파트를 말이다. 오빠와 언니들, 동생과 나는 넓은 집으로 옮겼을 때 굉장히 흥분했다. 긴 복도를 따라 네 개의 침실이 있고 그 끝에서 한쪽은 거실, 반대편은 부엌과 식당이 있는 집은 공원만큼이나 크게 느껴졌다.

그날 밤 나는 부엌에 앉아서 테디가 숙제하는 것을 도와주다가 고함 소리를 들었다. 나는 옆집에 사는 시끄러운 영업사원과 그 아내, 종종 요란하기 짝이 없는 담황색 머리의 어린 남자아이 다섯 명이 내는 소리인 줄 알았다.

"이게 당신 목표라는 걸 알았어야 했어. 처음부터 이게 당신이 원하는 거였다는 걸 알았어야 했어. 이 동네를 고르고 이 아파트를 얻을 때 집주인이 착각하게 만들었던 그 순간부터 알았어야 했다고."

아빠의 목소리가 커다랗게 울렸다.

"내가 한 모든 일은 우리 아이들과 당신, 그리고 날 위한 거였어요."

평소에는 속삭임보다 살짝 높은 정도로 교양 있는 엄마의 목소리가 아빠의 목소리만큼이나 컸다.

엄마 아빠가 이렇게 큰 소리를 내는 건 충격적이었다. 물론 한해 한해 흐르면서 애정 어린 눈길도 줄어들고, 손을 잡는 일도 적어지고, 몰래 하는 키스도 사라져가는 걸 알아채긴 했다. 부모님 사이에 긴장감이 쌓였지만, 그건 아빠가 종종 그랜트 기념물 협회의 모금 행사를 위해 멀리 가서 평등한 권리를 지지하는 연설을 하기 때문일 거라고 생각했다. 하지만 부모님이 목소리를 높인 적은 없었다. 플리트 가 사람들은 소리를 지르지 않았다.

나는 얼어붙었다. 테디가 의자에서 꼼지락거릴 때까지는 말이다. 탁자 맞은편을 보니 열 살 먹은 여동생이 떨고 있다가 잠시 뒤 탁자에 팔꿈치를 올리고 귀를 막았다. 나는 그 애를 잠깐 껴안아준 다음 부모님의 이야기를 좀 더 자세히 들어보려고 홀을 가로질러 식당으로 들어갔다.

"다음에는 아이들 학교겠지. 당신은 그 애들을 백인 전용 학교에 보내고 싶어 하잖아."

아빠가 말했다.

"그 애들한테 제일 좋은 걸 해주고 싶으니까요."

엄마가 울부짖었다.

"아냐, 쥬네비브, 이건 전부 당신을 위한 거야. 당신이 항상 원했던 삶이지."

"어떻게 나한테 그렇게 말할 수가 있어요? 이건 내가 원했던 게 아니라 해야만 했던 일이에요. 난 플리트가 사람이에요. 난 내 혈통이 자랑스럽다고요."

엄마의 목소리가 괴로움으로 떨렸다.

아빠의 웃음소리는 매몰찼다.

"당신 혈통! 아, 그래, 당신은 위대한 플리트 집안의 딸이고, 나는 그저 비천한 노예의 손자일 뿐이지. 당신은 당신의 지위보다 훨씬 낮은 그리너라는 남자와 결혼했어."

"리처드, 제발 그런 말 하지 말아요. 내가 당신을 얼마나 사랑하는지 알잖아요."

"날 사랑해?"

"네, 사랑해요. 그리고 당신도 날 사랑한다는 거 알아요. 그래서 당신이 이해해주길 바라는 거예요. 당신은 내가 나라는 사람으로부터 도망친다고 비난하는데, 난 그러는 게 아니에요."

"아니, 맞아."

종이가 부스럭거리는 소리가 들리고, 곧 아빠가 소리쳤다.

"증거가 바로 여기 있어. 당신은 인구조사원에게 우리가 백인이라고 말했다고."

아빠는 격분한 상태였지만 나는 아빠의 분노를 이해할 수 없었다. 엄마가 인구조사국에 우리를 뭐라고 말하든 무슨 차이가 있지? 우리 피부는 이 동네에 사는 모든 사람들이랑 똑같이 밝은색인데. 그리고 우리는 로어 맨해튼에서 본 갓 이민 온 사람들, 백인이긴 하지만 좀 하층 백인으로 여겨지는 이탈리아인들과 지중해 쪽 사람들보다 피부색이 더 밝다. 아빠도 우리가 유색인들이 빼곡하게 모여 사는 파이브 포인츠나 그리니치 빌리지, 텐더로인, 할렘 같은 동네에 사는 건 분명 원치 않으실 거다. 그런 범죄율 높은 공동주택들 일부는 비위생적인 걸로 악명 높았고, 종종 전염병이 돌았으며 어떤 곳에는 화장실이나 수도조차 없었다.

그러니까 우리가 백인처럼 살고 있는데 백인이라고 좀 말한들 뭐 그리 문제가 될까? 하지만 이런 문제는 최소한 아이들이 있을 때 나온 적이 한 번도 없었다. 나는 오래전 플리트 가의 일원으로서 수많은 예절 교육을 받는 동안 인종문제는 정치와 종교처럼 공개적으로 이야기해서는 안 되고 사적으로도 아주 드물게 이야기하는 것임을 배웠다.

엄마의 목소리는 낮았다. 거의 제대로 들리지 않다가 아빠가 다시 말했다.

"이게 엄청난 영향을 끼친다는 걸 어떻게 이해 못 할 수가 있지, 쥬네비브? 당신은 공식적으로 우리 신분을 백인으로 만들었어. 내가 흑인과 유색인들의 동등한 권리를 대변하느라 그토록 많은 일을 했는데. 내가 법정과 신문, 저널, 그리고 강연장에서 모든 시민들이 흑인이든 백인이든 유색인이든 간에 똑같은 대우를 받아야 한다고 그렇게 열심히 주장했는데. 우리 몸속에 아프리카인의 피가 얼마만큼 흐르는지가 아니라 우리의 성격과 우리의 행동에 따라 규정되어야 한다고, 우리 혈통을 부끄러워해서는 안 되고 흑인과 유색인들 모두 단합해서 편견에 맞서 싸워야 한다고 했는데. 당신의 행동은 내가 대변한 모든 것들과 내가 일해온 모든 것들과 반대라고!"

말을 더듬는 소리가 들렸다. 정말 우리 아빠인가? 뛰어난 연설로 유명한 바로 그 리처드 그리너, 최초의 유색인 하버드 졸업생이자 전(前) 사우스캐롤라이나 대학 교수, 전 하워드 법대 학장, 전국을 돌며 연설을 한 바로 그 사람이 어떻게 지금 말문이 막힐 수가 있지?

"난 우리 모두에게 최선의 일을 하고 있어요, 리처드. 모르겠어요? 특히 여기 뉴욕에서요. 이 도시는 그동안 우리를 보호해주었던 고향 동네와는 달라요. 그리고 고향에서조차 법이 바뀌고 있다고요. DC 도 더 이상 안전하지 않아요. 여기서는 백인에 동화되어야 우리 아 이들이 최고의 기회를 갖게 될 거예요."

엄마의 목소리는 이제 어떤 웅변이나 논리적 설득에도 동요되지 않을 것처럼 차분하고 분명했다.

"동화? 당신은 동화되려고 하는 게 아니야. 당신은 아이들에게 더 나은 교육을 제공하고 가족에게 더 깨끗한 집을 주기 위해 친하게 어울리려고 하는 게 아니라 백인이 되려고 하는 거라고!"

나는 아빠가 이렇게까지 화내는 걸 본 적이 없다.

"당신이 하는 일 때문에 내 동료 활동가들이 나를 피한다는 걸 알 긴 해? 당신 행동 때문에 시카고의 공화당 서부 유색인 사무소에서 매킨리의 대선 운동을 담당하는 자리에 나를 고용하기로 했다가 재 고했다는 걸 아느냐고. 내가 백인 동네에 살면서 그랜트 기념물 협 회의 백인들과 전격적으로 일하고 있다고 해서 내가 인종의 선을 넘 으려 한다는 소문이 돌고 있어. 그쪽에선 내가 백인들과 친하게 지 내면서 내 동포들을 버리려 한다고 생각해. 당신이 인구조사서에 우 리를 백인으로 올렸다는 사실이 누군가의 귀에 들어가기라도 하면 그들은 날 배신자로 여길 거고, 아무도 다시는 나를 고용하거나 인 종문제에 대해 이야기하거나 글을 써달라고 요청하지 않을 거야. 이 건 내 일생일대의 일이라고, 쥬네비브."

"가족이 항상 우선이어야 해요, 리처드. 나, 당신 아이들, 우리가 최우선이어야죠."

엄마의 목소리도 높아졌다.

"우리가 더 큰 가족 공동체의 일부라는 걸 언제쯤 깨달을 거야, 쥬네비브? 유색인 사회. 거기에 당신이 플리트 가 사람이라는 자부심과 똑같은 자부심을 가져야 한다고. 그 가족을 우리 가족과 같은 선상에 두는 게 얼마나 중요한 일인지 알아야 돼."

아빠의 목소리는 거의 울부짖음에 가까웠다.

아빠의 말과 행동이 아무리 백인과 반대편에 있다 해도 사람들이 종종 백인으로 착각할 만큼 피부색이 밝은 아빠는 간신히 마음을 가라앉힌 것 같았다. 다시 말을 이을 때 목소리는 여전히 높았지만 말투는 좀 더 차분했다.

"당신과 우리 아이들을 백인이라고 말한 건 당신 동포들에게 등을 돌린 거나 다름없어. 당신 자신에게서 등을 돌린 거라고."

한참 침묵이 흐른 후 아빠가 다시 말했지만, 이번에는 거의 속삭임에 지나지 않았다.

"그리고 무엇보다 나에게 등을 돌린 거야."

엄마의 입에서 흐느낌이 새어 나왔다.

"동등한 권리를 위한 싸움은 끝났어요, 리처드. 당신은 졌어요. 15년 전 대법원에서 모든 흑인과 유색인들이 당연히 가져야 할 평등권을 줄 공민권법을 뒤집었을 때 우린 진 거라고요. 그런데도 당신은 뭔가 더 좋게 변할 거라고 계속 생각하죠. 아니, 희망을 가질 때는 지났어요. 상황은 점점 더 나빠질 거예요. 이제 흑인과 백인뿐, 그 중간이라는 건 없어요. 둘은 언제나 분리되어 있고 절대 동등해지지 못할 거예요. 흑백분리법이 그렇게 만들걸요."

아빠의 목소리에는 체념이 어려 있었다.

"그럴 수도 있겠지, 쥬네비브. 하지만 그렇다고 우리가 항복해야 한다는 뜻은 아니야. 우린 계속 싸워야 하고, 우리 능력을 계속해서 입증해야 해."

"난 반대예요. 이젠 항복할 때예요. 평등을 반대하는 세력이 넘어설 수 없을 정도로 크다고요. 하지만 우리에겐 이점이 있어요. 우리는 피부색이 밝잖아요, 리처드. 이건 신께서 우리에게 주신 선물이에요."

"우리의 밝은 피부가 신이 주신 선물이라고 생각해? 우리 피부색이 이렇게 밝은 이유를 생각해본 적 없어? 백인 남자들이 우리 조상들에게 저지른 폭력이 머리에 떠오른 적이 한 번도 없어?"

아빠의 분노가 선명하게 드러났다. 나는 아빠의 말에 숨을 헉 하고 들이켰다. 물론 나도 그런 문제에 관해 알지만, 우리 집에서는 아무도 그런 이야기를 입 밖으로 꺼내지 않았다.

하지만 엄마의 대답은 처음 선언과 마찬가지로 대단히 단호했다.

"이 나라에서, 유색인으로서 우리는 이용할 수 있는 모든 걸 이용해야 해요. 우리의 밝은 피부색은 우리에게 선택권을 줄 거예요."

엄마는 잠깐 말을 멈췄다 선언했다.

"난 아이들과 나 자신을 위해 백인이 되길 선택하겠어요. 당신을 위해서 그런 선택을 해줄 수는 없겠지만, 리처드, 제발요. 나와 함께 이쪽을 선택해요. 우릴 위해서 해줘요. 우리와 아이들을 위해서."

고요 속에서 부모님의 긴장감이 거실에서 뿜어져 나와 둥둥 떠서 부엌으로 들어와 내 어깨를 짓누르는 것 같았다.

아빠가 식당을 빠른 걸음으로 홱 지나가느라 복도에 무거운 발소리가 울리는 동안 나는 숨을 참고 기다렸다. 아빠의 얼굴은 회색과 검은색, 아이보리 색깔의 얼룩 같았고, 아빠의 옷은 피부색과 구분이 되지 않았다. 앞문이 끽 하고 열렸다 덜컹 닫히고 나는 혼란, 분노, 완전히 나에게서 떠나지 않는 아이 같은 갈망에 휩싸인 채 그 자리에 서 있었다.

아빠의 그 행동으로 결론이 났다. 나는 더 이상 변호사이자 평등권 지지자, 탤런티드 텐스(Talented Tenth, 20세기 초, 아프리카계 미국인 10명 중 1명으로 교육받고 책을 쓰고 사회 변화를 촉구함으로써 흑인 사회의 리더가 될 능력을 갖춘 인물을 부르는 말이다)중 한 명인 리처드 그리너와 워싱턴 DC의 자유로운 유색인 엘리트 사회의 일원인 쥬네비브 플리트 그리너의 자랑스러운 딸 벨 마리온 그리너라고 불리지 않게 되었다. 아니, 그 직후에 나는 엄마의 결정이 나 자신의 결정인 것처럼 받아들이고 벨 다 코스타 그린이라는 백인 여성이 되었다.

3장

"저거 렘브란트 작품이에요?"

나는 대단히 아름다운 에칭 액자 위에서 한 발을 든 채 주니어스에게 물었다.

반백 노인의 선명한 금빛 초상화가 책 더미 위쪽에 놓여 있었다. 이것은 로툰다 천장(둥근 원형의 지붕) 아래 복잡한 상감 세공의 대리석 바닥에 널려 있는 수많은 작품 중 하나일 뿐이었다. 주니어스를 따라 거대한 통로를 지나가느라 나는 그것을 뛰어넘어야 했다. 주니어스는 나에게 모건 씨의 수집품 중에는 렘브란트의 에칭 작품이 150개가 넘는다고 말해주었다. 1900년에 수집가인 시어도어 어윈단 한 명에게서 샀다는데, 이게 그중 하나는 아닐 것이다. 아무도 값진 예술작품을 바닥에 그냥 놔두지는 않을 거다.

주니어스가 에칭을 살펴보더니 커다랗게 웃었다. 이 온화한 성품의 골동품 전문가가 낼 수 있을 거라고 상상도 못 했던 소리였다.

"아마 그럴 거예요, 그린 씨. 피어폰트 삼촌만이 렘브란트 작품을

36

어제 일자 신문처럼 바닥에 던져놓을 겁니다."

주니어스는 이야기를 할 때마다 모건 씨를 스스럼없이 피어폰트 삼촌이라고 불렀다. 사실상 그는 업계의 거인을 별명인 J. P. 대신 당사자가 더 좋아하는 피어폰트라는 이름으로 부르는 유일한 사람일 것이다.

우리는 36번가에 있는, 이 세상에 있을 것 같지 않은 화려한 청동문을 통해 모건 씨의 새 도서관으로 들어왔다. 나는 로툰다 홀의 사치스러움에 압도될 지경이었다. 벽과 대리석 바닥은 주니어스의 말에 따르면 바티칸 정원을 본떴고, 대리석과 라피스라줄리의 다양한 톤으로 대단히 다채로웠다. 고전적 소재의 그림, 항아리, 아칸서스 잎 무늬가 금박을 입힌 세 개 층부터 로툰다까지 덮은 파란색과 하얀색 스투코 천장을 장식하고, 아직 완성되지 않은 한쪽 구석에는 사다리가 그대로 세워져 있었다. 그럼에도 피어폰트 모건 도서관으로 들어오는 입구는 숨이 막힐 정도였고, 앞으로도 그렇게 알려질 게 분명했다.

로툰다 전체를 따라 천둥 같은 목소리가 울리고 내리칠 곳을 찾는 번개처럼 이 기둥 저 기둥으로 반사되었다. 나는 펄쩍 뛰며 소리가 어디서 들린 걸까 생각했다. 통로 끝에는 동쪽, 서쪽, 그리고 북쪽으로 닫힌 문이 세 개 있었다.

주니어스가 내 쪽을 힐끗 보았다.

"걱정하지 말아요, 그린 씨. 그냥 피어폰트 삼촌이에요."

하지만 나는 걱정됐다. 자본가이자 철강, 철도, 전력 산업의 거물은 변덕스러운 인물로 알려져 있었고, 그가 내 면접을 앞두고 기분이 좋기를 바랐다. 계속되는 고함 소리가 서쪽 문 뒤에서 난다는 것을 깨달았다. 아마도 모건 씨의 서재이리라. 그리고 그건 절대 기분 좋은 사람의 목소리가 아니었다.

"내가 도대체 몇 번이나 말했어? 도서관에 있을 때는 미국 철강에 대한 어떤 자료도 보고 싶지 않다고."

목소리가 커다랗게 울렸다.

상대방은 내가 알아들을 수 없게 뭐라고 웅얼거렸고, 천둥 같은 목소리가 다시 울렸다.

"내가 특별히 요청하지 않는 한 이 서류들은 월스트리트 내 사무실에 그냥 놔둬."

장황한 말이 끝나기를 기다리는 동안 나는 이 면접을 정말 보고 싶은지 생각해보았다. 상대에게 이런 식으로 말하는 사람 밑에서 일하는 게 상상이 되지 않았다. 마침내 문이 열리고 키 큰 대머리 남자가 우리 쪽을 보지도 않고 빠져나갔다. 하지만 나는 그 남자를 거의 알아채지 못했다. 모건 씨의 근사한 2층짜리 서재를 처음 보는 순간 압도되었기 때문이다.

나는 주니어스를 따라 안으로 들어가면서 앞에 있는 장엄한 광경을 바라보느라 잠깐 긴장한 것조차 잊었다. 어수선한 로툰다 홀에 비해 여기는 대부분 잘 정리되어 있었다. 약간 정리되지 않은 부분이 남겨져 있었지만 거의 눈치채지 못할 정도였다. 방 안을 장식한 짙은 월넛색 책장의 빈자리에 넣을 것처럼 보이는 가죽 장정의 책 몇 더미, 벽에 기대어 세워놓은 두 개의 르네상스 시대 마돈나 상, 생생한 진홍색 실크 벽지 말고 다른 걸 알아보기는 상당히 힘들었다. 벽뿐만 아니라 벨벳 소파와 윙 체어, 창문 주변의 대리석, 심지어 모건 씨의 화려한 책상 뒤에 왕좌처럼 놓인 커다란 의자까지 온통 자홍색이었다. 방 안은 그야말로 빨간색 천지였고, 나는 머리가 다 띵할 정도였다. 방 안 한가운데서 시가를 피우는 남자를 보기 전까지는 말이다.

사람이 들어갈 수 있을 정도로 거대한 벽난로 가장자리에 몸을 기대고 있는 사람이 J. P. 모건이었다. 숱 많은 검은 눈썹 아래 날카롭게 연마한 칼날처럼 반짝거리는 날카롭고 으스스한 눈으로 그는 우리를 응시했다. 그 강렬한 눈빛 때문에 나는 수많은 정치 만화에서 특징적으로 묘사하는 그의 악명 높은 주먹코조차 알아채지 못했다.

두 명의 모건은 달라도 너무 달랐다. 다른 상황이었다면 그 차이가 우스꽝스러웠을지도 모르겠다. 대단히 호리호리하고 평균 키인 젊은 모건, 그리고 상체뿐 아니라 놀랄 만큼 키도 큰 나이 든 모건. 하지만 이 상황이 나에게는 전혀 우습지 않았다. 너무나 많은 게 걸려 있으니까.

주니어스가 목을 가다듬고 말했다.

"피어폰트 삼촌, 벨 다 코스타 그린 씨를 소개할게요."

그는 약간 자부심 어린 표정으로 나를 향해 고개를 끄덕였다.

"영광입니다, 대표님."

나는 미소를 짓고 치마를 잡고서 오늘 아침 내가 해야 할 세세한 행동에 관해 엄마에게 잔소리를 들으며 연습했던 반절을 올렸다. 모건 씨는 내 쪽으로 고개를 기울였으나 나를 아는 체할 생각은 아직 없어 보였다.

대신 그가 다시 주니어스를 보았다.

"밴더빌트 가에서 나한테 팔고 싶다고 한 렘브란트 에칭에 대해 좀 찾아봤느냐?"

"네, 피어폰트 삼촌."

"흠, 그럼 어디 들어보자. 네 조사로 그쪽의 제안을 받아들이고 싶어질 거라는 보장은 없다만 어쨌든 들을 마음은 언제나 있으니까."

모건 씨가 거대한 서재를 서성거리기 시작했다.

두 사람이 조지 밴더빌트가 소유하고 있는 렘브란트 에칭 112개의 인쇄본 컬렉션의 가치에 대해 의논하는 동안 나는 남자에 대한 나름의 척도를 갖고 나이 많은 모건을 살폈다. 무뚝뚝하다는 평판이나 방금 목격한 고함 소리에도 불구하고 모건 씨는 주니어스에게 예의를 차렸다. 내가 보기에는 주니어스가 자신이 조사한 것에 대해 지나치게 긴 설명을 늘어놓고 있음에도 적절한 배려심을 보였다.

"삼촌, 저는 렘브란트가 그림보다 에칭에서 소재의 인간적인 면을 더욱 잘 표현했다고 생각해요. 그런 면에서 그 컬렉션은 독보적으로 귀중합니다. 금전적 가치뿐만 아니라-"

주니어스가 말했다.

모건 씨는 조카의 기나긴 설명에 눈에 띄게 싫증 난 태도로 책상 뒤에 잠깐 머무르다가 나를 쳐다보았다.

"네가 소개한 그린 양을 한번 볼까, 주니어스."

그가 시가 연기를 뿜으며 말했다.

'몸을 곧추세우고, 어깨를 펴고, 차분한 눈으로 쳐다보고, 절대 바깥으로 시선을 돌리지 마.'

모건 씨의 시선 아래서 나는 엄마가 함께 있는 것처럼 그 지시에 따르며 그와 눈길을 마주했다. 모건 씨는 내가 겁먹지 않을 거라는 걸 알아야 했다. 그리고 내 피부색이나 형제들보다 조금 넓은 내 코를 보고 무슨 생각을 하든 간에 내가 자신만만하고 유능한 백인 여성이라는 걸 믿어줘야 했다.

모건 씨가 책상을 돌아 나와 내 앞에서 멈출 때까지 나는 아무 말도 하지 않았다. 그는 값비싼 로코코 미술품을 감정하듯이 내 주위를 천천히 돌기 시작했다. 나는 머릿속으로 엄마의 말을 되뇌며 이것도 시험의 일부라는 생각으로 그가 관찰하는 내내 자신감 넘치는 침묵을 유지했다.

혼잣말을 하듯이 그가 말했다.

"아주 작군."

이것은 꽤 뻔한 관찰 결과였다. 그는 나보다 키가 30센티미터 이상 컸고, 한 손으로 내 허리 폭을 잴 수 있을 정도로 손도 컸다.

그가 다시 앞에 서서 나를 쳐다보았다. 콧수염 아래로 그의 입가가 슬쩍 위로 올라갔다.

"대단히 독특한 눈이로군. 회색인데 연기 색깔과 은빛의 중간쯤이야. 아주 흥미로워."

나는 대답하지 않았다. 뭐라고 대답하겠어?

"진짜 미인이야."

다시금 그는 예술품을 감정하듯이 말했고, 나는 유명한 바람둥이께서 나를 여자로 보는 건지, 사서로서 관찰하는 건지 알 수가 없었다. 그의 평가에는 대답할 필요 없었기에 나는 다시금 아무 말도 하지 않았다. 그때 그가 말했다.

"다 코스타라. 특이한 이름인데."

나는 늘 하던 대답을 반복했다.

"집안 이름이에요. 할머니가 포르투갈인이시거든요."

"아."

그는 고개를 끄덕였지만 눈은 여전히 나에게 고정되어 있었다. 나는 숨을 들이쉬고 조사하는 듯한 그의 눈빛 앞에서 자신감을 유지하는 데만 집중했다.

그때 갑자기 그가 홱 돌아섰다.

"주니어스가 이 에칭을 어떻게 생각하는지는 들었는데, 그린 양의 생각이 궁금하군. 그린 양은 밴더빌트의 렘브란트 컬렉션을 구매하는 걸 어떻게 생각하지?"

나는 갑작스러운 방향 전환과 내 실력을 J. P. 모건에게 증명할 기회가 생긴 것에 기뻐서 숨을 내쉬었다.

나는 마음을 진정시키고 머릿속의 광대한 파일에서 필요한 것을 뽑아냈다.

"동시대인들과 다르게 렘브란트는 인쇄용 에칭 작업을 전부 본인이 직접 했죠. 구리판에 다양한 바늘로 선을 긋는 것부터 그 판을 화학약품에 담그는 것까지요. 그는 에칭이 당시 사람들 대부분이 생각하던 것처럼 더 값비싼 유화를 대중적으로 알리는 간편한 도구가 아니라 중요한 예술적 매체가 되어야 한다고 생각했어요. 이런 관점에서 렘브란트의 에칭은 천재 본인이 만든 걸작이고, 그의 유명한 유화보다 훨씬 더 다양한 소재를 보여주죠."

나는 잠깐 말을 멈췄다가 이어나갔다.

"에칭은 비범합니다. 제가 사서가 된다면 피어폰트 모건 도서관도 그렇게 되겠죠."

눈가로 주니어스가 움찔하는 게 보였다.

모건 씨는 나를 삼킬 듯이 쳐다보았고, 한참 동안 그가 내 모든 것을 보고 있다는 느낌을 받았다. 그러다 그의 콧수염이 움찔거렸고,

그의 두툼하고 괴상한 모양의 코와 아래쪽으로 처진 숱 많은 검은색 콧수염 그림자 아래로 희미한 미소가 떠오른 것 같았다. 희미한 웃음과 그가 내뿜는 자신감을 보는 순간 아주 잠깐 아빠가 떠올랐다. 일시적인 유사성을 느끼고 내가 모건 씨의 표정에 답하려고 할 때 그의 얼굴이 다시 험악해졌다.

나는 얼어붙은 것처럼 서서 삼촌의 판결을 기다리는 주니어스를 힐끗 보았다. 나는 주니어스가 내 동맹자이자 감히 말하자면 친구이고, 내가 그의 견해에 동조하고 우리의 관점이 동일하다는 것을 보여주는 게 중요하다는 사실을 떠올렸다.

"모건 씨의 견해를 반복하는 것 같지만, 밴더빌트 씨의 컬렉션을 얻으신다면 세계 최대의 렘브란트 에칭 컬렉션을 보유하게 되실 겁니다. 다 함께 내놓으면 학자들과 수집가들에게 대가의 스타일과 기술의 발전을 연구할 전례 없는 기회를 선사하게 될 거예요. 대표님의 컬렉션이 엄청난 유명세를 얻고 눈길을 끌 수 있는 기회가 되겠지요."

마지막 말은 좀 경솔했다. 여기는 모건 씨의 개인 도서관이고, 자신의 시설을 학자들에게 공개할 거라고 공공연하게 말한 적이 한 번도 없었다. 하지만 나는 그의 자존심에 호소하면서 한편으로 어떤 일이 가능할지 은근히 암시하고 싶었다.

2층짜리 서재에서 들리는 것은 거대한 석조 벽난로 앞 장식 위의 금시계가 째깍거리는 소리뿐이었다. 이 침묵은 무슨 의미일까? 감탄? 아니면, 더 그럴듯한 건 내 주제넘은 말에 대한 분노일까? 내가 서재에 들어오기 직전에 있었던 그 남자에게 터뜨렸던 것과 똑같은 방식으로 나에게도 쏟아부을 생각일까? 내 생각이 반대편으로 너무 많이 흘러가기 전에 모건 씨가 소리쳤다.

"내가 면접을 봤던 다른 지원자들, 특히 그쪽보다 나이도 많고 경험도 더 많은 사람들을 놔두고 왜 그쪽을 내 개인 사서로 고용해야 한다고 생각하지? 그쪽은 피어폰트 모건 도서관을 어떤 식으로 뛰어난 곳으로 만들 거지?"

나는 그를 향해 한 걸음 내딛었다.

"모건 씨, 다른 지원자들이 경험이나 나이, 그리고……."

나는 강조하기 위해 잠깐 말을 멈췄다.

"성별에서 저와는 다르다는 사실을 지적해주셔서 기쁘군요. 그들과 다른 바로 그 특성이 저를 피어폰트 모건 도서관의 완벽한 사서 후보자로 만드는 거죠. 제가 비교적 경험이 적다는 건 저에게 피어폰트 모건 도서관의 미래를 가로막을 수 있는 그 어떤 고루하고 낡은 선입관도 없다는 뜻입니다. 대신 도서관에 관한 제 미래상과 야심은 한계가 없답니다. 제 젊음은 대표님과 컬렉션에 전적으로 쏟을 시간과 에너지가 무한하다는 뜻이고요. 희귀 필사본과 인큐내뷸라(incunabula, 구텐베르크가 인쇄술을 발명한 1450년부터 1500년까지 유럽에서 활자로 인쇄된 서적을 가리키는 말)에 대한 제 열정은 대표님의 컬렉션을 비길 데 없는 것으로 만들 이상적인 물건을 얻고, 그러면서 대표님의 협상 능력과 시장에 관해 억척스럽게 배울 거라는 뜻입니다. 그리고 제가 여자라는 건 어디를 가든 모두의 시선을 끌 거라는 뜻이고요. 이게 바로 피어폰트 모건 도서관이 받아 마땅한 관심이죠."

그는 고개를 끄덕였다.

"그래서 내 도서관을 어떻게 비길 데 없는 곳으로 만들 생각이지?"

내가 대답하기 전에 그가 말을 이었다.

"난 토머스 맬러리의 《아서 왕의 죽음(Le Morte d'Arthur)》을 인쇄공 윌리엄 캑스턴 버전으로 구하는 게 자네의 목표 중 하나이면 좋겠는데."

그는 반응을 기다리는 것처럼 나를 유심히 보았고, 그의 얼굴에 능글맞은 표정이 떠올랐다.

"내가 원하는 것이 캑스턴이거든."

"그건 굉장히 희귀한 인큐내뷸라예요. 제가 기억하기로는 딱 2부밖에 없죠."

그의 눈에 놀란 표정이 떠올랐다.

"하지만 기회가 주어진다면 그걸 대표님 컬렉션에 넣기 위해 제가 할 수 있는 모든 일을 다하겠습니다."

이제 그의 미소는 착각할 여지가 없었다. 이 원고는 1485년에 유명한 인쇄공이자 출판업자인 윌리엄 캑스턴이 인쇄한 거였다. 그는 영국에 인쇄기를 들여온 장본인으로 알려져 있었다. 《아서 왕의 죽음》은 아서 왕과 원탁의 기사들이 신화에 나오는 성배를 탐색하는 이야기다. 이 찾기 힘든 책을 구하는 게 모건 씨 개인의 성스러운 탐색일까?

"인상적이군, 벨 다 코스타 그린 양."

다시금 그의 눈이 내 온몸을 쓸었으나 나는 그에게 집중했다.

"기회가 주어진다면 대표님의 도서관을 타의 추종을 불허하는 곳으로 확실하게 만들겠습니다. 그리고 피어폰트 모건 도서관 자체가 대표님께 걸맞은 걸작이 되도록 하겠습니다."

4장

1906년 1월 8일
뉴욕

내가 도대체 무슨 약속을 한 거지? 피어폰트 모건 도서관의 반짝거리는 멀티패널 청동 문으로 이어지는 널찍한 계단을 올라가면서 나는 생각했다. 나는 문 앞에 서서 내가 한 말을 지켜야 한다는 걸 깨달았다. 오늘부터 나는 유명세와 악명을 동시에 떨치는 J. P. 모건의 세계적인 필사본과 예술품 컬렉션, 그걸 보관하기 위해서 지은 아찔한 건물을 전설적인 곳으로 만들 수 있음을 입증해야만 했다. 나, 유색인 사서로서.

억누를 수 없는 웃음이 내 몸을 사로잡는 느낌이었다. 내 앞에 놓인 가능성과 터무니없는 약속으로 인한 흥분이 함께 뒤섞였다. 하지만 웃음을 터뜨릴 수는 없었다. 나는 아파트에 있는 엄마와 형제들을 억지로 떠올렸다. 그리고 월 75달러, 연간 900달러라는 사치스러운 금액의 월급을 받는 자리를 제안하는 모건 씨의 편지를 받은 이래로 해온 계산에 집중했다. 60달러의 월세에 러셀 오빠의 학비, 식비, 다른 청구서와 부수적인 일들, 그리고 이 직책에 당연히 필요한 새 옷을 사기 위해 좀 떼어놓을 돈까지 계산하면 아빠가 떠난 이래 처음으로 내 월급과 언니들의 교사 월급(한 달에 40달러)에서 약간 숨 쉴 여유가 생길 것 같았다. 사실 내 월급이면 엄마가 음악 교사 일을 그만둬도 될 것 같았다.

하지만 나는 우리의 경제적 상황에만 희망을 걸고 있는 게 아니었다. J. P. 모건과 함께 일하면서 상류사회에 좀 더 발을 들여 우리의 지위가 지금껏 백인으로 살면서 이룬 것 이상으로 공고해지기를 바랐다.

다시 차분하게 마음을 가다듬고 자신감의 가면을 뒤집어쓰고서 발뒤꿈치를 든 채 장갑 낀 손으로 오른쪽 문의 중앙 패널을 두드렸다. 주니어스가 이 문이 중세 피렌체식 빌라와 연결되어 있다고 말해준 적이 있다. 집사나 하녀에게 들리지 않을 정도로 작은 소리만 나기에 나는 장갑을 벗고 차가운 금속 표면을 손가락 관절로 세게 두드렸다.

기다리면서 나는 누가 나올까 생각했다. 모건 씨에게 유색인 직원이 있을까? 엄마의 말이 머릿속에 떠올랐다.

'유색인을 만나거든 몸을 꼿꼿이 세우고 눈을 마주치지 마. 눈을 마주치게 되면 그냥 고개를 끄덕여서 아는 체하고 시선을 돌려. 절대, 절대 대화는 나누지 말고.'

문이 열리고 집사가 아니라 비서 특유의 잘 재단된 모직 양복을 입은, 키가 크고 시무룩한 얼굴에 대머리인 나이 많은 백인 남자가 나를 맞이했다. 그는 나를 위아래로 살펴본 다음 마침내 말했다.

"그린 씨인가 보군요."

"네, 그렇습니다."

이 사람이 내 면접 날 모건 씨가 소리 질렀던 상대인 것 같지만, 딱히 정중한 인사나 자기소개를 듣지 못했기에 확신할 수는 없었다.

"기다리고 있었습니다."

남자의 말투는 퉁명스러웠다.

나를 기다려? 내가 늦었나? 주니어스의 최근 메모에는 삼촌이 내가 8시에 만나러 오길 바란다고 쓰여 있었고, 주머니 시계를 힐끗 보니 7시 59분이었다. 딱 정시에 도착했다.

남자를 따라 안으로 들어가면서 나는 천장의 프레스코 벽화를 보았다. 지난번 왔을 때는 아직 작업 중이었는데 이제 완성된 것 같았다. 금박을 입힌 천장화와 빨간색, 하얀색, 갈색으로 얼룩덜룩한 대리석과 라피스라줄리 바닥, 그리고 기둥 덕분에 입구가 훤했다. 가장자리에 책 더미가 몇 개 남아 있었지만 내부는 대부분 완공된 것 같았다. 도서관 전체가 다 완성된 걸까? 도서관 정리가 이미 끝났다면 내가 할 일은 뭐가 남았을까?

"따라오시죠."

그가 말했다.

그의 뒤를 따라서 로툰다 홀을 지나 도서관의 진짜 내부인 듯한 곳으로 들어갔다. 안에 들어서자 나는 헉 하고 숨을 들이쉬었다. 파티장만큼이나 넓고 기다랗고 호화로운 방에 발코니가 있는 세 개 층을 따라 바닥부터 천장까지 호두나무 책장이 설치되어 있었는데, 전부 다 내가 채워주기를 기다리는 듯 텅 빈 상태였다. 위쪽에 중세풍 태피스트리가 걸린 세공 무늬 대리석 벽난로가 도서관 오른편을 크게 차지하고 있었는데 너무 커서 모건 씨의 서재에서 보았던 널찍한 벽난로가 작게 느껴질 정도였다. 이렇게 거대한 방을 벽난로 하나로 데울 수는 없을 테니 그냥 장식용인 것 같긴 했다. 천장은 금박 이파리와 여러 개의 아치형 채광창, 아치공복으로 빛났다. 창문은 두 가지 특정 주제로 꾸며져 있었다. 채광창에는 위대한 역사적 인물과 그 뮤즈들이, 아치공복에는 황도십이궁이 그려져 있었다. 나는 마치 보석상자 한가운데 서 있는 기분이었다.

아직 이름을 모르는 남자가 목을 가다듬었다. 그리고 방 한가운데 쌓여 있는 나무 상자들을 가리켰다. 휘황찬란한 주위 때문에 미처 알아채지 못한 물건이었다.

"그쪽은 전문가이시고, 모건 씨께서는 자기 생각대로 하시는 분입니다. 하지만 제가 추측하건대 첫 번째 임무 중 하나는 이 상자 속에 있는 책들의 목록을 만들고 정리하는 것일 겁니다. 어디다 꽂을지 결정하기 전에 말이죠."

그가 널따란 책장을 가리키며 말을 이었다.

"아래층 보관실에 상자가 더 있습니다. 도서관에는 수집품의 일부만 전시할 수 있으니까요. 보물들을 아마 순환시키실 예정이시겠죠?"

그가 이렇게 묻고는 내가 대답하기도 전에 덧붙였다.

"그린 씨의 사무실에 상자가 더 있습니다."

내 사무실?

나는 이 신사가 후들거리는 조그만 호두나무 책상이 있는 좁은 사무 공간으로 데려갈 줄 알았는데, 그 대신에 숨겨진 옷장을 가리켰고 나는 거기에 코트와 모자를 넣었다.

"그럼 곧장 일을 시작하고 싶으시겠죠, 그린 씨."

그는 그렇게 말하고 다른 말 없이 방을 나갔다.

문이 닫히자 나는 이 웅장한 방이 내가 일할 곳이라는 사실을 믿을 수 없어서 휙 돌아보았다. 내 조그만 사무 공간은 나중에 찾아야겠다.

나는 기다리고 있다는 듯 열린 상자부터 시작했다. 가방에서 아무것도 적혀 있지 않은 목록용 노트카드를 꺼내고 첫 번째 가죽 장정 책을 집어 들었다. 표지를 조사하고 나는 노트카드에 '초록색 모로코가죽에 살짝 갈라짐이 있고 제목이 없다'고 적었다. 책의 첫 페이지를 조심스럽게 펴고 이것이 스페인어로 추정되는 언어로 쓰인 《돈키호테》의 희귀한 18세기 판본임을 깨달았다. 그냥 바닥에 놓인 상자 속에 들어 있었는데.

"맙소사."

나는 그렇게 중얼거리며 오래된 책 속으로 빠져들었다.

"《돈키호테》를 찾았군."

굵은 목소리에 이어 웃음소리가 났다. 적어도 그 날카롭게 짖는 듯한 소리는 웃음소리인 것 같았다.

"1899년에 사들인 투비 컬렉션에 들어 있었지. 그 친구들은 자기들이 가진 것의 가치를 제대로 모르더군."

깜짝 놀라서 나는 우뚝 솟은 모건 씨의 번뜩이는 눈을 올려다보았다.

"죄송합니다. 전, 제가 먼저 시작을-"

그가 더듬거리는 내 말을 잘랐다.

"지적 호기심이나 예술품에 대한 감탄에 대해서는 절대 사과하지 말게, 그린 양."

"네, 대표님."

나는 그렇게 말하고 절을 하려다 겨우 멈췄다. 내가 뭘 하는 거지? 자신만만한 태도는 어디 간 거야? 나는 이미 가벼운 존경심과 매력적인 말대답을 섞어서 모건 씨를 계속 긴장하게 만들어야 한다고 마음먹었는데. 이 남자가 특히 여자하고는 한 번도 가져본 적 없을 것 같은 새로운 종류의 관계를 쌓아가면서 그런 분위기를 만들 방법을 찾아야 할 것이다.

"킹이 자네에게 도서관을 보여준 모양이군."

그의 자부심은 분명하게 드러났고 자부심을 가질 만했다.

"그 친구가 퉁명스러웠다면 대신 사과하지. 내 사업비서는 질투심이 많은 편이라 자네와 도서관이 우리의 사업적 책임으로부터 나를 빼앗아갈지 모른다는 생각에 싫은 거야."

"그건 절대 제 의도가 아닙니다, 대표님. 최소한 처음엔 말이죠."

나는 슬쩍 장난스러운 말을 던져보았다.

저거 혹시 웃는 건가?

"물론 그렇겠지, 그런 양."

그는 그렇게 말하고 확실하게 웃으며 덧붙였다.

"그래도 자연스럽게 우리가 함께 시간을 보낸다는 결말이 나올 수도 있지."

그의 말에 은근한 빈정거림이 섞여 있는 걸까? 그만둬, 넌 저 사람 말투에 저 사람의 평판을 뒤섞은 것뿐이야. 나는 그렇게 생각했다.

"킹이 자네의 사무실은 보여주지 않은 것 같은데, 안 그런가?"

"네, 언급은 했지만요."

"딱 그 친구답군. 정말 괴팍한 친구란 말이지. 숫자 쪽으로 그렇게 머리가 좋지 않았다면 오래전에 해고했을 거야."

그는 나에게서 눈을 떼지 않은 채 잠깐 말을 멈췄다가 다시 이었다.

"뭐, 걱정할 거 없어. 정리가 좀 되고 나면 자네는 매일 킹을 보지 않아도 될 거야. 그 친구는 내가 어디서 부르느냐에 따라서 회사 사무실과 도서관 사이를 왔다 갔다 할 거니까. 여기에도 당연히 고용인들이 있을 거야. 가정부 두 명에 필요하면 식사와 음료를 챙겨줄 서빙 담당자와 컬렉션을 지킬 보안요원들까지. 적당한 때가 되면 자네 조수도 생길 거고."

나는 조수가 생길 거라고 이미 생각하고 있었던 사람처럼 차분한 표정을 유지하기 위해 노력했다.

"그거 멋진 이야기네요, 대표님. 대표님의 컬렉션이 받을 만한 대접이죠."

그는 휙 돌아서서 방을 나갔다. 나는 따라가야 한다는 걸 깨달았다. 뒤쫓아 도서관을 나가 다시 로툰다를 통해 서재 옆문으로 들어가는 그를 따라잡았다. 그의 옆에 도착하자 그가 물었다.

"우리의 매킴 미드 앤드 화이트의 디자인이 마음에 드나? 화이트가 아니라 매킴이랑 일을 해서 천만다행이야."

그가 나를 흘낏 보았다. 그의 오른쪽 눈썹이 물음표처럼 위로 올라갔다. 나는 이게 또 다른 테스트라고 추측했다.

하지만 별로 어려운 시험은 아니었다. 매킴 미드 앤드 화이트는 최근 모든 뉴스의 주요 소재였다. 유명 건축가, 미치광이 백만장자, 유명 여배우. 기자들이 바라 마지않는 스캔들 요소를 모두 가지고 있었다. 워싱턴 스퀘어 아치를 만든 걸로 유명한 건축가 스탠퍼드 화이트는 죽었다. 아름다운 이블린 네스빗의 미치광이 전남편 해리소가 매디슨 스퀘어 가든에서 그에게 총을 세 발 쏘았다. 물론 주니어스는 피어폰트 모건 도서관을 설계한 건축회사의 이름을 나에게 말해준 적이 없다. 주니어스는 스탠퍼드 화이트 살인 사건 재판 내용이 여자에게 들려줄 만한 게 아니라고 생각했을 게 분명하다. 하지만 모건 씨는 여자의 섬세함을 그렇게 생각하지 않는 모양이었다.

"매킴 씨와 일한 건 정말 다행이죠."

나는 머뭇거리지 않고 대답했다.

그는 고개를 끄덕이고 방 한가운데로 들어가 내 쪽으로 돌아서서 다시금 날카로운 눈으로 나를 응시했다. 약간 긴장한 나는 그의 시선에서 몸을 돌리고 호두나무 책장이 설치된 2층짜리 방 안에 주의를 집중했다. 그리스 신과 여신들을 그린 아홉 점의 뛰어난 르네상스 양식의 그림이 금박 장식 스투코 천장에 걸려 있었다. 아기 천사 장식으로 마감한 이탈리아풍 석조 벽난로가 거대한 방에서 큰 비중을 차지했다.

"여기가 제 사무실이라고요?"

질문이 툭 튀어나왔고, 나는 그 말을 도로 삼키고 싶었다. 면접 때 그의 앞에 있던 대담한 사서라면 이 사무실을 받았다고 놀라지 않았을 테니까.

그의 얼굴에 웃음이 활짝 피었고 양 입꼬리가 콧수염 가장자리를 넘어갈 만큼 벌어졌다.

"이 정도면 받아들일 만한가?"

나는 다시금 몸짓을 다잡았다.

"모건 대표님, 여기라면 타의 추종을 불허하는 피어폰트 모건 도서관의 첫발을 내딛는 데 완벽한 기반이 될 거라고 생각합니다."

5장

1906년 1월 8일
뉴욕

나는 가족이 사는 아파트 계단을 거의 날아 올라가는 기분이었다. 트롤리 정거장에서 걸어오느라 추워서 몸이 떨리는 줄도 몰랐다. 내가 집에 돌아올 거라고 예상했던 6시나 7시를 한참 넘긴 늦은 시각이었다. 매일 저녁 도서관의 보물들을 지키는 임무를 맡은 보안요원을 제외하면 모두 퇴근한 다음에도 피어폰트 모건 도서관에 남아 있었다. 그런데도 피곤하지 않았다. 거대한 조각 장식 호두나무 책상 뒤 벨벳 의자에 앉아서 모건 씨의 귀중한 필사본과 예술품 컬렉션을 담당하고 있다는 생각만으로도 온몸이 억누를 수 없을 만큼 가벼워지고 에너지가 가득 찼다.

엄마와 형제들에게 나의 첫날을 세세하게 말해주고 싶어서 견딜 수가 없었다.

평소처럼 열쇠를 몇 번이나 잘못 꽂아 넣다가 마침내 문을 열었다. 나는 러셀 오빠가 이런저런 시험을 대비해 부엌 식탁에 앉아 공부하고 있거나 루이즈 언니와 에델이 소파에 앉아 다음 날 수업 계획을 짜고 있을 거라고 예상했다.

하지만 현관과 응접실은 새카맣게 어두웠다. 부엌이나 침실에서 빛 한 줄기 새어 나오지 않았다. 나는 실망했다. 엄마와 형제들이 나의 하루를 듣기 위해 기다리지 않았다는 사실을 믿을 수가 없었다.

그때 가스등이 켜지고 "놀랐지?" 하는 함성이 울렸다. 엄마와 루이즈 언니, 에델, 러셀 오빠, 테디가 사치품이나 마찬가지인 가게에서 산 케이크를 둘러싸고 식탁 뒤에 서 있었다.

여러 명의 팔이 나를 휘감는 동안 기쁨의 비명과 축하한다는 말이 내 귀를 가득 채웠다. 축제 분위기 속에서 형제들이 한꺼번에 말했고, 그들의 열렬함이 샴페인처럼 끓어올랐다.

"그 사람 어땠어?"

"신문에 나온 사진처럼 무서워?"

"코가 실제로 어떻게 생겼어?"

나는 가족이라는 은신처에서 오늘 하루 종일 억눌러야 했던 흥분을 터뜨릴 수 있다는 사실이 너무 기뻐서 웃었다.

"그 사람 정말로 그렇게 돈이 많아?"

"혹시 돈도 봤어?"

"잠깐만. 우선은 그분이 어떤지부터 이야기할게."

루이즈 언니가 케이크를 잘라서 나눠주고 모두 자리에 앉은 다음 나는 모건 씨의 커다란 목소리와 사람을 불안하게 만드는 눈길을 흉내 냈다. 물론 형편없었지만, 형제들을 웃길 정도는 되었다.

그런 다음에 나는 피어폰트 모건 도서관 이야기로 넘어갔다. 이제 형제들은 모두 입을 다물고 눈을 휘둥그렇게 뜨고서 달콤한 케이크를 먹는 것만큼 빠르게 내 이야기를 집어삼켰다. 하지만 양쪽 모두 그들을 충분히 만족시키지는 못했고, 그들이 모든 걸 알고 싶어 했음에도 불구하고 나는 중요한 몇 가지는 아껴두었다.

나의 흥분이 불안감으로 얼룩져 있다는 사실을 가족들이 알아채지 않기를 바랐다. 하루 종일 나는 머릿속에서 내가 아직 이 일을 할 준비가 되어 있지 않았고, 모건 씨처럼 변덕스럽고 정력이 넘치는 사람과 일할 능력이 부족하다는 불안감 가득한 목소리를 억눌러야 했다.

벌써부터 내가 우리 집에 가져다줄 돈으로 생활이 어떻게 달라질지 계획을 짜고 있는 형제들에게 내 두려움을 드러내고 싶지 않았다. 그 실망감의 무게는 나 혼자 짊어져야 한다.

"이제 언니는 너무 고상해져서 나랑 엄마랑 같이 방을 쓸 수 없는 건가?"

테디가 낮은 목소리로 속삭였다. 웃고 있었지만 그 애의 눈을 보니 진지하게 묻는 것이었다.

어떤 면에서 나는 프린스턴에서 가졌던 나만의 공간과 독립성이 그리웠다. 그리고 함께 웃고 지적으로 강력한 공통점을 가졌던 거트루드와 샬럿의 우정이 그리웠다. 하지만 비좁은 뉴욕 아파트의 가족과 함께 쓰는 방으로 돌아와서 기쁜 이유 중 하나는 막내 여동생과 가까이 있게 되었다는 거였다. 자매들 중에서 테디와 제일 친했다. 일곱 살이나 많은 나는 그 애가 처음 집에 왔을 때 엄마가 신생아를 먹이고, 기저귀를 갈고, 옷을 입히는 걸 도왔다. 그 애는 나에게 살아 있는 인형이었다. 나는 동생을 안아주고, 노래를 불러주고, 그 애가 자는 모습을 몇 시간씩 바라보곤 했다. 그리고 우리의 친밀함은 세월이 지나도 줄어들지 않았다.

"말도 안 되는 소리야, 테디. 내가 왕관을 쓰고 집에 온 것도 아니 잖니, 안 그래?"

내가 말했다.

"그래, 물론 아니지."

그 애가 키득키득 웃었다. 그 애의 피부는 케이크 위의 바닐라 프로스팅만큼 하얬다. 다른 형제들은 그 정도는 아니었다. 루이즈 언니와 에델은 적당히 하얀 정도였으나 러셀 오빠와 나는 그렇지 못했다.

"난 여전히 이전과 똑같은 나야."

나도 그 애와 같이 웃었다.

그제야 나는 우리 모두가 케이크를 먹으며 이야기하는 동안 엄마가 얼마나 조용했는지를 깨달았다. 대체로 엄마가 대부분 질문하곤했는데, 오늘 밤에는 딱 한 가지만 물었다. 입가를 닦고서 엄마가 말했다.

"넌 여전히 벨이니?"

"네, 전 여전히 벨이에요."

엄마가 그 질문을 좀 안 하면 좋겠다. 이젠 모든 게 바뀌었으니까. 형제들의 눈길, 그들의 에너지, 이 축하 모임의 모든 분위기가. 아무리 완곡하다 해도 백인으로 살아야만 한다는 암시가 풍기는 공기까지도 더 무겁게 느껴졌다.

웃음이 사라졌고 형제들 모두 시선을 피하고 앞에 놓인 케이크 조각만 쳐다보았다. 접시에 남은 마지막 조각을 포크로 긁어모으는 소리 말고는 부엌이 조용했다.

나는 형제들의 좌절감과 동정심을 느낄 수 있었다. 특히 루이즈 언니와 에델로부터. 내 형제들, 심지어 테디까지 어느 정도는 우리 모두가 우리 것이 아닌 세상에 살고 있다는 걸 알았지만, 이 결정으로 나보다 더 타격을 입은 사람은 없었다.

나는 형제들을 한명 한명 차례로 쳐다보았다. 근면 성실한 교사인 루이즈 언니와 에델은 예쁘고, 얌전하고, 사람들 속에 섞여 들어가는 능력이 지극히 뛰어나서 거의 눈에 띄지 않는 한 쌍의 아가씨들이었다. 완고하고 영리하며 곧 기술직 학위를 딸 예정인 러셀 오빠는 피부색이나 이목구비가 나와 꼭 닮아 살짝 가무잡잡하고 잘생긴 외모를 지니고 있었지만 여자인 나만큼 장애가 되지는 않았다. 그리고 우리 중에 피부가 가장 하얗고 예쁘며 모두의 아기인 테디. 그리고 우리 모두의 위에, 언제나 올바른 몸가짐으로 항상 우리에게서 눈을 떼지 않는 사랑스러운 엄마.

엄마는 집안의 문지기이자 우리를 변화시킨 장본인이다. 나에게는 그 엄청난 변신의 상처가 남아 있지만 말이다. 언니들과 테디의 삶에서 변화의 정도는 그냥 우리 성에서 'r'자 하나를 떼는 것에 지나지 않았다. 하지만 그리너(Greener)에서 그린(Greene)이 되기 위해 나는 더 많은 일을 해야 했다. 러셀 오빠처럼 나는 마리온이라는 이름을 떼고 성 앞에 포르투갈식 다 코스타라는 이름을 덧붙여야 했다. 우리를 아프리카와 연결 짓는 끈이 올리브색 피부에서 더 명확하게 드러났기 때문이다. 그래서 엄마는 사람들의 의심을 피하고 우리의 출신 배경을 더 이상 조사하지 못하게 하기 위해서 포르투갈인 할머니라는 존재를 만들어냈다. 하지만 나는 극소수만 들어갈 수 있는 백인 세상에서 자연스럽게 활동하기 위해 그 이상을 해야만 했다.

하지만 엄마가 나에게 "아직도 벨이니?"라고 물은 이유는 내 피부색 때문만은 아니었다. 내가 백인 세계에 누구보다 잘 들어갔고 새로운 일자리 덕분에 우리가 그 세계에 견고하게 뿌리박을 수 있음에도 불구하고 우리가 백인으로 사는 데 가장 위험한 존재인 것처럼 나를 쳐다보는 이유는 따로 있었다. 엄마가 걱정하는 건 내가 아빠랑 가장 비슷하다는 사실이었다. 고집스럽고, 대담하고. 엄마의 결정에 대놓고 의문을 표시한 적은 한 번도 없지만, 우리가 살기로 한 세상에 대해 내가 반신반의하는 것을 엄마는 알고 있었다. 그리고 가장 중요한 건, 내가 아직도 아빠를 그리워하고 있다는 걸 알기 때문이었다.

그리고 오늘 일로 엄마는 또 다른 깜짝 파티를 떠올렸을 것이다. 훨씬 더 큰 아파트에서, 훨씬 더 큰 식탁 주위에 모여서 이런 축하를 했던 때를.

"촛불 꺼."

루이즈 언니와 에델, 테디, 러셀 오빠가 생일 축하한다고 내가 기겁할 정도로 소리친 다음 식탁 주위에 둘러서서 말했다. 형제들이 팔짝팔짝 뛰고 소리 지르는 동안 나는 흥분으로 온몸이 따끔거렸다. 열 개의 촛불이 팔락거리고 불꽃이 주변을 금빛으로 물들였다.

"어서 촛불 꺼."

형제들이 계속해서 외쳤다.

그들은 생일 파티에서 제일 중요한 순간을 보고 싶어 했지만, 나는 더 오래 끌고 싶었다. 촛불의 개수를 세고, 소원을 빈 다음 길게 후 불어서 촛불을 한 번에 전부 끄고 싶었다. 하지만 결국 형제들의 요구에 따랐다. 내가 제일 좋아하는 아이싱 위로 촛농이 떨어지기 시작했기 때문이다. 엄마가 다시 가스등을 끄기 전 찰나의 어둠 속에서 형제들이 박수를 쳤지만 제일 요란했던 건 아빠였다.

"뭘 빌었어?"

러셀 오빠가 물었다.

"그건 말해줄 수 없단다. 엄청난 비밀이니까."

아빠가 오빠를 놀리듯 말하고서 나에게 팔을 두르고 꼭 껴안았다.

"네가 열 살이 되었다니 믿을 수가 없구나, 우리 벨 마리온."

나는 아빠가 나에게 특별히 관심을 쏟을 때 항상 그랬던 것처럼 키득키득 웃었다.

"리처드!"

엄마는 약간 질책하는 말투였다. 엄마는 아빠가 나에 대해 호들갑을 떠는 걸 싫어했다.

엄마가 다시 나무라자 아빠의 잘생긴 얼굴에 화난 빛이 스쳤지만, 곧 아빠는 고개를 뒤로 젖히고 웃음을 터뜨렸다. 그 쾌활하고 요란한 웃음에 엄마만 빼고 우리 모두 더욱 깔깔거리고 웃었다. 아빠가 뭐가 그렇게 웃겼는지는 잘 모르겠지만 말이다. 마침내 아빠가 말했다.

"오, 쥬네비브, 우리 벨의 생일을 축하해주자고. 이렇게나 예쁜 얼굴에 사랑스러운 정신을 갖고 언젠가 파티의 주인공이 될 우리 아름다운 아가씨를."

형제들이 박수를 쳤고 나는 아빠의 관심과 칭찬 속에서 활짝 웃었다.

"이제 카드와 선물을 열어볼 차례구나."

모두 케이크를 즐기는 동안 아빠가 선언했다.

아빠는 나에게 먼저 봉투를 건넸고, 나는 플리트 할머니한테서 온 것을 확인하고는 마음이 들떴다. 할머니는 지난 2년 동안 내 생일에 카드를 보내주셨기 때문에 나는 그 속에 1달러가 들어 있다는 걸 이미 알고 있었다. 그래서 벌써부터 슈워츠 장난감 가게에 가서 어떤 것을 살까 생각하고 있었다.

그다음 아빠는 나에게 예쁜 파란색 종이로 싼 선물을 건넸다. 가장자리를 뜯어보고 책이라는 걸 알았다. 하지만 종이를 완전히 벗기기 전까지는 그 장엄함을 알아채지 못했다. 그건 버너드 베런슨의 《르네상스의 베네치아파 화가들》이었다. 나는 책장을 넘기고서 숨을 들이쉬었다. 아빠와 내가 주말에 메트로폴리탄 미술관에 가서 본 그림들만큼이나 아름다운 책이었다. 아빠는 그림과 그것을 창조한 화가의 삶이 가진 의미를 설명하는 능력이 탁월했고, 그 얘기에 귀를 기울이면 그림이 탄생한 시대로 거슬러 올라가는 것 같은 느낌이 들었다.

엄마의 감시 눈길 없이 나는 그 미술관 여행에서 본 예술작품들만큼이나 아빠에 대해서도 많은 것을 알게 되었다. 아빠가 필립스 아카데미와 하버드 대학에 다닐 때의 이야기를 들었다. 아빠는 아이비리그가 유색인 학생들에게 문을 열어준 실험의 사례였다. 아빠는 친구인 올리버 웬델 홈즈와 함께 배를 타고 찰스강을 따라 내려간 이야기를 하면서 낄낄 웃었지만, 아빠의 눈에 슬픔이 어려 있었다. 아빠의 어린 시절 대부분은 노예 출신 부모에게서 태어난 자유 흑인인 아버지가 가족을 버리고 서쪽의 금광으로 떠난 이후 돈과 기회를 찾기에 바빴다는 걸 나도 잘 알고 있었다. 이런 주제의 이야기를 집에서 했다면, 특히 그 유명한 프레더릭 더글러스 같은 평등권 지지자들과 함께한 연설과 글에 대해 이야기했다면 엄마는 우리를 각자의 방으로 쫓아버렸을 것이다. 우리의 어린 귀가 나라의 일로 더럽혀지면 안 된다는 듯이 말이다.

"고맙습니다, 아빠."

나는 책을 덮고 아빠의 목에 팔을 둘렀다.

아빠는 미소 지었다.

"우리 같이 읽자꾸나. 그 그림 중 몇 개는 실제로 메트로폴리탄에 있단다. 벨, 이 작가를 꼭 기억해두렴. 베런슨은 이탈리아 미술의 최고 전문가란다."

나는 고개를 끄덕이고 다시 표지를 넘겼다. 안쪽 책장에 글이 쓰여 있었다.

"열 번째 생일을 맞은 사랑하는 우리 딸 벨 마리온에게. 네 정신의 아름다움과 이 예술의 아름다움이 하나가 되는 날이 올 거다. 사랑을 담아, 아빠가."

"애한테는 너무 수준 높은 책인 거 같은데요."

엄마가 우리 어깨 너머로 책을 보면서 말했다. 나는 재빨리 책을 덮었다. 엄마가 안쪽 글을 보지 못하길 바랐다. 내 현재도 충분히 논쟁의 대상이니까.

아빠가 고개를 흔들었다.

"이 아이한테는 아니야."

아빠는 내 코를 꼬집었고 나는 키득거렸다.

"우리 벨 마리온은 언젠가 예술학자나 역사학자가 될 거야. 이 애는 예술을 감상하고 이해하는 능력을 갖고 있어. 특히 예술사를. 이 책은 이 아이한테 그저 시작에 불과할 거야."

나는 고개를 끄덕였다. 내가 예술학자나 역사학자가 될 거라고 아빠가 생각한다면, 당연히 그렇게 될 테니까.

하지만 엄마의 좌절감 가득한 얼굴을 보는 순간 내 미소는 사라졌다.

"왜 애 머리를 이런 걸로 채우는 거죠, 리처드? 벨 마리온은 어떤 예술학자도 될 수 없어요. 얘는 유색인 여자아이예요. 교사 같은 적당한 직업에 열중해야 한다고요. 얘는 선생이 될 거예요."

엄마는 이 문제에 대해서는 논의가 끝났다는 듯이 선언했다.

하지만 다시금 아빠가 고개를 흔들었다.

"아니, 쥬네비브. 우리 벨이 뭘 하게 될지 두고 보라고."

아빠는 나한테 윙크하고 말했다.

"자, 케이크 더 먹을 사람?"

형제들은 모건 씨에 관해 더 이야기해주지 않을까 하고 나를 빤히 쳐다보았다. 하지만 오늘 밤에는 더 이상 해줄 얘기가 없었다.

우리 가족이 여섯 명이 된 지 8년이나 됐지만, 일곱 번째 가족이 없다는 사실은 매일같이 내 머릿속에 남아 있었고 이런 순간이면 평소보다 아빠가 더욱 보고 싶었다. 팔짱을 낀 채 입술을 꾹 다물고 있는 엄마를 힐끗 보자 아빠가 더더욱 그리웠다. 아빠가 여기서 엄마의 꾸짖는 눈으로부터 나를 지켜줄 뿐만 아니라 나를 축하해주길 바랐다. 어쨌든 이걸 예측하고 내가 J. P. 모건 씨의 개인 사서 벨 다 코스타 그린이 될 수 있는 기반을 마련해준 건 아빠였으니까.

손에 책 더미를 들고 나는 등 뒤로 침실 문을 닫은 다음 소파에서 자고 있는 러셀 오빠 옆을 조심조심 지나갔다. 부엌 식탁에 앉아 위태로운 책 더미에서 《라틴어 입문》을 뽑았다. 그리고 공부하면서 표시해놨던 부분을 찾아 펼쳤다. 모건 씨가 내 일의 필수 요건이라고 한 건 아니었지만, 나는 수많은 언어 중에서 라틴어를 배우기로 결심했다. 내가 도서관을 위해 구하게 될 많은 원고들이 라틴어로 쓰여 있을 테니까. 그 진위를 감정하기 위해서는 내가 뭘 읽고 있는지 알아야 한다. 오늘 밤이 첫 번째 공부 시간이었다.

하지만 공부를 시작하기 전에 나와 엄마, 테디가 함께 쓰는 침실 문소리가 들렸다. 엄마가 다가오는 걸 보고 나는 깜짝 놀랐다. 내가 방을 나올 때 엄마는 주무시는 줄 알고 있었는데. 엄마는 세수를 하고, 머리는 길게 땋아 등 중간까지 늘어뜨리고, 발목까지 내려오는 하늘색 잠옷만 입고 있었다. 엄마가 자수 장식 가운을 걸치지 않고 잠옷만 입은 건 드문 일이었다. 엄마는 가운 없이는 거의 침실에서 나오지 않았다.

나는 미소를 지었지만 엄마는 입술을 꾹 다물고 있었다. 오늘 저녁 때와 표정이 바뀐 게 없었다.

"네가 이걸 봤으면 해."

엄마가 속삭였다.

내가 봉투를 받자마자 뭐 하나 물어볼 새도 없이 엄마는 나에게서 등을 돌렸다. 그리고 고개를 꼿꼿이 들고 어깨를 편 채 침실로 돌아갔다. 나는 엄마 앞으로 온 편지를 내려다보고 곧장 모차르트 외삼촌의 글씨체임을 알았다. 나는 깜짝 놀랐다. 모차르트 외삼촌이 우리 형제들뿐만 아니라 엄마에게도 따로 편지를 보내는 건 알았지만, 그동안 한 번도 서로 편지를 보여주지 않았다.

봉투에서 편지를 꺼내 읽기 시작했다.

쥬네비브에게

평소처럼 우리 가족에 대한 모든 소식들과 집에는 별일 없다는 내용으로 이 편지를 시작하는 게 맞겠지만, 내가 전할 소식이 좀 긴급하구나. 네가 다른 사람 말고 나한테서 리처드 이야기를 듣길 바랐단다. 매킨리 대통령이 암살되기 전에 리처드를 인도의 외교관 자리에 임명했다는 이야기는 했었지? 림프절 페스트 때문에 리처드는 거기에 못 가고 그 후에 블라디보스톡으로 이동하게 됐어. 이건 너도 알 거야. 하지만 러시아에서 무슨 일이 있었는지는 모르겠지, 쥬네비브. 리처드가 일본 여자를 현지처로 맞아서 아이 둘을 낳았단다.

나머지 내용을 읽지 않고 편지를 식탁에 내려놓는 동안 내 손과 입술이 떨렸다. 아빠가 결혼을 해? 러시아에 살아? 아이들이랑? 어떻게 이럴 수가 있지? 모차르트 외삼촌이 나에게 보낸 그 모든 편지에서는 아빠의 해외직 임명에 대해 한 번도 이야기한 적이 없다. 엄마한테는 아빠의 근황을 어느 정도 말한 것 같은데. 하지만 다른 사람한테 이 이야기를 듣고 엄마가 충격받을까 봐 직접 말하지 않을 수 없었던 모양이다.

이제야 오늘 밤 엄마가 슬퍼 보였던 것과 그런 식으로 나에게 물어본 것을 이해할 수 있었다. 나는 침실 쪽을 보며 닫힌 문 뒤에서 엄마가 뭘 하고 있을까 생각했다. 베개에 슬픔을 풀며 테디가 깨지 않도록 조용히 울고 계실까?

엄마와 아빠가 손을 잡고 몰래 키스하던 모습이 떠오르자 눈물이 솟아올랐다. 8년이 지났지만 엄마는 여전히 아빠를 사랑하고 있었다. 그래서 엄마가 이혼을 요구하지 않은 거라고 생각했다. 엄마의 일부는 그 문을 닫으려고 하지 않았다. 하지만 이제는 영원히 닫혀 버렸다.

의자에서 일어나 엄마에게 달려가 껴안고 싶었다. 하지만 나는 천천히 다시 자리에 앉았다. 나는 엄마를 잘 알았다. 엄마는 내가 이 소식을 알고 있기는 해도 이야기하는 건 원치 않을 것이다. 나는 다른 많은 것들과 마찬가지로 이 일을 마음속 깊이 묻어두어야 했다. 엄마는 나 말고 다른 사람에게는 이 사실을 절대 이야기하지 않을 것이다.

나는 뺨으로 흘러내린 눈물을 닦고 앞에 놓인 책들을 보았다. 이 공부가 이제는 더더욱 중요해졌다. 오늘 밤 엄마는 내가 벨 마리온 그리너로 되돌아갈 가능성이 전혀 없다는 걸 분명하게 밝혔다. 물론 돌아갈 수 있을 거라고 진지하게 생각했던 건 아니지만 말이다. 우리 가족의 행복은 이제 내가 완전히 벨 다 코스타 그린이 되는 데에 달렸다.

《라틴어 입문》을 들어 올리는데 러셀 오빠가 소파에서 몸을 뒤척이는 바람에 나는 잠시 가만히 있었다. 그리고 오빠가 다시 잠들자 책장을 조용히 펼쳤다. 아빠 소식에 지쳤지만 쉴 수는 없었다. 전에는 성공하고 싶은 욕구가 있었다면, 이제는 단순한 욕구가 아니었다. 성공하는 게 내 임무였다.

6장

1906년 5월 24일
뉴욕

"그린 양."

모건 씨의 목소리가 그의 서재와 로툰다를 지나 내 사무실까지 들려왔다. 그의 고함 소리가 내 귀에 커다랗게 울릴 무렵 나는 이미 머리를 쓸어 넘기고 새 비취색 드레스를 바로잡은 다음 종이와 펜을 집어 든 터였다. 나는 언제 그가 나를 부를지 거의 초 단위까지 계산하는 방법을 익혔다.

사실 그건 딱히 마술도 아니었다. 모건 씨가 나를 부르기 전에는 항상 책상에서 의자를 밀어내는 독특한 바닥 긁는 소리가 났기 때문이다. 사자의 발 같은 호두나무 다리가 대리석 바닥을 천천히, 조심스럽게 긁는 소리. 그 소리가 건물 전체에 울리면 내 책상 위의 수많은 일들을 물리치고 모건 씨가 원하는 일을 할 준비를 했다. 마음만 먹으면 마술사라도 되는 것처럼 그가 실제로 나를 소리쳐 부르기 직전에 로툰다를 지나 문가에 나타날 수도 있었다. 물론 나는 마술사가 아니지만. 나의 성공이 그의 기분에 달려 있긴 하지만, 너무 그에게 매달리는 것처럼 보이는 건 도움이 되지 않을 것이다. 대신에 나는 기대감 속에 일어나 내 이름이 들릴 때까지 기다렸다. 그런 다음 그의 앞에 나타났다.

"그린 양!"

그는 내가 그의 사무실 문틀에 기대서 있다는 걸 알아채지 못하고 다시 소리쳤다.

"네, 대표님."

내가 대답했다. 언제나처럼 그는 내가 그의 문간에 이렇게 빨리 나타난 것에 깜짝 놀란 표정으로 나를 바라볼 게 분명했다. 그에게 고용된 지 몇 달이 지나도록 같은 반응이 되풀이되는 건 상당히 재미있었다. 하지만 모건 씨와 만날 때마다 모든 대화에서 올바른 태도를 취하고 점점 늘어나는 그의 다양한 요구에 대비해야 한다는 것은 별로 즐겁지 않았다. 그의 보물 목록을 기록하고 정리하는 일이든, 구매에 대한 조언을 하고 여러 시설에 빌려준 예술품과 책들을 회수하고 컬렉션을 보고 싶다는 요청에 대응하는 일이든, 모건 씨를 방문하는 딜러들을 만나는 일이든, 그런 딜러들에게 나중에 편지를 보내는 일이든, 내 책임이 점점 커져갈수록 나에 대한 그의 평가도 높아져가는 것 같았다. 사람들 속에 섞이기 위해, 주위를 경계하고 자기 변신을 하면서 본래 신분을 감춰온 세월이 있으니 모건 씨가 아무리 이랬다저랬다 해도 대비할 수 있을 거라고 생각했고, 어느 정도는 그랬다. 하지만 눈치 빠르고 재능 넘치고 변덕스러운 모건 씨는 내가 지금껏 만난 그 어떤 사람과도 달랐고, 그가 요구하는 것들 역시 그랬다.

그는 마음을 가다듬고 소리쳤다.

"그 망할 캑스턴은 아직도 진전이 없나?"

내가 대답하기도 전에 그가 말을 이었다.

"언제 그걸 내 컬렉션에 덧붙일 거지?"

다른 모든 요구 사항들과 더불어 모건 씨는 주기적으로 캑스턴 판 《아서 왕의 죽음》에 대해 묻곤 했다. 그가 정말로 이 찾기 어려운 물건을 바란다는 건 알지만, 나한테 뭔가 짜증이 났을 때 종종 이 얘기를 꺼내곤 했다. 해내기 어려운 임무에 주의를 환기시킴으로써 누가 주도권을 갖고 있는지 상기시키려는 것이었다.

"주요 인큐내뷸라 수집가들과 박물관에 계속해서 그 원고의 행방에 대해 물어보고 있습니다."

나는 그렇게 말하고 덧붙였다.

"그게 정말로 존재한다면, 제가 찾아낼 거예요."

그의 입술 곡선과 가늘어진 눈으로 보아 별로 달가워하지 않는다는 걸 깨달았지만, 다행히 그는 다음 이야기로 넘어갔다.

"레녹스 도서관에서 상자는 왔나?"

피어폰트 모건 도서관을 짓기 전에 모건 씨는 자신의 예술품과 책 컬렉션 상당수를, 무엇보다도 보관을 위해, 전 세계 박물관에 빌려주었다. 이제 나는 그 일부를 회수해서 도서관으로 안전하게 가져온 다음 이곳이나 다른 곳에 자리를 찾아주는 골치 아픈 임무를 맡았다.

"내일 여기 올 거라고 들었습니다, 대표님."

그는 이상하리만큼 말이 힝힝거리는 것 같은 낙담한 코웃음 소리를 내고서 말했다.

"사람들한테 내 물건을 시간 맞춰서 돌려달라고 요구하는 게 그렇게 과한 일인가?"

그가 책장의 유일하게 비어 있는 자리를 가리키며 말을 이었다.

"내가 레녹스 도서관에 빌려준 책들로 저 커다란 빈 공간을 채웠으면 해. 나한테-"

그가 잠깐 말을 멈췄다가 이었다.

"내일 여기에 특별한 친구가 방문할 텐데 내 서재가 완벽하게 보여야 한다고."

나는 이 특별한 친구의 정체를 딱히 알고 싶지 않았다. 이 특정한 '친구들'이 변화무쌍하고 우정이 얼마 못 간다는 사실을 알기 때문이다.

그에게는 '특별한 친구들'이 여럿 있었다. 현재 그의 정부(情婦)는 뉴욕의 저명한 사업가의 아내 두 명과 영국 자본가의 미망인이었다. 그리고 나는 그들이 도서관에 번갈아 드나드는 데 익숙했다. 그의 서재를 더욱더 완벽하게 만들라는 이 다급한 요구는 새로운 애인이 등장했다는 의미일 수도 있고, 모건 씨와 다이아몬드 짐 브래디(본명은 제임스 뷰캐넌 브래디, 미국 도금시대의 유명한 사업가이자 자본가-옮긴이)가 유명 배우이자 가수인 릴리언 러셀을 두고 경쟁을 벌인다는 가십난의 소문이 진실이 아닐까 궁금해졌다. 그 유명한 여배우 러셀이 도서관에 들른다면 엄마한테 모건 씨의 여자 방문객들에 대해 이야기하지 않는다는 나의 규칙을 깰지도 모르겠다.

"약속이 몇 시인가요, 대표님? 사서장이 판화가 굉장히 부서지기 쉬워서 배송용 상자를 특별히 만들어야 한다고 얘기했습니다만, 그래도 내일 아침에는 도착할 겁니다."

"그 사람이 아마도 여기에-"

"아빠"라는 소리가 입구에 메아리치며 그의 말을 끊었다. 그의 막내, 서른두 살에 미혼인 딸 앤의 목소리에 정확하게는 그가 입을 다물었다.

모건 씨의 연애는 그다지 공공연한 비밀이 아니었다. 종종 그는 내키지 않은 앤을 설득해서 위장 삼아 데리고 정부와 함께 여행을 갔으니까. 하지만 그의 연애를 공개적으로 이야기하는 건 금지였다. 오늘의 주제는 신중함이고, 그래서 나는 이 대화를 지금은 끝내야 한다는 걸 잘 알았다.

"아빠!"

앤이 아빠를 다시 한 번 불렀다.

"서재다!"

그가 소리쳤다.

모건 부인은 집에서, 말 그대로 바로 옆집에 사는데도 도서관에 거의 들르지 않았으나 네 자식들은 달랐다. 막내인 앤과 결혼한 아름다운 줄리엣과 제일 사랑받는 루이사는 정기적으로 도서관에 들르곤 했다. 하지만 아버지가 이곳에 있으면 거의 매일 들르는 건 아들이었다. 잭이라는 별명을 선호하는 존 피어폰트 2세는 가족 사업의 경영권을 물려받기 시작해서 종종 아버지와 상담하러 왔다. 가끔 우연히 그들의 대화를 엿듣다 그들의 불편한 관계에 움찔 놀라곤 했다. 잭은 항상 공손했고 모건 씨는 언제나 고압적이고 종종 비판적이었다.

줄리엣과 루이사, 잭은 내 존재와 내가 그들의 아버지 곁에 있는 게 예술품과 책 수집가로서 그가 하는 일에 필수적이라는 점을 받아들였고 상당히 유쾌한 사람들이었다. 반면 앤은 몇 달 동안 내가 모건 씨에게 유용하다는 사실을 입증했음에도 불구하고 아버지의 여자 사서를 별로 달가워하지 않았다. 그녀가 다른 여자들을 지지하는 활동을 한다는 것을 아는 터라 그녀의 냉정한 태도에 깜짝 놀랐다. 그녀는 친구인 엘시 드 울프의 실내장식 홍보를 돕기 위해 베르사유 근처에 있는 빌라 트리아농을 부분 소유하고 있었다. 그녀는 뉴욕 최초의 여성 사교 클럽인 콜로니 클럽을 조직하는 것을 도왔고, 최근에는 여러 산업계의 여성 노동자들을 지지하고 여성 참정권을 논의하는 데 관심을 갖기 시작했다. 아버지가 바람 피우는 걸 보면서 그의 주위에 있는 대부분의 여자를 꺼리게 되었거나 자신 외의 여자가 아버지의 시간을 그렇게 많이 점유하는 걸 질투하는지도 모르겠다.

서재로 들어선 앤은 색깔과 숱이 아버지와 꼭 닮은 검은 눈썹을 치켜올렸고 그 아래로 검은 눈이 이글거렸다. 도서관에서 일을 시작하고 며칠 뒤 앤을 만났을 때 처음 머릿속에 떠올랐던 단어는 '튼실하다'였다. 앤은 키가 크고 널찍한 어깨에 엉덩이가 큼지막했는데, 묘하게 아주 값비싼 옷도 그녀가 입으면 중후하게 보였다. 예를 들어 오늘은 내 한 달치 봉급보다 비쌀 것 같은 목깃이 높고 퍼프 소매가 달린 하얀 블라우스에 허리가 살짝 들어간 검은 치마를 입었지만, 그 조합도 영 칙칙해 보였다. 하지만 그런 아줌마스러움이 그녀의 강건한 성품을 손상시키지는 못했다.

"아, 그린 씨랑 함께 계셨군요."

그녀는 나에 대한 일종의 인사처럼 아빠에게 그렇게 말했다.

"제가 방해가 됐나요?"

앤이 여러 가지로 해석할 수 있는 투로 마지막 말을 길게 끌었다.

"우린 레녹스 도서관에 빌려준 것들에 대해 의논하고 있었다만, 너는 언제 와도 환영이지. 너도 알잖니."

모건 씨의 말투는 조심스러우면서도 세심했다. 모든 자식들 중에 앤은 그가 가장 주의를 기울이는 상대였다. 그녀의 정치적 성향은 자유주의, 심지어 비정통적인 방향으로 점점 더 기울어지고 있어서 모건 씨의 사상과 상충되었다.

그는 앤이 가족과 연을 끊지 않을까 두려워했고, 그래서 필사적으로 그녀를 곁에 두려고 했다.

그녀는 아버지를 보고 미소 지었으나 나를 힐끗 볼 때는 그 환한 표정이 조금 사그라졌다.

"엄마가 밴더빌트 집안 사람들이랑 오찬하는 자리에 아빠도 오실 건가 물어보셨어요. 오실 거면 저랑 같이 집으로 가실 건지도요."

그는 벽난로 위의 시계를 쳐다보았다.

"아침 식사 때 네 엄마에게 오찬에 참석하겠다고 말했던 것 같은데. 하지만 밴더빌트 가는 1시간도 더 있어야 올 거다, 앤."

뒤이은 침묵 속에서 나는 모건 씨가 왜 오찬 파티에 1시간이나 일찍 가야 하는지 설명을 기다리고 있다는 걸 알아챘다. 하지만 앤은 설명할 생각 없이 그냥 버텼다. 나는 그들이 다른 무엇보다도 그 완고함과 강한 성격 면에서 꼭 닮았다는 걸 지난 몇 달간 알게 되었다. 이 침묵이 혹시 나 때문이려나? 모건 씨가 무언의 요청을 이해한 건가? 그의 사업 문제이든 사생활 문제이든 종종 내가 그의 세계라는 강물의 한가운데로 뚝 떨어진 기분을 느꼈다. 내 눈앞에서 벌어지는 대화가 어디서 유래된 건지, 무슨 의미가 담겨 있는지 이해할 수가 없기 때문이었다.

그는 방 안 전체가 무겁게 느껴질 정도로 묵직하게 한숨을 내쉬었다.

"정해진 점심시간에 너와 합류하도록 하마. 하지만 일찍은 안 갈 거다."

나를 향해 손짓하며 그가 말했다.

"사람들과 어울리기 전에 그린 양과 나는 처리해야 할 업무가 있어."

"업무요?"

앤이 그의 말에 도전하는 투로 말했다. 그가 아무 대답도 하지 않자 그녀의 눈이 가늘어졌다.

"그러세요, 아빠."

그의 거절이 어떤 면에서 그녀에게 상처가 된 것 같았다. 그녀는 나가려다가 서재 문을 지나가기 전에 분명 비꼬는 투로 덧붙였다.

"아빠의 소중한 그린 양과 아빠를 갈라놓을 마음은 전혀 없어요."

그녀가 나갔고, 한참 동안 우리는 말없이 로툰다에 울리는 앤의 구두 굽 소리만 들었다. 나도 내 사무실로 돌아가야 하나 슬슬 고민이 될 때 그가 한숨을 쉬며 말했다.

"책을 읽어주게, 그린 양."

이것은 새로운 요구는 아니었다. 물론 내가 이 일자리를 얻었을 때 예상했던 임무는 아니지만 말이다. 나는 선반 위쪽에 쌓여 있는 작은 책 더미 쪽으로 걸어갔다.

"오늘은 어떤 얘기를 듣고 싶으신가요, 대표님?"

처음 그가 나에게 책을 읽어달라고 했을 때 나는 깜짝 놀랐다. 거의 일흔 살에 가까운 자본가는 혼자서도 거뜬히 책을 읽을 수 있고,

사서는 보통 고객이 아이들이 아닌 이상 소리 내서 책을 읽어주지 않는다. 하지만 나는 그 요구에 따랐고, 그의 성경 중 한 권을 읽었다. 그날은 감옥에 갔다가 왕자가 되는 요셉 이야기였다. 낭독은 그의 마음을 진정시켜주었다. 이제 그는 규칙적으로 희귀한 인큐내뷸라 성경이나 그가 구입을 고려 중인 책 중에서 한 권을 골라 나에게 소리 내서 읽어달라고 부탁하곤 했다.

"성경으로 하지. 요나 이야기가 어떨까?"

호화로운 금박 채색 그림이 있는 13세기 초의 교훈적 성경(Bible moralisée)을 고르고 싶은 마음이 솟구쳤지만, 거기에는 그가 원하는 이야기가 들어 있지 않았다. 그래서 나는 비교적 평이한 18세기 성경을 집어 들고 그의 책상을 마주 보는 자리에 앉았다. 다른 사람의 컬렉션이라면 중심이 될 만한 성경이지만, 여기서는 전혀 아니었다.

예언자라는 소명을 거부해서 결국 분노한 신이 보낸 격렬한 폭풍우에 휘말린 남자에 대한 오래된 이야기를 읽는 동안 모건 씨의 눈이 파르르 감겼다. 그가 잠이 들었든 어떻든 나는 계속 읽다가 요나가 고래 배 속에서 살아남아 결국 자신의 역할을 받아들이게 되는 이야기까지 마무리했다.

몇 초쯤 조용하다가 모건 씨가 중얼거렸다.

"가끔은 내 가족들보다 내가 더 오래 살려면 고래가 나를 통째로 삼키는 방법밖에 없을 것 같단 말이지."

내가 지금과 다른 사람이었다면 그의 가족 이야기를 화두로 삼아 오늘 그와 앤 사이에 흐른 은근한 분위기에 관해 물어보았겠지만, 나는 절대 그러지 않을 것이다. 그저 추측하는 걸로 만족해야 한다.

그가 갑자기 눈을 번쩍 떴다.

"드레스가 참 예쁘군."

"고맙습니다."

그가 알아챘다는 사실이 기뻤다. 월급을 신중하게 관리해서 드레스 두 벌을 더 살 수 있었고, 오늘은 B. 앨트먼의 판매원이 볼레로 웨이스트의 프린세스 가운이라고 말한 옷을 입고 있었다. 그게 이번 봄 시즌에 가장 최신 디자인인 모양이었다.

처음 이 일을 시작할 무렵에는 모건 씨가 내 외모를 칭찬하면 어떻게 받아들여야 할지 몰랐다. 그의 평판이 머릿속에서 항상 맴돌았다. 하지만 시간이 흐르면서 나는 모건 씨가 최소한 어느 정도는 아버지의 눈으로 나를 본다는 걸 알게 되었다.

"자네는 패션 감각이 있어."

그의 말투에서 기분이 좀 나아졌다는 게 느껴지자 나는 미소를 지었다.

"앤이 자네랑 쇼핑 가는 데 동의하면 좀 좋을까."

모건 씨가 앤과 내가 이런저런 방식으로 함께 어울리길 바란다는 말을 한 게 이번이 처음은 아니었다. 하지만 내가 보기에 앤과 나는 친구가 될 운명은 절대 아니었다.

모건 씨가 다시 주제를 바꾸었다.

"떠날 때까지 30분 남았군. 레오 올시키의 이 원고를 어떻게 생각하는지 말해보게."

고래 배 속에서 여자의 옷을 지나 피렌체의 출판업자이자 중개인까지. 이런 식으로 이 주제에서 저 주제로 확확 바뀌는 건 가장 자주 반복되는 그의 특징 중 하나였고, 나도 거기에 적응하는 수밖에 없었다.

머칠 전 올시키 씨의 보조원이 대단히 희귀한 키케로의 《변론가론(De Oratore)》 1468년 판본을 가져와 모건 씨가 구매할 마음이 있는지 알아보았다. 무려 판나르츠와 슈바인하임 인쇄본이었다. 나는 책을 살펴보고 뛰어난 솜씨의 조판과 삽화가 들어간 책을 내가 오랫동안 연구할 수 있게 되었다는 사실에 흥분했다. 또한 중개인이 가격을 제시한 편지도 꽤 오래 살펴보았다.

"표지와 내지 모두 훌륭한 상태예요. 판나르츠와 슈바인하임이라는 것도 눈여겨볼 만한 부분이고, 대표님의 컬렉션에서 그 부분을 분명 풍성하게 채워줄 겁니다."

나는 침착한 모건 씨와 몇 달 동안 일하면서 얻은 자신감으로 말했다. 모건 씨는 과도한 질문이나 은근한 눈짓 같은 걸로 내 혈통을 단 한 번도 묻지 않고 자신의 백인 사서로 나의 입지를 확고하게 만들어주었다. 그래서 나는 어느 정도 자신만만했다. 하지만 마음이 편하지는 않았다.

"그렇지."

그가 인정하듯이 고개를 끄덕였다.

"조카분께서 프린스턴에 판나르츠와 슈바인하임 책의 훌륭한 표본을 기증하셨죠. 덕택에 포상을 받으셨고요."

내가 말했다.

"그래, 그랬지. 베르길리우스."

내 평가를 듣는 동안 그의 눈이 가늘어졌다.

"하지만 뭔가 이의가 있군, 그런 양. 머뭇거리지 말고 자네 생각을 말해봐."

나를 정말 잘 아신다니까, 나는 즐거운 기분으로 생각했다.

"시장가격과 비교했을 때 올시키 씨가 요구하는 가격은 말도 안됩니다. 대표님께 모욕적이에요."

나는 '모욕적'이라는 단어를 신중하게 골랐다. 나의 고용주는 언제나 부르는 값을 지불하고 절대 흥정하지 않는 데에 자부심을 갖고 있었다. 그는 값을 깎는 건 '품위 없다'고 생각했기에 올시키의 가격을 단순히 바가지라고 말하는 걸로는 마음을 바꾸지 않을 것이다. 하지만 모건 씨는 모욕을 참아주는 사람이 아니었다.

그가 의자에서 몸을 똑바로 세웠다.

"무슨 뜻이지?"

"8천 프랑이요? 올시키 씨는 대표님이 J. P. 모건이기 때문에, 대표님의 재산과 관대함을 잘 알기 때문에 그런 가당찮은 금액을 요구한 거예요. 하지만……"

내 말이 차분하고 단호하게 들리도록 천천히 숨을 들이쉬면서 말을 이었다.

"대표님께서 제가 문지기 역할을 할 수 있게 허락하신다면, 앞으로는 올시키 씨가 이런 뻔뻔한 행동을 하지 못하게 할 겁니다. 그리고 여전히 대표님은 판나르츠와 슈바인하임의 《변론가론》을 손에 넣으실 수 있고요. 우리는 대표님을 현대판 메디치로 만들 거예요. 책 컬렉션만이 아니라 모든 면에서요. 그리고 캑스턴도 구하실 수 있겠죠."

그의 입술에 미소가 스쳤다. 젊고 조그만 사서가 J. P. 모건이라는 악명 높은 거인의 경비병 역할을 한다는 아이디어가 그를 유쾌하게 만든 것 같았다. 그리고 그 유명한 르네상스 시대 피렌체의 은행가 집안과 비교한 것 역시 그를 즐겁게 만들었을 것이다.

"좋아, 그런 양. 자네가 나와 커져가는 내 컬렉션을 지키고 싶다면-"

그는 혼자 낄낄 웃고서 말을 이었다.

"그럼 내 적들을 알아야겠지. 나흘 후에 밴더빌트 저택에서 열리는 파티에 참석하게. 거기서 중개인과 전문가와 수집가의 모습으로 내 라이벌들을 만나볼 수 있을 거야."

처음 내 귀에 들린 건 그의 동의뿐이었다. 도서관에서 이렇게 폭넓은 역할을 하는 게 바로 내가 목표하던 거였다. 하지만 그가 방금 자신의 사교 서클, 그의 가족과 친구들뿐만 아니라 라이벌들로 가득한 세계에 나를 초대했다는 사실에 희열만큼이나 경계심이 커지기 시작했다. 미국에서 가장 부유한 일가 중 한 곳에 가게 되었으니 신중하게 행동해야 할 것이다. 벨 마리온 그리너라는 유색인 여자가 벨 다 코스타 그린이라는 이름으로, 더 넓은 백인 세계로 들어가는 문지방을 넘어간다면, 적들은 대단히 위험한 존재일 테니까.

7장

1906년 5월 28일
뉴욕

밴더빌트 저택 현관에 들어서자 상의가 크리스털과 진주로 반짝거리는 아름다운 드레스 차림의 여자들과 파티용 정장을 입은 남자들로 가득했다. 내 입이 딱 벌어지지 않도록 애써야 했다. 벌써부터 나는 밝은 곳을 찾느라 사람들이 쳐다보지도 않는 어두컴컴한 그림자 같은 존재가 된 기분이었다. 아직 파티장에 들어서지도 않았는데 말이다.

나는 밴더빌트 가의 집사 두 명 중 첫 번째 사람에게 초대장을 보여주었다. 밤색 머리에 하얀 조끼를 입은 남자는 짙은 갈색 눈에 특수 렌즈라도 낀 것처럼 눈을 가늘게 뜨고 나를 응시했다. 그의 시선에 긴장되어서 나는 머릿속으로 엄마의 가르침을 떠올렸다. '몸을 곧추세우고, 어깨를 펴고, 차분한 눈으로 쳐다보고, 절대 바깥으로 시선을 돌리지 마.' 내가 엄마의 요구에 전부 맞췄다고 생각했는데, 아무래도 뭔가 잘못되었나 보다.

가장자리를 금박으로 두르고 돋을새김된 카드를 건넬 동안 집사는 계속 나를 쳐다보았다. 그의 시선이 나에게서 초대장으로 내려가는 동안 심장이 쿵쿵거렸다.

'조심하고, 절대 눈에 띄는 행동은 하지 마라.'

내가 뭔가 잘못했나? 아니면 거의 매일 마음속으로 준비했던 순간, 내 비밀이 만천하에 드러나는 순간이 바로 지금인가? 나는 질문을 기다리며 의분에 찬 어조로 대답할 준비를 했다.

"혼자 오셨습니까?"

나는 눈을 깜박이고는 숨을 내쉬었다. 그는 내 피부색을 주시한 게 아니었다. 하지만 그가 질문을 반복하자 나의 안도감은 금세 사라졌다.

"네."

목소리가 머뭇머뭇 나와서 좀 짜증이 났다. 왜 저런 질문을 한 거지? 내가 뭘 잘못한 걸까?

그는 못마땅한 얼굴로 고개를 흔들었지만 곧 나에게 들어가라고 손짓했다. 나는 그의 말없는 비난을 피해 재빨리 들어갔다. 그가 나의 경솔한 행동을 두고 다른 집사에게 속삭이는 소리가 등 뒤에서 들리는 기분이었다. 최소한 그 속삭임은 내 사교적 예의범절이 부족하다는 내용뿐이겠지.

커다란 파티장으로 들어온 다음에야 집사의 쏘아보는 눈길에서 벗어난 기분이었다. 왜 모건 씨가 나에게 동반자가 필요하다는 말을 해주지 않은 걸까? 내가 모르는 게 또 뭐가 있을까? 무능한 사람이 된 기분을 좀 가라앉히려고 지나가던 웨이터에게 크리스털 샴페인 잔을 받아 들었다. 금빛 스파클링 음료를 마시니 파티장에 서 있는 게 좀 편해지긴 했지만, 이제 나보다 얼마나 더 높은 지위에 있는지 전혀 모르는 사람들과 어울려야 할 차례였다. 내가 이 도약을 훌륭하게 성공시킬 수 있을까?

보석을 걸친 여자들과 벽에 걸린 금색 액자 속 중세 걸작들 중에 뭐가 더 빛나는지 모를 정도였다. 움직이는 것이든 아니든 간에 이처럼 휘황찬란한 존재들과는 피어폰트 모건 도서관에서조차 함께 있어본 적이 없다.

나는 엄마와 테디와 함께 몇 시간에 걸쳐 개조한 내 드레스를 내려다볼 뻔하다가 멈췄다. 이 오래된 에메랄드색 실크 드레스에 뭐하러 복잡한 레이스 캡 소매를 달겠다고 고집을 부리고, 심지어 이 소매가 패셔너블하지만 부적절하리만큼 화려하지는 않다고 엄마와 싸웠는지 모르겠다. 내가 투쟁까지 해서 단 이 소매는 여자들의 가슴이 또 다른 형태의 장식 역할을 할 만큼 목선이 깊게 파인 드레스로 가득한 이 파티장에서는 확실히 촌스러워 보였다. 최소한 테디가 깃털 장식이 달린 높다란 모자를 쓰라는 훌륭한 아이디어를 냈다. 이게 내 차림새를 조금이나마 구했고 나에게 자신감을 부여했다.

이 공작새들이 낮에는 어디서 사는 걸까? 나는 그런 생각을 했다. 아니면 깃털을 벗어던지고 장식 없이, 아무도 알아보지 못하는 모습으로 길거리를 돌아다닐까? 그 생각에 웃음이 나왔고, 잔을 내밀자 또 다른 웨이터가 내 잔에 샴페인을 더 부어주었다. 어떻게 나에게 밴더빌트 파티에 어울릴 만한 드레스가 있다고 생각했던 걸까? 내가 가진 어떤 화려한 옷도, 혹은 앞으로 갖게 될 것들조차 이런 행사에는 어울리지 않았다. 내가 갑자기 엄청난 재산을 얻게 돼서 그중 상당량을 옷값으로 쓸 게 아니라면 말이다. 오늘 밤 내가 바라는 건 투명인간이 되는 것뿐이었다. 아무도 아직까지 나에게 말을 걸지 않은 걸로 봐서는 그렇게 된 것 같긴 하지만.

잠깐 동안 나는 아빠가 오늘 밤을 어떻게 생각하실까 상상한 다음 멈춰 서서 숨을 깊게 들이쉬었다. 모차르트 외삼촌이 엄마한테 보낸 편지를 읽은 지 몇 달이 지났지만 내 분노와 슬픔은 그대로였다. 그러나 아빠에 대한 사랑도 줄어들지 않았고, 여전히 이 경험을 아빠와 함께 나누고 싶었다. 아빠는 내가 여기 있게 된 이유이니까.

나는 아빠에 대한 생각을 지우고 지금이 저택을 돌아다니기 딱 좋은 시간이라고 생각했다. 웃고 떠드는 수십 명의 커플들 옆에서 나는 두 개의 곡선형 계단이 있는 널따란 5층짜리 캉(Caen)석 로비를 지나 우리 가족이 사는 아파트 전체보다 큰 공간을 돌아다녔다. 그다음에 정원이 보이는 숨 막히게 아름다운 일광욕실로 들어갔다. 한쪽 옆으로 오늘 밤 여기서 처음으로 유색인들이 보였다. 손님들 사이를 돌아다니는 서버들이었다. 나는 재빨리 시선을 돌렸다. 그때 앤 모건이 언니 줄리엣과 대화에 열중하고 있는 모습이 보였다. 그들이 내 쪽을 보자 나는 안도했다.

줄리엣이 손을 흔들었고 나도 마주 흔들었다. 연보라색 크리스털이 박힌 하늘거리는 연보라색 드레스 차림의 그녀는 사랑스러워 보였다. 특히 좀 더 엄숙한 회색 드레스 차림의 앤 옆에 서 있어서 더욱 그랬다. 나는 미소를 띠고 그들 쪽으로 걸어갔다. 앤은 나를 노려보더니 줄리엣의 팔을 잡아당겨 반대편 거대한 아치형 양문을 지나가버렸다.

이 모욕적인 행동에 창피해서 온몸이 달아올랐다. 나는 어깨 너머를 차례로 돌아보았지만 이 방 안에 있는 쉰 명가량의 사람들 중 누구 하나 내가 있는 쪽을 쳐다보지 않았다. 지금 이 순간만큼은 투명

인간이 된 듯한 상황이 다행스러웠다. 원래부터 그럴 생각이었던 것처럼 나는 넓은 공간을 계속 걸어가면서 집사의 응대와 앤의 모욕 중 뭐가 더 끔찍한지 생각하지 않으려고 노력했다.

무시당한 일은 머릿속에서 지우고 나는 이 웅장하고 사치스러운 저택의 경이로움에 빠져들었다. 일광욕실에서 나와 피어폰트 모건 도서관의 원대함에는 전혀 못 미치는 밴더빌트 가의 도서관으로 들어갔다. 그래도 이 한 칸의 방은 어두운 영국식 패널과 하얀 대리석 조각 장식 벽난로, 바닥부터 천장까지 수천 권의 책이 가득한 책장으로 인상적이긴 했다. 그다음에는 보라색 벨벳 벽에 초상화와 풍경화가 걸려 있는 갤러리를 지나 서른 명이 한 번에 식사할 수 있을 것 같은 식당, 마지막으로 대리석으로 마감한 음악실에 들어갔다. 하나하나 지나갈 때마다 방은 더욱 호화로웠다. 저택의 일차적 목적이 소유주의 부를 드러내는 것뿐만 아니라 귀족의 지위를 보여주는 것인 듯했다. 신흥 부자에서 1700년대부터 지위를 공고하게 유지해온 뉴욕 사회의 핵심층, 소위 포헌드레드(Four Hundred)에 들어가게 된 밴더빌트 집안의 입지전적 출세를 생각해보면 놀랄 일도 아니었다.

그에 비해 모건 씨는 대규모 부동산에는 별로 관심이 없었다. 그의 집, 매디슨가와 36번가 모퉁이에 있는 근사한 저택은 5번가에 사는 그의 동년배들의 기준으로 보자면 꽤 수수했다. 나는 그가 깜빡하고 집무실에 놔두고 온 에칭을 갖다 달라고 해서 딱 한 번 그의 집에 가보았다. 하지만 당연히 모건 씨도 나름의 사치를 부린다. 여자, 미술품 컬렉션, 선원 70명이 필요한 300피트짜리 원양선 커세어 3호. 모건 가는 사치스럽고 편안하게 살았지만 남들 눈에 화려하게 보이지는 않았다. 반면 5번가의 신흥 백만장자들의 목적은 남들에게 화려하게 보이는 것인 듯했다. 하지만 모건 씨의 부와 위상은 수 세대 전 보스턴에서 시작된 것이고, 그래서 그가 현대적인 느낌이 조금이라도 있는 예술품과 원고를 업신여기는 걸지도 모르겠다.

나는 대부분의 손님들이 춤을 추거나 열띤 이야기를 나누며 모여 있는 금박 장식의 2층짜리 파티장으로 들어섰다. 집 안에 파티장이 있다는 것 자체가 믿어지지 않을 정도였지만 나는 감탄하지 않으려고 애썼다. 파티장의 아름다움과 거대함을 생각하면 굉장히 어려운 일이었지만 말이다. 파티장 가장자리에 하얀색 도금 의자들이 나란히 놓여 있고, 창문에는 묵직한 금색 능라 커튼이 매달려 있었으며 수많은 샹들리에가 머리 위에서 흔들거렸다. 저택의 다른 어떤 방보다 압도적이었다. 넘쳐나는 실내장식 때문인지 손님들의 사교활동 때문인지 확실하게는 모르겠다. 그저 내가 완전히 혼자이고 미미한 존재인 것처럼 느껴질 뿐이었다.

가장자리로 물러나서 모건 씨를 찾으려고 파티장을 둘러보았지만 댄스 플로어에서 춤을 추는 커플들 너머로는 보기가 힘들었다. 다른 손님들은 이 세계를 편안하게 돌아다녔다.

나는 손님들의 행동거지와 그들이 교류하는 방식을 연구하기로 했다. 여자들을 보면서 그들이 말할 때 남자의 어깨를 부채로 톡 치거나 남자의 팔을 장갑 낀 손가락으로 살짝 건드리는 등 가볍게 상대를 만진다는 걸 깨달았다. 그리고 종종 옆으로 눈길을 슬쩍 던졌다. 이 여자들은, 나이가 많든 적든, 독신이든 유부녀이든 간에 모두 남자들을 가볍게 유혹했다. 엄마는 이런 교류를 절대 인정하지 않겠지만, 여기 어울리기 위해서는 나도 적응해야만 한다는 것을 알았다.

여자들 중 한 명이 내가 쳐다보는 걸 알아챘고, 나는 그 자리를 피했다. 모건 씨를 찾기 위해 나는 파티장 안을 돌아다녔다. 어디 있는 거지? 자신의 특별한 친구 중 한 명과 밀회를 나누기 위한 위장으로 나에게 초대장을 준 걸까? 그렇다면 공식적인 소개도 안 받고 내가 어떻게 그의 적들을 만날 수 있겠어?

갑자기 누군가 나를 쳐다보는 느낌이 들어서 돌아보았다. 모건 씨가 서 있을 거라고 생각하며 미소 지었지만, 나와 눈이 마주친 건 서빙하는 여자였다. 그녀를 참석자들과 갈라놓는 건 단순한 하얀 목깃의 검은 원피스와 풍성한 하얀 앞치마가 아니었다. 그녀를 눈에 띄게 만듦과 동시에 손님들의 눈에 보이지 않게 만드는 것은 진한 갈색 피부였다.

내 본능은 눈을 돌리라고 말했지만, 나는 그녀에게 끌렸고 우리의 눈은 계속 서로에게 고정되어 있었다. 엄마의 경고가 귀에 들리는 것 같았다.

'유색인을 만나거든 몸을 꼿꼿이 세우고 눈을 마주치지 마. 눈을 마주쳤을 때는 그냥 고개를 끄덕여서 아는 척하고 시선을 돌려.'

내 시선이 그녀에게 너무 오래 머물렀고, 잠깐 동안의 접촉만으로도 나는 '그녀가 안다'는 걸 깨달았다. 오늘 저녁 두 번째로 내 심장이 격렬하게 뛰었고 나는 여자의 눈빛을 읽으려고 노력했다. 내 속임수에 화가 났을까? 내 정체를 집주인에게 알리지 않을까? 내 상사에게? 엄마의 경고를 따르지 않아서 지금껏 내가 이뤄온 모든 걸 한순간에 잃게 될까? 내 비밀을 발설하지 말아달라고 빌어야 할까? 이 추락이 나뿐만 아니라 내가 사랑하는 모든 사람에게 영향을 미친다는 사실을 이해하게 만들어야 할까?

그녀가 다가오는 동안 그 질문들이 내 머릿속을 맴돌았다. 그때,

내가 어떻게 할지 결정도 하기 전에, 서빙하는 여자가 씩 웃었다. 크고 유쾌하고 자랑스러운 웃음이었다. 안도감이 가슴을 채웠다. 새로 찍은 동전 같은 피부색으로, 우리나라와 우리 국민들을 둘로 가르는 흑백분리라는 허약한 법률로 규정당한 이 여자는 자신의 동포 중 한 명이 조상들을 묶어놓았던 사슬처럼 여전히 그들을 옭아매는 규제에서 해방되었다는 사실이 자랑스러운 것 같았다.

그녀가 나에게 고개를 끄덕여 보였다. 숨을 가다듬고 마주 고개를 끄덕이기까지 조금 시간이 걸렸다. 그녀는 내 샴페인 잔을 채우더니 시선을 떼고 다른 손님들 쪽으로 걸어갔다. 하지만 내 눈은 그녀를 따라갔고, 나는 새로운 깨달음을 얻었다. 내가 얻은 일자리라는 선물 덕분에 나는 엄마와 형제들뿐만 아니라 많은 사람들에 대한 책임이 있었다. 내가 사는 세상은 내가 유색인인 줄 모를 수 있지만 이 여자처럼 내 비밀을 알아채는 사람들이 몇 명쯤 생길 거고, 사소한 면에서 나의 성공이 그들에게 희망을 주었으면 싶었다.

그녀가 손님들 사이를 헤치며 눈에 보이지만 보이지 않는 채로, 목례 한 번 받지 못하고 걸어가는 걸 보고 있으려니 입안에서 고급 스파클링 와인 맛이 쓰게 느껴지고 슬픔과 약간의 분노가 일었다. 이제 그걸 따라주던 사람의 손만 떠올랐다. 그 손은 무거운 것을 들고 서빙하느라 갈라지고 부어 있었던 반면 내 손은 새틴 오페라 장갑에 감추어져 있었다. 내가 서빙을 받는 동안 저 여자는 왜 서빙을 해야 할까? 내 피부가 비교적 하얗다는 사실이 왜 나한테 이런 특혜를 주었던 걸까? 이건 이해할 수 없는 일이지만, 일어나고 있었다.

이런 생각들이 밀려들자 이 퇴폐적인 장소를 떠나고 싶어졌다. 내 시간을 개인 공부에 쏟거나 도서관으로 돌아가 목록 작업을 마무리하는 편이 훨씬 나을 것 같았다. 나는 사람들로부터 돌아섰지만, 막 파티장 문지방을 넘어가려고 할 때 누군가 내 이름을 불렀다.

"이런, 그린 씨, 그린 씨인가요?"

내 뒤에서 목소리가 외쳤다.

"그린 씨 맞죠?"

나는 돌아서서 J. 피어슨 앤 코의 스마이슨 씨를 마주 보았다. 그는 모건 씨와 종종 함께 일하고 또 자주 옥신각신하는 훌륭한 예술품 중개인이었다. 우리는 피어폰트 모건 도서관에서 두 번 정도 만난 적이 있다.

"네, 스마이슨 씨."

"도서관 바깥에서 만나게 되다니 반갑습니다."

"도서관 바깥에 나오게 돼서 저도 기뻐요. 정말로요."

그의 시선이 내 위로 떠돌았고, 통통하고 발그스름한 얼굴에 놀란 표정으로 그가 말했다.

"근사하군요. 사서처럼 보이지 않습니다."

"제가 사서라고 해서 꼭 그렇게 옷을 입어야 하는 건 아니죠."

입을 막을 새도 없이 가벼운 대답이 흘러나왔다. 이것은 내가 자매들에게나 할 법한 쾌활한 대구였고, 별로 친하지 않은 사람에게는 절대, 절대 하지 않는 말투였다. 엄마가 못마땅해하는 게 느껴지는 것만 같았다.

그는 파티에 참석한 사람들이 우리 쪽을 흘깃거릴 정도로 깊고 듣기 좋은 소리로 웃었다. 사람들의 표정을 읽을 수도 있을 것 같았다.

스마이슨 씨를 즐겁게 만든 저 젊은 여자는 누구지? 이렇게 생각하고 있겠지.

"지금만큼은 절대 사서처럼 보이지 않는군요."

그가 말했다.

눈을 내리깔고 나는 속눈썹 사이로 스마이슨 씨를 올려다보았다.

"사람들이 뭐라고 하는지 아시잖아요."

그는 기대감에 눈썹을 치켜올렸다.

좀 더 가까이 다가가서 나는 파티장의 다른 여자들을 최대한 흉내 내서 그의 어깨를 손가락으로 건드리고, 머리를 뒤로 살짝 젖히면서 말했다.

"겉모습에는 속기 쉽다고요. 저한텐 남자들이 보는 것보다 더 많은 모습이 있답니다."

그가 껄껄 웃었고, 오늘 저녁 처음으로 나는 편안한 기분이 들었다. 그리고 불현듯 깨달음을 얻었다. 여기 어울리기 위해서는 이런 식으로 행동해야 했다. 엄마는 나에게 조심스럽게 행동하고 남들 속에 섞이라고 다그쳤지만, 이제야 엄마가 틀렸다는 걸 깨달았다. 이 사람들 속에 동화되려면 나는 대담하고 용감한 행동으로 남들과 다른 면을 훤히 드러내야 했다.

다른 남자들도 대단히 발랄해 보이고 재미있는 이야기를 하는 것 같은 젊은 여자를 만나려고 스마이슨 씨와 내 주위로 모여들었다. 한명 한명 인사를 나누며 나는 그들의 칭찬과 사교적인 말을 차례로 받아주다가 마지막에 이렇게 마무리했다.

"선생님께선 모든 여자들에게 그렇게 말씀하시겠죠. 하지만 그래도 어쨌든 그 말이 마음에 드네요."

남자들이 웃음을 터뜨렸고, 순간적으로 나는 다시 엄마를 떠올렸다. 엄마는 질겁을 하겠지만, 나는 상관하지 않을 것이다. 이것도 모건 씨 세계의 일부가 되기 위해 꼭 필요한 일이었다.

모건 씨를 발견할 무렵에는 내 주위로 상당히 많은 사람들이 모여 있었다. 그는 '특별한 친구'라는 틀에 꼭 맞는 낯선 여자와 함께 있었다. 그가 나를 알아채고는 친구에게 뭔가 짧게 말한 다음 여자를 뒤에 두고 입에 시가를 문 채 성큼성큼 걸어왔다. 나를 둘러싼 무리들이 그의 앞에서 갈라졌고 나는 도서관 밖에서 발휘되는 그의 뚜렷한 영향력에 새삼 감탄했다.

"아, 그런 양, 나의 적수들 여럿과 이야기를 나누고 있군."

그의 시선이 이 남자 저 남자를 차례로 지나쳐 스마이슨 씨에게 멈추었다.

"특히 이 친구 말이야."

모건 씨의 목소리가 커다랗게 울렸지만 말투는 놀랍도록 상냥했다.

스마이슨 씨가 그 꼬리표에 말을 더듬었다.

"모- 모건 씨, 전 언제나 모건 씨를 믿음직한 친구이자 정기적인 고객으로 생각해왔습니다."

185센티미터의 커다란 몸을 한껏 곧추세우고 모건 씨는 그 위풍당당한 눈썹 한쪽을 치켜올리며 반농담조로 물었다.

"자네는 '믿음직한 친구들' 모두에게 사기를 치려고 하나?"

나는 그가 벌이는 게임을 알아챘다. 모건 씨는 시장에 나오는 예술품과 필사본 전부에 접근하기 위해서 핵심 중개인들 모두와 관계를 유지해야 한다는 건 잘 알지만, 좀 더 약삭빠른 중개인들에게 사취당할 마음이 전혀 없다는 걸 알려주려는 거였다. 우리가 유럽 최고의 컬렉션에 필적하고 미국에서 가장 유명한 필사본 컬렉션을 만들려면 컬렉션 전체를 사들여야 하고, 그러려면 주요 중개인들 누구하고도 소원해져서는 안 된다. 그래서 농담조로 경고를 던진 것이었다.

"사기요?"

스마이슨 씨의 혼란스러운 얼굴이 곧 겁에 질렸다. 그보다 훨씬 가벼운 비난으로도 모건 씨는 사람들을 망하게 만든 전적이 있다.

"아, 이 신사분이 대표님께 문제 있는 모차르트 악보를 팔려고 했던 그분인가요?"

내가 머뭇머뭇 말했다. 모차르트의 제자 중 한 명이 적은 모차르트 협주곡 사본을 거장이 직접 적은 원본인 것처럼 속이려고 했던 사람이 피어슨의 중개인이라는 사실을 완전히 확신하지 못한 것처럼 말이다.

모건 씨가 고개를 끄덕이며 말했다.

"바로 이 친구지."

"다시는 그런 속임수를 마주할 걱정 안 하셔도 될 거예요."

내가 모건 씨를 보고 말했다.

"그런가, 그런 양? 왜 그렇지?"

그는 우리가 이 대화를 연습이라도 한 것처럼 물었다.

나는 미술품 중개인에게 시선을 돌렸다.

"왜냐하면 다음에 스마이슨 씨와 거래할 때는 피어폰트 모건 도서관의 문을 통과하는 어떤 골동품이든 그 진위를 확인할 방편을 마련해둘 테니까요. 그리고 검열을 통과할 수 없는 물품이 도착한다면, 물론 스마이슨 씨의 잘못은 아마도 아니겠지만……."

그가 저질렀던 문제적 행동에 대한 변명거리를 던져주었다는 걸 중개인이 깨닫길 바라며 잠깐 뜸을 들였다가 말했다.

"그러면 그 문제가 대표님의 책상에 도달하기 전에 처리해버릴 겁니다, 모건 대표님."

"훌륭하군, 그린 양."

모건 씨가 말했다.

"이게 옳지 않을까요, 스마이슨 씨?"

내가 상냥하게 물었다.

스마이슨 씨는 걱정스러운 동시에 안도하는 얼굴이었다. 고발당한 동시에 무죄 방면된 셈이니까.

"다시 모건 씨와 거래하게 된다면 저에겐 영예로운 일이 될 겁니다. 그리고, 그리고—"

그가 다시 말을 더듬었다.

"당신도요, 그린 씨. 그린 씨가 적당하다고 생각하는 방식대로 말입니다."

"잘됐군. 이리 오게, 그린 양."

모건 씨는 스마이슨 씨와 다른 사람들을 그렇게 간단한 말로 물리쳐버렸다.

나는 스마이슨 씨에게 살짝 목례한 다음 모건 씨와 함께 입을 반쯤 벌린 중개인을 두고 걸어갔다.

"저 친구를 잘도 갖고 놀더군."

그가 조용히 말했다.

"전 그저 제 고용주가 뭘 원하실까 생각한 다음 그대로 따랐을 뿐입니다."

모건 씨가 울부짖는 바다표범 같은 소리로 웃어댔다.

"자네는 그 어떤 사람도 못 하는 방식으로 나한테 말하는군, 그런 양. 자네보다 지위가 더 높은 남자들도 그렇게는 못 하는데. 내 아들은 말할 것도 없고."

그의 밝은 녹갈색 눈이 가늘어지며 면접 때와 똑같은 방식으로 나를 평가했다. 하지만 이번에는 여자로서 나를 평가했다는 사실을 분명하게 알 수 있었다. 음악이 흐르고 손님들이 우리 주위를 돌아다녔지만, 아주 잠깐 그 모든 것들이 조용해졌다. 우리 단둘만 남은 것 같았다. 우리 사이에 뭔가가 바뀌었다. 그는 더 이상 아버지 같은 존재가 아니었고, 더 이상 내 상사가 아니었다.

불편한 기분 대신 나는 끌림을, 매혹의 전율을 느꼈다. 팔을 따라 소름이 돋았지만, 곧 다시 음악이 들리고 나는 파티장으로 돌아왔다. 그 순간은 지나갔고, 모건 씨가 나에게 팔꿈치를 내밀었다.

"파티장을 좀 돌아다녀 보자고."

그가 가볍게 말했지만 목소리는 굵었다. 그 역시 우리 사이의 그 솟구치는 감정을 느낀 거였다.

"자네가 만나봐야 할 다른 적수들이 몇 명 더 있지."

8장

내가 자물쇠에 열쇠를 꽂기도 전에 아파트 현관문이 스르르 열렸다. 나는 앞으로 넘어질 뻔했지만 테디의 차분한 팔이 나를 잡아주었다.

"안 자고 뭐 하니?"

나는 혼내는 척하는 투로 속삭였다. 아마 자정이 넘었을 것이다.

"언니가 계단 올라오는 소리를 들었어."

그 애도 낮은 목소리로 말했다.

"파티 얘기를 아침까지 기다릴 수가 없었어."

이미 열아홉 먹은 처녀인데도 테디는 흥분한 어린아이처럼 말했다.

테디가 안 자고 기다릴 줄 알았어야 했다. 내 형제 중에서 J. P. 모건과 관련된 내 생활에 가장 관심이 많은 사람이 테디였다. 그 애는 시험 준비라도 하는 것처럼 신문 사회면을 열심히 읽었다. 〈레이디스 홈 저널〉이 그 애가 옷 입는 방법을 공부하는 지침서였다. 내 수수한 소매에도 불구하고 테디의 조언은 실제로 오늘 밤 내 드레스에 확실하게 도움이 되었다. 특히 모자를 쓰라는 제안이 아주 훌륭했다. 오늘 저녁에 관찰한 것들로 보아 내 자매들 모두가 패션에 관해 배워야 할 것 같았다.

"러셀 오빠는?"

갈색 소파가 비어 있는 것을 보고 내가 물었다.

"오빠는 학과 친구들이랑 나갔어."

테디는 내 질문을 일축하듯 한 손을 흔들며 대답했다. 그 애가 지금 얘기하고 싶은 건 딱 하나였다.

"으음."

우리는 소파에 나란히 앉았다. 나는 하품이 나오는 바람에 잠깐 말을 멈췄다. 아침이 그리 멀지 않았고, 왜 부자들이 주중에 파티를 하는 걸까 문득 궁금해졌다. 이 바보야, 나는 나 자신에게 말했다. 부자들은 일찍 일어날 필요가 없다. 원한다면 정오까지 자도 된다.

"집 이야기를 들을래, 드레스 이야기를 들을래? 둘 다 정말 휘황찬란했어."

"오, 당연히 드레스지."

거리의 가스등 불빛밖에 없었지만, 그래도 내 동생은 눈부시게 아름다웠다. 밝은 갈색 머리는 내 거친 곱슬머리와 완전히 다른 직모에 실크 같았다. 나는 매일 억지로 복잡하게 머리를 올려서 핀을 산더미처럼 꽂아야 머리가 차분해지는데, 그 애의 머리는 하얗고 예쁜 얼굴 주위에서 찰랑거렸다.

"가장 마음에 든 건 파란색 드레스였어. 파란색이 굉장히 짙어서 거의 까맣게 보였는데-"

테디가 내 말을 끊었다.

"언니가 제일 마음에 든 게 까만 드레스라고?"

테디는 무거운 상복 색깔을 좋아한다는 사실에 충격받은 것 같았다.

"내 말 다 안 끝났어. 드레스는 한밤중 같은 진한 파란색이었는데 치마랑 치마꼬리에 전부 크리스털이랑 색색의 보석이 별자리 모양으로 박혀 있었어."

테디가 헉 하고 숨을 들이켰다. 나는 말을 이었다.

"그 여자가 춤을 추니까 마치 밤하늘 같더라."

동생은 한 손으로 가슴을 눌렀다. 나도 그 애의 반응을 이해했다. 드레스가 교향악에 맞춰서 대리석 파티장 바닥에 원을 그리며 움직이는 걸 봤을 때 나도 그렇게 할 뻔했으니까. 나는 테디가 좋아할 만한 다른 드레스들도 설명했다. 그리고 보석 같은 색깔과 드레스 상의에 크리스털과 진주를 다는 게 유행이라는 것도 말해주었다.

그날 밤 내 기억에 깊이 남은 두 가지 순간에 대해서는 전혀 언급하지 않았다. 모건 씨와 나 사이에 끌림이 있었던 그 몇 초에 대해서는 아무 말도 하지 않았다. 비슷하게 유색인 하인과 눈이 마주쳤을 때의 충격에 대해서도 이야기를 꺼내지 않았다. 테디는 이해하지 못할 것이다. 그 애는 거의 평생 동안 엄마의 백인 세상에서 살아왔다. 우리가 DC를 떠날 때 테디는 겨우 한 살이었고, 우리는 뉴욕으로 온 이후에 엄마가 우리 이름을 바꾸고 과거를 날조하기 전부터 사실상 백인처럼 살았다.

가끔 테디의 밝은색 머리카락과 하얀 피부, 밝은 색깔의 눈동자를 볼 때면 우리의 하얀 피부가 가진 폭력적인 기원을 테디가 알까 궁금했다. 테디는 아빠를 기억할까, 아니면 그 애가 배운 모든 건 엄마한테서 나온 걸까?

내가 부르기라도 한 것처럼 엄마가 파란 잠옷 차림으로 침실에서 나왔다. 엄마는 아빠가 사 준 실크 잠옷 가운, 늘 입던 그 가운을 안 입고 있었다. 자다 깬 엄마의 눈은 푸석푸석했고, 우리 둘이 소파에서 속닥거리는 걸 보고서 입이 엄격하게 굳어졌다.

모차르트 외삼촌의 편지가 오기 전부터 엄마는 강해져야만 했다. 뉴욕에서 사는 건 종종 우리의 경제 사정을 넘어서는 힘겨운 일이었다. 그리고 우리의 진짜 신분을 비밀로 유지하는 건 시간이 흐를수록 점점 더 무거운 부담이었다. 매일 우리 주변의 세상이 점점 더 냉혹한 거부감을 드러내면서 잃을 게 더 많아졌다. 흑백분리가 남부의 법이긴 하지만, 짐 크로 법(흑인 차별 정책)의 촉수는 뉴욕까지 뻗쳐왔다. 수많은 정책들이 차별을 강화하고 유색인들을 제일 안 좋은 동네로, 최저 봉급과 최저 일자리로 밀어냈다. 아빠가 떠난 이래로 우리는 아슬아슬하게 살아왔지만, 백인으로서 그나마 좀 낫게 사는 거였다. 진짜 신분으로는 이렇게 살지도 못했을 것이다. 그리고 그건 다 엄마 덕분이었다.

엄마가 설교하기 전에 우리가 동시에 말했다.

"잘못했어요, 엄마."

그리고 우리의 작은 반항에 킥킥 웃었다.

"잘 자, 벨 언니."

테디가 나에게 재빨리 키스하고 침실로 들어갔다.

"저도 자러 가야겠어요. 파티 얘기는 내일 해드릴게요."

내가 말했다.

엄마는 아무 말도 하지 않았지만, 시선이 식탁으로 향했다. 거기에는 내 외국어 교재 더미가 가득 놓여 있었다. 내가 교재를 그냥 놔둬서 화가 나셨나?

"오늘치 공부를 해야 하는 거 아니니? 일하고 파티에 가기 전에는 아마 시간이 없었을 거고, 지금껏 공부한 걸 잊어버리고 싶지는 않을 테지."

놀라서 내 눈이 커졌다. 나는 성실하게 공부해왔지만, 어쨌든 이건 내가 선택한 공부이니만큼 하룻밤 정도는 빼먹을 수도 있었다.

"자정이 넘었어요, 엄마. 오늘 밤에 해도 될 것 같아요."

"정말 그럴까, 벨?"

그건 질문이 아니었다.

"라틴어와 독일어, 프랑스어 실력이 네 일자리에서 얼마나 중요한지 네가 얘기했잖니. 네가 실패하면 또 다른 J. P. 모건이 찾아와 네 문을 두드릴 거라고 생각하니?"

실패해?

우리는 잠깐 서로의 눈을 마주 보며 의지력 대결을 벌였다. 오늘 밤만이라도, 이번 한 번만이라도 그냥 엄마 딸이고 싶었다. 테디처럼 소중하고 상냥한 보살핌을 받거나, 기대를 저버려도 잃을 게 그리 많지 않은 루이즈 언니나 에델처럼 엄마가 차분히 지켜보는 대상이 되고 싶었다. 엄마가 나에게 침실로 가라고 하길 바랐다. 그래서 침대에 머리를 뉘고 내 짐을 내려놓고 싶었다.

"이리 오렴."

엄마가 나에게 손짓하고 식탁으로 걸어갔다.

나는 머뭇거렸다. 매일 밤 나는 그 식탁에 혼자 앉아 눈꺼풀이 무거워지고 제발 좀 쉬라고 애원할 때까지 공부했다. 엄마를 따라 식탁으로 가면서 나는 엄마가 뭘 하는 걸까 생각했다. 엄마가 의자에 앉아서 다른 의자에 앉으라고 나에게 손짓할 때까지.

파티용 드레스를 밤에 덮는 이불처럼 주위로 펼치고서 나는 라틴어 교재를 펴고 종속절 부분으로 넘겼다.

"어디부터 시작할까?"

엄마가 물었다.

엄마는 라틴어를 전혀 모르지만, 나와 함께 있어준다는 사실이 고마웠다. 엄마가 나를 돌보는 방식이 내 자매들과는 다를 수도 있지만, 어쨌든 이것도 보살핌이었다. 엄마는 정말로 나를 여전히 딸로 여겼다.

9장

1906년 11월 4일
뉴욕

모건 씨 세계의 일원이 되고 열 달 동안 나는 그의 컬렉션 목록을 만들고 책장을 정리하는 수준을 넘어 구입품에 관해 조언하고, 모건 씨의 명령에 따라 사교계 인사들이나 예술품 전문가들과 함께 오페라와 저녁 식사, 파티에도 참석했다. 나는 프릭 가 사람들과 사이좋게 르네상스 시대 그림에 대해 이야기를 나누고, 메트로폴리탄 박물관 관장 캐스퍼 퍼든 클라크와 장식미술의 세부적인 부분에 관해 이야기하고, 존 D. 록펠러와 댄스 플로어에서 춤을 추거나 오페라 극장에서 카네기 가문 사람과 필립스 가문 사람 사이에 앉아 있는 것에 점차 익숙해졌다. 이 모든 것을 고려할 때, 로툰다를 지나 모건 씨 사무실로 걸어가서 긴급 사안에 관해 이야기하는 것은 왜 아직도 어렵게 느껴지는 걸까?

나는 핑곗거리를 찾아 그의 사무실 앞을 지나갔다. 2시간 전 그의 책상 위에 올려둔 목록을 그가 살펴봤는지 확인하고 싶어서였다. 하지만 목록은 내가 펼쳐놓은 부분 그대로 거기 가만히 놓여 있었다. 오늘은 딱히 급한 일이 전혀 없는데도, 보스턴 경매의 원격 입찰 마감일은 다가오는데 목록은 그냥 방치된 채였다.

모건 씨가 살 만한 예술품을 고르는 일은 나에게 많이 맡겨졌지만, 결정은 자기 나름대로 생각한 뒤에 내렸고, 종종 나에게 다른 전문 가들의 견해도 들어보라고 요청하곤 했다. 내가 시장에 나온 미술 품과 필사본을 전부 다 입수할 수 있는 것도 아니었다. 몇몇 중개인 들은 나와 일하려고 하지 않았고, 오로지 나를 속일 수 있다는 생각 으로 접근하는 사람들도 있었다. 지난주만 해도 프라이스 씨가 모건 씨에게 "귀하의 도서관의 그 여자"에 관해 불만의 편지를 보냈다. 그 의 필사본이 그가 이야기했던 것보다 상태가 훨씬 형편없어서 내가 사지 않았기 때문이다.

모건 씨는 가차 없이 내 평가를 옹호하는 답장을 보내며 이후의 모든 협상에서 프라이스 씨를 나에게 보냈지만, 이런 편지를 한 통 만 받았을 리 없다. 내가 오페라와 극장에서 저녁 시간을 보내고, 모 건 씨의 사교 범위에 있는 수집가들과 중개인들, 큐레이터들과 함께 저녁 식사를 하곤 해도 내 동료들과 동등한 지위를 점하기에는 아직 부족했다.

이번에 로툰다를 지나갈 때 나는 모건 씨의 서재 앞에서 멈췄다. 그는 내가 종종 왕좌라고 부르는 자신의 세공 장식 책상과 의자에 앉아 신문을 읽고 있었다.

이러한 지연이 대단히 불만스러웠지만, 내색할 수는 없었다. 모건 씨는 잔소리와 구슬리기에 안 좋은 반응을 보였다. 나는 방으로 들 어갔다. 그는 〈뉴욕 데일리 뉴스〉를 계속 읽고 있었다. 나는 그의 책 상 앞 의자에 앉아서 목을 가다듬었다.

마침내 그가 시선을 들었다.

"여기서 뭘 하는 거지? 자네를 내 사무실로 부른 기억은 없는데, 그린 양."

그가 쏘아붙였다.

나는 날카로운 말투로 내뱉는 공허한 위협에 익숙해졌고, 그것 때문에 집중력이 흐트러지지도 않았다.

"대표님, 목록을 좀 확인해보셨나요?"

"자네의 예술품에 대한 욕망 말고 내가 신경 쓸 문제들이 많아, 그린 양."

그가 소리쳤다. 이건 더 이상 위협적이지 않았다. 그저 처리해야 하는 문제일 뿐이었다.

"모건 대표님, 이건 대표님의 컬렉션이에요. 저는 왕립과 사설 모두 합쳐서 유럽 최고의 시설들에 필적하도록 도우려는 것뿐이고, 이 매입은 그 목표를 위한 한 걸음이에요. 대표님께서 제 목적에 동의하신다고 생각하는데, 틀렸나요?"

나는 이와 똑같은 말을 그에게 여러 번 해야 했고, 모건 씨는 내 배짱 앞에서는 엄격한 겉모습을 거의 유지하지 못했다. 대체로 그는 웃음을 지었고, 그래서 나는 종종 그가 목소리만 크고 실제로는 무른 게 아닐까 생각하곤 했다. 그가 위협적이거나 사납지 않다는 건 아니다. 나는 그의 문을 통과한 수많은 자본가들과 산업계의 지도자들, 예술계의 주요 인물들에게 쏟아내는 그의 분노를 보았다. 심지어 자기가 생각하기에 멍청한 질문을 던지는 아들 잭에게도 화를 냈다. 하지만 그의 진정한 분노는 고함으로 표현되지 않았다. 침묵으로 드러났다. 내가 무슨 수를 쓰든 피하려고 하는 무시무시하고 오싹한 고요함.

"물론 자네의 목적에 동의해. 그게 나의 망할 놈의 목적이라고. 그 망할 캑스턴의《아서 왕의 죽음》을 구하는 걸 포함해서. 그거 아직 못 찾았나?"

"노력 중입니다, 대표님."

그가 그 특정 캑스턴 원고에 대해 말할 때마다 배 속이 울렁거렸다. 물론 여기 온 첫날부터 그걸 구하는 게 나의 최우선 순위였지만, 알고 보니 그건 화날 만큼 찾기 어려웠다.

"그것 때문에 내가 자넬 고용한 거야. 그거랑 고대 필사본과 중세 미술품에 대한 자네의 뛰어난 안목 때문에."

그의 장광설이 점점 줄어들면서 그가 다시 의자에 몸을 기댔다. 목록을 집어 들고 그가 말했다.

"흠, 캑스턴을 당장 얻을 수 없다면, 자네의 귀중한 성경이나 보자고."

"설명을 읽어볼까요?"

내가 물었다. 나는 경매 목록 사본을 들고 온 터였다.

그는 툴툴대는 소리로 동의했다.

"물품 번호 16번을 봐주시겠어요?"

나는 그가 그 부분을 펼치고 볼 때까지 기다렸다.

"1638년에 케임브리지 대학의 인쇄기로 인쇄한 성경입니다. 찰스 1세가 소유했던 판본이라고 하고, 그래서 빨간색 벨벳 표지에 은사로 왕의 이니셜과 문장을 수놓았고, 문장은 은과 보석으로 장식되어 있어요. 목록에는 보존 상태가 완벽하다고 되어 있고요. 성경의 출처를 추적해봤는데, 진품인 걸로 보입니다."

"구입해."

그가 간단히 말하고서 다시 신문을 집어 들었다. 그에게는 그 말 한마디로 해결되는 일이었다. J. P. 모건이 된다는 건 정말 마술 같은 일일 것이다.

안도감과 기쁨이 내 몸을 채웠다. 영국 왕이 손바닥 사이에 이 성경을 들고서 왕국의 안전을, 혹은 반역죄를 뒤집어쓰고 폐위된 자신을 위해 기도하는 모습이 떠올랐다. 이 오래된 책을 들고 자홍색 벨벳 표지를 넘겨 그 두툼한 책장을 펼치고 그 안에 있는 성스러운 글을 읽고 그 역사가 내 손에서 흘러가는 모습을 상상해보았다. 그리고 성경의 성스러운 내용을 통해 신이 왕의 곁에 더 가까이 오기를 바라며 인쇄판에 온갖 글자들을 힘겹게 배치하고, 그 훌륭한 표지를 만들어낸 인쇄공을 떠올렸다.

"감사합니다, 모건 대표님. 입찰서를 써서 경매소에 알릴게요."

내가 막 일어나려고 하는데 흥미로운 제안이 떠올랐다.

"아니면 경매소를 뛰어넘어서 판매자에게 선매 제안을 해보시겠어요? 마음이 동할 만한 적당한 금액을 추산해서 판매자에게 조용히 연락해볼 수 있을 것 같은데요."

그는 다시 말해보라고 하며 눈을 반짝였다.

"영리하군, 그런 양. 그 전략 마음에 들어. 앞으로도 그렇게 하지. 하지만 이 책은 전통적인 경매 절차를 따르자고."

"알겠습니다, 대표님."

나는 숨을 깊게 들이쉬고 용기를 끌어모았다.

"저희가 그 책을 사는 확실한 방법이 한 가지 있습니다."

"그게 뭐지?"

그가 물었다.

"제가 보스턴 경매에 참석해서 직접 입찰하는 거죠."

그는 한참이나 아무 말도 하지 않았다. 그러다 벽난로 시계를 힐 끗 보고서 말했다.

"지금 바로 떠나면 저녁 무렵에는 보스턴에 도착할 수 있겠군."

그가 나에게 허락해준 건가? 믿을 수가 없었다. 내가 지금부터 해 야 하는 준비 작업에 머릿속이 핑핑 돌았다. 하지만 상관없었다. 이 건 엄청난 모험이고, 지금까지 모건 씨의 지지를 가장 공공연하게 보여주는 일이고, 예술계의 모든 주요 인물들이 이러한 사실을 알게 될 것이다. 이번에 성공하면 이 배타적인 세계에서 확실하게 자리매 김할 수 있었다.

나는 얼굴에 번지는 미소를 억누를 수가 없었다.

"감사합니다, 대표님. 실망시켜드리지 않겠습니다. 입찰 한계는 얼 마 정도로 하시겠어요?"

"내가 그 물건을 원한다고 했잖나, 그린 양. 그 말은 한계 같은 건 없다는 뜻이야. 알겠나?"

그가 쏘아붙였다.

한계가 없다.

"알겠습니다. 하지만 제가 적당하다고 생각하는 선을 넘어가면 바 가지를 쓰는 건 제가 허용하지 않을 겁니다."

그가 낄낄 웃으며 말했다.

"아, 난 걱정 안 한다네. 자네의 경쟁자들이라면 모를까. 그 친구들 이 불쌍해지려고 하는군."

그가 말을 멈췄고, 이번에는 말투가 달라졌다. 그의 목소리가 더 부드러워졌다.

"그 친구들은 자네의 조그만 몸 안에 숨어 있는 맹렬함을 전혀 모르지."

그의 강렬한 눈길에 나는 숨을 들이켰다. 이 표정을 전에, 밴더빌트 가의 파티에서 본 적이 있다. 이번에는 착각할 여지가 없었다. 그의 눈길은 감탄으로 가득했다. 하지만 곧 그가 목을 가다듬었고, 그의 말투와 단어가 사무적으로 변했다.

"잊지 말게. 직접 물품을 감정할 때는 그걸 팔려고 하는 남자의 눈을 똑바로 쳐다봐. 물건 그 자체만큼이나 파는 사람도 평가해야 돼."

나는 모건 씨답지 않은 감탄의 눈길에 약간 불안감을 느끼며 고개를 끄덕였다. 밴더빌트 가에서 있었던 파티의 그 순간으로부터 거의 6개월이 흘렀고, 나는 우리의 사무적인 관계를 유지하기 위해 최선을 다했다. 그리고 모건 씨도 마찬가지로 행동했고, 나는 가끔 그 짧은 끌림의 순간을 내 상상일 뿐이 아닌가 생각할 정도였다.

그가 몸을 일으키며 물었다.

"자네의 성공을 위해 축배를 들까?"

그는 내 대답을 기다리지 않고 사이드테이블에 놓인 크리스털 병에서 호박색 액체를 따라 나에게 잔을 내밀었다.

"아름다운 미소 뒤에 힘을 감추고 있는 사나운 적수 벨을 위하여."

그가 말했다.

나는 그의 말이 더 이어질까 생각하며 잠깐 머뭇거렸다. 하지만 그는 고용주의 표정으로 되돌아갔고, 나는 잔을 들어 올렸으나 이번에는 내 상상이 아니라는 걸 잘 알았다.

"그리고 벨, 이번에는 우리 둘 다를 위해 축배를 들지. 우리의 작은 음모를 위해서. 우리는 미래를 위해 과거를 구하고 있어. 나의 재산과 자네의 뛰어난 눈과 성실한 노력을 통해 역사가 제공하는 가장 아름답고 중요한 보물들을 구출하고 보호하는 거야. 책의 진짜 역사를 기록한 예술품과 원고들을 말이야."

나는 그와 잔을 부딪쳤다. 그가 어떤 술을 따라준 건지는 부끄러워서 묻지 못했고, 뭐가 됐든 한 모금 마셨다. 술은 내 목을 태우듯 내려갔고 나는 기침을 했다. 바로 이 순간에 언제 어디서든 나타나는 비판적인 성격의 딸이자 어머니가 보낸 특별 대사이며, 아버지의 완고함을 유일하게 빼닮은 앤이 도서관으로 들어왔다.

"술을 마시기엔 좀 이르지 않나요?"

그녀가 상황을 둘러보며 물었다. 오늘 앤은 짙은 자두색 드레스와 재킷을 입고 오른쪽 어깨에는 하얀 모피를 두르고 있었다. 대단히 패셔너블한 의상이었지만 그녀가 입으니 아줌마스럽게 보였다.

그녀의 아빠도, 나도 대답하지 않자 그녀가 다시 물었다. 그녀의 목소리에는 비난의 기색이 뚜렷했다. 나는 움찔했다. 가끔 앤이 밝고 재치 넘치는 분위기일 때면 우리가 친구가 될 수도 있을 거라는 생각도 든다. 하지만 대부분의 경우 우리 사이에는 너무 강한 긴장감이 흐른다. 질투 때문인지 그저 나를 싫어해서인지는 잘 모르겠고, 내가 우리 사이에 다리를 놓으려고 할 때마다 돌아오는 건 냉정한 반응뿐이었다.

"앤, 그렇게 분위기 깨지 마라."

모건 씨가 놀리듯 말했다.

"우리는 내일 보스턴 경매장에서 그린 양의 승리를 위해 축배를 들고 있었을 뿐이야."

그리고 그가 정정했다.

"승리를 기대하고 있다는 말이지."

그러고 술을 한 모금 마셨다.

"킹 씨를 안 보내시고요?"

그녀가 놀라서 짙은 눈썹을 이마 위쪽까지 올리며 물었다. 지난 몇 년 동안 모건 씨의 비서가 그를 대신해서 경매에 참석했다.

"아니면 사촌오빠 주니어스라든지요? 오빠가 아빠의 예술품 전문가인 줄 알았는데요."

앤처럼 나도 왜 주니어스를 불러 좀 더 상담하거나 그에게 경매를 맡기지 않는지 궁금했고, 주니어스를 소외시켜서 우리 사이에 적대감이 생길지 모른다고 걱정했다. 하지만 다행스럽게도 주니어스에게 받은 편지에는 삼촌의 애정에서 밀려났다는 질투심이나 분위기가 전혀 드러나지 않았고, '자신의 제자'가 삼촌 곁에서 일한다는 자부심만 보였다. 모건 씨에게 그렇게 자주 조언을 해야 한다는 압박을 더 이상 받지 않아서 안도한 걸지도 모르겠다.

"그건 그린 양의 임무이고, 그린 양은 한때 왕이 소유했던 성경을 낚아올 거야."

그의 말투는 이 문제에 대해 더 이상 어떤 얘기도 용납하지 않는다는 걸 분명하게 드러냈다. 하지만 다시 말할 때는 막내딸에게 사용하는 부드러운 투였다.

"이건 컬렉션에 완벽하게 어울릴 거다. 안 그러니, 앤? 구텐베르크 컬렉션에 딱 맞겠지."

그녀는 아버지에게서 돌아서서 나에게 직접 말했다.

"아빠 대신 경매에 나간다니 엄청난 성공이네요, 그린 양. 당신네 동포들이 이 엄청난 기회를 보고 대단히 기뻐하겠어요."

나는 움찔했다. '내 동포들'이라니. 나는 속으로 그렇게 생각했지만 무표정한 얼굴을 유지했다. 그녀는 나의 출신에 대해 물어본 적이 없다. 그 문제에 관해서는 그녀의 아버지도 마찬가지였다. 주니어스와 그녀의 아버지 덕분에 내가 여기 있다는 사실로 충분한 것 같았다.

심장박동이 빨라지고 있음에도 무심한 표정을 유지한 채 내가 대답했다.

"네, 아마도 그럴 거예요."

그녀는 눈에 띄게 순진한 표정을 지으려고 애쓰면서 물었다.

"당신네 동포들이 누군지 나한테 다시 좀 말해줄래요?"

다시 말할 것도 없었다. 우린 이런 이야기를 한 번도 한 적이 없다는 걸 앤도 잘 아니까. 하지만 망설이지 않고 내가 대답했다.

"우린 버지니아 출신이에요, 모건 씨. 하지만 제 직계가족은 여기 뉴욕에 산답니다."

앤이 고개를 갸웃했다.

"그 위로는요?"

나는 지금껏 거의 관심이 없던 신에게 말없이 기도하고 이야기를 계속했다.

"저희 할머니는 포르투갈에서 오셨어요. 그게 그나마 저희 가족 족보에서 가장 흥미로운 부분이죠."

그러고서 칼날을 그녀에게 돌리려는 시도로 내가 덧붙였다.

"모건 씨 가족만큼 대단하진 않죠."

나는 이런 평범한 집안이 부끄러운 사람처럼 반쯤 웃었다.

그녀의 눈이 가늘어졌다.

"그래요? 그린 씨가 좀 더 열대지방 쪽 혈통이라는 이야기를 들은 것 같은데요."

그녀의 아버지가 술을 한 잔 더 따르러 간 사이에 그녀가 말했다.

속에서 분노가 치밀었다. 이 질투심 많은 딸이 자기가 안다고 생각하는 사실을 주변에 떠들어서 나를 제거하도록 놔두진 않을 것이다.

"들리는 얘기를 전부 다 믿지 마세요, 모건 씨. 전 모건 씨에 관한 이야기를 전부 무시하거든요."

내가 그녀의 눈을 똑바로 마주 보았다.

내가 최근 오페라에서 들은 소문을 절대 입 밖으로 떠들진 않을 것이다. 막간 휴식 시간에 나는 파리와 뉴욕에서 가장 유명한 골동품 전문가이자 예술품 중개인인 자크 셀리그만 씨와 샴페인을 마시고 있었다.

앤이 우리 옆을 지나가면서 내 쪽을 힐끗 보았지만 아무 말도 하지 않았다. 그녀는 두 명의 친한 친구인 실내장식가 엘시 드 울프와 문학 대리인이자 제작자인 베시 마버리와 이야기하고 있었다. 베시 마버리는 다른 여러 유명인들뿐만 아니라 바로 오스카 와일드와 조지 버나드 쇼의 대리인이었다. 하지만 나는 앤이 밴더빌트 가 파티 이래로 공개적인 장소에서 그녀와 마주칠 때마다 매번 일부러 나를 무시한다는 걸 잘 알았다.

셀리그만 씨는 나를 돌아보고 속삭였다.

"모건 씨의 냉정한 태도에 마음 쓰지 말아요. 그 사람은 엘시와 베시에게만 시간을 낸다는 걸 다 알죠. 그들이 다 함께 보스턴식 결혼 생활을 한다는 소문이 자자해요."

나는 보스턴식 결혼이 내 세계에서도 흔한 일인 것처럼 함께 웃었지만, 사실은 두 명은 고사하고 한 명의 여자하고라도 연애 관계에 있는 여자를 만나본 적이 한 번도 없었다.

셀리그만 씨가 말을 이었다.

"그런 게 어떻게 가능한지 난 잘 모르겠어요. 하지만 그들은 자기네 셋 말고 아무도 들어올 수 없다는 걸 명확하게 드러내고 다니죠. 자기들이 특별히 친구로 지정한 사람들 말고는요."

나는 샴페인을 한 모금 더 마시면서 맞은편에 있는 앤과 베시, 엘시를 계속 쳐다보았다. 세 여자가 늘 함께 다니는 게 이제 이해되었다. 그들은 사적인 관계를 베르사유의 빌라 트리아농과 콜로니 클럽에서의 사업상 파트너 관계인 척 위장하고 있는 거였다. 그들은 등잔 밑이 어두운 걸 이용하고 있었고, 그런 것이라면 나도 좀 안다.

앤과 시선을 마주하고 있으니 그 기억이 머릿속에 떠올랐다. 그녀가 먼저 눈을 깜박이고 돌아서서 수천 번은 봤을 그림을 빤히 쳐다보았다. 나는 그녀의 침묵을 승리로 받아들였다.

모건 씨가 음료를 손에 들고 우리에게로 다가왔다.

"이런 입씨름은 이제 됐다, 앤. 그린 양은 출장 갈 준비를 해야 돼."

다시금 그가 내 쪽으로 잔을 들어 올렸다가 벌컥벌컥 들이켰다.

"자네의 위업을 위하여."

딸이 경계하는 표정으로 보는 동안 그가 그렇게 선언했다.

술을 한 모금 마셨더니 긴장이 누그러졌다. 앤은 나에 대해 뭔가 안다고 생각하고 내가 실수하기만을 기다리는지도 모르겠지만, 오늘 밤 보스턴에 가는 건 나였다. 그리고 그녀가 나의 저녁을, 그리고 내가 성공할 기회를 망치게 놔두진 않을 거다. 앤은 자신을 위한 삶을 이뤄냈고, 나도 그렇게 할 계획이었다.

10장

1906년 11월 5일
메사추세츠 보스턴

나는 경매장이라는 차갑고 어두운 물에 뛰어들었다. 동료 입찰자들은 죄다 짙은 회색 아니면 남색 정장을 입은 하얀 피부의 남자들 무리였다. 이 물에 어떻게 들어가는 게 제일 좋을까? 나는 생각해보았다. 숙녀답게 신중하게 헤치고 나아가며 조금씩 온도에 적응해야하나? 아니면 그냥 뛰어들어?

조심하고, 절대로 눈에 띄는 행동은 하지 마라. 엄마의 목소리가 들리는 것 같았으나 나는 대담하게 행동하는 게 얼마나 중요한지 알게 되었다.

나는 머리부터 물에 뛰어들기로 했다.

백 명가량의 백인 남자들 속에서 아는 얼굴 하나를 찾기 위해 나는 한 손으로 치마를 모아 쥐고 대리석 현관을 지나 일행과 대화를 나누고 있는 에드워즈 씨 쪽으로 걸어갔다. 이 신사는, 이렇게 수상쩍은 평판을 가진 중개인을 신사라고 부를 수 있을지 모르겠지만, 그는 어쨌든 이탈리아 르네상스 시대 예술품을 사고파는 일을 했다.

오페라를 보러 간 어느 날 밤에 모건 씨가 나에게 그를 소개해주었고, 은밀하게 그의 핵심 '적수들' 중 한 명이라고 말했다. 나는 까다롭기로 악명 높은 사업가가 위조품을 판다는 소문에도 불구하고 그 중개인을 자신의 오페라 박스석에 손님으로 받아들였다는 사실에 감탄했다.

그쪽으로 다가갈 동안 나는 남자들처럼 나도 이 행사를 위해 옷을 차려입었다는 사실을 생각했다. 어제 짐을 싸면서 나는 비취색 새 드레스와 엄마가 고집한 좀 더 얌전한 줄무늬 회색 드레스 사이에서 갈등했다. 결국 모건 씨와의 면접 때 그랬듯 행운을 가져다주길 바라며 회색 드레스로 골랐다. 하지만 지금은 좀 더 대담한 드레스가 내 목적에 더 적합하지 않을까 하는 의문이 들었다. 하지만 상관없을 것이다. 이 남자들은 내가 뭘 입든 나를 비웃기로 작정하고 있을 테니까.

다섯 명의 작은 그룹은 내가 다가가자 자기들끼리 바싹 다가섰다. 그들은 내 존재를 분명히 알아차렸으면서도 나를 계속 무시했다.

"에드워즈 씨."

나는 아무리 비열한이라 해도 숙녀가 직접 부르는데도 무시하지는 못할 것을 잘 알기에 소리 내서 그를 불렀다.

천천히 그가 나를 향해 돌아섰다.

"그린 씨?"

그는 나를 내려다보고 눈을 가늘게 뜨는 척하면서 물었다. 내가 경매장의 무거운 참나무 문을 통과한 그 순간부터 내 존재를 알아채고 있지 않았다는 것처럼 말이다.

"네, 접니다."

나는 활짝 웃으며 대답했다.

남자들은 예의상 자리를 내줄 수밖에 없었다. 하지만 내가 그들의 얼굴을 슬쩍 볼 수 있을 정도로만 물러섰다. 내가 실제로 그들 그룹에 끼어들 만큼의 자리는 못 됐다. 그중에는 그 유명한 수집가 이사벨라 스튜어트 가드너와 일하는 중개인도 있었다.

"여기서 보게 되다니 놀랐습니다. 모건 씨의 비서가 올 줄 알았는데요. 아니면 그분의 조카라든지요."

에드워즈 씨는 억지웃음을 짓고 주변 남자들에게 자기들끼리 통하는 눈길을 던졌다. 다른 남자들도 웃음에 동참했다.

"왜 그런 생각을 하셨는지 모르겠군요."

나는 삐져나온 머리카락 한 가닥을 모자 속으로 넣으려고 손을 들어 올리면서 장갑 낀 손가락으로 에드워즈 씨의 어깨를 슬쩍 건드리고 마찬가지로 억지웃음을 지었다. 그런 다음 속눈썹 사이로 그를 쳐다보며 덧붙였다.

"아시다시피 저는 그분의 개인 사서인데요."

그는 눈썹을 치켜올렸다. 이번에 그의 웃음은 진짜였다.

"개인적이란 말이죠. 얼마나 개인적인 건가요?"

그게 바로 그가 묻길 바랐던 질문이다.

"저는 그분의 컬렉션을 도맡을 뿐만 아니라 중요한 물건 수집도 직접 담당하고 있답니다. 그리고 그분을 대신해서 직접 결정을 내리고 물품을 구매할 권한을 갖고 있지요."

나는 뜸을 들였다가 덧붙였다.

"제 독단으로 말이죠."

그는 미소 짓고 고개를 끄덕이더니 다시금 친구들 무리 쪽으로 힐끗 시선을 던졌다.

"조그만 숙녀분께는 너무 큰일 같군요."

나는 한숨을 쉬고 시선을 내렸다.

"네, 엄청나게 큰일이죠. 그리고 여자로서 제 능력의 반만이라도 인정받길 바라면 두 배로 잘해야만 하죠."

나는 시선을 들고 활짝 웃으며 덧붙였다.

"다행스럽게도 그리 어려울 것 같지 않군요."

나는 까르르 웃고 목에 두른 선명한 빨간색 스카프를 빼내 몸을 돌리며 뒤로 물결치듯 날렸다.

"좋은 하루 되세요, 신사분들."

남자들 사이로 알아들을 수 없고 잘 들리지도 않지만 명백하게 수군거리는 소리가 들렸다. 어깨 너머로 인사를 하고 "만나서 반가웠어요, 그린 씨" 하는 소리들이 들렸지만 그들의 목소리는 곧 징 소리에 묻혔고 나는 이미 경매장에서 지극히 중요한 자리를 고르는 다음 임무를 수행 중이었다. 나는 모건 씨의 경매 규칙 책을 다 읽고 동료들에게 어떤 식으로 일했는지 꼬치꼬치 캐물었다. 경매 참가자들은 분명하게 선호하는 자리가 있었다. 어떤 사람들은 잘 보이는 앞자리에 앉고 어떤 사람들은 자신들의 입찰이 경매인에게만 보이는 뒷자리를 선호했다. 자신의 부와 권력을 보여주는 데에 더 열중하는 사람들은 중앙을 골랐다. 나는 어디로 가야 할지 정확하게 알았다.

나는 대부분의 사람들이 자리에 앉을 때까지 기다렸다가 통로를 따라 걸어갔다. 모든 시선이 나에게 쏠린 것을 확신한 다음 제일 가운뎃줄 통로 쪽 마지막 자리에 앉았다. 어차피 내가 경매장에서 유일한 여자이기에 사람들의 시선을 끄는 건 어려운 일도 아니었다.

경매인이 자리에 서서 연단 위로 망치를 두드렸다.

"오늘은 존경받는 수집가 로버트 윌킨슨 씨의 재산을 다루는 특별한 자리입니다. 윌킨슨 씨는 책과 필사본에 대한 열정으로 매년 미국과 영국에서 가장 희귀한 물품들을 찾아 대서양 이쪽저쪽을 오가곤 했습니다. 여러분 다수가 잘 알고 계시겠지만, 고(故) 윌킨슨 씨의 수집품들은 수년 동안 개인 판매 및 왕립 도서관을 포함하여 유명 도서관에서 매각해 모은 것들입니다. 윌킨슨 씨는 예리한 눈과 책에 관한 광대한 지식, 그리고 그 분야에서의 뛰어난 감각으로 유명했고, 그분의 상속인들은 수집품을 파는 걸 대단히 안타까워하고 있습니다. 하지만 대부분이 이미 아시겠지만 연체된 세금과 추가 분담금이라는 불운한 상황 때문에 이렇게 되었지요."

경매인은 경매 참석자 한 명이 산발적으로 내뱉는 기침 소리가 멈추길 기다렸고, 멍하니 앉아 있는 사이에 나는 경매에 관해 들은 소문을 떠올렸다. 영국인 작가가 쓴 영국 책이라는 사실 때문에 영국으로 보내질 예정이었으나 세관 통관비 때문에 여기서 파는 걸로 바뀌었다는 거였다.

징이 다시 울렸다.

"오늘은 희귀본 성서와 초기 교회 신부들의 주요 원고들부터 시작하겠습니다."

차분하게 옷을 차려입은 보조가 무대 위로 나와서 진주 무늬 세공 장식의 나무 상자를 보여주었다. 그는 잠시 뜸을 들이다 뚜껑을 열고 안에 든 가죽 장정 성경을 꺼냈다.

"물품 번호 1번을 봐주십시오."

경매인이 말했다.

내가 찾는 성경은 물품 열다섯 개를 지나야 나올 것이므로 나는 이 기회에 동료 입찰자들을 관찰했다. 남자들이 입찰을 신호하는 방식은 손만 살짝 들어 올리는 것부터 말아 쥔 카탈로그를 크게 흔드는 것까지 다양했다. 이런 행동이 입찰자의 핵심 특성을 보여주는 건 아닐까 궁금증이 일었다.

단상 위에 대단히 값비싼 책들이 잇달아 지나가고 마침내 16번에 이르렀다.

"윌킨슨 씨의 컬렉션에 귀중한 물품들이 물론 많습니다만, 그중에서도 이 경매의 최고 상품 중 하나라 할 수 있는 찰스 1세의 성경입니다. 목록에 상세하게 쓰여 있듯이 이 성경은 17세기에 찰스 1세가 소유했을 뿐만 아니라 이런 물건 중에서도 가장 훌륭한 견본으로 여겨지고 있지요. 1천 달러부터 입찰을 시작해볼까요?"

나는 스카프를 입찰 신호로 쓰기로 결정했기에 빨리 들어 올리고 싶어 안달이 났지만, 좀 기다려야 했다. 내 의도를 밝히기 전에 경쟁자들의 정체부터 파악해야 했다. 나는 낯선 남자 두 명이 백 달러씩 액수를 올려 5천 달러에 도달할 때까지 지켜보았다. 그제야 나는 회색과 파란색 물결 속에서 새빨간 섬광처럼 보일 내 스카프를 높이 들었다.

"저 여자 5천 달러에 뛰어든 거 맞아?"

내 뒤에서 한 남자가 다른 남자에게 속삭이는 소리가 들렸다.

옆에 있는 남자가 낮은 목소리로 대답했다.

"도대체 누구야?"

"여자가 여기서 뭘 하는 거지?"

"그것도 올리브색 피부의 여자가."

나는 움찔했지만 경매인이 입찰가를 5백 달러씩 높인다고 선언하는 데에만 집중했다. 이 무렵 내 적수 중 한 명은 고개를 재빨리 흔들고 빠졌다. 하지만 다른 남자는 계속해서 나와 금액을 맞춰가며 경쟁을 계속했다. 곧 우리는 1만 달러를 넘겼고, 그 순간 꿈을 꾸는 기분으로 나는 1만 5천 달러에 입찰했다.

내가 스카프를 내리자 경매장이 고요해졌다. 나는 경쟁자가 응답하지 않는다는 걸 깨달았다. 내가 이겼다.

망치가 연단을 쾅쾅 내리쳤다.

"16번은 중앙 열의 빨간 스카프를 한 신사분, 아니 숙녀분께 낙찰되었습니다."

그와 나는 살짝 목례를 나눴고, 곧 그는 다음 물품으로 관심을 돌렸다.

입찰가가 불리고 손이 올라갈 동안 나는 일어나서 천천히 통로를 따라 걸어갔다. 경매장을 중간에 떠나는 건 일반적인 행동은 아니었지만, 나는 모두가 피어폰트 모건 도서관과 그 사서가 하나라는 사실을 이해하길 바랐다.

11장

1907년 2월 9일
뉴욕

방사형 샹들리에가 메트로폴리탄 오페라하우스를 밝히고 그 빛이 방금 내려간 그 유명한 금색 다마스크 무대 커튼에 반사되었다. 막간 휴식 시간이 되어 화려한 극장이 눈앞에 나타나자 나는 눈을 깜박였다. 〈아이다〉의 매혹적인 세계를 떠나기가 너무 싫었다.

하지만 러셀 오빠의 손이 내 팔꿈치에 닿았고, 나는 오빠와 팔짱을 끼고 호화로운 빨간색 벨벳 의자에서 일어섰다. 우리는 모건 씨의 박스석 뒤쪽 커튼을 젖히고 오페라하우스 위층을 빙 둘러싼 회원용 박스석 소유주만 이용할 수 있는 로비 공간으로 나왔다. 샴페인 쟁반을 든 웨이터를 향해 걸어가면서 오빠와 나는 1막과 2막에 관해 이야기를 나눴다.

밴더빌트 파티에 혼자 참석하는 사교적 실수 이래로 나는 항상 파트너를 동반했다. 특히 오페라 관람과 극장에 올 때면 더더욱 주의를 기울였다. 전에는 모건 씨와 함께 올 수 없으면 루이즈 언니나 에델이 나와 동행했다. 하지만 엄마는 오늘 밤에 러셀 오빠를 데려가라고 고집했다.

"제발, 벨. 네 오빠는 몇 달 안에 일자리를 구해야 되잖니."

"하지만 오페라하우스에서 일자리를 찾진 못할 거예요, 엄마. 그런 식으로 되는 게 아니에요."

"러셀이 거기 앉아서 면접을 보길 기대하진 않는다만, 졸업하면 엔지니어 자리를 얻는 데 도움을 줄 만한 중요한 사람들을 만날 수도 있잖니."

엄마가 이해하지 못하고 들으려고도 하지 않는 건 오페라 박스석에 앉는 사람들은 러셀 오빠가 원하는 자리보다 훨씬 높은 자리에 있기 때문에 혹시 만난다 해도 일자리를 얻는 데는 거의 영향을 미치지 못한다는 점이었다. 하지만 내가 이런 자리에 언니나 동생들과 가는 걸 더 선호하는 이유는 이것만이 아니었다. 하얀 피부의 루이즈 언니와 에텔 옆에 있으면 내 조상에 대한 질문이 전혀 나오지 않았다. 그러나 더 진한 피부를 가진 오빠와 함께 있으면 항상 달랐다. 하지만 종종 그러듯 나는 엄마에게 항복했다.

로비에서 나는 해밀턴 부인과 핍스 부인과 볼 키스로 인사를 나누었고, 소개를 부탁하는 그들의 지인 몇 명을 만났다. 석 달 전 보스턴 경매 이후에 〈뉴욕 타임스〉는 시장의 창조자, 대통령과 왕들의 은행가, 미국 경제의 구원자인 전설적인 J. P. 모건을 대리해서 영향력을 행사하는 젊고 예쁜 사서에 관한 기사를 썼고 내 이미지는 대중의 관심을 사로잡았다. 모건 씨는 실제로는 이 유명세나 기사와 다른 우리 사이의 모순에 아주 즐거워했다. 기사는 아무런 해를 끼치지는 않았지만, 곧 가십난에 내가 사교 행사에 참석한 이야기가 나오고 나를 한 번도 만난 적 없는 남자들과 엮어댔다. 나는 익명으로 더 많은 눈길을 끌까 봐 걱정스러웠다. 가십난에 대해 내가 할 수 있는 일은 별로 없지만, 개인 인터뷰를 하자는 수십 번의 요청을 거절하는 걸로 대중적 보도를 통제하기로 결심했다.

그래도 이 공개적 성공을 모건 씨가 대단히 마음에 들어해서 여러 가지 이득을 봤고, 덕분에 내 걱정도 몇 가지 해결되었다. 그는 처음으로 내 봉급을 인상해주었고, 우리 가족은 마침내 센트럴파크 근처 방 세 개짜리 아파트로 이사할 수 있었다. 러셀 오빠는 이제 자기 침실을 가지고 제대로 된 침대에서 잠을 잤다. 그리고 모건 씨는 구매품을 찾는 일에서 나에게 더 큰 자유를 허용했고, 나는 연이은 작은 승리를 통해 피어폰트 모건 도서관을 위한 걸작들과 컬렉션들을 확보했다. 그가 종종 상기시키듯 캑스턴의《아서 왕의 죽음》은 아직 구하지 못했지만 말이다.

조명이 깜박이며 막간 휴식이 끝나 간다는 것을 알렸고, 러셀 오빠와 나는 남은 음료를 비웠다. 사람들을 지나 박스석에 거의 도착했을 때 독특한 높은 톤의 목소리가 나를 불렀다.

"그린 씨? 그린 씨 맞아요?"

혼자였다면 그 소리를 무시했을 것이고, 처음에는 빨리 박스석으로 들어가서 자리를 모면하려고 했다. 하지만 예상대로 러셀 오빠가 내 팔을 잡았다.

"벨, 저 여자가 너를 부르는 것 같은데."

오빠는 도와주려고 한 거였다. 오빠는 상류층 사람들의 사소한 가십부터 경제적 파멸에 이르는 사악한 음모와 계획에 무지했다.

러셀 오빠를 교육시킬 시간은 없었다. 그저 나는 엘시 드 울프 씨쪽으로 활짝 웃으며 몸을 돌렸다.

"당신인 줄 알았어요, 그린 씨. 여기서 만나다니 정말 반갑군요."

그녀가 내 양 뺨에 키스하며 말했다. 부드러운 머리카락은 머리 위쪽으로 느슨하게 올렸고, 눈이 반가움으로 반짝이는 이 유명한 실내장식가는 이 직업을 실제로 탄생시킨 장본인으로 상냥해 보였다. 그리고 그녀를 유명하게 만든 밝고 화사한 색깔의 인테리어는 확실히 쾌활한 성격을 보여주는 것 같았다. 하지만 내가 그녀를 경계하는 이유가 있었다. 지난 몇 달 동안 나는 앤과 그녀의 관계가 얼마나 친밀한지를 확인했다. 그리고 셀리그만 씨가 말한 것도 최소한 일부는 사실임을 알게 되었다. 실제로 다른 많은 사람들 말에 따르면 엘시는 서튼 플레이스의 주택에서 베시와 보스턴식 결혼(남자로부터 경제적으로 독립한 두 여성의 동거-옮긴이) 관계로 살고 있었고, 앤도 어느 정도는 관계가 있는 걸로 보였다. 설령 단순한 친구라 해도 말이다.

"만나서 기뻐요, 울프 씨."

내 말투가 가식적이지 않기를 바라며 말했다. 이 대화가 앤의 귀에 들어갈 걸 알기에 흠잡을 데 없이 행동해야 했다.

"〈아이다〉를 재미있게 보고 계신가요?"

"물론 그렇죠."

그녀가 대답하고서 러셀 오빠를 빤히 쳐다보았다.

나는 예의상 마지못해 소개했다.

"저희 오빠 러셀 다 코스타 그린을 소개해드려도 될까요?"

"반갑습니다, 울프 씨."

러셀 오빠가 인사하고서 물었다.

"제 동생과 친구이신가요?"

나는 속으로 신음했다. 러셀 오빠는 이 세계에 대해 아무것도 몰라서 사람들이 아는 사이라면 당연히 친구라고 여겼다. 이 상류사회에는 온갖 단계와 종류의 상호 관계가 있고, 그중 아주 소수만이 진짜 우정을 나누는 관계였다.

나름의 무뚝뚝한 방식으로 울프 씨가 설명했다.

"친구라? 글쎄요…… 그나저나 당신이 벨의 오빠군요."

그녀는 오빠의 대칭적인 이목구비와 밝은 회색 눈을 응시했다.

"그래, 확실히 닮은 데가 있네요."

엄마가 딱 바란 것처럼 러셀 오빠가 울프 씨와 자신의 교육과 미래에 관해 가벼운 이야기를 나눌 동안 나는 점점 더 불편해졌다. 디자이너로서 울프 씨는 예리한 시각으로 유명했고, 러셀 오빠와 나를 나란히 놓고 쳐다보며 무슨 생각을 할까 걱정스러웠다. 이게 바로 내가 피하고 싶었던 상황이었다.

"자, 만나서 반가웠어요."

나는 러셀 오빠가 나를 따르기를 바라며 박스석으로 움직였다.

하지만 울프 씨는 대화로 오빠를 인질로 잡고 계속 말을 걸었다. 러셀 오빠는 그녀가 이야기하는 동안 꼼짝하지 않을 것이다. 예의상 그런 무례한 행동은 할 수가 없었다.

"그래, 딱 남매네요. 똑같은 피부색과 이목구비에. 흥미롭군요."

그녀의 집중한 표정에서 나는 진짜 질문이 날아올 것을 감지했다.

"당신네 동포들이 어디서 왔다고 그랬죠?"

내 몸이 굳었다. 그것은 마지막으로 만났을 때 앤이 했던 것과 똑같은 질문이었다. 울프 씨가 모건 씨의 딸을 위해 낚시질을 하고 있는 거였다.

훌륭한 가정교육을 받은 오빠가 자동적으로 대답했다.

"할머니께서 포르투갈에서 오셨죠."

"그렇군요. 포르투갈이라. 나도 그렇게 들었어요. 하지만 당신들이 좀 더 열대지방 쪽 혈통을 가졌을 것도 같은데요."

그녀의 눈에는 말투만큼이나 의심스러운 빛이 가득했다.

이제 의심의 여지가 없었다. 앤과 울프 씨는 나에 대해 이야기를 나눴다. 하지만 이 질문의 목적이 뭘까?

"당신네 동포들은 오히려 쿠바 쪽에서 왔을 것 같은데요?"

울프 씨가 말을 이었다.

나는 우리 혈통을 쿠바라고 말함으로써 그녀가 뭘 암시하는 건지 알았다. 나는 스스로를 진정시키기 위해 한 손을 가슴에 얹고 재미있다는 듯이 반응했다.

"쿠바요?"

나는 속으로는 열 받아도 겉으로는 재미있는 것처럼 웃었다.

"오, 전혀요. 하지만 언젠가는 그 나라에 꼭 가보고 싶네요."

"쿠바 혈통이 아니라고 확신하나요? 굉장히 많은 소문을 들었는데 말이죠."

그녀는 노골적으로 내 말을 의심하며 말했다.

나는 깔깔 웃으며 한 손을 흔들어 그녀의 말을 잘랐다. 그녀가 어디까지 가려는 건지 확신할 수 없었고, 계속되는 질문을 러셀 오빠가 어떻게 참아낼지도 걱정스러웠다.

"그 모든 걸 믿지는 마세요, 울프 씨."

"그게 좀 어렵네요, 그린 씨. 소문이 하도 끈질겨서 말이죠."

그녀가 단호하게 버텼다.

"흠, 수많은 사람들 중에서 울프 씨라면 소문이 얼마나 끈덕질 수 있는지, 얼마나 떨쳐내기 어려운지 잘 아실 것 같은데요. 우리처럼 강한 여자들에 관한 소문은 더더욱 그렇죠. 하지만 우리 중 한 명에 대한 중상모략과 가십은 무시해야 한다고 생각하지 않나요?"

나는 대답을 기대하진 않았지만 반응을 예상하며 덧붙였다.

"저는 울프 씨와 마버리 씨에 관한 소문은 전부 무시한답니다."

그녀의 얼굴에 얼어붙은 표정이 떠오르자 나는 목적을 달성했다는 걸 알아챘다. 여성의 인권에 대한 울프 씨의 명백한 헌신에 호소하는 동시에 그녀 자신의 삶에 관한 사람들의 수군거림을 넌지시 지적해서 그녀를 구석으로 몰았다. 공개적으로 여성을 지지한다면서 어떻게 나를 계속 괴롭히겠는가? 특히 내가 자신의 비밀을 안다는 걸 이제 깨달았을 텐데.

이제는 내가 퇴장할 때였다.

"울프 씨. 남은 밤 시간도 즐겁게 보내세요."

나는 오빠의 손을 잡아 단호하게 박스석으로 끌고 갔다. 3막과 4막이 시작되고 샹들리에가 어두워지자 내가 속삭였다.

"그 여자가 뭘 하려는 건지 깨달았지?"

"이제 알았어. 미안해."

오케스트라가 연주를 시작했고, 우리는 냉혹한 침묵 속에 가만히 앉아 있었다. 오빠가 무슨 생각을 하는지 물어볼 것도 없었다. 정확하게 알고 있으니까. 어떤 면에서 우리는 형제들 중에서 가장 비슷했다. 우리는 언제나 자매들처럼 느긋하게 살 수 있는 외모가 아니었다. 우리는 팽팽한 줄 위에서 위태롭게 균형을 잡고 있었고, 나에 대한 의심이 절대 사라지지 않을 거라는 사실을 받아들여야만 했다.

12장

1907년 10월 1일~11월 2일
뉴욕

보스턴 경매부터 시작된 느린 속도의 매입은 순식간에 빠르게 변했고, 나는 계속해서 성공을 쌓아갔다. 모건 씨와 나는 피어폰트 모건 도서관이 미국에서 제일가는 인큐내뷸라 및 채식 필사본 컬렉션을 넘어서서, 문자본 및 인쇄본 책의 살아 있는 역사가 되어야 한다는 데에 합의했다. 이건 가치 있는 목표였다. 이 컬렉션에는 모든 범주의 통치자들, 왕족들, 예술가들, 발명가들이 만들었거나 소유했던 물품의 최고봉이 포함될 것이다. 나폴레옹의 시계, 다빈치의 공책, 셰익스피어의 인쇄본, 예카테리나 대제의 코담뱃갑, 조지 워싱턴의 편지, 메디치 가의 보석을 금고에 넣으면서 나는 그들의 유산이 모건 씨와 도서관으로 전해 내려오면서 내가 약속했던 것처럼 그를 현대판 메디치로 진화시키는 것 같은 느낌을 받았다.

하지만 삶은 갑작스럽게 바뀔 수 있다. 이전까지 대단히 비쌌던 물품들은 경제 공황이 임박했다는 소문에 가격이 떨어졌다. 신문 머리기사는 위태로운 상황을 보도하며 더 악화될 거라고 예견했다. 뉴욕 증권거래소의 주가는 매일같이 떨어졌고, 은행이 입을 타격에 관한 두려움은 더욱 커졌다. 나는 모건 씨의 서재에서 철도, 광산, 구리에 대한 상세한 과잉 재고 추정치와 상환 능력이 아슬아슬한 형편없는 신탁회사들의 과잉 투자, 위태로운 유가증권을 담보로 한 은행의 대출에 관한 이야기를 엿들었다.

우리의 경제 상황이 모래성인 것 같았지만 모건 씨는 걱정할 건 아무것도 없다고 나를 안심시켰다. 사실 그는 이런 경제 상황에도 불구하고 계속해서 사들여야 한다고 제안했다. 그리고 나에게 자신이 왜 이런 제안을 한다고 생각하느냐고 물었다.

그는 천천히 나에게 경제 문제를 가르쳤다. 나에게 대차대조표와 손익계산서를 보여주고 신문의 비즈니스난을 읽으라고 말했다.

나는 꼭 시험처럼 느껴지는 그 질문을 오랫동안 곰곰이 생각했다. 그가 회사와 투자 기회를 중요하게 여긴다는 걸 생각해보고는 마침내 말했다.

"책과 예술품의 현재 가치를 조사할 게 아니라 미래 가치를 알아봐야 하고, 우리는 그걸 굉장히 크게 평가합니다. 앞으로 가격이 솟구칠 것에 비해 현재의 낮은 가격을 고려하면 시장에 나온 예술품과 필사본들은 특별한 기회와 엄청난 가치를 제시하고 있습니다. 그러니 계속 사들여야죠."

나는 말을 마치고 그의 평결을 기다렸다.

그가 미소를 띠고 말했다.

"그런 양, 자네는 다른 사람들이 못 보는 걸 제대로 보는군."

하지만 우리의 기회주의적 구매도 계속되는 경제 하락을 견딜 수는 없었다. 10월 초가 되자 신문은 구리 주식의 폭락을 전했고, 도미

노처럼 다른 주식들도 무너졌다. 은행과 신탁회사 대출의 상당 부분이 주식을 담보로 했다는 걸 사람들이 깨닫자 공포가 퍼졌고, 두려움은 현실이 되었다. 사람들이 계좌에서 돈을 빼내느라 은행 바깥까지 줄을 섰다. 나는 출근하는 길에 그들을 보았고, 엄마와 나는 엄마 침대 밑에 현금을 채운 작은 가방을 숨겨두었다. 모건 씨가 구매를 잠깐 멈추라고 하고 몇 주 동안 그의 귀중한 캑스턴에 대해 한 번도 묻지 않자 나는 엄마에게 은행에 줄을 서서 저축액을 전부 다 빼내라고 해야 하나 고민했다.

10월 10일 아침에 내가 로툰다에 들어서자마자 모건 씨가 나를 불렀다. 그가 버지니아주 리치먼드에서 열리는 주교회의에 참석하기 위해 전날 밤에 떠날 예정이었다는 걸 고려할 때 이건 기묘한 일이었다. 뿐만 아니라 대체로 나는 모건 씨보다 먼저 출근했다.

코트를 벗기도 전에 나는 모건 씨의 사무실로 들어갔다. 그는 사자의 왕좌에 축 늘어져 있었다. 다른 사람들이 알아볼 정도는 아니지만, 이 남자와 함께 보낸 수많은 시간 덕에 나는 그의 자세가 살짝만 바뀌어도 알아챌 수 있었고, 눈에는 평소의 날카로운 총기가 없었다.

"네, 모건 대표님."

내가 말했다.

그는 눈길을 돌린 채 말했다.

"좀 앉게."

불안감이 솟아올랐다. 그가 뭐라고 말할지 이미 알고 있었고, 온갖 의문이 떠올랐다. 테디가 대학을 그만둬야 할까? 엄마는 다시 가르치는 일을 하셔야 하나? 우리 새 아파트는 어떡하지? 겨우 1년밖에 안 살았는데. 내 유일한 희망은 내가 새로운 일자리를 찾거나 프린스턴으로 돌아가는 것 정도였다.

"보스턴에 있는 친구 하나가 자살했어."

그의 말에 나는 멍해졌으나 말은 하지 않았다.

"어젯밤에. 샌프란시스코에서. 그 친구 투자회사는 이미 파산 직전이었어. 하지만 경제 위기에 회사가 벼랑 끝으로 떨어졌지. 불쌍한 부인이 총으로 자살한 친구를 발견했어."

그는 고개를 흔들며 눈을 내리깔았고, 나는 나가보라는 신호임을 알아챘다.

"정말 안타깝네요, 대표님."

나는 그렇게 말하고 내 사무실로 가서 책상 앞에 앉아 방금 들은 소식에 몸을 떨었다. 어떤 면에서는 안도감이 들었다. 수많은 사람들이 직장을 잃고 있는데 나는 아직까지 일자리가 있었다. 하지만 이기심을 밀어내고 나니 내가 만나본 적도 없는 남자와 그 가족에 대해 눈물이 솟구쳤다.

모건 씨는 주교회의를 위해 그날 밤에 떠났지만, 가기 전에 생각을 바꾸었다. 그는 더 이상 이 위기가 그냥 지나갈 거라고 믿지 않았고, 다른 사람들도 모두 마찬가지였다.

1895년에 나라 안팎으로 금의 흐름을 통제해서 금본위제와 미국 경제를 한꺼번에 구해낸 남자, 세계 최대의 철강회사를 만들고 앤드루 카네기의 철강회사와 그 최대 경쟁사 두 곳의 합병을 지원해서 최초로 수십억 달러 기업을 만든 모건 씨는 국가의 부름에 응답해 참석한 주교회의에서 3주 만에 돌아왔다. 전용 기차로 뉴욕에 도착한 그는 여러 관련자들을 조사하고 회계감사를 하기 위해서 젊은 은행가 위원회를 조직했다.

11월 2일 아침에 도서관의 무거운 청동 문을 성큼성큼 들어설 무렵 그는 떠날 때보다 열 살은 젊어 보였다. 활력 넘치는 걸음걸이로 그는 나에게 고개를 끄덕인 다음 자신의 입으로 위기를 끝낼 수 있기를 바란다고 말한 회의를 하기 위해 열 명의 남자들을 데리고 서재로 들어갔다. 나는 그의 힘을 느꼈고 이제 이 경제 위기가 해결될 거라는 사실을 뼛속 깊이 알 수 있었다. 하지만 1시간 만에 내 사무실 문이 활짝 열렸다.

나는 그 소리에 펄쩍 뛰었다가 모건 씨인 걸 보고 깜짝 놀랐다.

"대표님? 제가 대표님이나 손님들을 도와드릴 게 있나요?"

그는 평소답지 않은 걸음으로 들어와서는 내 책상 맞은편 의자에 앉았다.

"그럴 수 있으면 정말 좋겠군, 그린 양."

"제가 뭐든 할 거라는 거 아시잖아요."

"내가 오늘 도서관에 데려온 은행가들과 신탁 운영자들 머릿속에 생각이란 걸 좀 처박아주는 건 어떻겠나?"

그의 말투는 퉁명스럽고 분노보다 좌절감으로 가득했다.

나는 그 생각에 키득키득 웃었다.

"할 수만 있다면 해드리죠, 대표님."

"자네가 아마 그럴 수 있는 유일한 사람일 거야. 지금까지는 별로 운이 따르질 않는군."

그가 우울한 웃음을 지으며 말했다.

"전 잘 모르겠네요. 대표님께선 증권회사를 돕기 위해 정부가 2,500만 달러를 후원하도록 만드셨고, 뉴욕시가 수지를 맞출 수 있도록 3,000만 달러를 모으는 걸 도우셨죠. 지난주 일요일 예배 때 도시의 종교 지도자들에게 사람들이 진정할 만한 이야기를 해달라고 요청하신 건 말할 것도 없고요. 제가 감히 이런 말을 해도 된다면, 정말 뛰어난 일을 하셨어요, 대표님. 덕분에 시장과 은행에서 자산의 청산이 느려질 게 분명해요."

그는 나의 평가가 마음에 드는지 미소 지었다.

"사소한 행운이지, 그런 양. 우리에게 필요한 건 기적이고."

나는 그의 회의적인 태도에 영향을 받지 않았고, 게다가 그에게 필요한 것은 응원임을 잘 알았다.

"대표님께서는 전에도 기적을 이루셨고, 이번에도 그러실 거라고 저는 믿어요."

나는 그의 눈을 똑바로 쳐다보며 말했다. 이 재앙을 해결하기 위해서 그는 자신의 능력에 자신감을 가져야 했다. 그가 아니면 누가 할 수 있겠는가?

"대표님 계획은 뭔가요?"

그의 얼굴에 잠깐 동안 수심이 어려 있었다.

"음, 난 어느 정도 버틸 준비를 충분히 한 다음에 도서관 앞문을 걸어 잠갔어. 그 망할 금융가 놈들한테 이 문제가 해결되기 전에는 아무도 못 나간다고 말해놨거든. 도서관 쪽에는 은행가들을, 서재에는 신탁 운영자들을 넣어놨으니 그놈들이 뭔가 제안할 거리를 만들었다고 말할 때까지 자네와 여기 틀어박혀 있을 거야."

"대표님의 말동무를 해드리는 건 제 기쁨이지요. 대표님께서 좀 여유가 있으시다면 가장 최근의 변화에 관해서 배우고 싶은데요."

그는 내 책상 쪽으로 몸을 기울이고 오늘 아침의 논의에 이르기까지 일어난 일에 관해 설명하기 시작했다. 나는 나라를 위해 최선의 일을 하고 싶어 하는 그의 열정과 욕망에 완전히 매료되었다. 그가 가능한 시나리오들을 전부 다 이야기했을 때 내 사무실 문을 두드리는 소리가 들렸다. 문을 열자 은발의 신사가 놀란 얼굴로 서 있었다.

"모건 씨를 찾고 있습니다만?"

남자는 어깨 너머를 본 다음 다시 나를 쳐다보고는 질문하듯 말끝을 올렸다.

"제가 문을 잘못 두드린 모양이군요."

그가 물러설 때 내가 들어오라고 손짓했다.

"아뇨, 제대로 찾아오셨습니다. 여긴 제 사무실입니다만, 모건 씨께선 여기 계세요."

안으로 들어온 남자는 경탄의 표정을 감추지 못했다. 재앙의 한가운데에서도 나의 사치스러운 2층짜리 사무실은 사람을 압도할 만했다.

"여기가 당신 사무실이라고요?"

그는 여자가, 젊은 여자가 이런 거대한 공간을 쓴다는 사실을 믿을 수 없다는 투로 물었다.

모건 씨가 말했다.

"이쪽은 내 사서 그린 양이지. 그리고 이 아가씨는 이 방 전체를 가질 자격이 충분해, 맙소사. 왜 그 사람한테 꼬치꼬치 캐물으며 나와 그린 양의 시간을 낭비하고 있는 거지? 나한테 행동 계획을 제시해야 할 거 아닌가."

그의 말투에 짜증이 가득 섞여 있었다.

"아직은 계획이 없습니다. 질문이 있어서요."

모건 씨가 일어나서 남자를 마주 보았다. 그리고 조용히, 아주 차분하게 말했다.

"자네와 자네의 그 망할 신탁 운영자들이 이 위기를 해결할 방법을 찾아내지 못하거든 다시는 여기 오지 마. 내 말 알아들었나?"

"죄송합니다, 모건 씨. 죄송합니다, 저, 저기-"

그는 내 이름을 더듬거렸다. 잊어버린 게 분명했다.

"그 아가씨 이름은 그린 양이야!"

모건 씨가 소리를 지르고 도로 의자에 풀썩 주저앉았고, 남자는 질문도 하지 않고 도망쳤다.

"찡찡대는 머저리 같으니."

그가 중얼거렸다.

나는 모건 씨가 손님용 의자에 앉아 나를 쳐다보고 나는 책상 앞에 앉아 있는 기묘한 상황을 무시하려고 애쓰며 자리에 앉았다. 손님용 의자는 그의 몸을 간신히 감당할 정도였다. 그를 잠시 바라보다가 내가 말했다.

"대표님은 이미 해결책을 아시잖아요, 그렇죠? 그냥 그걸 알려주시면 되는 거 아닌가요?"

"자네한테만 이 말을 할 수 있어."

그는 의자 가장자리를 당겨 앉았다. 그리고 낮은 목소리로, 하지만 분노의 속삭임 정도는 아닌 목소리로 말했다.

"솔직히 나도 우리가 뭘 해야 할지 모르겠어. 답의 실마리가 내 생각의 범위 너머에 있는 것 같은데, 아직까지 완전하게 모양이 잡히지 않아. 은행가들과 신탁 운영자들이 가능한 해결책을 대충 만들기 시작하면 내 머리에 떠오를 거야."

그가 다른 사람에게는 절대 이 이야기를 하지 않을 것임을 알기에 나는 고개를 끄덕였다. 그의 아들이나 딸에게도, 당연히 아내나 정부들에게도 절대 안 하겠지. 오늘 나는 그의 사서 이상이 되었다. 그의 비밀을 공유하는 친구가 되었다.

"분명히 그렇겠지요."

그가 몸을 뒤로 기댔다.

"그동안 내가 시간 때우는 걸 도와주게."

"뭐라도 읽어드릴까요?"

내가 책을 가지러 의자에서 반쯤 일어났을 때 그가 나를 막았다.

"그러기엔 너무 긴장 상태야. 이걸 해보자고."

그가 주머니에서 카드 한 벌을 꺼냈다.

"어머."

나는 깜짝 놀랐다.

"브리지 게임 할 줄 아나, 그린 양?"

그가 카드를 섞으면서 물었다. 내 얼굴에 미소가 떠오르고 머릿속에는 추억이 되살아났다.

"조금요. 어릴 땐 할머니께서 친구분들이랑 브리지 게임 하시는 걸 즐겨 구경했어요."

나는 워싱턴 DC에서, 라고 말하기 직전에 멈췄지만 이미 늦었다.

모건 씨의 눈에 호기심이 가득 어렸다.

"자네의 할머니? 포르투갈 출신이시라는?"

내가 방금 플리트 할머니라고 말했던가? 심장이 쿵쿵거렸고, 내 실수를 믿을 수가 없었다. 카드를 보고 깜짝 놀랐고 고용주와 지나치게 편한 관계가 되었기 때문이라고밖에 설명할 수가 없었다.

내가 대답하기 전에 그가 말을 이었다.

"왠지 모르지만 난 자네 할머니가 포르투갈에 사신다고 생각했어. 여기 계시는 줄은 몰랐군."

"아뇨, 제 말은, 네. 그러니까, 할머니는 포르투갈에 사세요. 맞아요. 다만 전에 한 번, 제가 어릴 때 방문하신 적이 있거든요."

나는 말을 더듬거리며 설명했다.

모건 씨와 일하는 내내 나는 자신만만하고 차분한 태도를 보였는데, 지금 그의 표정을 보면 내가 상당히 겁먹고 있다는 것을 눈치챈 듯했다.

한참 가만히 있다가 그가 말했다.

"흠, 브리지를 하려면 네 명이 필요해. 규칙이 바뀐 게임을 할 게 아니라면 말이지. 베지크는 어떤가?"

그가 카드를 나누기 위해 몸을 앞으로 기울이고 나에게 지시를 내리자 그제야 나는 숨을 내쉬었다. 내가 어쩌다 그렇게 부주의한 행동을 한 거지?

시계가 2시를, 곧 3시를 알렸다. 종이 네 번 울릴 무렵에 모건 씨가 말했다.

"이젠 책을 좀 읽어주는 것도 괜찮겠군, 그린 양."

나는 책장에서 디킨스의 《위대한 유산》을 꺼내 읽기 시작했다. 우리는 카드놀이를 하고, 책을 읽고, 토론하는 것을 반복했다. 그동안 중세식 창문의 스테인드글라스를 통해 파랗게 빛나던 햇살이 벽을 보라색으로 물들이다가 초저녁의 금빛으로, 마침내 달이 뜨지 않는 밤의 새카만 검정으로 변했다. 우리의 루틴은 신사들 중 한 명이 모건 씨에게 할 말이 있어서 찾아오거나 고용인 중 한 명이 간식과 음료를 가져올 때만 중단되었다.

자정이 넘어서야 모건 씨가 갑자기 말없이 의자에서 일어나 여기 들어온 이래 처음으로 나갔다. 40분 후 돌아왔을 때 그는 활짝 웃고 있었다.

"해결하셨군요."

나는 의자에서 일어나 그의 팔을 잡고 말했다.

"그렇다네."

그가 자부심 가득한 목소리로 말했다.

"가장 무너지기 쉬운 상태의 신탁과 회사들을 강화할 방법을 찾아 냈어. 덕분에 이들이 무너지면 시장 전체에 미칠 엄청난 영향을 막 을 수 있을 거야. U. S. 철강이 테네시 석탄철강회사를 인수하도록 조 치했지. 그러면 그곳 주식을 담보로 잡고 있던 위태로운 회사와 신 탁들 상당수가 버틸 기반이 생길 테니까."

나는 인상을 찌푸렸다.

"그건 독점금지법에 위반되지 않을까요?"

"영리한 질문이군, 그린 양."

그의 미소가 커지고 그의 자부심이 이제 나를 향했다.

"루스벨트가 이 제안에 동의하도록 만들어놨어. 연방정부는 소송 을 하지 않을 거야."

"해내셨군요!"

별 생각 없이 나는 발뒤꿈치를 들고 이 거대한 남자를 끌어안 았다.

그도 나를 꼭 안았다.

"자네가 옆에 있으면 난 뭐든 할 수 있을 것 같아, 벨."

나는 나 자신의 엉뚱한 행동에 놀라서 몸을 뒤로 젖혔다. 모건 씨와 나는 서로에게 끌리는 그 잠깐의 순간들이 있긴 했지만, 절대 이런 식으로 서로를 만진 적은 없었다. 하지만 우리 사이에 쌓여가는 이 전율을 누가 부인할 수 있을까?

내가 뭘 하는 거지? 나는 이 남자에게, 나보다 마흔 살이나 많은 이 악명 높은 바람둥이에게 무릎을 꿇을 수 없었다. 내가 물러나기 시작할 때 모건 씨도 갑자기 나를 놓았다. 시선을 내리깔고 나 자신의 충동적인 행동에 화를 내고 있을 때 그가 내 턱 밑에 손가락을 댔다.

그가 내 얼굴을 위로 올렸지만, 시선을 들기까지는 약간 시간이 걸렸다. 또다시 그의 얼굴에는 그 상냥한 표정이 떠올라 있었지만, 오늘은 그의 눈에 다른 무언가도 있었다. 그것은 나의 여성성에 대한 감탄 이상이었다. 갈망이었다. 그가 속삭였다.

"내 연애 관계는 항상 안 좋게 끝이 나. 그리고 자네를 잃으면 난 참을 수 없을 거야, 벨. 자네는 어떤 여자보다도, 대체로 내 진짜 가족보다 더 중요한 존재야. 자네가 내 파트너로, 신뢰할 수 있는 친구로, 내 사서로 끝까지 내 옆에 있어주길 바라."

나는 고개를 끄덕였다. 말이 나오지 않았다. 그가 몸을 돌려 사무실을 나간 다음에야 마침내 나는 숨을 쉴 수가 있었다.

13장

1908년 3월 20일
뉴욕, 워싱턴 DC

우리는 워싱턴 DC로 향하는 다른 수십 명의 뉴욕 승객들과 함께 열차에 올라 차량 끄트머리의 막히지 않은 열에 서로 가까이 있는 빈자리 여섯 개를 찾아 앉았다. 이틀 전 플리트 할머니가 돌아가셨다는 소식을 듣고 가족 모두 우울한 기분이었고, 열차를 타고 처음 30분 동안은 침묵 속에 앉아 있었다.

창밖을 보는 동안 나는 피어폰트 모건 도서관에서 내가 이룬 것들에 대한 기쁨과 무거운 슬픔 사이에서 양쪽으로 나뉜 기분이었다. 한편으로는 내가 지휘해서 얻어낸 중요한 수집품들과 내 지시하에 도서관의 위상이 높아진 것에 자부심을 느꼈다. 모건 씨는 두 번째로 월급을 올려주는 것으로 포상했다. 그리고 나는 내 사무실에서의 그 순간, 그가 나라를 경제적 파멸에서 구해낸 그날 밤 이래로 넉 달 동안 우리의 일을 할 때 새로운 리듬을 찾아서 기뻤다. 우리는 그 순간에 관해 두 번 다시 이야기를 나누지 않았다. 덕분에 우리가 서로 얼마만큼 끌리든 고용주와 고용인으로 남는 게 최선이라는 결론을 내리게 되었다.

하지만 다른 한편으로는 이 엄청난 상실로 인해 내가 일에서 느끼는 기쁨이 많이 사라졌다. 10년 넘게 DC로 돌아가지 않았음에도 불구하고 사랑과 가족으로 가득한 장소와의 연대감, 다른 종류의 인생에 대해 느끼던 유대감이 줄어들지는 못했다. 그러나 여전히 할머니의 품에 안겨 있는 것처럼 따스한 포옹이 생생하게 떠오르는데, 그 주인공인 할머니가 없다면 과연 어떨까 의문이 들었다.

"우리 뭔가 좀 하자."

에델이 마침내 입을 열더니 핸드백에서 카드 한 벌을 꺼냈다. 그 애가 카드를 섞어서 우리 다섯 명이 끼어앉은 4인석 사이의 탁자에 나눠주었다. 나는 통로 건너의 엄마가 애도 중에 벌이는 이 작은 오락에 인상을 찌푸리지는 않는지 힐끗 보았으나 엄마는 눈을 감고 있었다. 나는 열차의 덜컹거리는 소리에 엄마가 주무신다고 생각했다.

우리는 처음에는 조용히 카드놀이를 했지만, 곧 루이즈 언니가 속삭였다.

"DC로 돌아가는 기분이 좀 이상하지 않아?"

"맞아. 마지막으로 갔던 게 언제였더라?"

에델이 말했다.

"최소한 10년은 됐지."

러셀 오빠가 대답했다. 내가 고개를 끄덕이고 말했다.

"12년이야. 마지막으로 크리스마스에 맞춰 갔을 때 내가 열여섯 살이었어. 전엔 명절이랑 가족 모임에 맞춰서 가곤 했는데, 그러다가 더 이상 안 가게 됐지."

"왜?"

에델이 물었다.

저 애는 우리가 더 이상 할머니 댁에 가지 않게 된 이유를 어떻게 모를 수 있지? 나보다 겨우 한 살 어릴 뿐인데, 에델의 잘 잊어버리는 성격과 엄마에 대한 맹신 때문에 가끔은 훨씬 더 어리게 느껴졌다. 이게 우리의 삶을 받아들이는 에델만의 방법인지도 모르겠다.

"아빠가 떠났으니까."

아무도 대답하려고 하지 않아서 내가 말했다.

"그리고 아빠가 안 계셔서 더 이상 왔다 갔다 할 돈이 없었어. 어떤 날은 엄마가 우리 다섯을 먹일 음식을 사기도 힘들었지. 너랑 나, 루이즈 언니가 월급을 받아오고 엄마가 음악 교사 일을 하기 전에 얼마나 힘들었는지 생각 안 나?"

"별로. 아마 그 시절은 떠올리고 싶지 않은가 봐."

에델이 중얼거렸고, 루이즈 언니가 말했다.

"난 그 시절 기억나. 정말 끔찍했고, 엄마는 지금처럼 강하지 않으셨어. 자주 우셨지."

언니의 눈에 눈물이 고였다.

나는 언니의 말로 대화를 끝내기로 했다. 하지만 테디 말고는 우리 모두 이 여행이 중단된 진짜 이유를 알고 있었다. 돈 문제는 일부일 뿐이었다. 엄마가 우리들이 백인으로 살아야 한다는 결정을 내린 이래로 우리는 더 이상 DC에 가지 않았다. 엄마는 플리트 가가 그 지역에서는 상류층으로 잘살고 있다 해도 어쨌든 유색인이라는 결론을 내렸다. 그래서 그런 위험을 감수할 수 없다고 말이다. 할머니의 죽음만이 피부색이라는 장벽을 넘을 수 있게 만든 거였다.

좀 더 침묵이 흐르다 갑자기 루이즈 언니가 말했다.

"아빠는 지금 어디 계실지 궁금해."

"난 그 인간이 어디 있는지 쥐꼬리만큼도 안 궁금해."

러셀 오빠가 내뱉었다. 오빠의 밝은 회색 눈이 번뜩였다. 아빠에 대한 분노가 담겨서 오빠의 목소리가 좀 컸다. 엄마가 움찔거렸고 우리는 오빠를 조용히 시켰다. 아빠에 대한 날카로운 말 때문에 슬픔에 잠긴 엄마가 깨는 건 바라지 않았다.

언니의 질문과 오빠의 반응을 보니 내가 예상했던 대로 아빠가 러시아에서 새 가족을 꾸려 살고 있다는 소식을 엄마가 나한테만 알려준 것이 분명했다. 그리고 엄마도 예상했겠지만 나는 그 사실을 마음속에 묻었고 지금 와서 꺼낼 마음은 없었다. 하지만 아빠에 대한 진실은 마음속 깊이 묻었다 해도 아빠에 대한 감정까지 그러지는 못했다. 언젠가 아빠를 만나서 아빠에게 감사하고, 어쩌면 아빠가 떠난 걸 용서할 기회가 생기기를 절실히 바랐다. 아니면 엄마가 우리를 위해 깔아준 이 길을 따라간 걸 용서해달라고 아빠에게 말할 날을. 그러나 아빠가 이제 새 가족과 러시아에 살고 있으니 만날 일은 아마 없겠지.

우리는 다시 카드를 몇 판 더 하면서 말없이 게임에 집중했다. 그러다 테디가 말했다.

"난 DC가 전혀 기억 안 나. 아빠에 대해서도 몇 가지 기억밖에 없어."

우리는 그 애의 말을 곱씹었고, 나는 테디가 그저 불쌍하게 여겨졌다. 루이즈 언니와 에델, 러셀 오빠는 아빠에 대한 기억이 있고 그걸 잊기로 스스로 선택했지만, 테디는 경우가 달랐다. 그 애에게 기억이 없는 건 자기의 선택이 아니었다.

테디가 아빠를 좀 더 알 기회가 있었으면 좋았을 텐데. 나는 언제나 메트로폴리탄에서 아빠와 예술을 공부하고 아빠의 과거에 대한 이야기를 듣던 오후 시간을 소중히 간직할 것이다. 하지만 내가 그 애에게 아빠와 함께한 삶의 기억을 만들어줄 수는 없으니 그냥 아무 말도 하지 않는 게 가장 나을 것이다.

열차는 뉴저지, 필라델피아, 그리고 메릴랜드주의 도시 두 군데에 들른 다음 워싱턴 DC 역에 멈췄고, 도착을 알리는 휘슬 소리에 엄마가 깼다. 우리는 황급히 짐을 챙겼다. 러셀 오빠는 열차 앞쪽으로 내리려고 했지만 엄마가 오빠를 잡고 열차 뒤쪽으로 손짓한 다음 위쪽 문을 통해 연결된 다른 차량, 유색인용 차량으로 우리를 데려갔다. 이 차량을 지나는 동안 승객들은 자기네 세계에 들어온 하얀 피부의 침입자들을 빤히 응시했고 나는 의자 크기가 같은 것만이 백인용 차량과의 유일한 공통점임을 알아챘다. 딱딱한 나무 의자에는 덮개도 없었고, 탁자도 설치되어 있지 않았다. 짐 놓는 선반도 없어서 승객들은 발치에 가방을 놔둬야 했고, 그저 양동이 하나 놔둔 수준인 작은 화장실에서 풍기는 냄새에 걸어가는 동안 구역질이 나왔다. 백인으로 뉴욕을 떠나와서는 유색인으로 워싱턴 DC에 도착하다니, 지리와 법의 힘이라는 게 얼마나 기묘한지.

부서질 것 같은 계단으로 역에 내려서서 우리는 삯마차 타는 곳으로 가는 길을 찾았다. 역 전체에 방금 우리가 탈바꿈한 유색인들이 어느 경로로 가야 하는지를 표시한 표지판이 붙어 있었다. 경로를 따라 우리는 역 뒤쪽으로 버려진 석탄과 쓰레기 더미를 지나 옆길로 이어지는 샛길로 나왔다.

"왜 우리가 이 길로 걸어가야 해요, 엄마? 완전 더러워요."

우리 모두 깨진 병과 반쯤 벌어진 쓰레기 봉지, 버려진 신발 따위가 널린 좁은 길을 따라가는 동안 테디가 불만을 제기했다.

"목소리 낮추렴. 뉴욕에서 열차 타기 전에 내가 이유를 말했잖니. 우리가 여기서 백인인 척하다가 유색인이라는 걸 들키면, 그 결과는 엄청날 거야. 역에서 내가 아는 사람을 마주치기라도 해서 우리 상황이 탄로 나면 어쩌겠니? 우린 체포되거나 그보다 더 끔찍한 일을 당할 거야. 여기 있는 동안은 원래 모습이어야 해. 유색인이어야 해."

엄마가 날카롭게 말했다.

테디의 뺨이 빨갛게 달아올랐다. 그 애는 우리 혈통에 대해 알지만 이런 식으로 산 기억도 없고, 우리가 백인으로 사는 걸 들키면 어떤 결말을 맞게 될지도 이해하지 못했다. 그 애는 내가 피어폰트 모건 도서관에서 매일 하듯이 신문을 읽지 않았다. 매년 수백 건씩 일어나는 집단구타(그중 한 건은 백인인 척하다가 들킨 대학생 폭행 사건이었다)에 대해서도 들어본 적이 없었다.

우리는 어두운 샛길을 지나 역 근처 옆길로 나왔고, 밝은 오후의 햇살에 두더지처럼 잠깐 눈앞이 보이지 않았다. 망가지기 직전인 삯마차들이 줄지어 있고, 우리는 유색인들 줄에 섰다. 우리가 맨 앞이 되자 러셀 오빠가 마부에게 손짓했고, 우리는 뚜껑 없는 마차에 타고 울퉁불퉁한 길을 흔들거리며 갔다. 나는 워싱턴 DC를 알아볼 수가 없었다. 마침내 우리 마차가 T 가의 낯익은 플리트 일가의 집들 앞에 멈추자 그제야 낯선 기분이 전부 사라지고, 할머니 집 앞뜰의 내가 좋아하는 나무 아래서 놀던 여덟 살짜리로 돌아갔다.

한 손에는 여행용 손가방을, 다른 한 손에는 가죽 휴대가방을 들고 마차에서 내리는 동안 눈물이 조용히 얼굴을 따라 흘렀다. 마침내 집에 왔다.

플리트 할머니의 집 문이 열리고 모차르트 외삼촌이 팔을 벌리며 나왔다.

"잘 왔다."

모차르트 외삼촌은 정기적으로 편지를 보내긴 했어도 최소한 10년 동안은 뉴욕을 방문하지 않았다. 외삼촌의 따뜻한 미소는 그대로였다. 머리 색깔은 내가 기억하는 것보다 훨씬 더 하얘졌지만 말이다.

삼촌은 엄마부터 껴안은 다음 언니, 동생, 오빠, 그리고 나를 차례로 껴안았다. 모차르트 외삼촌이 엄마의 가방을 받아 들고 우리 어린 시절의 2층짜리 연립주택 문지방을 넘기 전에 엄마가 물었다.

"정말 괜찮아, 오빠? 우리가 여기 머물러도?"

모차르트 외삼촌의 미소가 사라졌다.

"쥬네비브, 다 괜찮을 거야. 날 믿어. 이건 해야 하는 일이야."

나는 이 대화를 이해할 수 없어서 인상을 찌푸렸다. 하지만 할머니의 집에 들어서는 순간 알게 되었다. 벨리니 외삼촌으로 보이는 사람이 현관 앞에 서 있었는데 그의 인사는 모차르트 외삼촌만큼 따뜻하지 않았다. 덩치 큰 은발의 남자는 엄마가 들어오자 고개를 끄덕였고, 외삼촌이 우리 중 누구도 껴안지 않았음에도 불구하고 나는 손을 내밀었다. 외삼촌의 뻣뻣한 팔은 금방 나를 놓았다. 내가 그런 반응에 대해 깊이 생각하기도 전에 희미한 할머니 음식 냄새가 나를 감쌌고 할머니의 식탁 주위에 모여 앉아 식사하던 기억이 떠올랐다.

우리는 모차르트 외삼촌을 따라 응접실로 들어갔다. 많은 것들이 낯익긴 했으나 가구는 이제 낡고 닳아 있었다. 하지만 모든 것이 여전히 그대로였다. 진홍색과 갈색 소파 두 개가 맞은편 벽 쪽에 놓여 있고, 앞에는 원형의 응접실용 나무 탁자가 있었다. 그리고 벽난로 앞에는 할머니의 흔들의자가 있었다. 잠깐 동안 할머니가 무릎에 앉으라고 나에게 손짓할 때 의자가 끽끽거리던 소리가 들릴 것만 같았다.

그러다 진홍색 소파에 앉아 있는 회색 머리의 두 여자가 보였다. 둘 다 기분이 안 좋은 표정으로 팔짱을 끼고 있었다. 모차르트 외삼촌의 부인인 아델레이드 외숙모와 미네르바 이모라는 걸 깨닫고 나는 미소를 지었지만, 그들은 웃지 않았다.

엄마는 언니와 외숙모 앞에 섰다.

"미네르바 언니, 아델레이드."

엄마가 인사조로 두 사람을 불렀다. 엄마의 말투에는 애원조가 담겨 있었으나 그들은 엄마에게 아무 말도 하지 않고 들었다는 의미로 고개만 끄덕일 뿐이었다.

마침내 모차르트 외삼촌이 말했다.

"가방 내려놓고 앉아서 좀 쉬어. 열차를 오래 탔을 테니까."

"고맙습니다, 외삼촌."

자매들과 내가 중얼거렸다. 우리도 공기 중의 긴장감을 알아채고 있었다.

"그래, 쥬네비브. 앉으렴. 거기 있는 갈색 소파가 네 취향엔 너무 검지 않다면 말이야."

미네르바 이모가 마침내 동생에게 첫마디를 했다.

우리 모두 얼어붙었고, 모차르트 외삼촌이 쏘아붙였다.

"미네르바!"

이제야 나는 뭐가 문제인지를 깨달았다. 엄마의 가족들이 아빠가

146

떠난 후 백인으로 살기로 한 우리의 결정을 어떻게 생각하는지 나는 한 번도 고민해본 적이 없다. 우리 가족 중 누군가가 그 사실에 화를 낼 거라고는 상상도 하지 못했다. 왜 화를 내지? 엄마가 우리에게 이로우라고 한 일인데 왜 이해 못 하지?

"그럼 내가 어떻게 하길 바랐어, 모차르트? 여기 앉아서 저 아이가 우리한테 등을 돌렸다는 사실을 무시하길 바랐어?"

미네르바 이모가 말했다.

"난 그런 게 아니야!" 엄마가 말했다.

그러자 미네르바 이모는 조롱조로 놀랐다는 듯이 눈썹을 치켜올렸다.

"아니라고?"

"그래. 난 여전히 플리트 가 사람이야."

엄마가 울면서 말했다.

"넌 그렇게 행동하고 있지 않잖아. 심지어 모차르트가 뉴욕에 있을 때 너를 보러 가지도 못하게 했어. 이제 너는 백인인 그린이니까."

미네르바 이모가 코웃음을 치며 말했다.

이모는 우리 성을 혐오하듯이 말했으나 가장 충격적인 건 그게 아니었다. 그래서 모차르트 외삼촌이 우리 집에 더 이상 오지 않은 건가? 나는 외삼촌이 항상 아빠를 보러 왔기 때문에 아빠가 떠나서 더 이상 오지 않는 거라고 생각했다. 그런데 실은 엄마 때문에 안 온 거였어? 외삼촌이 우리랑 있는 걸 누가 볼까 봐? 내가 러셀 오빠보다 루이즈 언니나 에넬과 함께 있는 걸 더 선호했다는 사실이 문득 떠올랐다. 그들의 밝은색 피부가 내 혈통을 입증해준다는 이유로. 엄마도 자신의 오빠에 대해 그렇게 느꼈던 걸까?

"난 우리 가족의 일원이라는 게 자랑스러워."

엄마는 이모의 말을 무시하고 말했다.

"넌 자랑스러운 것처럼 행동하고 있지 않아. 네 아이들을 봐."

모두의 눈이 우리에게로 향했고, 스물여덟 살이나 됐음에도 나는 혼나기 직전처럼 몸에 힘을 주고 서 있었다.

"저 애들은 자기들이 누군지 전혀 몰라. 자기들이 백인이라고 생각한다고. 플리트 가 사람이 되는 것에 대해 아무것도 모르고."

엄마의 목소리에는 눈물이 어려 있었다.

"언니는 이해 못 해. 난 다섯 아이를 데리고 버려진 엄마였어."

이제 나는 숨을 들이쉬었다. 아빠가 떠났을 때 루이즈 언니와 나, 심지어 에텔과 러셀 오빠도 어리다고 할 수는 없었다. 하지만 엄마는 그렇게 느꼈던 건가? 버려졌다고? 심장이 에었다. 엄마가 버려졌다고 느꼈다는 건 엄마가 혼자였기 때문이라는 걸 이제야 깨달았기 때문이다. 엄마의 가족들도 아빠와 똑같이 느꼈던 거다. 모차르트 외삼촌 외에는 아무도 이해하지 못했고, 이제는 우리가 여기 있는 것조차 원하지 않는 것 같았다.

엄마가 말을 이었다.

"난 내 아이들에게 최고의 기회를, 최고의 삶을 주기 위해 해야만 하는 일을 했어."

이모와 외숙모가 한참 서로를 쳐다보았고, 그걸 보고 엄마가 말했다.

"두 사람은 뉴욕에서 사는 게 어떤 건지 몰라. 거긴 북부이지만, 우리가 여기서 유색인으로 사는 것처럼 살 수가 없다고."

"내가 늘 얘기했잖니. 넌 집으로 돌아올 수도 있었어. 우린 기꺼이 너희를 받아들였을 거야, 쥬네비브."

미네르바 이모가 대답했다.

엄마는 그 결정이 여전히 무겁게 짓누르는 짐인 것처럼 한숨을 쉬었다.

"그리고 내가 늘 말한 것처럼 우리 같은 사람들을 위해서 만들어진 이 동네, 이런 곳은 영원하지 않을 거야. DC는 여전히 남부이고, 나라가 돌아가는 방식으로 보아 머잖아 유색인에 대한 분리정책과 노골적인 공격이 이 모든 걸 앗아갈 거라고."

엄마가 고개를 흔들며 말했다.

집 안을 가득 채운 침묵에 나는 가방을 도로 집어서 도망치고 싶었다. 이건 내가 예상했던 환영이 아니었다. 집은 이런 분위기여서는 안 된다.

마침내 엄마가 덧붙였다.

"그리고 우리한텐……."

엄마가 아빠 이름을 꺼내기 전에 잠깐 머뭇거리다 어깨를 펴고 똑바로 섰다.

"내 아이들에게 최선이라고 확신해. 미국에서 유색인으로 산다는 건 이 애들이 짊어지지 않았으면 하는 짐이니까."

엄마는 내가 들어본 중에서 가장 달변이었다. 엄마의 형제들은 엄마 말이 옳다는 걸 이해 못 하나? DC의 이 지역은 아직까지 아무도 다치지 않았지만, 인종분리의 덫은 점점 조여들고 억압은 점점 강해지고 있었다. 매주 신문에서 유색인 이웃을 공포에 떨게 하고 백인 여자의 비난만을 듣고 흑인 남자를 집에서 끌어내는 백인 남자 폭도들에 관한 기사를 읽었다. 애틀랜타 대학살이 일어나고 2년이 지났지만, 도시는 백인 여자들이 강간당했다는 네 가지 혐의로 시작되어 스물다섯 명이 넘는 유색인 남자들이 죽은 이틀간의 인종폭동으로 여전히 휘청거리는 중이었다. 이런 뿌리 깊은 인종차별로 인한 모욕에서는 누구도 벗어날 수 없다. 루스벨트 대통령조차 부커 T. 워싱턴을 백악관에 들일 때 남부 민주당원들의 혐오를 마주해야 했다. 의원들은 수백 명의 유색인들을 집단폭행하겠다는 협박을 했다. 인종분리는 또 다른 이름의 노예제도나 다름없고, 집단폭행은 그 지지자들의 무기 중 하나였으며, 우리가 이 나라 어딘가에서 유색인으로 사는 한 분리정책을 따르고 집단폭행의 위협에 시달려야 한다.

아델레이드 외숙모가 한숨을 쉬며 팔짱을 풀었다.

"쥬네비브가 한 일에 동의하는 건 아니야. 하지만 모두 알잖아. 어머님께선 집안에서 이런 종류의 불쾌한 이야기를 하는 걸 용납하지 않으셨을 거야. 어머님은 우리가 단합하기를 원하셨겠지. 우리가 내린 결정이 마음에 들지 않아도 서로를 지지해주기를."

외숙모는 모두를 둘러보며 말한 다음 소파에서 일어나 형제들이 움직이는 것조차 겁이 나서 가만히 서 있는 곳으로 다가왔다. 그리고 처음에는 루이즈 언니에게, 그리고 그다음 사람에게 차례차례 팔을 둘렀다. 외숙모가 껴안자 나는 겨우 숨을 내쉬었다.

"너희 모두 아주 아름답게 자랐구나."

외숙모가 마지막으로 테디를 놓아주며 말했다. 그리고 물러나서 우리 모두를 한꺼번에 쳐다보았다.

"쥬네비브가 뭔가 하나는 제대로 한 것 같네."

외숙모는 엄마를 보고 히죽 웃었고, 할머니가 돌아가셨다는 소식을 들은 이후 처음으로 엄마가 웃음 지었다.

모차르트 외삼촌이 말했다.

"아델레이드 말이 맞아. 앞으로 며칠은 오로지 어머니와 어머니의 가족들을 위한 날이 되어야 해. 우리 관심을 거기에만 집중하자. 우리를 멀어지게 만든 차이점 말고 우리가 가진 공통점에 집중하자고."

모두 고개를 끄덕이자 나는 안도했다. 특히 모차르트 외삼촌이 주제를 바꾸었을 때 더욱 안심했다.

"벨, 너에 대해서는 전부 읽었다. 네가 그 유명한 J. P. 모건에게 없어서는 안 될 인물이라는 얘기를 들었어."

미네르바 이모도 휴전을 받아들이기로 한 듯이 말했다.

"그래, 벨. 그 사람 어떠니? 신문에서 묘사하는 것처럼 그렇게 냉혹한 사람이야?"

이모가 우리 모두에게 앉으라고 손짓했다.

"이리 와서 우리한테 전부 말해보렴."

"그래, 벨. 이리 오렴. 하지만 난 그 사람에 대한 이야기는 듣고 싶지 않구나. 가십난에서 네가 마저리 굴드와 앤서니 드렉슬의 결혼식 하객으로 참석했다는 얘기를 봤어. 정말이니?"

내가 아델레이드 외숙모의 질문에 답하기도 전에 외숙모가 계속해서 말했다.

"그 하얀색 새틴 드레스 정말 대단하더구나. 엄청나게 비싸겠지."

나는 미소를 지었다.

"네. 그 드레스는 정말 아름답고 비싸지만, 그 사람 아버지가 결혼선물로 준 5번가의 50만 달러짜리 맨션에 비하면 새발의 피예요."

이모와 외숙모는 감탄사를 연발했는데, 열기구 풍선에서 공기가 빠져나가는 것 같은 소리였다. 우리는 모여 앉았고, 나는 이모와 외숙모의 질문에 전부 대답해주었다. 여전히 긴장감은 남아 있었다. 미소는 약간 억지스러웠고, 웃음소리는 조금 가짜였지만, 플리트 가 사람들 모두 노력하고 있었다. 할머니를 위해서. 30분 후쯤 아직껏 한마디도 하지 않던 벨리니 외삼촌이 말했다.

"쥬네비브, 내가 널 용서하게 만들려면 우선 네가 해줄 일이 하나 있단다."

방 안이 조용해지고, 엄마는 오빠의 말에 몸이 굳어졌다.

"그게 뭔데?"

나는 외삼촌이 뜸을 들이며 우리 한명 한명을 둘러보는 동안 숨을 죽였다. 외삼촌이 곧 말했다.

"아직도 엄마의 고구마 파이 만드는 법을 기억하니? 엄마가 너 한테만 가르쳐줬던 모양이야. 네가 떠나기 전에 그걸 꼭 좀 먹어야 겠다."

몇 초간 정적이 흐르다 진짜 웃음이 방 안을 채웠다. 이제 모든 긴장감이 사라졌고 잠깐 동안 나는 생각했다. 마침내 집에 왔어.

나는 현관 밖으로 나가서 등 뒤로 스크린도어가 닫히도록 놔두었다. 3월의 차가운 냉기에 재킷 벨트를 꽉 조였다. 길거리는 아침의 고요함으로 덮여 있었다. 7시가 조금 넘었다. 프린스턴 시절 이후 뉴욕으로 돌아와 2년 넘게 지나면서 이 시간대의 평화로움을 잊고 있었다.

내 뒤로 스크린도어를 통해 웃음소리가 흘러나왔고 나도 미소를 지었다. 지난 사흘 동안 엄마와 엄마 형제들은 화해까지는 아니더라도 서로를 이해하는 지점까지 도달했다. 어젯밤에 테디와 내가 할머니의 침실에서 자는 동안 엄마와 엄마의 형제들은 응접실에 앉아 새벽까지 이야기를 나누었다.

나는 한숨을 쉬었다. 플리트 할머니를 보내드리며 여기서 지낸 시간은 달콤하면서도 씁쓸했다. 초반의 박대 이후에 비록 멀리서라도 내가 그렇게 사랑했던 이모와 외삼촌, 사촌들과 다시 연결되어서 정말 좋았다. 하지만 씁쓸하기도 했다. 시선을 왼쪽에서 오른쪽으로 움직이면서 내 눈에 눈물이 차올랐다. 이 모든 걸 눈에 담아두고 싶었다. 가족의 집 세 채, 우리가 뛰고 구르고 놀던 잔디밭. 플리트 할머니의 앞마당과 내가 좋아했던 나무에 눈길이 닿자 눈가로 눈물이 배어 나왔다. 수많은 감정이 가슴에 가득 찼다. 내가 기억하는 가장 옛날부터 나는 이곳을 집으로 여겨왔는데, 이제는 여기 오는 것도 마지막이 될 가능성이 높았다.

스크린도어가 뒤에서 열렸다 닫히는 소리에 나는 뺨에 흐른 눈물을 닦고 모차르트 외삼촌에게 돌아서며 미소 지었다.

"집 안의 모든 사람들이 너를 찾고 있단다. 하지만 난 네가 여기 있을 줄 알았지."

외삼촌이 낄낄 웃으며 덧붙였다.

"네가 저 나무 아래 앉아 있지 않은 게 더 놀랍구나."

"외삼촌이 그걸 기억하신다니 놀라워요."

"당연히 기억하지. 난 모든 걸 기억한단다. 그리고 또 한 가지 내가 기억하는 건 너와 네 아빠가 얼마나 가까웠는지 하는 거야."

나는 고개를 기울여서 외삼촌을 보았다. 외삼촌이 아빠 얘기를 한 것에 좀 놀랐다.

"너한테 리처드가 러시아에서 돌아왔다는 얘기를 해주려고."

나는 이 소식에 눈을 휘둥그렇게 떴다.

외삼촌이 덧붙였다.

"네 엄마 말로는 네가 아빠의 새 가족에 대해 안다더구나. 너한테 얘기할 만한 소식은 아니라고 생각했다만, 네가 알아서 다행이야."

외삼촌이 몸을 가까이 기울이고서 우리 둘밖에 없는데도 목소리를 낮추었다.

"네 아빠가 널 제일 예뻐했다는 거 알지?"

우리는 함께 웃었다.

"아빠랑 계속 연락하고 지내셔서 정말로 기뻐요, 모차르트 외삼촌."

"리처드와 난 오래전부터 친구였어. 내가 그 친구를 네 엄마에게 소개해주기 한참 전부터. 네 아빠가 내 동생과 너희를 떠나서 대단히 화가 나긴 했다만……."

외삼촌은 내가 여전히 열 살인 것 같은 투로 말을 이었다.

"이해는 했어. 시간이 좀 걸리긴 했다만 미국을 평등하게 만들겠다는 마음이 그 친구 안에서 불타고 있단다. 그 친구는 미합중국을 사랑하고, 그래서 더 좋은 나라를 만들기 위해 모든 측면에 도전하지. 네 아빠가 일을 다 마칠 무렵엔 분명히 자기 목표를 이뤘을 거야. 여기는 더 나은 나라가 되어 있겠지. 우리가 당연히 가져야 할 평등한 대우를 받을 거고."

그 말에 자부심이 솟았다. 잠깐 동안 나는 모차르트 외삼촌에게 아빠가 어디 사는지 물어볼까 생각했다. 10년이 넘었는데 내가 아빠에게 연락할 용기를 낼 수 있을까? 하지만 대신에 나는 이렇게 말했다.

"가끔씩 아빠가 어떻게 지내시는지 저한테 좀 알려주실 수 있을까요?"

외삼촌은 고개를 끄덕였다.

"얼마든지 그렇게 해주마. 나도 네 아빠한테 1년에 한두 번, 기껏해야 세 번 정도밖에 연락을 못 받는다만 소식 들으면 너한테도 알려줄게."

한참 침묵을 지킨 끝에 외삼촌이 덧붙였다.

"네 아빠는 널 정말로 자랑스러워한단다."

내 입에서 곧장 질문이 튀어나왔다.

"아빠가 그렇게 말씀하셨어요?"

모차르트 외삼촌은 어떻게 대답해야 할지 모르겠다는 듯이 고개를 젖혀 하늘을 올려다보았다. 그러다 풀 죽은 목소리로 말했다.

"우린 네 엄마나 너희 이야기는 하지 않는단다. 그게 우리 사이의 불문율이야. 하지만 난 네 아빠를 알고, 우리 모두 그러듯이 그 친구도 네 소식을 다 찾아본다고 확신한단다. 네 아빠는 너를 자랑스러워하고 있어."

외삼촌이 확신을 담아 말했다.

다시금 눈물이 솟았지만, 슬픈 건 아니었다.

"우리 모두 너를 자랑스러워한단다, 벨. 하지만……."

외삼촌이 뜸을 들였다.

"조심해야 된다."

"무슨 말씀이세요?"

"너희 모두 거기 뉴욕에 있잖니. 너는 엄청난 기회를 잡았고."

모차르트 외삼촌이 더 설명할 필요도 없었다. 나는 외삼촌의 말뜻을 알았다. 내가 좋아하던 나무에 눈을 고정한 채 내가 대답했다.

"저도 위험하다는 거 알아요. 매일 아침 눈을 떴을 때 이 문밖으로 나가면 무대에 올라 연기를 하는 것임을 유념하고 준비해요. 그리고 늘 조심하고 있어요."

"조심한다고?"

외삼촌의 말투에 나는 외삼촌을 돌아보았다.

"난 네가 아주 조심한다고 생각하지 않는단다, 벨. 넌 J. P. 모건을 위해서 일하잖니. 사람들은 그가 이 나라에서 제일 똑똑한 사람 중 하나라고 해. 사실 그건 잘 모르겠지만, 제일 무자비한 사람 중 하나라는 건 알지. 그 사람이 네가 유색인인 걸 알면 어떤 일이 일어나겠니?"

"그럴 일 없어요. 전 아주 조심하고 있어요. 하지만 설령 그분이 뭔가 말을 한다 해도 엄마가 우리 모두를 위한 계획을 잘 짜두셨어요. 그래서 제가 다 코스타라는 성을 쓰는 거고요."

내가 열심히 고개를 흔들면서 말했다. 외삼촌이 피식 웃었다.

"그래. 너한테 멀리 어딘가에 포르투갈인 할머니가 있다는 얘기 들었어. 어머니가 그 사실을 모르고 돌아가셔서 천만다행이지."

외삼촌의 말에 나는 머뭇거렸다. 그건 내가 고려해본 적 없는 부분이었다. 플리트 할머니가 그 사실을 알았다면 어떤 기분이셨을까? 백인으로 살겠다는 우리 결정은 멀리까지 영향을 미쳤다.

모차르트 외삼촌이 말했다.

"누군가 네 혈통에 대해 물을 경우에 대비해 네가 어떤 이야기를 준비했는지, 그런 일이 벌어지지 않도록 네가 예방책을 가지고 있다는 걸 나도 다 안다. 하지만 위험 부담이 너무 커, 벨. 루이즈나 에델이 백인 행세를 하다가 들키는 건 그렇다 치자. 걔네들은 선생이니까 해고되는 걸로 끝이겠지. 하지만 네 경우에는…… 네가 속인 것엔 훨씬 큰 대가가 따를 거 같아서 걱정되는구나."

나는 입술을 꾹 다물었다.

"겁먹으라고 하는 말은 아니란다, 애야. 네가 정체를 들켰을 때의 여파가 훨씬 더 큰 세계에서 활동하고 있다는 걸 상기시켜서 너를 구하려고 하는 것뿐이야. 그냥, 조심하거라. 네가 상대하는 사람이 J. P. 모건이라는 걸 기억해."

잠시 후 모차르트 외삼촌이 나를 껴안았다.

"난 들어가서 모두를 챙길게. 너희가 여유 있게 역에 도착하려면 10분쯤 있다가 떠나야 되니까."

모차르트 외삼촌은 황급히 들어갔다. 내가 감당하고 있는 위험이 너무 큰가? 물론 나도 결과에 대해 생각해보았다. 특히 모건 씨 같은 사람을 상대할 경우의 결과에 대해. 하지만 외삼촌이 걱정을 말로 표현하니 위험 부담이 훨씬 더 사실적으로 느껴졌다. 그러나 물러나기엔 이미 늦었다. 내가 버는 돈이 우리 삶을 바꾸었다. 우리는 편안한 집에 살고, 먹을 것과 청구서들을 처리하고도 남을 만큼 돈이 있고, 엄마와 형제들이 삶을 조금이나마 즐길 수 있다.

그래, 위험이 큰 만큼 보상도 컸다. 우리 가족이 백인처럼 사는 데 문제가 없도록 내가 더욱 조심하고 더욱 성공에 매진해야만 했다. 나는 잔디밭 건너편을 마지막으로 한 번 보고 가족과 함께 북부로의 여행을 시작했다. 우리에게 남은 유일한 집을 향해서.

14장

1908년 5월 2일
뉴욕

"그린 씨, 안 오시는 줄 알았습니다."

갤러리 입구에 들어서자마자 내 이름이 들렸다. 에드워드 스타이컨이 나를 향해 황급히 다가왔고, 나는 그가 내민 손을 잡았다. 그는 이마 위에서 펄럭거리는 검은 머리 한 줌을 짜증스럽게 쓸어 넘겼다. 나는 그 머리가 사진가로서 그의 작업에 방해되지 않을까 궁금했다.

"아, 스타이컨 씨, 제가 무슨 일이 있어도 스타이컨 씨의 갤러리 전시를 놓치지 않는다는 걸 아셔야죠."

나는 장난스럽게 그의 어깨를 건드리면서 말을 이었다.

"좀 더 빨리 올 수 있었는데, 카네기 저택에 있었거든요. 부자와 권력가들이 모인 그런 파티에서 빠져나오기가 얼마나 어려운지 잘 아시죠? 그 사람들은 자기네 시간은 귀중하고 우리 시간은 길든 짧든 간에 자기네들 마음대로 써도 된다고 생각한다니까요."

내가 윙크를 했다.

그는 모건 씨와 그의 사진 촬영 시간에 대한 은근한 언급에 웃음을 터뜨렸다. 5년 전에 스타이컨 씨는 화가인 페도르 엥케가 그리는 초상화 준비 작업으로 모건 씨의 사진을 몇 장 찍기 위해 고용되었다. 모건 씨는 딱 3분밖에 자리에 앉아 있지 않아 사진을 두 장밖에 못 찍었지만 스타이컨 씨의 작업과 아마도 그 간결함에 대단히 기뻐하며 그 자리에서 5백 달러를 지불했다.

스타이컨 씨가 그 3분에 대한 이야기를 늘어놓는 동안 나는 요즘 평소에 마주하는 상대와 달리 나이와 지위가 나와 비슷한 사람과 이야기를 나누는 게 얼마나 즐거운지 생각하며 웃었다. 그가 한 손을 아주 살짝 들어 올리자 다른 남자가 내 옆으로 다가왔다.

"그린 씨, 갤러리의 제 파트너 앨프레드 스티글리츠를 소개해드릴게요."

서른 남짓한 실제 나이보다 더 들어 보이는 두툼한 콧수염을 기른 남자가 나에게 재빨리 인사했다. 스타이컨과 스티글리츠는 몇 년 전에 힘을 합쳐 5번가 291번지에서 딴 '291'이라는 이름의 갤러리를 열었을 뿐만 아니라 사진을 미술로 인정받으려 하는 포토시세션 운동을 주창했다. 두 남자 모두 자신들의 작품에 대한 평판을 높이기 위해 노력했고, 피사체에 특정 분위기와 의미를 담기 위해서 회화적 기술을 다양하게 사용했다. 하지만 최근에 그들은 사진과 함께 유럽에서 온 최근 현대미술 작품을 전시했다. 스타이컨 씨는 오늘 밤 전시회에 나를 초대하며 '내가 놓칠 수 없는' 아주 흥미진진한 쇼를 보게 될 거라고 말했다.

"291에 잘 오셨습니다."

주최자가 손님이 가득한 공간을 가리키며 말했다. 벽에는 은색과 회갈색 중간쯤 되는 종이들이 붙어 있고, 아래쪽 절반에는 같은 색 천을 둘러 강조했다. 나는 예술품을 돋보이게 하기 위해 꽤 평범하고 차분한 벽을 골랐다고 생각했지만, 피어폰트 모건 도서관의 진홍색 세계와 비교하면 갤러리는 굉장히 삭막해 보였다.

"오늘 밤에는 그린 씨를 위해 아주 귀한 작품들을 준비해뒀습니다. 291 갤러리는 두 명의 아주 유명한 유럽 예술가를 미국에 처음 알리는 장이 된 걸 자랑스럽게 생각합니다. 프랑스의 조각가 오귀스트 로댕과 프랑스 화가 앙리 마티스죠."

스타이컨 씨는 나를 데리고 갤러리 안을 돌아다녔다. 로댕의 작품이라고 설명한 흑백 그림들이 사진과 나란히 걸려 있었다. 스타이컨과 스티글리츠는 이미 인정받은 다른 미술 분야 작품들과 사진들을 나란히 놓아서 사진에 대한 인식을 높이려 했던 것이다. 분위기 있는 사진 이미지들도 좋긴 했지만 나는 뛰어난 목탄화에 훨씬 더 눈길이 갔다.

"로댕은 몇 개의 선만으로 움직임과 의도를 동시에 전달했군요."

나는 조각가가 이렇게 적은 표현만으로 이렇게 많은 걸 드러내는 방식에 감탄해서 말했다.

사진가로서 업무상 카메라 앞에서 한참이나 가만히 있어야 하는데도 불구하고 에너지로 가득한 스타이컨 씨가 나를 보고 활짝 웃었다.

"단 몇 마디로 조각가가 전달하려는 것의 정수를 표현해내셨군요."

그의 말에 이번에는 내가 미소 지었다.

"그린 씨가 프랑스에서 이 사람의 완성된 조각품을 보면 얼마나 좋을까요. 3차원적으로 장관을 이룬 모습을."

"이런, 스타이컨 씨, 저에게 파리로 밀월여행을 가자고 하시는 건 가요?"

내가 장난스럽게 말하자 재미있게도 스타이컨 씨의 뺨이 빨갛게 달아올랐다.

"아, 그린 씨. 저, 정말 미안합니다. 그런 걸 암시하려던 게 절대 아니고-"

그가 말을 더듬었다.

나는 웃음을 터뜨렸다.

"그냥 농담일 뿐이에요, 스타이컨 씨."

나는 그를 안심시키고 재빨리 대화를 미술 분야로 돌렸다.

"로댕의 접근법은 저에게 좀 더 친숙한 고전이나 르네상스 시대 조각가들과는 굉장히 다르군요."

두 남자는 내 뒤에서 서성거리며 다른 갤러리 손님들의 질문을 받았고, 나는 스케치를 하나하나 자세히 살펴보았다. 그들이 내가 미술품과 사진에 똑같이 감탄하길 바란다는 걸 알지만, 그들은 모건의 사서에게 승인을 얻는 게 어떤 의미인지는 알지 못했다.

"마티스 전시실로 가볼까요?"

스티글리츠 씨가 물었다.

그를 따라 복도를 지나가면서 나는 어떤 커플이 우리 뒤를 따라오고 있는 것을 알아챘다. 그들은 갤러리를 태평하게 돌아다니는 것처럼 짐짓 태연한 표정을 하고 있었으나 갤러리 소유주들이 로댕과 마티스 이야기를 할 때 가까이서 귀를 기울였다.

옆방으로 들어가서 나는 우뚝 멈췄다. 맞은편 벽에서 여자 한 명의 생생한 그림이 나를 마주 보았다. 마티스는 오렌지색, 분홍색, 초록색을 듬뿍 사용해서 단 하나의 누드 형체와 숲을 보여주었다. 풍경은 르네상스 시대에 재발견된 평면 위의 3차원 표현 기법을 버리고 패턴으로 가득하고 기묘하게 매력적인 2차원 이미지로 그려져 있었다.

스티글리츠 씨가 불쑥 물었다.

"어떻게 생각하시나요?"

"앨프레드!"

스타이컨 씨가 파트너를 꾸짖었다. 나는 웃음을 지었다.

"괜찮아요, 스타이컨 씨. 저한테 그렇게 격식 차리실 필요 없답니다, 신사분들. 지금쯤은 아실 줄 알았는데요."

"그래서요? 어떻게 생각하십니까?"

이번에는 스타이컨 씨가 물었다.

나는 그림 쪽으로 돌아섰다.

"미술 전문가로서 전 마티스가 목가적인 풍경이라는 아주 전통적인 주제에 접근한 획기적인 방식에 대해 지적해야 할 것 같아요. 고전 회화와 르네상스 시대 그림에서 보고 또 본 것들이지만 이건……."

나는 말을 멈췄다.

"이건 뭔데요?"

두 남자가 동시에 물었다. 나는 그들을 향해 돌아섰다.

"질문에 답을 드리자면, 마티스는 제가 생각하기를 바란 게 아니라 느끼기를 바란 것 같군요."

남자들은 서로에게 안도감과 희망에 찬 눈길을 던졌다.

"그린 씨는 이해하시는군요."

스타이컨 씨가 말했다.

"그럼요. 언젠가 피어폰트 모건 도서관도 이런 현대적인 분위기로 채울 날이 올 수도 있겠죠."

나는 그렇게 말하면서 291 갤러리가 피어폰트 모건 도서관에서 겨우 몇 블록밖에 떨어져 있지 않지만 미술을 인지하고 평가하는 방식에 있어서는 얼마나 동떨어져 있는지에 대해 생각했다.

"그 이상 바랄 게 없죠."

스타이컨 씨가 말했다.

마티스의 다른 유화 그림들을 1시간 정도 더 본 후 나는 초대해주고 시간을 내줘서 고맙다고 인사하고 나왔다. 9시가 넘어서 평소 같으면 트롤리나 지하철로 집에 돌아갔겠지만 워싱턴 DC에서 돌아온 이래로 더 오랜 시간 일했다. 모차르트 외삼촌의 말이 내 머리에 남았고, 내가 취한 예방책들이 내 비밀을 지키는 데에 충분하다고 확신하면서도 큰 성공이 보호 장치가 될 수 있다는 사실을 납득했다. 그래서 플리트 할머니의 장례식에서 돌아온 이래로 모건 씨의 자산을 계속해서 키우기 위해 주요 컬렉션들을 조사하고 중요한 중개인들과 관계를 구축했다. 그리고 사교 업무에 필요하거나 저녁 외출 이후 사무실로 다시 돌아가는 경우에는 9시나 10시, 혹은 더 늦게까지 종종 집에 못 들어가기도 했다.

도서관에서 겨우 몇 블록밖에 떨어져 있지 않아서 나는 5번가를 따라 걷기 시작했다. 늦은 시간이었지만 길거리는 산책하는 커플들과 어슬렁거리는 사람들로 가득했다. 모두 따뜻한 봄날 밤을 즐기고 있었다.

그때 목소리가 들렸다.

"그린 씨, 그린 씨."

놀라서 나는 뒤돌아보았다. 스티글리츠 씨가 나를 부르며 달려오고 있었다.

"따라잡아서 정말 다행입니다."

그가 헐떡거리며 말하고는 내 손에 납작한 물건을 쥐어주었다.

"이게 뭐죠?"

"로댕의 조각품 중 하나의 사진입니다. 언젠가를 위해서요."

나는 스티글리츠 씨에게 고맙다고 인사하고 계속 걸어갔다. 물론 내가 생각하던 것을 말하지는 않았다. 그 '언젠가'는 절대 오지 않을 거라고 말이다.

전날 밤 10시가 넘도록 일했음에도 불구하고 내가 책상 앞에 앉은 지 최소 2시간 후에 모건 씨가 도서관에 도착했다.

"안녕하세요, 대표님."

나는 평소처럼 인사했다.

내 사무실에 머리를 들이밀고 내가 갤러리 행사에 참여하느라 빠져나간 이후 카네기 저택의 파티에서 있었던 일들을 이야기하는 대신에 그는 퉁명스러운 인사조차 없이 로툰다를 지나 쿵쿵거리며 자기 사무실로 가버렸다. 그가 문을 쾅 닫았다. 내가 그를 위해 일한 2년 동안 한 번도 없던 일이었다.

뭐가 잘못된 거지?

나는 당장 그의 사무실로 달려가서는 안 된다는 걸 잘 알았다. 사업 상대나 미술품 중개인 때문에 화가 났을 경우에 모건 씨는 혼자 분노를 가라앉힐 시간을 갖는 쪽을 선호했다.

그래서 나는 책상에 가득 쌓인 일에 집중했다. 오늘은 다가올 경매에 관한 결정을 내려야 한다. 나는 여기에 집중한 채 모건 씨가 나를 부르기를 기다렸다. 1시간이 흐르고, 또 1시간이 흘렀다. 모건 씨는 평소 습관처럼 내 사무실 문가에 나타나서 질문하거나 모습을 드러내지 않았다. 보안요원이 문을 두드리고 배달이 왔다고 할 때도 대답하지 않았다. 점심시간이 지나자 나는 당혹감을 느꼈다. 도대체 무슨 일인지 짐작이 가지 않았다.

나는 딜레마에 봉착했다. 모건 씨와 나는 오늘 경매에 관해 이야기해야 한다. 이 논의를 절대 미룰 수 없다. 어쩌면 내가 있기 때문에 그를 분노하게 만든 사람이나 상황에 대해 그가 결론을 내리고 도서관 일에 집중할 수 있는지도 모른다.

나는 일어나서 서류를 모으고 모직 치마를 바로잡은 다음 로툰다를 지나 그의 사무실로 향했다. 복잡하게 세공된 나무 문을 두드리려고 손을 들어 올리다가 갑자기 불안감에 휘감겨 멈췄다. 그에게 분노를 불러일으킨 '사람'이 나일 수도 있을까?

최근 우리 사이에 딱히 불화가 있었던 것도 아니라서 나는 불안한 기분을 떨치고 문을 두드렸다.

"모건 대표님? 소더비 경매에 관해 의논하고 싶은데 시간 좀 내주시겠어요?"

침묵만 흘렀다.

그가 킹이나 자신의 자식들에게 "들어오지 마"라고 소리 지른 적은 몇 번 있었다. 하지만 모건 씨가 대답할 수 없는 상태라면? 이 닫힌 문 뒤에서 그가 다치기라도 했다면? 나는 황급히 문을 열었다.

모건 씨는 책상 너머 사자의 왕좌에 앉아 신문에 몰두한 것처럼 고개를 숙이고 있었다. 나는 이 순간까지 내가 숨을 멈추고 있었다는 걸 겨우 깨닫고 한숨을 내쉬었다. 그는 괜찮았다. 그저 알 수 없는 이유로 대답하지 않은 것뿐이었다.

나는 그가 고개를 들어 어떤 식으로든 아는 척하기를 기다렸지만 그는 그러지 않았다. 허락 없이 그의 사무실에 들어온 것을 꾸짖지도 않았다. 두려움이 가슴속에 차오르기 시작했다.

"방해해서 죄송합니다, 대표님. 너무 조용하니 대표님이 걱정되어서요."

잠깐 침묵이 흐른 끝에 내가 말했다.

"그랬나?"

그는 고개도 들지 않고 말했다. 나는 인상을 찌푸렸다.

"네, 물론이죠. 아침 내내 문을 닫고 들어앉아 계셨잖아요. 대표님과 소더비의 물품들에 대해 의논해야 하는데요."

거의 들릴 듯 말 듯 낮은 목소리로 그가 물었다.

"내가 왜 자네를 만나야 하지?"

그의 질문을 이해할 수 없었지만 뭔가 대단히 잘못되었다는 건 알 수 있었다. 모건 씨는 미술품 중개인이나 사업 상대 또는 다른 어떤 사람과 문제가 있는 게 아니었다. 그는 나에게 화가 난 거였다.

'넌 들켰을 때의 여파가 훨씬 더 큰 세계에서 활동하고 있어. 네가 상대하는 사람이 J. P. 모건이라는 걸 기억해.'

심장이 쿵쿵거렸다. 지난 몇 달 동안 모차르트 외삼촌의 말이 머릿속에 계속 맴돌았지만 나는 그의 경고를 무시했다. 내가 충분한 예방 조치를 취하고 안전장치를 만들었다고 믿었으니까. 하지만 이제 내가 높은 곳에서 머리부터 떨어지고 있는 기분이 들었다. 모건 씨가 알아낸 건가?

방 안은 무시무시할 정도로 고요했고, 나는 몸을 떨었다. 침묵은 모건 씨의 분노를 알리는 명백한 신호였기 때문이다. 나는 한마디도 꺼낼 수 없어서 꼼짝도 하지 않고 서 있었다. 생각이 이리저리 빙빙 돌았다. 닥쳐올 분노와 비난의 말에 뭐라고 방어해야 할까? 수년 동안 엄마는 나에게 인종에 관한 진실을 부인할 여러 가지 방법을 알려주었으나 지금 이 순간에는 단 하나도 떠오르지 않았다.

마침내 그가 말했다.

"아침 내내 자네에 관한 기사를 더 찾을 수 있을까 하고 신문을 살펴보았네."

신문에서 내가 속인 걸 알아낸 건가? 앤이 내 비밀을 그녀의 아버지를 비롯해 온 세상이 다 알도록 기자한테 말했나? 그게 애초에 그녀의 목표였는지도 모른다.

나는 입을 열 수가 없었다. 내 배경에 대해 더 많은 거짓말을 하거나 그 거짓말에 대한 변명을 할 수가 없었다. 솔직하게 고백하고, 사과하고, 그의 용서와 자비를 구해야 한다는 건 알지만, 두려움 때문에 꼼짝달싹할 수가 없었다.

"난 대체로 사람을 잘 판단하지."

그가 마침내 내 눈을 쳐다보았다. 나는 목에 걸린 덩어리를 삼키려고 애썼다.

"하지만 자네는 잘못 판단한 모양이군, 그린 양."

그린 양. 그는 몇 달 동안 나를 그렇게 부르지 않았다.

그가 나에게 신문을 내밀었지만 나는 읽는 건 고사하고 건드리고 싶지도 않았다. 그에게 사실을 말하고 나와 우리 가족을 좀 봐달라고 설득해야 할지도 모르겠다. 무슨 말을 하든 그의 분노를 누그러 뜨릴 순 없겠지만 말이다. 모건 씨가 나를 상냥하게 대하긴 했지만, 그가 유대인부터 이탈리아인, 새로운 폴란드계 이민자까지 전부 폄하하는 말을 들은 적이 있다. 나는 이 나라의 유색인들에게 그가 보이는 과도한 혐오에서 벗어나 있긴 해도 그가 다른 수많은 사람들에게 하듯이 내 동포들에게도 같은 감정을 갖지 않으리라고 생각하기 어려웠다.

"받아."

나는 그의 명령에 따랐다. 신문이 떨리는 손에서 흔들렸다.

"7쪽을 읽어봐. 가운데 칼럼."

숨이 가빴지만 나는 이 상황을 마주하고 처벌을 받아들여야 했다. 기사에 집중하는 동안 나는 엄마와 형제들을 떠올리고 울 뻔했다. 그들의 삶 전부가 나 때문에 파괴될 것이다. 루이즈 언니와 에델은 일자리를 잃을 거고, 러셀 오빠와 테디는 학교를 그만둬야 할 거고, 엄마는…… 이런 생각을 더 이상 할 수 없었다. 지금은 못 하겠다.

나는 숨을 죽이고 짧은 기사를 읽었다.

J. P. 모건이 모더니스트, 아니면 더 끔찍하게도 포토시세셔니스트가 된 걸까? 익명의 제보자가 이 기자에게 어젯밤 291 갤러리에서 열린 초대자 한정 행사에서 산업계의 거인, 이 엄격한 전통주의자가 중세와 르네상스 시대 보물 수집으로 유명한 데에서 벗어나 발을 넓힐 생각을 하고 있다는 소식을 알려주었다. 앙리 마티스가 피어폰트 모건 도서관의 벽 안으로 들어갈 길을 찾았다는 흥분되는 소식에 도시 전체에서 벨이 울리고 현금등록기가 땡땡거렸다!

나는 눈을 깜박이고 눈을 문질러 내가 제대로 보고 있는 건지 확인하고 싶은 충동을 억눌렀다. 이건 물론 안 좋은 일이지만, 내가 예상했던 기사가 아니었다. 전혀. 이 기사가 내 인종을 폭로하는 것이 아니라 미술계 가십난에 불과한 내용이라면 살아남을 수 있을지도 모른다.

"자네가 도대체 누구라고 생각하는 거지?"

모건 씨의 목소리는 속삭임보다 살짝 큰 정도였다.

나는 그의 질문과 목소리에 속이 울렁거렸지만, 최소한 그가 문자 그대로 질문하는 건 아니라는 사실을 상기했다.

"모건 대표님, 왜 신문에 이런 내용이 실렸는지 전혀 모르겠습니다. 제 말을 믿어주세요. 전 이런 말을 한 적이 없습니다."

"자네는 어젯밤에 그 빌어먹을 291 갤러리에 갔어. 안 그런가?"

"네, 대표님."

"칼럼에 언급된 '벨'은 자네를 두고 말하는 영리한 암시지, 안 그래?"

"네, 대표님. 그런 것 같습니다."

그걸 부인하는 건 의미없는 일일 것이다.

"아무것도 없는데 이런 이야기를 지어냈을 리 없어. 자네가 아니면 도대체 어디에서 나온 건가?"

나는 어젯밤 갤러리를 떠올려봤으나 스타이컨 씨나 스티글리츠 씨가 이런 이야기를 누설했을 것 같지는 않았다. 하지만 갤러리에는 다른 사람들이 많이 있었고, 그중 누구든 기자에게 내 이야기를 사실과 다르게 전달할 수 있었다. 내가 이런 말을 하지 않았다 해도.

"누군가 제 이야기를 엿듣고서 그중 원하는 것만 뽑아낸 것 같습니다. 죄송합니다, 대표님."

그는 내 말을 들은 것 같지 않았다. 아니면 말 따위는 아무 상관 없는지도 모른다. 그는 분노를 쏟아내야 했다.

"피어폰트 모건 도서관은 최고의 전통 기관이야. 그리고 나는 모더니즘 쓰레기가 이곳 벽에 걸릴 거라는 암시조차 허용하지 않을 거야, 알겠나?"

나는 다시 부인하는 대신 이렇게 대답했다.

"네, 대표님. 정말 죄송합니다. 이건 실수였고-"

그가 내 말을 잘랐다.

"자네한테는 실수도 사치야, 그린 양. 나를 위해 나의 사절로 일하는 동안은 실수를 해선 안 돼."

그는 자신의 말이 얼마나 진실인지 알지 못한 채로 말했다. 다시금 나는 대답했다.

"네, 대표님. 잘 알겠습니다."

나를 응시하는 그의 눈은 새카맸다.

"자네가 절대 잊어서는 안 되는 게 있어."

나는 고개를 끄덕였다.

"이 도서관 문에 새겨져 있는 건 자네 이름이 아니라 내 이름이야. 다시는 이 사실을 자네한테 상기시킬 일이 없으면 좋겠군."

15장

1908년 12월 2일~10일
영국 런던

291 갤러리 사건이 있은 지 겨우 일곱 달 만에 생애 처음으로 대서양 횡단 여행을 하는 것이 불가능한 일처럼 느껴졌다. 나는 마차에서 내려 우아하고 차분하게 차려입은 런던 사람들 무리를 지나 화려한 랭햄 호텔 로비로 들어섰다. 상단에 금색 장식이 있는 대리석 기둥과 이국적인 커다란 꽃장식들은 엄마와 내가 뉴욕에서 런던까지 타고 온 아름다운 원양 여객선 모리타니아호보다 훨씬 호화로웠다. 엄마의 반응을 보기 위해 몸을 돌려보니 엄마는 벨보이들이 자신의 가방을 들기 위해 내려오는 걸 보며 웃고 있었다. 엄마는 감동했고, 그래서 나도 웃음 지었다. 처음의 불안감과 달리 엄마를 이 중대한 여행에 내 보호자로 데려온 건 올바른 선택이었다는 기분이 들었다.

스위트룸에 들어가서 푹신한 침대에 풀썩 앉아 우리의 행운에 웃음을 터뜨렸다. 엄마는 정말로 소녀처럼 보였다. 엄마에게 드리웠던 깊은 슬픔이 사라지고 엄마의 얼굴은 더 밝고 심지어 더 젊어 보

171

였다.

하지만 일어나서 나에게 일을 하라고 지시하며 낯익은 엄마 모습으로 돌아왔다.

"너의 새 드레스가 더 구겨지기 전에 트렁크에서 꺼내놓자."

우리는 함께 드레스를 펼치고 털었다. 여행을 오기 전에 나는 영국인 중개인, 수집가, 큐레이터들에게 깊은 인상을 주려면 내가 이런 약속에 나타날 때 무엇보다 모건 씨의 대리인처럼 보여야 한다는 걸 잘 알기에 비싼 드레스를 세 벌이나 샀다.

드레스를 옷장에 걸어놓으며 나는 모건 씨와의 지난 7개월을 떠올렸다. 나는 도서관에서 수많은 시간을 보냈고 근사한 새 구매품들을 가득 들여놓았다. 물론 바라 마지않는 캑스턴은 아니었지만. 그래도 모건 씨의 호감을 다시 사는 데 성공했는지 알 수 없던 차에 그가 해마다 가는 런던 여행에서 구매한 몇 가지 물품을 가지러 이 여행을 다녀오라고 나에게 말했다. 다시 그의 신뢰를 얻었다는 사실에 얼마나 감사했는지.

나는 여기서 맡은 일을 잘해내기로 결심했다. 모건 씨의 물건을 갖고 돌아가는 것뿐만 아니라 모건 씨는 내가 판단해서 물품을 구매할 권한까지 주었다. 나는 다음 주 경매에 나올 캑스턴의 희귀하고 대단히 큰 컬렉션을 목표로 삼았다. 《아서 왕의 죽음》은 없지만 그래도 모건 씨의 캑스턴 컬렉션을 세계에서 가장 큰 컬렉션으로 만들어줄 것이다. 그리고 무엇보다 중요한 건 모건 씨가 자랑스러워하리라는 점이었다. 그걸 깜짝 선물로 준비할 계획이었다.

엄마가 선명한 보라색 드레스의 주름을 펴서 걸었다. 나는 그 드레스가 특히 마음에 들었다. 드레스 제작자에게 패셔너블한 레이스

장식이 달려 있으면서도 유선형의 고전적 스타일로, 부피가 큰 다층 치마나 야단스러운 장식은 빼라고 주문했다. 업무나 사교 행사 양쪽 모두에 다용도로 입고 싶었기 때문이다.

"네가 왜 이렇게 대담한 색깔을 골랐는지 모르겠구나, 벨."

"엄마, 전 동료들이랑 어우러질 수 없어요. 그 남자들은 언제나 저를 다르게, 외부인으로 여겨요. 제가 여자이기 때문에요. 아니면……."

나는 말끝을 흐렸다가 깊게 숨을 들이쉬고 다시 말을 이었다.

"전 성공하는 최선의 경로는 제 성별을 받아들이는 거라고 생각해요, 엄마. 숨기기보다는 과시하는 거죠."

이 단어에 엄마가 움찔했다.

"그렇게 해서 그 사람들의 관심을 끌면, 그때 내 기술과 지식을 보여주는 거예요."

엄마의 표정이 경계조로 변했다.

"꼭 그렇게 많은 관심을 끌어야 되니, 벨?"

"얌전한 드레스를 입는다고 제가 여자라는 사실을 감출 수 있는 것도 아니잖아요."

"하지만 네가 그 사람들의 시선을 끈다면, 그 사람들이 또 뭘 관찰하겠니?"

모차르트 외삼촌과 모건 씨 앞에서 느꼈던 두려움은 나를 불안감으로 가득 차게 만들었다. 엄마까지 걱정거리를 얹어주는 건 바라지 않았다. 나도 내가 아슬아슬하게 선 위를 걷고 있다는 건 알지만, 달리 어떻게 할 수 있을까? 나는 이 길에 모든 걸 걸었다.

"그들은 제가 뭘 입든 제 피부색을 먼저 볼 거예요. 그리고 좀 이상한 말 같지만, 옷을 대담하게 입으면 등잔 밑이 어두운 효과를 주죠. 아무도 유색인 여자가 이렇게 뻔뻔할 거라고 생각하지 않으니까요."

엄마는 고개를 흔들었다.

"난 네 접근 방식을 이해 못 하겠구나, 벨. 하지만 너와 모건 씨가 이런 오래된 책에 끌리는 이유도 나는 모르겠으니까. 수도사들이 힘들게 만든 그 삽화 딸린 필사본들은 훌륭하다 쳐도 네가 런던까지 가지러 온 그 인쇄본들, 캑스턴인가, 그런 건 정말 잘 모르겠어."

나는 엄마에게 1400년대 말에 영국의 상인이자 외교관이었던 윌리엄 캑스턴이 요하네스 구텐베르크가 그보다 20년 전에 발명한 새로운 인쇄 기술을 사용해서 최초의 영어판 책을 만들었다고 설명했다.

"어쨌든 캑스턴은 영어 사용자들에게 다양한 문서들을 공급해준 것뿐만 아니라 영어를 하나로 통합했어요. 캑스턴의 책들은 역사적, 문학적으로 중요할 뿐만 아니라 언어학적으로도 중요해요."

내가 말했다.

"그건 좀 이해가 되는 것 같구나, 벨. 하지만 왜 그렇게 많이 필요한 거니?"

엄마가 끈질기게 물었다.

"엄마, 우리가 이미 갖고 있는 것들이랑 경매에 나올 열여섯 권의 캑스턴 책을 합치면 도서관의 명성이 훨씬 더 높아질 거예요."

내가 계획하는 구매를 통해 도서관의 명성이 높아지고 더불어 내 명성도 높아질 거라고 명확하게 설명하자 엄마는 이해했고, 더 이상 질문하지 않았다. 엄마에게는 자식들의 성공보다 더 중요한 건 없으니까.

하지만 나는 엄마에게 캑스턴이라는 트로피를 뉴욕으로 가져가기 위한 나의 특이한 계획, 흥미로운 제안으로 부유한 애머스트 경의 마음을 사로잡으려는 계획에 대해서는 이야기하지 않았다. 이것은 규칙을 준수하는 엄마를 고민에 빠뜨릴 만한 대담한 계획이었다. 하지만 모건 씨에게 내 가치를 다시금 증명하기 위해서는 지금까지 하지 않았던 위험을 감수해야만 했다.

짐을 풀고 나서 첫 번째 약속까지 두 시간밖에 여유가 없었지만, 우리는 이 도시에서 뭔가 보기로 했다. 우리는 본드 가와 옥스퍼드 가로 재빨리 걸어가서 런던을 잠깐이나마 맛보았다. 우리가 유럽에 있다는 사실 그 자체에 엄마와 나는 엄청 들떴다.

이 여행에서 내가 가장 기대했던 건 혈관에 피가 흐르는 것처럼 건물과 길과 강을 따라 흐르는 오랜 역사에 감탄하는 거였다. 나는 중세의 거장들과 네덜란드의 천재들, 뛰어난 현대 초상화가들이 만든 광대한 미술품 컬렉션을 보고 경이로움을 만끽할 마음의 준비를 했다. 또한 모건 가족과 뉴욕의 부유층들과 아무리 오랜 시간을 함께 보내도 영국인들에 대한 대비는 안 될 거라는 걸 잘 알았기 때문에 영국의 수도와 시민들의 부유함과 특권에 감탄하게 될 거라는 예상도 했다.

하지만 나는 런던의 가장 큰 재능을 짐작도 하지 못했다. 여기서 길을 걷는 동안 나는 미국에서 항상 겪었고 당연하게 여겼던 내 피부색을 평가하는 눈길을 느끼지 못했다. 런던 시민들은 미국에서 그러듯 우리를 인종에 따라 나누어야 할 필요성을 느끼지 못하는 건지도 모른다.

영국에서는 70년 이상 노예제도가 불법이었기 때문일까? 그래서 우리가 미국에서 겪기 시작한 공식적인 인종분리 같은 게 없는 건가? 아니면 확고한 영국의 신분제도로는 사람의 지위가 인종보다 더 중요해서일까? 엄마와 내가 부유층 여자들처럼 보이는 한, 우리 피부가 대부분의 영국 시민들처럼 하얗지 않아도 여기서는 자동적으로 적당히 높은 위치를 갖게 되는 걸까? 답은 알 수 없지만, 나는 익숙하지 않은 안도감과 자유를 느꼈다.

엄마와 내가 다시 랭햄 호텔로 돌아갈 무렵 나는 애머스트 경과의 중요한 만남에 훨씬 대담해지는 기분이었다. 그에게 유리한 장소인 그의 런던 집에서 만나는 대신 나는 호텔 레스토랑에 티타임을 준비해놓았다. 첫 번째로 주문한 차를 마실 때는 엄마도 합류했다가 두 번째 차를 마시고 나가는 걸로 했다. 예의상 보호자가 최소한 우리 만남의 일부는 함께해야 했다.

엄마와 내가 식당으로 들어가자 남자 손님들이 감상하는 눈길을 던졌다. 우리는 근사한 한 쌍일 것이다. 나는 매혹적인 보라색 드레스를 입었고, 엄마는 내가 이번 여행을 위해 사준 자두색 맞춤 치마 정장과 허리 길이 재킷 차림이었다.

우리는 지배인을 따라 애머스트 경이 기다리는 곳으로 향했고, 나는 엄마가 지금 얼마나 달라 보이는지 생각했다. 애도하는 애처로운 표정은 사라지고 엄마는 웃었다. 그냥 말하는 게 아니라 수다를 떨었다. 심지어 오늘 아침에는 전에 한 번도 들어본 적이 없는 콧노래까지 불렀다. 그리고 이야기하는 동안 엄마의 말속에 내 행동을 꾸짖는 경고나 플리트 할머니에 대한 미안함으로 가득하지도 않았다. 엄마도 나처럼 런던이 주는 자유를 즐기고 있는 듯했다.

지배인이 은발에 기품 있는 신사가 기다리는 자리를 가리켰고, 나는 애머스트 경이 이미 들은 것처럼 행동과 예의범절이 깍듯한 사람임을 알 수 있었다. 우리는 일 이야기를 하기 전에 대서양 횡단 여행과 런던의 날씨에 대해 가벼운 이야기를 주고받았다. 경매에 대한 별 뜻 없는 이야기에서도 처음부터 그는 자신의 장서들을 파는 것에 방어적으로 행동했다. 가십에 따르면 경제적인 이유로 파는 거라고 했지만, 그가 상당량의 돈을 이집트 유물에 쓴다는 이야기도 들렸다.

내가 두 번째 차를 주문한 후에 엄마는 그 자리를 떠났다. 나는 카모마일 차를 마신 다음에 말했다.

"캑스턴과 헤어지는 건 정말 어려운 일이시겠죠."

그는 자신의 빈 잔을 내려다보았다.

"그렇지요, 그린 씨. 정말 그렇습니다."

"피어폰트 모건 도서관이 경의 캑스턴을 운 좋게 구매하게 된다면 저희 컬렉션의 귀중한 일부분이 될 거라는 걸 꼭 알아주시면 좋겠군요."

"그런가요?"

"그럼요. 사실 피어폰트 모건 도서관이 이미 보유한 캑스턴과 합쳐서 제일 중요한 컬렉션으로 만들 예정이랍니다."

"모건 씨는 아주 다양하고 많은 컬렉션을 갖고 있다고 들었는데, 캑스턴이 그렇게 중요하게 여겨질 것 같지 않습니다만."

"오, 하지만 중요해요."

나는 그를 똑바로 보며 말했다.

"애머스트 경, 전 어릴 때부터 초기 책들에 매료되었죠. 그 책들의 모양, 냄새, 근사한 표지와 책장, 그 책들이 여행한 장소와 건너온 장

애들에 대한 흥분. 하지만 그 어떤 초기 책들도 캑스턴만큼 저를 사로잡을 수는 없었어요."

그가 나를 똑바로 보았다.

"무슨 제안을 하려는 건가요, 그린 씨?"

"애머스트 경, 경매가 시작되기 전에, 지금 당장 캑스턴에 대해 아주 좋은 가격을 제안하고 싶은데요. 우리가 합의한다면 경매에 내놓으실 필요가 전혀 없을 거예요. 그게 경께도 더 쉬운 일일 거고요."

나는 그의 앞에서 신중하게 준비한 말을 했다. 하지만 그는 나의 제안을 받아들이는 듯한 행동은 전혀 하지 않았고, 나는 실수한 게 아니기만을 바랐다.

'자네한테는 실수도 사치야, 그린 양.'

나는 모건 씨의 말을 머릿속에서 털어냈다. 엄청나게 뻔뻔하긴 하지만, 계획이 하나 더 있었다. 내가 방금 제안한 관대한 금액과 어우러지면 아마 성공할 수 있을 것이다.

"이 먼 길까지 와서 빈손으로 집에 돌아가고 싶지는 않아요. 사실 너무 낙담해서 경매에 참석하지 못할 것 같은 기분이 들어요."

나는 눈을 내리깔고 말했다.

경매 목록에는 그의 미술품과 책들이 많이 실려 있었다. 피어폰트 모건 도서관이 불참하면 그런 물품에 대한 최종 가격에도 영향을 받을 것이다. 모건 씨는 높은 가격에 입찰하기로 유명했으니 말이다. 경매에 참석하는 다른 사람들도 내가 똑같이 할 거라고 생각할 테니 그들에 의해 가격은 더 높아질 것이다.

그는 말없이 머뭇거렸다. 그러다 갑자기 내가 그에게 내민 서류를 거머쥐고 일어섰다.

"결정을 내리면 여기, 호텔로 전보를 보내지요."

그러고서 그는 호텔 식당을 빠르게 나갔다.

나는 계산서에 서명하고 호텔 방으로 돌아왔다. 차분하게 보일지 몰라도 나는 엄마와 극장에 가기로 했던 계획을 취소했다. 애머스트 경의 전보를 놓치고 싶지 않기 때문이다. 하지만 아무 소식 없이 몇 시간이 흘렀다. 나는 다음 날 정오까지 기다리다 빅토리아 앤드 앨버트 박물관과의 약속을 지키기로 했다. 거기서 엄마와 함께 남자뿐인 학자, 중개인, 큐레이터 무리를 만나 처음으로 내 성별이나 모호한 피부색에 대해서가 아니라 내 견해에 관심 있는 동료 미술계 전문가들과 이야기를 나누었다.

"이 소형 초상화 화가들이 자신의 그림이 필사본 책 삽화로 들어가지 않고 따로 전시된 걸 안다면 어떤 기분일 거라고 생각하십니까?"

유명한 중개인인 듀라커 형제 중 조지 듀라커 씨가 빅토리아 앤드 앨버트의 저명한 소형 초상화 컬렉션을 구경하는 동안 물었다.

"화가는 초상화가 책 자체에서 분리되어 다른 목적으로 쓰일 수 있다는 걸 알았을 거라고 생각해요. 이를테면 서로에게 소개하거나 호감의 징표로 사용되는 거죠. 시몬 베닝 같은 전문가는 그걸 싫어했을지 몰라도 그게 일반적인 일이었다는 건 이해했을 거예요."

나는 근사한 소형화들이 가득한 작은 진열장을 가리켰다.

"하지만 배경을 이해하기 위해 이걸 원래의 책들과 함께 전시해야 할지도 모르죠. 그러면 방문객들이 좀 더 잘 이해할 테니까요."

"흥미로운 생각이군요."

박물관 관장이자 우리의 여행 가이드 아서 뱅크스 스키너가 말했다.

"이번 여름에 새 건물이 완공되면 다시 한 번 오시죠. 애스턴 웹 건물이에요. 초상화 컬렉션을 어떻게 전시하면 좋을지 그린 씨의 생각을 들어보고 싶습니다."

"저도 정말 그러고 싶군요. 하지만 제안은 신중하게 하셔야 돼요. 제가 정말 그 초청을 받아들일 수도 있으니까요. 하지만 제 통찰력을 대서양 한쪽 편에서만 펼치는 건 불공평한 일이겠죠. 안 그런가요?"

나는 애교 넘치는 웃음을 지으며 말했다.

다음 며칠 동안 나는 애머스트 경의 답을 기다린다는 생각을 버리고 대신 가능성 낮은 전보가 도착할 경우를 대비해 내가 매일 어디에 가는지를 랭엄 호텔에 알려두었다. 나의 하루하루는 컬렉션을 보러 오라는 초청과 내가 편지로만 이름을 알아온 중개인들, 조지 윌리엄슨과 조세프 피첸리 등등의 사람들, 그리고 찰스 허큘리스 리드 같은 큐레이터나 대영박물관 영국 및 중세 유물부 부서장과의 점심, 저녁 파티로 빼곡했다. 이 신사들과 친해지는 건 업무적으로 필수였으나 그들은 뉴욕의 중개인들과 큐레이터들과는 전혀 다른 방식으로 나를 환영한다는 기분이 들었다. 뉴욕의 그 '무신경한' 예술계 사람들을 어떻게 다뤄야 하는지 통찰력까지 제시해주었다. 특히 중개인 중 몇몇은 뉴욕에 지점을 두고 있어서 더 도움이 되었다. 이 사람들이 경매에서 나보다 더 비싼 값을 부르려 할 것을 알지만 그들도 내가 똑같이 할 것을 알고, 거기다 직업적 동지애까지 공유했다.

떠나기 이틀 전 그러니까 경매 전날 저녁에 엄마와 나는 이 신사들과 저녁을 먹었다. 애머스트 경에게서는 아무 연락도 오지 않아서 나는 그가 캑스턴을 나에게 바로 팔 거라는 희망을 접었다. 경매장에서 다른 사람들과 함께 입찰해야 할 것이다. 내가 새로 찾은 자신감으로 애머스트 경에게 조금 과하게 행동했던 모양이고, 실수에서 교훈은 얻겠지만 실패감으로 날개가 꺾일 수는 없었다. 그리고 캑스턴이 없다 해도 다른 면에서 이 여행은 성공적이었다. 나는 뉴욕으로 갖고 돌아갈 모건 씨의 예술품들을 전부 입수했고, 중요한 인간관계도 전부 다 맺었다.

나는 즐거운 기분으로 엄마를 보았다. 오늘 밤 엄마는 좀 더 열린 마음으로 특유의 느리고 우아한 말투와 행동으로 신사들을 매료하고 있었다. 젊고 세련된 여자였을 때 엄마가 아빠를 얼마나 매료했을까?

아빠는 지금 엄마를 어떻게 생각할까? 나를 어떻게 생각할까? 내 성공을 자랑스러워할까? 아니면 내가 백인으로 행동하는 걸 꾸짖고, 내가 아빠뿐만 아니라 우리 동포 모두를 실망시켰다고 느낄까?

"내일 경매에서는 뭘 하실 계획이신가요? 그 유명한 당신의 모건 씨께서 구입할 물품을 적은 기나긴 쇼핑 목록을 줬나요?"

피츠가 살짝 감상적인 나의 생각을 끊으며 물었다.

조세프 피첸리가 처음 모든 중개인들이 쓰는 별명으로 자신을 불러달라고 했을 때, 엄마는 발끈했다. 하지만 런던에서 보내는 시간이 길어지고 내 사교 관계가 내 일에 얼마나 중요한지, 그리고 부수적으로 그들 사이에서 동등하게 대우받는다는 것이 얼마나 중요한지를 직접 보고 엄마는 순순히 따르기로 했다. 사실 엄마도 그 사람들을 이름만으로 부르기 시작했다.

"제가 맞혀보죠."

조지 W가 끼어들었다. 우리 모임에 두 명의 조지가 있었다. 조지 듀라커 씨와 조지 윌리엄슨 씨였다. 그들을 조지 D와 조지 W로 부르는 데에 전체적으로 합의를 보았다.

"모건 씨가 마자랭 성경을 확보하라고 하셨나요?"

구텐베르크를 모으는 모건 씨의 유명한 취향을 고려할 때 훌륭한 추측이었다. 마자랭 성경은 1450년 구텐베르크가 인쇄한 것으로 파리의 마자랭 도서관에서 발견되어 그런 이름이 붙었다.

"아, 마자랭 성경은 정말 보물이죠. 그걸 뉴욕으로 가져오라고 시키셨다면 얼마나 좋을까요. 하지만 아뇨, 모건 씨는 현재의 구텐베르크 장서들로 만족하신답니다. 어쨌든 지금은요."

"이분이 자기네 구텐베르크 성경 컬렉션에 대해 이렇게 무심하게 얘기하는 것 좀 보십쇼!"

조지 D가 외쳤다. 다른 남자들이 낄낄 웃었다.

하나하나가 다르게 인쇄된 구텐베르크 성경 180부 중에서 남아 있는 건 50부뿐이었다. 모건 씨가 두 권을 가졌다는 사실은 엄청난 거였다.

"모건 씨께서 세 번째를 원하셨으면 정말 좋았을 거예요."

내가 말했다.

경매에 대한 이야기가 방 안을 달구었고, 중개인들 한명 한명이 자신들의 고객이나 기관이 관심을 갖는 것들에 대해 이야기했다. 모두가 다른 사람들이 무엇에 입찰할지 미리 알고 싶어 했다. 아마 미리 전략을 세우기 위해서일 것이다. 웨이터들이 마지막 디너 코스를 치우고 디저트를 준비하며 커피와 차를 따르기 시작했고, 그때 급사장이 봉투를 손에 들고 우리 자리로 다가왔다.

"그린 씨?"

그가 물었다.

"네, 저예요."

내가 대답했다.

"전보가 왔습니다."

그가 나에게 봉투를 내밀었다.

"뉴욕에서 막판 지시가 온 건가요?"

피츠가 눈을 빛내며 물었다. 나는 맹렬한 만큼이나 재미있기도 한 이 통통한 중개인을 상당히 좋아하게 되었다.

나는 미소로만 대답하고서 그가 다른 대화에 열중할 때까지 기다렸다가 은제 칼로 봉투를 뜯었다. 기대감으로 손이 떨렸고, 전보가 봉투에서 나와 바닥으로 떨어질 뻔했으나 겨우 붙잡았다.

애머스트 경이 보낸 거였다. 그가 내 제안을 받아들였다.

"흥미로운 지시인가요?"

조지 D가 물었다.

"그 비슷한 거예요."

나는 활짝 웃고 싶은 걸 꾹 참으며 대답했다.

그는 사람들을 힐끗 보고 아무도 듣지 않는다는 걸 확인한 후에 거의 속삭임에 가깝게 목소리를 낮추었다.

"약속을 하나 해주시겠습니까, 그린 양?"

"제가 벨이라고 부르시라고 몇 번이나 말했죠? 다들 저에게 당신 이름을 부르라고 하셨으면서요."

내가 놀렸다. 그의 불그스름한 뺨과 제멋대로인 뻣뻣한 회색 머리가 어딘지 귀엽게 느껴졌다.

183

"그렇긴 하죠, 벨."

그는 힘들게 내 이름을 불렀고, 예의 바른 영국 남자에게는 그런 친근함이 어렵다는 걸 알 수 있었다.

"저에게 하시려던 약속 이야기로 돌아갈까요?"

"그러죠."

나는 그에게 관심을 기울였다. 그 요청이 로맨스에 관한 게 아니면 좋겠는데. 약간 유혹적으로 행동하는 게 업무상 거래를 쉽게 만들어주기는 하지만, 특히 나는 동료들처럼 관계를 맺기 위해 시가를 피우거나 저녁 식사 후에 브랜디를 마실 수 있는 게 아니니까 더욱 그렇지만, 나는 이 영국인이 좋고 그의 접근을 거부할 일이 없길 바랐다.

"내일 경매 때 저를 상대로 캑스턴에 입찰하지 않겠다고 약속해주시겠습니까?"

그의 말투는 애원조였고 간청하는 눈빛이었다. 내가 이렇게 야심 차고 성공하겠다는 강박에 사로잡혀 있지 않았다면, 그리고 이미 경매 코앞에서 캑스턴 컬렉션을 낚아채지 않았다면, 어쩌면 그 말에 넘어갔을지도 모르겠다.

뭐라고 대답하지? 나의 승리를 드러낼 수는 없지만, 나는 이 사람들을 존경하게 되었고 거짓말하거나 거절하고 싶지 않았다. 그러다 갑자기 완벽한 대답이 떠올랐다.

"네, 내일 당신을 상대로 입찰하지 않겠다고 약속하죠."

나는 '내일'을 강조해서 말했다. 그건 사실이었다.

나는 애머스트 경이나 이 사람에게 한 약속을 깨지 않을 것이다. 나는 경매에 참석할 것이고, 이 사람은 내가 그를 상대로 입찰할 필요가 없다는 걸 깨닫게 될 것이다. 나는 경매에 오른 상품을 이미 따 냈으니까. 그리고 부디 모건 씨의 완전한 신뢰도 함께 따낼 수 있기 를 바랐다.

16장

마차가 런던에 비하면 훨씬 더럽고 엉망으로 보이는 사람 많은 도시의 길거리를 달렸다. 길 표면에 깔린 울퉁불퉁한 혼합 재료들 때문에 마차가 덜컹거렸다. 나는 캑스턴 컬렉션이 든 무거운 상자를 꽉 잡았다. 이걸 모건 씨에게 보여주기 전까지는 절대로 손상을 입혀서는 안 된다. 승리의 트로피를 손에 들고 피어폰트 모건 도서관에 빨리 돌아가고 싶었다.

마차가 도서관 앞에 서자 나는 금과 대리석 전리품이 가득 쌓인 수레들을 뒤에 끌고서 개선행진을 하는 로마 황제의 기분이 이랬을 거라고 상상했다. 캑스턴 상자는 무거웠지만 나는 경비가 서 있는 무거운 청동 문까지 널찍한 계단을 올라갔다. 나의 능력이 더 이상 모건 씨에게서 빌린 게 아니라 나 자신의 것처럼 느껴졌다. 손에 든 이 물품이 나에게 힘을 주는 것만 같았다.

내가 도어 노커를 두드리기도 전에 청동 문이 열렸다.

"귀환한 우리의 투사로군!"

모건 씨였다. 그가 직접 문을 열어준 적이 단 한 번도 없었다.

미국에서 가장 위대한 권력자 중 한 사람이 나를 위해 문을 열어주는 것에 익숙하다는 듯이 나는 대리석 현관을 걸어가며 말했다.

"선물을 가져왔지요. 전리품이라고 하셔도 되고요."

"물론이지! 자네의 전보를 읽었네."

엄마와 내가 모리타니아호를 타고 집으로 돌아오기 직전에 내가 보낸 전보를 말하는 거였다. 모건 씨가 기대감에 양손을 비볐다.

"자네의 트로피를 한번 보자고."

우리는 나란히 걸어갔다. 뒤꿈치가 얼룩덜룩한 대리석에 따각따각 부딪쳤다. 수백 번쯤 봐온 우아한 현관 천장이 오늘도 내 시선을 사로잡았다. 천장 프레스코화 가장자리의 금박이 특히 더 반짝거리고 색깔도 특별히 더 생생해 보였다. 역사로 가득한 런던 거리와 건물 속에서 시간을 보내고 나니 도서관이 얼마나 새롭고 신선하게 보이는지, 그리고 뉴욕의 지저분함에 비해 말끔한 도서관이 얼마나 부조화를 이루는지 기묘할 정도였다.

그가 나에게 상자를 내려놓으라고 바닥 한 곳을 가리키고 나서 책상 위를 치우기 시작했다. 순식간에 나는 뚜껑을 열고 그의 책상 위에 캑스턴 컬렉션을 펼쳐놓았다.

"휴가 선물이라고 해둘까요?"

나는 차분하게 말했지만, 사실 기분은 그렇지 않았다. 승리의 귀환은 안도감과 고양감을 동시에 주었다.

캑스턴의 《트로이의 역사 모음집(Recuyell of the Histories of Troye)》을 들고 표지를 관찰한 다음 첫 장을 넘겼다. 영어로 인쇄된 최초의 견본을 보는 동안 그는 숨을 죽였다.

그의 눈이 반짝였다.

"자네의 귀환을 종이 눈을 뿌리는 행진으로 환영했어야 했다는 생각이 드는군."

"기뻐하시서 정말 다행이네요."

나는 겸손하게 말했다. 모건 씨가 이 정도로 기쁨을 표현하는 경우는 아주 드물었다.

"기뻐?"

그가 웃음을 터뜨렸다.

"자네의 성과에 난 아주 흥분했어."

잠시 후 그가 눈썹을 치켜올렸다.

"이게 내가 원하던 캑스턴은 아니라도 말이지."

하지만 그는 미소 지었다.

"자네는 많은 능력을 갖고 있지만, 그중 하나는 가장 까다로운 소유자들을 상대할 수 있는 대리인이라는 거야. 운이 나쁜 귀족 말이지. 가장 까다로운 중개인들보다 한 수 앞서는 대리인인 건 말할 것도 없고. 그 런던 중개인 놈들이 예의의 정수로 보일지 몰라도, 그 뒤로는 바다 건너 이쪽 편에 있는 사람들보다 훨씬 더 능수능란한 완전 사기꾼들이야."

"어쩌면 바다 양쪽 중개인들이 마침내 자기네 맞수를 만난 걸지도요."

그는 커다랗게 웃음을 터뜨리고서 애머스트 경과의 거래 및 런던 중개인들과 큐레이터들과 보낸 시간에 대해 상세하게 물었다. 물론 내가 양쪽 모두에 관해 자세하게 편지를 써서 보냈지만, 그는 직접 듣고 싶어 했다. 나는 그에게 캑스턴 소유주와의 만남, 박물관 방문과 중개인들과의 식사, 그리고 가장 즐거운 순간이었던 마지막 저녁 식사에 대해 이야기했다. 특히 내가 전보를 받고 조지 D에게 경매 입찰에 관한 약속을 지어내야 했던 일에 대해.

"흠, 그래서 자네가 집으로 오는 동안 중개인들이 그렇게 극찬의 편지를 보낸 거로군."

나는 꼼짝할 수 없었다. 그가 농담을 하는 걸까?

"그 사람들 화내지 않았나요?"

"그 반대야. 그 친구들도 물론 캑스턴이 갖고 싶었겠지만, 자네의 용맹함에 존경심을 표했지. 피츠가 뭐라고 표현했더라?"

그가 뜸을 들였다.

"아, 그래. 내가 마침내 협상 기술을 공유할 만한 훌륭한 대리인을 갖게 되었다고 말하더군. 늙은 영국의 개들에게 새로운 기술을 가르쳐준 사람이라면서."

우리는 서로를 보며 활짝 웃었고, 그가 내 손을 잡자 나 역시 마주 쥐었다.

"자네는 단순한 사서가 아니야, 벨."

그가 속삭였다.

나는 커다란 그를 올려다보았고, 나를 좀 더 끌어당기는 동안 그의 눈에는 혼란이, 나에게는 똑같은 정도의 불안감이 솟구쳤다. 우리가 내 사무실에서 그 순간을 겪은 후 1년이 지났고, 나를 물끄러미 보는 그의 모습을 몇 번 알아채긴 했어도 우리는 그 비슷한 순간을 다시 갖지 않았고, 심지어 언급하지도 않았다. 그가 우리 관계의 본질을 재고하는 걸까? 나는?

우리의 입술이 조금 더 가까워졌고 내 심장이 고동쳤다. 하지만 그때 현관을 지나 서재 안쪽으로 목소리가 메아리치며 울렸다. 나는 그의 손을 놓고 물러섰다.

"누가 있나요?"

숨을 깊이 들이쉬고 그가 말했다.

"거의 잊어버릴 뻔했군."

그가 목을 가다듬었다. 그가 작게 말하긴 했지만 그래도 그의 권위적인 어조는 되돌아왔다.

"그 유명한 버너드 베런슨 부부가 이탈리아에서 여기까지 컬렉션을 보러 왔다네."

"그분들이 지금껏 내내 도서관에 계셨다고요?"

나는 그들이 무슨 이야기를 엿들었을까 생각하며 물었다. 피어폰트 모건 도서관의 음향 상태는 이쪽 방에서 나는 소리를 저쪽 방에서 들을 수 있을 정도였다. 하지만 우리 사이에 있었던 전율의 순간은 청각보다는 시각적, 물리적인 거였다.

"그래, 예술품들에 푹 빠져 있지 않았을까."

마음이 좀 가라앉자 손님들 이름이 머릿속에 다시 떠올랐다. 내가 물었다.

"작가 버너드 베런슨이요? 이탈리아 미술 전문가요?"

아빠가 열 번째 생일에 나에게 주었던 책《르네상스의 베네치아파 화가들》이 같은 이름의 작가가 쓴 책이었다. 그리고 수년이 흐르는 동안 르네상스 시대 미술과 책에 대한 나의 사랑에 불을 지핀 또 다른 책《르네상스의 피렌체 화가들》도 역시 버너드 베런슨이 쓴 거였다.

"맞아. 그 사람은 일종의 큐레이터로 컬렉터들의 물건 구매를 도와주거든."

그가 씩 웃으며 덧붙였다.

"자네랑 비슷하긴 한데, 자네에게는 물론 다른 재능도 많지. 이 사람의 주된 고객은 본인 고향인 보스턴의 그 짜증 나는 이사벨라 스튜어트 가드너야. 그리고 이 사람은 자기를 이탈리아 르네상스 미술의 대단한 권위자라고 내세우지."

모건 씨는 가드너 부인과 만난 적은 별로 없지만, 가드너 부인이 다들 좋게 평가하는 자기만의 미술 컬렉션을 갖고 있다는 사실로 충분했다. 그는 경쟁을 좋아하지 않았다.

"그분의 가장 중요한 고객이 보스턴에 있다면, 여기는 왜 오신 거죠?"

"새로운 사업을 만들어보려고 하는 것 같더군. 하지만 표면상으로는 이 지역에서 강의를 하고 주요 컬렉션들을 보러 온 거야."

"그의 부인도 작가인가요?"

나는 이 분야에서 또 다른 여자를 찾았다는 사실에 놀라서 물었다.

"아니, 하지만 자기가 강의하는 분야에 약간 예술적 전문지식이 있지. 하지만 나한테 견해를 묻는다면, 빌어먹게 짜증 나는 여자야. 매력이라고는 없어."

그가 한숨을 쉬었다.

"하지만 앤이 최근에 그들과 함께 저녁 식사를 하고는 베런슨 부인이 콜로니 클럽에서 연설할 일정을 잡아놨어. 그 애가 그들에게 우리한테 연락해서 도서관을 구경하라고 한 것도 놀랄 일은 아니지. 내가 뭐라고 하겠나?"

그가 어깨를 으쓱하며 말했다.

나도 놀라지 않았다. 앤과 모건 씨 사이에 점점 커지는 정치적, 사회적 시각차를 고려할 때 그는 항상 공통 기반이나 막내딸을 기쁘게 해줄 방법을 찾으려 했다.

"이 만남을 거절하기 위한 구실로 앤에게 소문 이야기를 들먹일 수도 있었을 거야."

그는 거의 혼잣말처럼 말했다.

"무슨 소문이요?"

그가 몸을 더 가까이 기울이고 말했다.

"몇 년 전에 우리가 메트로폴리탄의 새 관장을 찾고 있을 때-"

모건 씨는 메트로폴리탄 미술관 이사회에서 주요 의사 결정에 관여했다.

"베런슨 이름이 나왔었지. 하지만 그가 위조범과 관련되어 있다는 소문이 있었어. 그 혐의가 대부분 사실과 다르다고 입증될 무렵에 관장은 이미 다른 사람으로 결정된 터였지. 어쩌면 그래서 베런슨이 내 구매품 몇 개를 비판하는 걸지도 모르겠어. 특히 라파엘을 말이야. 하지만 오늘은 그 모든 걸 무시하려고 노력 중이야. 앤을 위해서. 베런슨은 어쨌든 절대 메트로폴리탄 관장 자리를 맡을 수 없었을 거고."

그가 덧붙였다.

"왜요?"

그의 미간에 주름이 패였다.

"왜냐하면 그 사람은 유대인이거든."

그는 전에도 들어본 적 있는 말투로 날카롭게 말했다.

"혹은 그렇다는 소문이 있다고 할까. 베런슨은 그렇게 주장하지 않지만."

속으로 나는 한숨을 쉬었다. 이 나라에서 반유대주의는 유색인에 대한 인종차별만큼이나 만연했다.

목소리가 점점 커지고 현관의 말소리도 점점 크게 울렸다. 여자 목소리가 모건 씨를 외쳤으나 그는 대답하지 않았다. 마침내 어떤 남자가 서재로 들어와 방해해서 미안하다고 열심히 사과했다. 남자는 중키에 마르고, 회녹색 눈에는 작은 원형 안경을 쓰고 밤색 콧수염과 턱수염을 바싹 다듬은 잘생긴 얼굴이었다. 나는 설명할 수 없는 압도적인 친숙함을 느꼈다. 그러나 남자보다 더 크지만 똑같이 지적이고 호기심 많은 표정으로 미소 띤 여자가 들어오면서 정신이 분산되자 그 감정은 사라졌다.

모건 씨가 그들을 향해 약간 다가가서 말했다.

"베런슨 씨, 부인, 내 개인 사서 벨 다 코스타 그린 양을 소개하지요. 벨은 막 런던에서 애머스트 경 본인의 코앞에서 귀중한 캑스턴을 훔쳐 돌아오는 쾌거를 달성했지요."

그의 표정은 자부심 넘치는 부모님의 얼굴과 똑같았고 나는 몇 분 사이에 우리의 관계가 얼마나 크게 바뀌었는지 생각했다.

베런슨 부인이 먼저 나에게 인사했고, 남편이 뒤를 이었다. 그가 내 손을 잡으며 말했다.

"그린 씨, 당신을 알게 되어 정말로 기쁘군요. 대서양 건너편에서도 필사본에 대한 그린 씨의 뛰어난 감각과 협상가로서 훌륭한 능력에 대해 이야기 들었답니다."

"베런슨 씨의 명성 역시 널리 퍼져 있지요."

나는 좋아하는 작가를 만났다는 사실에 기뻐서 그렇게 말했다.

남편이 더 말하기도 전에 베런슨 부인이 끼어들었다.

"오, 버너드는 대서양 양쪽 모두에서 르네상스 미술에 상당한 전문지식을 쌓았죠. 이이는 너무 겸손해서 자신의 성공과 자격을 굳이 언급하지 않지만, 저는 늘 기꺼이 알리곤 한답니다."

부인의 말은 연습한 것처럼 들렸고, 나는 이것이 평소 베런슨 씨의 명성을 대화에 끼워 넣는 그들의 겸손한 척하는 방식일까 궁금했다. 그녀는 배우자라기보다 사업상의 동료처럼 말했다.

"저도 잘 안답니다. 하지만 제가 말한 명성은 그런 쪽이 아니에요. 사실 저는 어린 시절 베런슨 씨의 첫 번째 책을 선물받고 베런슨 씨와 그 뛰어난 재능을 알게 됐어요."

내가 말했다.

"나의 베네치아 미술 책을 어릴 때 읽었다고요?"

그는 정말 놀란 것 같았다.

"그렇답니다."

"그것참. 그 말에 제가 굉장히 늙은 기분이 들긴 하지만, 감탄이 절로 나오는군요, 그린 씨. 그 이론과 내용들은 상당히 수준 높은데요."

그가 낄낄 웃으며 말했다.

"어쩌겠어요? 전 조숙한 아이였거든요."

나는 어깨를 으쓱였다.

베런슨 씨와 나는 서로를 보며 미소 지었고, 그가 잠시 내 눈을 마주 보았다. 잠깐 동안 베런슨 씨와 나 단둘만 남은 기분이 들었고, 그때 모건 씨가 목을 가다듬었다.

나는 부인 앞에서 유부남을 빤히 쳐다보았다는 사실에 부끄러움을 느끼며 시선을 돌렸다. 엄마가 얼마나 창피해하실까.

뭔가 어색한 침묵이 방 안을 채웠고, 나는 분위기를 바꿔야 했다. 그래서 억지로 웃으며 말했다.

"자, 베런슨 씨, 처음 소개받는 자리가 아닌 것 같은 느낌이 드네요. 전 베런슨 씨를 열 살 때부터 알았으니까요."

17장

1908년 12월 22일
뉴욕

나는 이 행사의 세세한 모든 것들을 테디에게 이야기해주면 얼마나 즐거워할까 생각하며 파티장을 둘러보았다. 적색 파티. 저녁 시간 전체가 빨간색으로 점철되는 상상을 누가 해봤을까? 여자들은 주홍색, 진홍색, 짙은 적갈색, 산호색, 심지어 옅은 장미색 등 온갖 톤의 빨간색 정교한 드레스를 입었고, 나는 런던에서 산 특별한 선홍색 드레스 차림으로 거기에 끼어 있었다. 하이웨이스트 스타일에 몸을 감싸는 보디스, 네모난 네크라인, 눈길을 딱 끌 만큼 긴 치맛자락 덕분에 나는 굉장히 매력적으로 느껴졌다.

처음 유명한 미술품 중개인 조셉 듀빈과 그 아내에게 초대장을 받았을 때 나는 다양한 빨간색을 쓰는 건 여성의 의상 정도일 거라고 생각했다. 하지만 완전히 틀렸다. 카펫부터 새로 바른 실크 벽지, 가구, 식기, 꽃, 음식까지 파티장에 있는 모든 것들이 빨간색이었다. 석류석 색깔 다마스크 벽에 걸린 그림들도 주로 빨간색이 쓰인 것들이었다.

모건 씨가 옆에 있었다면 정말 좋았을 텐데. 우리는 그의 사무실의 주홍색 톤을 갖고 종종 웃듯이 이 흘러넘치는 빨간색을 보고 함께 웃었을 것이다. 하지만 그와 함께 있고 싶기는 해도 더 이상 그의 존재나 에스코트가 필요하지는 않았다. 이제 나에게도 어울릴 수 있고 어울려야만 하는 지인 무리가 있었다. 모건 씨가 종종 언급하듯이 나 자신의 적수들이 생겼다.

아처 헌팅턴과 그의 어머니 아라벨라가 나에게 손을 흔들었다. 나는 댄스플로어 가장자리를 빙 돌아서 서부 철도의 선구자였던 미국인 산업가 콜리스 헌팅턴의 대단히 부유한 미망인의 옆으로 향했다. 내가 가는 동안 내 뒤로 눈길과 속삭임이 따라왔다. 손님들은 내가 자기들을 보거나 듣지 못한다고 생각했지만, 그들의 호기심과 때로는 혐오를 느끼지 않는다는 건 불가능했다. 2년 전이라면 나는 어깨 너머를 돌아보거나 그들이 뭘 궁금해하는 걸까, 내 짙은 피부색일까, 내 옷을 이상하게 여기는 것일까, 하고 생각했을 것이다.

오늘 밤에도 여전히 느껴졌지만 이제는 신경 쓰지 않았다. 테디의 잡지들과 나 자신의 발전한 패션 센스, 그리고 인상된 봉급에서 나오는 상당한 의상 구입비 덕분에 나는 이 공작새들만큼 옷을 잘 입었다. 그것도 나만의 독특한 스타일 감각으로. 내 피부색에 관해서는, 모건 씨 때문에 겁먹었던 그 일 이래로 이제 내 비밀이 안전하게 지켜진다는 자신감이 더 확실하게 생겼다. 그는 내가 백인이라고 믿었고, 그래서 나는 다른 사람들의 추측에 신경 쓰지 않았다. 아무도 자신들의 의심을 입에 담았다가 모건 씨를 화나게 만들 위험을 무릅쓰지 못할 것이다. 오로지 앤만이 그의 판단에 도전할 수 있지만, 최근에는 더 이상 앤의 추측에 관해 들을 일이 없었다. 어쨌든 그녀도 비밀을 가진 사람이었고, 나와 마찬가지로 돌을 던지는 데는 신중해야 하니까.

"어떻게 지냈나요, 벨?"

내가 다가가자 헌팅턴 부인이 물었다. 때로 미국에서 제일 부유한 여자라고도 묘사되는 헌팅턴 부인은 그림, 골동품, 희귀서적, 보석의 열렬한 수집가였다. 나는 종종 그녀의 대리인과 경매장에서 치열하게 경쟁했지만, 사교의 장에서는 그런 전투적인 행동을 떨쳐낼 수 있었다.

중년인데도 여전히 아름다운 이 여자만큼 예술적 지식을 많이 가진 사람은 드물었다. 나는 그녀와 미술 세계의 가십을 나누는 게 즐거웠고, 우리는 서로를 존중했다.

"진홍색이 이렇게 흘러넘치는 게 이해가 돼요?"

그녀가 코웃음을 치며 물었다. 그녀의 혐오는 흥미로웠다. 리본 장식이 달린 그녀의 드레스에는 다른 누구보다도 빨간 색조가 다양하게 들어 있었기 때문이다. 그녀의 귀부터 목, 팔목에 이르기까지 루비가 주렁주렁 덮여 있었다. 아들의 정장 역시 칙칙한 짙은 적색이라는 건 말할 것도 없었다.

"내가 젊을 때는 이런 장식이 전혀 필요하지 않았어요. 사람들은 이런 쇼 없이도 다른 사람의 가치를 알아보았지."

"혹은 그 사람들의 벽이나 천장에 걸린 미술품을 보고요."

내가 덧붙였다.

"바로 그거예요."

그녀가 동의조로 열렬하게 고개를 끄덕였다.

"당신의 모건 씨는 그걸 이해하겠죠."

"그럼요."

그녀는 뉴욕과 런던, 파리에 사무실을 둔 권력 있고 공격적인 미술품 중개인이자 '듀빈 브라더스'사(社)의 공동 소유주인 오늘의 주최자와 그 동생 헨리에 관한 소문으로 이야기를 돌렸다. 듀빈 형제가 헌팅턴 부인 모임의 일원인 미망인에게 판 물건이 위조일 수 있다는 소문이 숙녀들의 티타임 때 퍼지고 있었다.

듀빈 형제와 계속해서 일하지만, 위조품에 관해 신중하게 행동하겠다고 밝힐 때 베런슨 씨가 보였다. 그는 조셉 듀빈과 깊은 대화에 빠져 있었다.

이제야 나는 여기 도착했을 때부터 내가 그 사람을 찾고 있었음을 떠올렸다. 그 사람이 이 파티에 참석했기를 바랐다. 그는 피어폰트 모건 도서관에서 잠깐 만났을 때와 좀 달라 보였다. 거기서는 친숙하고 지적으로 보이는 동료 미술 애호가이자 수집가였지만, 모건 씨 곁에서는 빛이 바래 보였다. 하지만 여기서는 이 붉은색 바닷속에서도 눈에 띄게 생생함으로 빛났다. 그만이 검은색과 하얀색 이브닝 정장을 입었고, 빨간색 실크 포켓스퀘어만으로 오늘 밤의 테마에 맞추었을 뿐이었다. 그는 파티장에서 가장 키가 큰 사람도, 가장 잘생긴 사람도 아니었지만 그의 뭔가에 자꾸 끌렸다. 혹시 그의 미술책 본문에 대단히 유려하게 쓰인 문장들을 친구 삼아 보낸 어린 시절의 수많은 나날들 때문일까?

다시 헌팅턴 부인에게로 관심을 돌리면서도 나는 눈가로 베런슨 씨를 주시했다. 그와 듀빈 씨는 서로의 얼굴이 거의 가려질 정도로 가까이 서 있었다. 베런슨 부인은 너무 몸을 바짝 기울이고 있어서 이야기를 들으려다가 거의 두 남자에게 기댈 것만 같았다.

나는 베런슨 부부를 만난 그 순간부터 호기심을 느꼈고, 지난 며칠 동안 그들에 대해 상당히 많은 것을 알아냈다. 그들은 베런슨 부인의 첫 번째 남편이 죽은 후 결혼해서 이제 8년이 되었다. 첫 남편과 몇 년이나 별거하며 지내는 동안 버너드와 바람을 피웠다는 소문도 있었다. 나는 그게 굉장히 흥미진진했다. 그녀의 두 딸은 첫 남편 프랭크 코스텔로 소생이었다. 또한 보스턴 상류층 출신에 하버드를 나온 예술 애호가 베런슨 씨가 모건 씨의 말처럼 유대인이 아니라는 것도 알아냈다. 그는 로마 가톨릭 교도였다.

헌팅턴 부인이 내 주의를 끌었다.

"빨간색 향연을 좀 즐겨볼까요?"

그녀는 반감과 호기심이 뒤섞인 눈빛으로 말했다. 평소처럼 그녀의 아들은 고개를 끄덕였으나 대화에 거의 끼어들지 않았다.

우리는 베런슨 부부와 듀빈 형제에게서 몸을 돌려 40명은 앉을 수 있을 것 같은 거대한 호두나무 식탁 쪽으로 향했다. 우리 앞에는 훌륭한 성찬이 펼쳐져 있었다. 하지만 나는 이 음식 저 음식을 모양으로밖에는 구분할 수가 없어서 뭘 골라야 할지 몰랐다. 솔직히 모양을 구분하는 것도 어려웠다. 고기, 빵, 야채, 과일 등 식탁 위의 모든 것들이 빨간색으로 물들어 있었다.

헌팅턴 부인이 진홍색 음식들의 정체를 추측하는 이야기를 듣던 중 누군가 나에게 다가오는 게 눈이 아니라 몸으로 느껴졌다. 바르르 떨리는 몸을 돌려 다가온 사람의 정체를 확인하기도 전에 누군지 알 수 있었다.

"다시 만나서 정말 반갑군요, 그린 씨. 이렇게 금방이요."

베런슨 씨가 말했다.

그리자유 화법 같은 희미한 색조의 눈이 나에게 엄청난 영향을 미쳤고, 나는 그의 눈에 끌려 들어가는 느낌이었다. 시선을 돌리기까지 한참이 걸렸고, 나는 최대한 태연한 어조를 쥐어짜내며 대답했다.

"저도 만나서 반갑네요, 베런슨 씨."

그가 나에게 인사하는 동안 나는 그를 관찰했다. 그의 깔끔한 이브닝 정장과 잘 다듬어진 귀족적인 외모는 지적이고 강렬한 눈빛의 배경일 뿐이었고 나는 그 차이가 기묘하게 느껴졌다. 한정적이긴 해도 내 경험에 따르면 귀족 계급 신사들은 깊은 호기심을 느끼는 경우가 거의 없었다. 평탄한 삶으로 인해 학구적인 기질이 약화되는 것 같았다. 귀족인 모건 씨는 예외였고, 어쩌면 베런슨 씨도 그럴지 모르겠다.

"오늘 밤 정말 근사해 보이는군요. 드레스 스타일이 독특하네요. 단순하면서도 눈길을 사로잡아요."

그는 남자치고는 특이하리만큼 옷에 날카로운 관찰력을 발휘했다. 하지만 버너드 베런슨은 원래 그 뛰어난 눈으로 유명하니까.

나는 많은 남자들에게 수많은 칭찬을 받아봤지만, 어떤 말로도 이렇게 얼굴이 달아오르지는 않았다.

"감사합니다."

"당신의 서식지라 할 수 있는 피어폰트 모건 도서관에서 당신을 만나 즐거웠답니다."

그는 씩 웃으며 이렇게 말했다. 그가 독신이었다면 나를 유혹하는 거라고 말했을 것이다. 하지만 그는 유부남이고, 그의 아내가 바로 이 파티장에 함께 있었다. 그래서 그의 태도나 말을 어떻게 생각해야 할지 알 수가 없었다. 내가 만나본 가장 음탕한 남자들조차 아내가 있는 자리에서는 얌전히 행동하는 것이 불문율이었다.

"오늘 밤에 여기 오실 줄은 몰랐어요. 물론 부인께서도요."

나는 식사 공간에서 물러나 헌팅턴 가족에게서 떨어져 나왔다. 베런슨 씨는 나를 따라왔고, 우리는 함께 섰다.

그가 고개를 끄덕였다.

"맞아요. 우린 미국에 있는 동안 최대한 많은 명물들을 보려고 하죠. 이 나라는 정말이지 볼 게 많아요. 단색으로 이루어진 이 무모한 파티처럼요. 이 장식에 경탄할 르네상스 시대 예술가들이 여러 명 떠오르는군요. 예컨대 산드로 보티첼리처럼요. 그는 짙은 암적색 톤을 아주 좋아했죠."

그는 개인적인 기억에 미소를 짓고 말했다.

"그가 〈프리마베라〉에 사용한 화려한 빨간색을 혹시 봤나요?"

그의 미소는 따뜻하고 매력적이었다. 나는 전설적인 르네상스 시대의 거장 산드로 보티첼리가 이 파티장을 거닐며 줄지은 빨간색에 입을 딱 벌리는 모습을 상상하며 웃고 말았다. 하지만 그 유명한 보티첼리의 그림을 실물로 본 적은 없다고 대답하기 전에, 혹은 이탈리아에 한 번도 가보지 못했다고 말하기 전에 베런슨 씨가 주제를 바꿨다.

"피어폰트 모건 도서관에는 인상적인 필사본 컬렉션이 가득하더군요."

"저로서는 모건 씨께서 시작하신 걸 계속할 수 있어서 영광이죠."

나는 딱히 진심은 아니지만 사회적으로 기대하는 경의를 담아 말했다. 나는 도서관 컬렉션에 내가 얼마나 가치를 더했는지 잘 알고 있었다.

"스스로의 공적을 너무 낮추어 보는군요. 당신이 모건 씨의 개인 사서가 되기 전에 당신의 고용주가 책과 원고를 얼마나 마구잡이로 모았는지 잘 알아요. 이쪽엔 구텐베르크 성서, 저쪽엔 평범한 엘리자베스 배럿 브라우닝의 책. 당신이 거기 날아들어 서로 다른 책들을 최고의 박물관에 필적할 만한 훌륭한 컬렉션으로 확장시켰죠."

그는 자신의 선언이 사실로 판명되었다는 듯이 고개를 끄덕였다.

"그게 가장 인상적인 부분입니다, 그린 씨."

내 뺨은 이 파티장을 돌아다니는 드레스 색깔처럼 변했을 것이다. 내가 평소에 받던 피상적인 칭찬과는 너무나 다른 그의 칭찬에 뺨이 엄청 달아올랐기 때문이다. 버너드 베런슨은 이탈리아 르네상스 시대 작품에 수집가들과 박물관 양쪽 모두 지금처럼 관심을 갖도록 사실상 불을 지핀 당사자였다. 그의 말은 정말 엄청난 칭찬이었다.

"제가 맡은 보물들을 제가 정당하게 평가했기를 바랍니다."

그가 낄낄 웃었다.

"내 앞에서 겸손한 척할 필요 없어요, 그린 씨. 당신은 사서로서 넘겨받은 책들과 당신이 사들인 책들에 대해 정당한 평가 이상을 했어요. 그걸 합쳐서 문자의 중요성에 대해 응집력 있는 이야기를 하고 있죠. 특히 캑스턴 작품 구매는 천재적이었어요. 내가 소년 시절에 보스턴 공립 도서관에서 내 마음대로 읽을 수 있는 수천 권의 책에 감탄하고 그 책들이 어떻게 내 삶을 바꿀 수 있을까 상상하던 걸 떠올리면, 그 모든 것들이 대중이 문자를 접할 수 있게 해주었던 캑스턴 같은 인쇄업자 없이는 불가능했다는 걸 알게 되죠. 당신이 관리하는 모건 씨의 책 컬렉션은 바로 그 이야기를 해줄 거예요."

나는 내가 이루려는 일에 관한 그의 깊은 이해력에 감동했다. 지금 이 순간 그의 말과 어조와 거기 담긴 내용은 아빠가 하던 말과 똑같았다. 심지어 모건 씨에게도 들어본 적 없는, 내 일에 관해 명확히 이해하는 것이었고, 나는 누군가 드디어 나를 알아봐 준다는 기분을 느꼈다. 베런슨 씨의 감정이 그의 칭찬에 은근히 담겨 있는 나의 고용주에 대한 비판을 완화시켰다. 사실 그게 좀 이상하긴 했다. 모건 씨의 호감을 사는 편이 더 좋을 텐데 말이다.

그는 나를 인정한다는 의미로 고개를 끄덕였고, 다시 말을 이으며 목소리를 점차 조용하게 낮추었다.

"모건 씨는 당신을 곁에 둬서 행운입니다. 하지만 책 컬렉션을 전문가들뿐만 아니라 보통 사람들에게도 중요한 이야기를 해줄 수 있는 학술적 걸작으로 탈바꿈시키려고 할 때, 말하자면 보통 사람들에게도 그걸 공개하려고 할 때는 모건 씨가 당신 앞을 가로막지 못하도록 해야 할 거예요. 그 사람이 그림에 대해 그러는 것처럼 책을 갖고도 당신 일을 방해하려고 한다면 정말 싫을 것 같군요."

베런슨 씨의 칭찬이야 어쨌든 더 이상 모건 씨에 대한 비난을 무시할 수가 없었다. 너무 노골적이었기 때문이다. 지난 몇 달 동안 모건 씨와 나는 더욱 친밀해졌고, 어떤 식으로든 그를 비난하는 건 참을 수 없었다. 나는 도서관의 수호자이고, 그 말은 그 주인을 지켜야 한다는 뜻이었다.

"무슨 뜻인가요, 베런슨 씨?"

내 목소리는 얼음처럼 냉혹하며 차가웠고, 베런슨 씨의 칭찬으로 인한 뺨의 온기는 남김없이 사라졌다.

내 반응을 보고 그가 말했다.

"모욕하려는 건 아닙니다. 도서관에는 확실히 걸작들이 있지요."

"네, 맞아요. 프란체스코 프란차의 〈성모와 아기 예수(Madonna and child)〉가 대단하다는 건 부인할 수 없죠."

"맞습니다. 하지만 프라토베키오의 〈성모와 아기 예수(Virgin and child)〉요? 그건 원근에 있어서 다른 르네상스 회화만큼 전문성이 없어요. 당신은 그 눈으로 도서관의 예술품들이 르네상스 시대에서 영감을 받은 벽과 장식을 배경으로 잘 드러나게 만들 수도 있어요. 난 페루지노나 보티첼리가 그 빨간 벽에 걸린 걸 정말 보고 싶어요. 그 그림들은 당신이 모은 책 컬렉션의 수준에 필적하겠죠. 당신은 당신의 재능에 걸맞은 예술품에 둘러싸여 있어야 마땅해요……."

그가 뜸을 들이다 덧붙였다.

"당신의 아름다움에 걸맞은 것들이요."

나는 베런슨 씨의 솔직한 말에 당황했다. 대부분의 예술 세계 전문가들은 모건 씨를 숭배하는 어조로 말한다. 베런슨 씨의 일이 대체로 부유한 수집가들에게 어떤 걸 수집할지 조언하는 것이라서 나는 당연히 베런슨 씨가 모건 씨와의 관계를 구축하려고 할 거라고 생각했다. 하지만 도서관에 관한 그의 평가는 오로지 나만을 칭송하는 내용이었다. 내 전문성에 호소해서 모건 씨를 설득하려는 걸까? 아니면 가드너 부인과의 관계 때문에 모건 씨와는 절대 일할 수 없을 거라고 생각해서 그냥 나를 꼬시려고 하는 걸까? 베런슨 씨의 동기가 어쨌든 도서관의 그림에 대한 그의 주장은 옳았다. 그걸 말로 인정할 생각은 추호도 없지만. 그리고 나도 종종 그가 주장한 것과 비슷한 생각을 하곤 했다. 그가 있으니 활기가 생기고, 어쩐지 모든 일이 가능할 것 같은 기분이 들었다.

그가 말을 이었다.

"당신에게 이탈리아 시골을 안내하고 르네상스 시대의 진정한 걸작들을 보여줄 수 있다면 정말이지 좋을-"

그때, 내가 이탈리아의 시골에서 유부남의 팔을 잡고 있는 모습을 상상하기 시작한 바로 그 순간 베런슨 부인이 나타났다. 그녀의 턱이 긴 얼굴은 솔직하고 열성적이었고, 그녀는 나를 만나 진심으로 반가운 것 같아서 내가 방금 상상한 장면이 정말 끔찍하게 느껴졌다. 그녀는 우아한 스타일의 체리색 드레스를 입고 있었다. 높은 목깃과 긴 소매가 달린 드레스는 엄마에게 확실히 인정받을 수 있는 얌전한 옷이었다.

"일주일 사이에 두 번이나 만나다니 정말로 기쁘군요, 그린 씨."

그녀의 두툼한 허리와 커다란 목소리는 가늘고 마른 남편과 정반대였다.

나는 우아하게 미소 지었다.

"그러게요. 앤 모건 씨가 콜로니 클럽에서 했던 피렌체 회화에 대한 당신의 강좌가 훌륭했다고 들었어요. 모건 씨는 당신이 훌륭하다고 생각하더군요."

사실 앤에게서 그런 이야기를 직접 들은 바는 전혀 없었다. 도서관에서 그녀는 내가 보이지 않는 것처럼 행동했다. 실제로 어제는 내 바로 옆에 서서 모건 씨에게만 이야기했다. 그래도 나는 그녀의 말을 들을 수 있었고, 그녀는 베런슨 부인에게 상당히 감탄하고 있었다. 그래서 그 유명한 미술책을 남편이 아니라 베런슨 부인이 썼다고 추측할 정도였다.

"칭찬이 과하세요."

그녀가 뺨을 살짝 붉히면서 말을 이었다.

"뉴욕 사람들은 한결같이 우리를 반겨주어서 앞으로도 늘 고마워할 거예요. 버너드와 난 보스턴 출신이에요. 지금은 이탈리아에 살지만요. 그래서 이런 대접은 생각도 못 했어요. 우리가 지금의 유행인 모양이에요."

나는 지나가는 웨이터에게서 집어 든 버건디 잔을 들어 올렸다.

"지금 이 순간을 위하여."

우리는 미소를 띠고 기분 좋게 잔을 부딪쳤다.

한 모금 마신 후에 베런슨 부인이 말했다.

"모건 씨가 우리에게 컬렉션 목록의 사본을 줘서 정말 영광이었어요."

나는 그가 언제 베런슨 부부에게 목록을 준 걸까 하고 깜짝 놀랐다. 그의 원고와 미술품, 그 출처, 그리고 여러 가지 복제화에 대한 상세한 설명이 담겨 있는 목록은 자신들의 컬렉션에서 특정 부분은 비밀로 유지하는 유명 수집가들이 그러듯이 사람들이 굉장히 많이 찾지만 거의 나눠주지 않는다.

"그분은 당연히 두 분의 의견과 전문지식을 귀하게 생각합니다."

"그 사람은 당신의 헌신도 귀하게 여기죠. 그 이유를 알 만하군요."

베런슨 씨가 대답했다.

나는 베런슨 부인에게만 시선을 고정하고 있어야 했다. 그녀 남편의 말과 눈길이 나를 불안하게 만들었기 때문이다. 하지만 이렇게 대답했다.

"전 그분께 제 가치를 입증하려고 대단히 열심히 일했어요."

"흠, 우리 역시 어떤 식으로든 서비스를 제공하고 우리의 가치를 증명하면 좋겠군요."

베런슨 씨가 말했다.

"모건 씨와 당신 모두에게요."

"당신을 모건 씨에게 추천할게요."

나는 그와 베런슨 부인에게 고개를 끄덕이고 말했다. 모건 씨에 대한 그들의 말이 서로 달라서 모건 씨에 대한 접근법이 똑같긴 한지 의문이 들었다.

"그러면 정말 좋죠."

베런슨 부인이 나를 보며 미소 짓고 주제를 바꾸었다.

"다음 주에 드 아코스타 리디그 부인이 여는 저녁 식사 모임에서 당신을 만날 수 있을까요?"

"안 될 것 같아요. 일이 있어서요."

내가 대답했지만, 사실은 일과는 아무 관계 없었다.

리타 드 아코스타 리디그는 부모가 스페인 사람인데도 은행가이자 월스트리스 중개인과 결혼해 뉴욕 사교계에서 확고한 자리를 차지하고 있었다. 부모가 스페인 출신이라는 것과 그녀의 '이국적인 아름다움' 때문에 사회적으로 따돌림을 당할 수도 있었다. 그녀의 스페인계 혈통이 귀족과 연결 고리가 있다는 걸 제외하면. 난 지금까지 가능한 드 아코스타 리디그 부인을 피했고, 늘 초대받아도 그녀의 파티에는 절대 참석하지 않았다. 그녀의 옆에 서서 사람들이 우리 사이에 뭔가 공통점이 있을 거라고 생각하게 만들고 싶지 않았다. 비슷한 성이나 좀 더 진한 피부색. 그런 걸 깊이 파고들까 봐 걱정됐다. 나에게는 귀족과의 연결 고리 같은 게 없고, 내 혈통을 좀 더 명확하게 알고 싶어 하는 사람들에게 더 이상의 실마리를 줄 수 없었다.

"아, 모건 씨는 쉬운 상사는 아니겠죠. 당신의 시간을 엄청나게 요구할 테니까요."

베런슨 부인이 동정 어린 눈빛으로 고개를 끄덕였다.

모건 씨에 대한 베런슨 씨의 말이 그랬듯이 나는 은근한 비난에 냉정했다.

"모건 씨를 위해 일하는 건 영광이에요. 그분의 요구라면 저는 기꺼이 충족시켜드릴 거예요."

자신의 실수를 깨닫고 베런슨 부인의 얼굴이 창백해졌다.

"오, 난 그런 뜻이 아니었-"

그녀의 말이 채 끝나기도 전에 새빨간 드레스 차림의 여자가 끼어들었다.

"실례해요."

그녀는 우리 셋을 번갈아 보고는 버너드에게 시선을 고정했다.

"부인을 잠깐 빌려가도 괜찮을까요? 메리에게 소개해주고 싶은 사람이 있어서요."

베런슨 부인이 떠났고 나는 베런슨 씨와 단둘이 남았다. 내가 뭐라고 할까, 아내가 도착하기 전에 나누었던 중대한 대화로 돌아갈까 어쩔까 고민하고 있는데 그가 나에게 미소 지으며 팔을 내밀고 말했다.

"파티장 안을 돌아다니면서 모세의 홍해처럼 갈라볼까요?"

그의 제안에 나는 웃음을 터뜨렸다. 나는 잔을 내려놓고 그의 팔을 잡았다. 내가 그에게 팔짱을 끼자 전기가 찌르르 오르는 것 같았다.

"모든 사람들이 당신을 어떤 식으로 보는지 아나요? 당신은 당신이 사들인 예술품만큼이나 근사해요."

의도적이든 아니든 간에 그의 입술이 내 귀에 너무 가까워서 그의 따뜻한 숨결이 느껴졌다. 나는 그를 쳐다보았고, 그의 키 때문에 우리 얼굴이 아주 가깝다는 걸, 굉장히 은밀하다는 걸 깨달았다.

나는 가볍게 시시덕거리는 법을 익혔지만, 이 남자에 대한 내 감정적, 지성적 반응은 평소의 재치 있는 말대답 능력을 앗아갔다. 처음으로 내가 이해받고 있다고 느껴서일까? 마치 이런 행사에서 내가 대체로 걸치는 재치와 유머라는 갑옷 없이 그의 앞에 벌거벗고 서 있는 것만 같았다. 나는 물러날 수는 없었기에 우리의 은밀한 대화의 주도권을 빼앗아 좀 더 평범한 방향으로 돌리기 위해 애썼다.

"사람들 눈은 제가 아니라 베런슨 씨에게 향해 있을걸요. 베런슨 씨는 이탈리아에서 오셨고, 이 배타적인 집단에서 새로운 사람이죠. 보스턴에서 이런 파티에 많이 가보셨나요? 아니면 이탈리아에서는요?"

그가 웃었다. 나는 주제를 바꿔서 그런 건지 내 질문에 대한 반응인지 알 수가 없었다.

"오, 아뇨. 보스턴의 사교 행사는 아주 고루해요. 심지어 나의 고객인 이사벨라 스튜어트 가드너 부인의 그 아름다운 집에서 열려도요. 그리고 이탈리아에서는, 음, 이런 식의 행사를 받아들이기에는 그 전통과 의식들이 지나치게 역사로 가득하죠."

대화를 좀 더 안전한 주제로 옮길 수 있었던 덕에 나는 이제 좀 더 차분해졌다.

"이건 어떻게 생각하세요?"

그의 뛰어난 취향과 훌륭한 안목으로는 이 생생한 빨간색의 향연을 촌스럽게 여길 거라고 생각하고 내가 물었다.

그의 눈이 잠깐 동안 우리를 둘러싼 거대한 빨간색 파도 같은 장식을 바라보았다.

"난 상당히 마음에 듭니다. 빨간색 단일 색채에는 뭔가 해방되는 면이 있어요, 안 그런가요? 우리 모두가 같은 색이라면 얼마나 자유로울까요?"

내 숨이 가슴에서 걸렸다. 왜 그가 이 모든 걸 피부색과 관련 지은 걸까? 나에 관해 아는 건가? 우리는 걸음을 멈췄고 그의 시선이 나에게로 돌아왔다. 그가 좀 더 분명하게 말했다.

"내 말은, 우리 모두가 똑같은 경제 상황이나 동일한 귀족적 혈통을 공유하는 것은 아니지만, 빨간색으로 가득한 여기서는 다들 똑같다는 뜻이에요. 이 파티는 위대한 평등을 가져왔어요. 그래서 굉장히 마음에 드는 겁니다."

그는 마치 애석한 것 같은 말투였다.

우리는 다시 걷기 시작했고, 여전히 팔짱을 끼고 있었다. 나는 베런슨 씨의 말, '위대한 평등'이라는 표현이 그에 관해 무엇을 알려주는 걸까 생각해보았다. 그는 보스턴 공립 도서관에서 보낸 어린 시절에 대해 말했다. 그의 가족이 경제적으로 궁핍했다는 분명한 암시였다. 어쩌면 어린 시절의 그런 경제적 상황 때문에 이런 호화로움에 집착하는 걸지도 모른다. 외부인으로 사는 그런 기분에 나는 확실하게 공감할 수 있었다.

뭐라고 대답해야 할지는 잘 모르겠지만, 신중하게 행동하고 내 대답에서 너무 많은 걸 드러내서는 안 된다. 무해한 대답을 하기로 결심하고 내가 말했다.

"엄청난 부를 항상 곁에서 보고 있으면 굉장히 위압적일 수 있죠."

"맞아요. 하지만 여기서는, 잠시나마 우리가 평등하죠."

그는 나를 똑바로 쳐다보며 말했다.

수다와 음악에 둘러싸여 있음에도 불구하고 우리는 침묵을 지켰다. 그가 무슨 생각을 하는지 모르겠지만, 내 생각은 오로지 하나였다. 난 이 남자를 더 알아야겠어.

18장

1909년 3월 24일
뉴욕

"벨!"

책상에서 고개를 드니 모건 씨가 내 사무실 문가에 서 있었다.

"오늘 저녁에 뭐 할 일 있나?"

나는 모건 씨가 이 질문을 할 때마다 짓는 미소를 띠었다. 모건 씨가 뉴욕에 있으면 일주일에 최소 한 번은 생기는 일이었다. 사실상 그의 질문은 그가 깜빡했거나 정부(情婦)와의 개인적 일정을 방해하는 행사에 자기 대신 가라는 명령이었다. 참석하는 건 내 임무였다.

"제가 어딜 가기를 바라세요, 모건 대표님?"

"오페라."

"어떤 미술품 중개인이나 수집가를 제가 상대해야 하나요?"

이런 행사들은 대체로 중개인이 곧 내놓을 물건이나 수집가의 미래 계획에 대한 정보를 알아내는 탐색전이었다.

"레이첼 코스텔로."

나는 그 이름을 알아챘고, 내 미소가 사라지자 모건 씨가 인상을 찌푸렸다.

"뭐 문제 있나?"

"아뇨, 그냥 좀 놀라서요. 도서관에서 관심을 가질 만한 걸 갖고 있는 사람을 만나라고 하실 줄 알았거든요."

"맞아. 그 사람이 누군지 아나?"

나는 너무 많은 것을 드러내지 않고 어떻게 대답할까 고민하다가 그냥 이렇게 말했다.

"만나본 적은 없어요."

"앤이 그 사람이랑 같이 오늘 밤에 오페라에 참석할 예정이었어. 코스텔로 양은 그 애랑 아는 사이니까 말이야. 그런데 앤이 콜로니 클럽에서 아주 중요한 일이 생겼다는 거야."

그는 딸의 계획이 전혀 중요하지 않은 것처럼, 짜증 난 태도로 허공에 손을 흔들었다.

"그래서 제가 그 자리를 채우길 바라세요?"

"그래, 코스텔로 양은 버너드 베런슨의 양딸이고 나에겐 정보가 필요해."

나는 그 여자가 누군지 알고 있었지만 인정하고 싶지는 않았다. 이걸 안다는 사실이 내가 버너드에게 끌린다는 걸 드러낼까 봐 걱정됐다. 그가 덧붙였다.

"그 여자의 양아버지 고객인 이사벨라 스튜어트 가드너가 조만간 뭘 구입할지 아는지 살펴봐."

아, 그러니까 경쟁 때문이었구나. 모건 씨는 어떤 것도 자신의 개인 미술품 컬렉션에 필적할 수 없다는 걸 확인하고 싶은 거였다.

내가 지난 석 달 동안 계속 주변을 맴돌았던 남자에 관해 더 많은 것을 알 수 있는 기회를 모건 씨가 제공했다는 게 참 기묘했다. 델모니코에서 사적인 저녁 식사 때, 브로드웨이 쇼 〈리어왕〉의 막간 휴식 시간에, 메트로폴리탄 미술관의 허드슨-풀턴 네덜란드 미술품 전시에서, 버너드 베런슨과 나는 은밀한 시선과 감추어진 미소를 교환했다. 외부인들이 볼 때는 이런 행동이 지난 몇 년 동안 내가 미술계의 남자들과 나눈 가벼운 교태에 지나지 않을 것이다. 유혹은 나의 도구이고, 누구에게도 큰 문제나 결과를 초래하지 않았다. 하지만 이번에는 나에게 문제가 됐다.

베런슨 씨를 볼 때마다 내 욕망을 도대체 이해할 수 없었다. 베런슨 씨는 나보다 거의 스무 살이나 많은 유부남이었고, 내가 유혹적인 말을 던지긴 해도 그런 시간 낭비에 말려든 적이 없다. 하지만 지금은 그와 더 많은 시간을 보내고 싶어서 안달이 났다.

내가 그의 뜻 모를 행동에 끌리는 건 아닐까? 아니면 우리 둘 다 우리 것이 아닌 세상에서 은밀하게, 하지만 완벽하게 활동할 수 있는 어떤 비밀을 갖고 있기 때문에 끌리는 걸까? 편견과 인종차별로 가득한 세상에서. 나에게는 그 답을 발견할 기회가 없었다. 그는 일 때문에 몇 주 동안 뉴욕을 떠나 보스턴, 프로비던스, 필라델피아를 돌아다니며 피터 와이드너의 것 같은 저명한 컬렉션들을 상담해주고 있었다. 나는 그가 돌아와 '특별한 저녁' 약속을 지켜주길 기다리고 있었다.

〈세비야의 이발사〉를 보기 위해 코스텔로 씨, 또는 그녀의 허락대로 부르자면 레이첼을 메트로폴리탄 오페라하우스 로비에서 만나고 거의 즉시 나는 그녀가 양아버지의 일에 관해서는 아무것도 모른다는 걸 알아챘다. 그래도 스물한 살의 레이첼은 유쾌하고, 여성 참정권 운동에 헌신하느라 열정으로 가득했다. 막간 휴식 시간에 그녀는 여성 활동가들의 업적에 대해 이야기했다. 아직도 선거권을 위해 계속 싸우고 있지만 말이다. 그녀는 이 운동의 확고한 지지자였고, 나는 그녀의 말에 즐거운 기분을 느꼈다.

"벨, 당신이 나와 함께 모임에 가면 정말로 근사할 거예요. 당신은 정말 본받을 만한 사람이거든요."

"그건 잘 모르겠네요. 부끄럽지만 난 그 운동에 관해 잘 모르거든요."

"괜찮아요. 여성운동 쪽 사람들은 전부 당신을 아니까요."

그녀의 말에 나는 깜짝 놀랐다.

"정말요? 나를요?"

"당신이 왜 놀라는지 모르겠네요. 이건 우리의 투표권을 위해 싸우는 것 이상의 일이에요. 우리가 어떻게 당신을 모를 수 있겠어요? 당신은 이 도시 전역을 돌아다니며 파티와 모임에 참석하고, 또 미술계에서 중요한 일을 수행하고 다니죠. 당신은 평등한 삶을 살고 있고, 그게 우리가 투쟁하는 목표예요. 당신처럼 일적인 면에서든, 전통적인 결혼의 제약에 얽매이지 않기로 한 우리 엄마처럼 개인적인 삶에서든 말이죠."

"그게 무슨 뜻이죠?"

나도 모르게 물었다.

"우리 엄마는 시대를 앞선 여자예요."

레이첼이 설명했다.

"일에 관한 태도도 아주 진보적이라서 버너드 씨와 나란히 프로젝트를 받아서 해요. 그리고 연애에 대한 태도도 진보적이죠. 엄마랑 버너드 씨는 서로를 사랑하지만, 다른 연애 관계도 자유롭게 가질 수 있어요. 엄마는 사람들이 선입견이나 기대에 사로잡혀서는 안 된다고 생각하거든요. 두 사람의 결혼은 굉장히 코스모폴리탄적이죠, 안 그래요?"

레이첼이 씩 웃으며 말했다.

조명이 깜박거렸다. 자리로 돌아가라는 신호였고, 나는 안도했다. 혼자 생각해볼 필요가 있었다. 오페라가 끝날 무렵 나는 레이첼이 이야기한 내용이 나에게 무슨 의미가 있는지를 깨닫기 시작했다.

나는 결혼에 대해 제대로 생각해본 적이 없다. 나는 언제나 내 혈통 때문에 전통적인 관계는 불가능할 거라고 생각했다. 우리 가족이 경제적으로 의존하고 있을 뿐만 아니라 결혼이란 아이들을 의미하고, 그건 내가 감당할 수 있는 부분이 아니다. 형제들과 같은 밝은 피부색이 아니니 내 속임수가 드러날 수도 있는 피부색의 아이를 낳을 위험을 감수할 수 없었다.

버너드의 독특한 결혼 관계로 보아 내가 줄 수 있는 것 이상을 그가 기대할 위험 없이도 내가 절실하게 알고 싶어 하는 남자를 경험할 수 있을지도 모르겠다. 나도 다른 여자들과 똑같은 감정과 위대한 열정을 경험해볼 자격이 있지 않을까? 버너드와 함께라면 대부분의 여자들이 당연하게 받아들이는 연애 관계를 조금이나마 맛볼 수 있을지도 모르겠다.

마차가 자갈 위에서 흔들거렸고, 내 신경도 거기에 맞춰 조여들었다. 몇 주나 버너드와 보낼 이 순간을 기다렸지만, 이제 그 순간이 오자 긴장됐다. 레이첼의 폭로로 내가 이전까지 불가능하다고 생각했던 것이 가능할 수도 있다는 걸 알게 되었지만, 오늘 밤에 그 모든 추측이 현실이 될 수도 있다. 난 준비가 되었을까?

마차에서 내려 바람에 헝클어진 머리와 에메랄드 색깔의 모직 드레스 치마를 바로잡고 메트로폴리탄 박물관의 대형 홀로 들어갔다. 오늘 나는 위대한 고전 미술품으로 이루어진 입구를 알아채지 못했다. 보통은 그 거대한 석회석 돔과 아치에 감탄하는 한편 그 거대한 공간에 당혹하곤 했다. 2백만 제곱피트의 공간이 어떻게 이렇게 친근하고 사람을 환영하는 느낌을 주는 걸까? 하지만 오늘은 버너드를 찾느라 정신이 다른 데 쏠려 있었다.

몇몇 방문객들이 뒤처져서 나갈 준비를 하느라 모자를 바로잡았으나 그 속에서 버너드는 보이지 않았다. 내가 시간을 잘못 알았나? 우리 투어는 관람 시간 이후로 예정되어 있었다. 최근에 박물관이 사들인 조각을 특별 관람할 예정이었던 것이다.

"그린 씨, 그린 씨!"

몸을 돌리자 독특하게 구부러진 콧수염을 가진 완벽하게 둥근 얼굴의 낯익은 사람이 옆에 다가오고 있었다.

"여기 계셨군요, 그린 씨. 다시 만나서 정말 반갑습니다."

그는 자기소개를 하지 않고 손을 내밀었다.

우리가 만났다는 건 알겠는데, 누군지 떠오르지 않았다.

"저도 만나서 정말 반가워요."

그의 손을 잡고 흔드는 순간 마침내 그의 이름이 떠올랐다. 존슨 씨였다.

"따라오시죠, 그린 씨. 베런슨 씨와 우리의 그리스 조각상이 기다리고 있습니다."

그는 줄어드는 사람들 속으로 걸어가기 시작했다.

처음에 그는 사람들 사이를 굉장히 빠르게 걸어가서 따라가기가 힘들 정도였다. 우리는 머뭇거리는 방문객들을 뒤에 남겨두고 고대 그리스와 로마 예술품이 보관된 어두운 홀을 지나갔다. 존슨 씨는 계속해서 토끼굴 같은 복도로 나를 데려갔고, 그러다 나는 익히 아는 로마의 석관을 발견했다. 이 관은 로마 제정시대까지 거슬러 올라가는 것으로 기원전 1세기에서 서기 1세기쯤으로 추정된다. 생생한 색깔의 나무 표면이 방 안에 있는 대부분의 물건의 재료인 대리석과 설화석고 사이에서 눈에 띄었다. 내 주의를 사로잡은 것은 관의 밝은 색깔뿐만 아니라 그 뚜껑에 있는 진짜 같은 초상화였다. 이런 희귀한 고대 미술품을 파이윰 초상화라고 부르는데, 당대 사람들의 실제 모습, 즉 짙은 색깔의 피부와 구불거리는 검은 머리, 짙은 초콜릿색 눈을 통해 고대 그리스와 로마 사람들이 금발에 파란 눈이었다는 일반적인 인식에 반증을 제시했다. 파이윰 초상화는 아빠와 함께 메트로폴리탄 박물관을 방문하던 시절에 특히 내가 좋아했던 것이었다. 오로지 여기서만 우리와 같은 모습의 사람들을 볼 수 있었다.

"그린 씨."

존슨 씨의 말에 나는 회상에서 깨어나 재빨리 그를 따라잡았다. 갑자기 우리는 큰 복도에서 갈라진 작은 방으로 들어가서 고대의 보석과 도자기가 들어 있는 여러 개의 유리 진열장을 지나 벽이 천으로 가려진 문으로 다가갔다.

"거의 다 왔습니다, 그린 씨."

존슨 씨가 씩 웃으며 어깨 너머를 돌아보았다.

마침내 그가 나를 또 다른 세상으로 데리고 들어갔다. 우리는 더이상 신중하게 고른 전시품과 완벽하게 배치해놓은 귀중한 공예품과 예술품들이 있는 전시관에 있지 않고, 대신에 목제 상자가 가득한 미완의 거대한 창고에 서 있었다. 마치 브로드웨이 연극 커튼 뒤, 너저분한 백스테이지로 들어온 것만 같았다. 연극의 환상은 사라졌지만 마법이 어떻게 만들어지는지를 알게 되는 것이다.

여기, 방 한가운데에서 버너드가 남자의 상체를 묘사한 뛰어난 하얀색 설화석고 조각을 바라보고 있었다. 내 눈에는 그가 예술품만큼이나 근사하게 보였다. 그가 발소리를 듣고 나를 돌아보고는 활짝 웃었다.

"아, 그린 씨, 우리와 함께해주다니 정말 기쁘군요."

"저까지 초대해주셔서 고마워요, 베런슨 씨."

나는 창피하리만큼 커다란 웃음을 억누르지 못하고 대답했다. 그를 보기만 해도 엄청난 기쁨이 가득 솟구쳤다.

메트로폴리탄 박물관의 내실에 들어올 수 있는 사람은 대체로 학문적 목적을 가진 내부인으로 엄격하게 제한되어 있었다. 버너드는 새로운 조각상에 대한 나의 관심을 알고는 존슨 씨에게 예전에 편의를 봐준 데 대한 보답을 해달라고 부탁했다. 버너드는 내가 좋아하는 박물관의 무대 뒤 모습을 보는 게 어떤 값비싼 선물이나 저녁 식사 데이트보다 훨씬 더 낭만적이라는 걸 잘 알았다.

"저를 따라 이쪽으로 오시면 우리 그리스 조각상 컬렉션에 추가된 최신 작품을 소개해드리지요."

존슨 씨가 상반신 조각 앞에 자리 잡고 말했다. 그것은 소년의 상체였지만, 강인하게 앞으로 튀어나와 있어서 주의를 끌었다.

존슨 씨가 설명하기 시작했다.

"상체가 돌아서 있는 모습을 보세요. 여기서 나머지 화살을 볼 수 있죠."

그가 오른쪽 어깨를 가리키며 말했다.

"이건 그가 추격당하고 있고 위험으로부터 도망치고 있다는 걸 알려줍니다. 우리는 이게 니오베의 왕자들 중 한 명이라고 생각합니다. 신화 이야기를 아는지 모르겠지만, 니오베는 자신이 레토보다 아이를 더 많이 낳았기 때문에 더 나은 엄마라고 자랑하죠. 화가 난 레토는 자기 자식인 아폴로와 아르테미스를 보내 니오베의 아이들을 죽이는 걸로 복수하죠. 두 분 다 아시겠지만, 아폴로와 아르테미스의 무시무시한 화살을 피해 도망치는 니오베의 아이들은 고대 작품에서 종종 등장하는 소재예요. 고대인들은 오만이 죽음을 부르는 범죄일 수 있다는 걸 사람들이 깨닫기를 바랐던 겁니다."

그가 살짝 웃으며 덧붙였다.

"현대인들도 여전히 알아야 할 교훈이죠."

내가 대꾸했다.

남자들이 웃자 내가 물었다.

"이 조각상이 언제쯤 만들어진 것 같나요?"

"기원전 425년에서 400년 사이에 그리스 어디선가 만들어진 걸로 추정하고 있습니다."

버너드와 나는 조각상 주변을 돌며 서로를 힐끗 쳐다보았다.

"정말로 근사하군요. 상체의 움직임을 묘사한 기술이 특히 대단해요."

내가 말했으나 통찰력 있고 종종 날카로운 평가를 하기로 유명한 미술학자이자 비평가인 버너드는 이상하게 조용했다.

"이 작품에 대한 판단은 상당히 정확한 것 같습니다, 존슨 씨. 아마도 니오베의 자식들 중 하나가 맞겠죠."

버너드가 마침내 말을 하고는 입술을 오므리고 손가락 하나를 올린 채 잠시 뜸을 들였다.

"하지만 이게 그리스에서 만들어진 원본이라고 확신하십니까? 로마 시대의 복제본이 아니고요?"

존슨 씨의 입에서 웃음과 울음 사이쯤 되는 기묘하게 끅끅거리는 소리가 나왔다.

"여기서도 그리스와 로마 조각의 차이쯤은 구분할 수 있습니다, 베런슨 씨."

나는 물러나서 버너드를 보았다. 그의 질문이 아주 부당한 건 아니었다. 그리스 조각은 살아남은 게 거의 없는 반면 고대 로마인들이 만든 복제본은 훨씬 많이 살아남았다.

버너드가 조각상으로 다가가서 나도 알아챈 세 개의 흥미로운 줄무늬를 향해 몸을 구부리고 시선을 맞췄다.

"상체 아래쪽에 있는 이 얕은 대각선 상처가 보이십니까? 이쪽과 저쪽에 있는 끌 자국 말입니다."

존슨 씨는 처음에 팔짱을 끼고 더 가까이 다가오려 하지 않았다. 한참이 지나서야 마침내 그가 다가왔다.

"이건 로마에서 서기 1세기까지 사용되지 않은 조각용 도구 자국입니다."

그는 승리의 기색이 전혀 없는 목소리로 말했다. 이 조각상의 특성을 정정하는 것이 그에게는 고통스러운 일이지만 해야 한다는 것도 알고 있었다.

존슨 씨의 뺨이 빨갛게 달아올랐다.

"당신의 전문 분야는 르네상스 시대 미술이 아니었나요, 베런슨 씨? 고대 미술품의 연대를 추정하는 전문가는 아닐 텐데요."

그가 쏘아붙였다. 메트로폴리탄의 큐레이터와 척을 지고 싶지는 않지만, 그가 버너드를 모욕하는 걸 가만히 두고 볼 수는 없었다.

"존슨 씨, 잘 알고 계시겠지만 르네상스 예술은 고전 양식과 미술의 재발견이고, 특히 고대 그리스와 로마 작품들을 모티브로 삼았죠. 베런슨 씨는 자기 분야의 전문가가 되기 위해 그리스와 로마 예술품 양쪽 모두에서 전문가가 되어야만 했고, 그의 집이 이탈리아라는 걸 고려하면 현지의 고대 그리스와 로마 예술품들을 많이 연구했을 것 같은데요."

"난 이탈리아의 교회에서 굉장히 많은 시간을 보냈고, 덕분에 교회가 재배치해놓은 조각상들을 연구할 기회가 많았습니다."

그의 마지막 말에 존슨 씨의 뺨에서 혈색이 사라졌고 그의 어깨가 늘어지며 피부가 푸르스름해졌다. 박물관이 이 작품에 대해 실수했음을 깨달은 것이다. 그리고 버너드의 관찰과 그의 전문가적 지위를 생각할 때 박물관의 새로운 보물은 대중에게 공개되지 않을 것이다.

우리가 박물관을 나올 무렵에는 해가 저물어 건물의 석회석 전면이 금빛 도는 분홍색이었다. 메트로폴리탄의 텁텁한 창고에서 나오니 3월의 공기가 기분 좋게 상쾌했다. 나는 버너드와 5번가와 맞닿은 보도를 걸어가며 숨을 들이쉬었다. 길에는 하루 일을 마치고 집으로 돌아가는 신사들이 탄 마차와 저녁의 즐길 거리를 찾아 나오는 연인들의 마차가 가득했다. 말이 다가닥거리는 소리와 지나가는 사람들의 낮은 속삭임이 꼭 대화하지 않아도 되는 분위기를 만들었다.

우리 사이의 침묵 속에서 나는 코트를 꼭 여몄다. 버너드가 침묵을 깼다.

"당신은 굉장한 옹호자였어요, 그런 씨. 당신의 행동은 고마운데, 당신이 나서지 않았어도 내 명예는 내가 지킬 수 있었을 겁니다."

그가 나를 보고 씩 웃자 그의 이가 흐린 가로등 불빛 속에서 반짝였다.

나도 마주 웃었다.

"저는 완곡하게 말하거나 바보를 참아주는 사람이 아니랍니다, 베런슨 씨."

"나도 알아챘습니다. 그리고 당신이 나를 계속 베런슨 씨라고 부른다는 사실도 알아챘죠. 날 버너드라고 불러달라고 했던 것 같은데 말이죠."

내가 매끄럽게 받아쳤다.

"그리고 당신도 저를 벨이라고 부르겠다고 몇 번이나 약속하고서 계속 그런 씨라고 부르잖아요."

그가 웃음을 터뜨리자 내 가슴속이 따뜻해졌다.

"피장파장이군요, 벨."

그가 씩 웃으며 말을 이었다.

"서로 합의를 보면 어떨까요? 다른 사람들도 함께 있을 때는 좀 더 사회적으로 용납되는 '씨'를 붙이지만, 우리 둘만 있을 때는 이름을 부르기로요."

그는 내가 다음 말을 확실하게 듣기를 바라는 것처럼 잠깐 뜸을 들이다 덧붙였다.

"그리고 앞으로 우리 둘만의 시간을 많이 가지면 좋겠군요, 벨."

나는 너무나도 행복한 기분으로 고개를 끄덕였다. 전에도 그의 감정을 안다고 생각했지만, 이제는 더 이상 의심의 여지가 없었다. 하지만 곧 슬픈 감정이 치솟았다. 내가 진짜 이름으로 인사를 했다면 버너드는 나에게 절대 말을 걸지 않았을 것이기 때문이다. 유명한 미술학자이자 비평가인 버너드 베런슨은 뉴욕 거리에서 유색인 여자와 나란히 서서 미술에 관해 이야기하며 웃고 있지 않을 것이다.

하지만 그가 나를 보는 동안 슬픔이 사라졌다. 그가 다음 말을 하기 전까지는.

"난 떠납니다."

떠나? 또? 무슨 말이지? 이탈리아로 돌아가나? 질문이 가득 떠올랐지만 무서워서 물어볼 수가 없었다. 대신 나는 머릿속에서 빙빙 도는 수많은 생각들 중에 하나라도 제대로 떠올리려고 노력하며 도시의 소음 속에서 가만히 서 있었다.

"난 이탈리아로 돌아가요. 사흘 후에요."

내가 질문을 던질 용기를 짜내기 전에 그가 말했다.

심장이 내려앉았지만 나는 이게 최선이라고 스스로에게 말했다. 그는 결혼했다. 비록 그가 아내와 이해할 수 없는 합의하에 있다고 해도 말이다. 그리고 가벼운 불장난이 진짜 감정이라는 증거가 어디 있단 말인가? 특히 그는 전통적이지 않은 결혼 생활로 원하는 상대 누구하고든 연애를 할 수 있는데.

그가 내뱉는 모든 숨을 들이쉴 수 있을 정도로 가까이 서서 마차가 오기를 기다리는 동안 나는 그를 똑바로 쳐다볼 수 없었다. 한편으로는 이 순간에 더 오래 머물고 싶었고, 또 다른 한편으로는 내 감정을 꾹꾹 억누르고 떠나고 싶었다. 버너드는 내가 맺어서는 안 되는 관계, 사실상 맺을 수 없는 관계로부터 나 자신과 가족들을 지키기 위해 수년 전에 세워놓았던 낭만적인 감정의 바리케이드에 도전했다. 이런 바리케이드가 있다는 걸 나도 최근에야 깨달았다.

"그렇게 오랜 시간 같이하지는 않았지만, 떠나기 전에 당신을 또 보고 싶어요, 벨."

내가 마침내 그를 쳐다보았다.

"우리 둘만의 저녁 식사 초대를 부디 받아들여주겠어요?"

그가 벨 마리온 그리너에게는 그런 걸 묻지 않을 것임을 안다 해도, 그가 벨 다 코스타 그린에게 그런 걸 물었다는 사실에 나는 안도하고 흥분했다. 그리고 수많은 젊은 여자들은 유부남과 단둘이 식사한다는 생각만으로도 질겁하겠지만, 나는 대부분의 젊은 여자가 아니었다.

"네, 버너드, 기꺼이 받아들일게요."

19장

1909년 3월 26일
뉴욕

　내 손은 도서관에서 겨우 몇 블록 떨어진 웹스터 호텔 스위트룸 앞에서 허공을 맴돌았다. 내 주변의 사교계 남녀들이 이런 종류의 추문을 부를 만한 행동을 종종 한다고 하지만, 이건 내가 배운 모든 수락의 규칙에 어긋나는 일이었다. 나에게는 더러운 평판으로부터 그들을 지켜주는 돈과 집안의 명성 따위 없었다. 나에게는 가족에 대한 책임이 있고, 내 일은 백인으로서 살아가는 가족들의 삶을 지켜줬다. 나는 《환락의 집(House of Mirth)》의 릴리 바트처럼 살다가 사회의 비판에 망가질 수는 없었다. 그럼에도 불구하고 나는 버너드를 만나기로 했다.

　바로 오늘 아침, 피어폰트 모건 도서관의 책상 앞에 앉아서 나는 고민하고 또 고민했다. 매 시간 모건 씨와 만나 그가 내미는 필사본에 대한 나의 의견을 제시하고 까다로운 신탁 관련 의문에 대해 상담해주는 동안 그 걱정은 더욱 뚜렷해졌다. 모건 씨가 없었으면 삶에서 이 정도의 지위를 얻는 꿈이라도 꿀 수 있었을까? 그가 자신이 질색하는 남자와 내 관계를 알게 되면, 자신의 개인 사서가 받아 마땅하다고 여기는 전적인 관심과 애정에 대한 배신으로 여길 게 분명한 그런 관계를 갖게 되면, 나는 해고될 것이고 그는 그 자리를 맡을 다른 사람을 찾을 것이다. 우리 약속을 취소하기 직전에 도서관으로 편지가 도착했다. '벨에게'라고 적힌 봉투 속에는 시의 발췌문이 쓰인 종이가 딱 한 장 들어 있었다. 그의 글이 내 결심을 녹였다.

결국 나는 버너드의 스위트룸으로 들어가는 문을 두드렸고, 그가 문을 열자 그의 눈을 똑바로 보지 못하고 말없이 안으로 들어갔다. 작고 우아한 응접실은 회청색 다마스크 벽지로 꾸며져 있고, 타닥타닥 타는 불 앞에 같은 색의 윙백 의자 한 쌍이 놓여 있었다. 2인용 탁자에는 하얀 리넨 식탁보가 덮여 있고, 미나리아재비와 양귀비 한 묶음, 은제 촛대, 은제 반구형 뚜껑으로 식사를 덮어놓은 도자기 접시 2인 세트, 이미 마개를 딴 와인 한 병이 있었다. 버너드는 우리가 단둘이 있기 위해 따뜻하면서도 신중하게 은밀한 공간을 꾸며놓았다.

불을 바라보는 동안 나는 굉장히 어리고, 굉장히 순진하게 느껴졌다. 그때 버너드의 손이 내 어깨에 닿았고, 나는 기대감으로 몸을 떨었다. 그는 가볍게 내 코트를 벗긴 후 물러나서 그것을 청동 옷걸이에 걸었다.

그런 다음 우리 사이의 첫마디를 건넸다.

"시작할까요?"

그가 탁자를 가리켰다.

무슨 행동을 해야 할지 결정되었다는 사실에 온몸에 안도감이 흘렀다. 이런 상황에서 어떻게 행동해야 하는지 전혀 알 수 없었기 때문이다. 이런 잘못된 일을 할 때 따라야 하는 대본 같은 게 있나? 나는 그 생각을 황급히 지웠다. 우리의 만남을 도덕적 기준으로 생각하고 싶지 않았다. 왜냐하면 솔직히 그에 대한 내 감정이 계속 커지고 있었기 때문이다.

그가 내 의자를 당겨주었고, 나는 오늘 저녁을 위해 고른 짙은 파란색 실크 드레스 치마 속에서 떨리는 내 다리가 가려지길 바라며 자리에 앉았다. 그가 버건디 병을 들자 나는 잔을 무사히 들어 올리기 위해 깊이 숨을 들이쉬어야 했다.

나는 와인을 길게 들이켰다. 술이 몸속을 따뜻하게 데우고 나를 좀먹던 긴장감을 누그러뜨렸다. 그는 우리 접시에서 은색 뚜껑을 치웠고, 우리는 그가 주문해둔 맛있는 메추라기와 스캘롭트 감자, 어린 아스파라거스를 먹었다.

갑자기 수줍어졌다. 육체적으로든, 감정적으로든 친밀함이란 내가 어떤 남자하고도 겪어보지 못한 것이었다.

내가 불편해하는 걸 감지하고 버너드가 대화를 주도했다.

"존슨 씨가 동료 큐레이터들에게 조각상의 연대를 착각한 걸 이야기했을까요?"

나는 그가 꺼낸 편안한 주제에 안도의 숨을 내쉬었다. 연대 확인을 위해 분명히 여러 전문가들에게 연락을 취했을 자만심 강한 큐레이터들 앞에서 발그레한 얼굴의 존슨 씨가 조각상의 특성을 오판했다는 설명을 하는 모습을 상상하고, 나는 킥킥 웃었다. 버너드도 함께 웃었고, 곧 우리는 긴장을 누그러뜨리며 즐거운 분위기에 빠져들었다.

가벼운 대화가 이어졌고, 나는 그가 어떻게 이탈리아 르네상스 시대 회화와 소묘를 사랑하게 되었는지 이야기하는 데에 귀를 기울였다. 이 뜨거운 연애는 하루아침에 시작된 게 아니라 긴 시간에 걸쳐 단계를 밟았다고 그는 말했다.

"매혹적인 흉상이 뛰어난 솜씨의 회화로 이어지다 결국 마음을 빼앗겼죠. 새롭게 나타난 3차원적 형태와 깊은 우화적 의미로 가득한 르네상스 시대의 예술은 나 자신과 현실로부터 진정한 천재들이 살았던 시공간으로 나를 데려갔어요. 우리 시대와 같으면서도 같지 않은 시대로요. 그리고 난 다른 사람들도 그런 경험을 할 수 있도록 도와야 한다는 걸 깨달았어요. 그래서 내가 처음 글을 쓰게 되었던 거예요. 부자들만이 이런 걸 이해할 자격이 있다고 생각하지 않았거든요."

그는 고백하듯이 말했다.

"나 같은 사람들이ㅡ"

그가 중간에 말을 멈췄다가 마침내 다시 말했다.

"나처럼 예술과 예술 전문가들을 쉽게 접할 수 없는 세상에서 태어난 사람들도 예술을 쉽게 접할 수 있게 해주고 싶었어요."

다시금 그는 우리 세상의 주변부라는 자신의 위치를 드러냈다.

하지만 나를 사로잡은 건 예술에 대한 그의 이야기 자체였다. 그가 날 유혹하고 있다는 것을 깨달았다. 나는 이 느린 춤을 따라가기로 결심했다. 처음에는 탁자 건너편으로 그를 향해 좀 더 몸을 기울이고, 그다음에는 의자 가장자리까지 나오고, 얼마 지나지 않아 불 앞의 윙백 의자에 앉은 그의 무릎 위에 앉았다. 그의 입술이 나에게 닿기 전에 그의 향기가 코를 채웠다. 그의 자연스러운 체취를 숨기기 위해 뿌린 자극적이고 독특한 머스크 향이 내 몸을 떨리게 만들었고, 그가 나에게 키스하려고 몸을 기울이자 나는 항복했다. 나는 스물아홉 살이었고 이게 제대로 된 첫 키스였다. 나는 이 순간과 내 가슴을 채우는 온기를 음미했다.

갑자기 그의 손이 내 등과 머리카락을 쓰다듬었고, 그의 손가락이 내 가슴으로 올라오자 나는 거의 숨도 쉴 수 없었다. 하지만 그의 손이 내 드레스 등에 있는 조그만 단추들을 풀기 시작하자 나는 몸을 뗐다.

"무슨 일이에요, 내 사랑?"

그의 목소리는 내 몸을 채운 것과 똑같은 욕망으로 낮고 굵었다.

그 애칭에 내 심장이 조여들었고, 내가 그에게 얼마나 쉽게 항복하고 있는지를 깨달았다. 나는 변함없는 마음을 유지하려고 노력했다.

"당신에게 날 주고 싶은데-"

나는 시선을 내리깔았다.

"-용기가 안 나요."

왠지 모르지만 그는 내 말을 초대로 받아들인 것 같았다. 그의 손가락이 다시 단추를 풀었다.

"메리를 신경 쓰는 거라면 걱정할 필요 없어요. 우린 서로 합의했으니까."

"그런 게 아니에요, 버너드. 그 이야기는 이미 들었어요."

내가 그의 가슴에 한 손을 올리자, 그가 멈췄다.

그는 내가 안다는 사실에 눈썹을 치켜올렸고, 나는 그의 말없는 질문에 대답했다.

"레이첼이요."

"아."

그가 알겠다는 듯한 소리를 내고 다시 물었다.

"그럼 뭐죠, 내 사랑? 내가 지금 결혼할 수 있는 몸이 아니라서인 가요?"

나처럼 인생을 바꿔놓을 만한 속임수를 쓰고 있는 여자는 절대 결혼할 수 없을 거라는 얘기를 어떻게 하지? 함께이면서도 어떤 면에서는 자유로운 버너드와의 관계는 다른 어떤 것보다 매력적이었다. 하지만 그래도 겁이 났다. 이 엄청난 위험을 감수하려면 그 정도의 가치가 있어야 했다.

마침내 내가 대답했다.

"그런 건 아니에요, 버너드. 결혼은 내 인생 계획에 한 번도 없었어요. 다만 그게, 난, 당신이랑 있으면, 나 자신을 영원히 잃을 것만 같아요."

"그게 뭐가 나쁘죠?"

"아무것도요. 모든 것이기도 하고요."

그는 신음했다. 좌절감 때문이 아니라 욕망 때문이었다.

"당신이 나에게 어떤 영향을 미치는지 당신은 모를 테죠, 벨. 당신을 내 걸로 만들고 싶어요."

"나도 당신을 원해요."

내가 진심을 말했다.

"하지만 당신의 감정이 그저 스쳐 지나가는 게 아니라는 걸, 나 자신을 당신에게 준다면 우리 관계가 단순한 치정이 아니라는 걸 알아야겠어요."

그가 내 손을 잡고 내 손바닥에 키스한 다음 그 입술의 감촉이 남아 있는 그 자리에 검지손가락으로 원을 그렸다. 그 단순한 두 가지 행동이 불러일으킨 강렬한 열정으로 내 의지력이 거의 깨질 뻔했다. 몸을 앞으로 기울이고 그에게 진한 키스를 할 뻔할 정도로.

"좋아요. 내가 당신에게 헌신적인 애정을 증명할 때까지 기다리기로 하죠, 내 사랑. 내 흠모의 감정이 흔들리지 않을 거라는 걸 당신이 확인하고, 그다음에 그 감정에 걸맞은 사랑의 자리를 만들어요."

그가 나를 당겨서 내 이마에, 눈꺼풀에, 뺨에, 그리고 마지막으로 입술에 키스했다. 나는 내 안에서 솟구치는 감정에 푹 잠겼고, 이 열정의 파도 위에서 둥둥 떠가는 느낌이었다.

그때 그가 내 귀에 속삭였다.

"당신은 나의 벨이에요."

그의 말에 나는 나 자신이라는 존재로서 깨어났고, 그러면서도 영원히 나 자신을 잃고 말았다.

20장

1909년 4월~8월
뉴욕

그날 저녁 버너드와 보낸 시간은 짧았지만 내 안에서 무언가를 깨웠다. 나는 더 이상 이 끝없는 가장(假葬), 내가 살아온 위장된 삶에 만족할 수가 없었다. 나는 진실된 관계를 맺었고, 그걸 더 많이 원했다.

버너드는 떠났지만 우리의 유대감은 유지되었고, 나는 좀 더 나 자신이 되기로 마음먹었다. 가장 밝은 색깔로 훨씬 더 대담하게 옷을 입기 시작했다. 저녁 식사, 오페라, 파티에서 머릿속에 떠오르는 대로 대담하게 말을 했다. 놀랍게도 보통은 경직된 사회 인사들과 예술계의 권위자들이 이걸 아주 유쾌하다고 여겼다. 아무래도 그들이 머릿속으로만 하던 생각을 내가 말로 내뱉으니 그런 것 같았다.

어느 날 저녁, 모건 씨가 끼어들지 않았다면 훨씬 더 끔찍했을 최근의 경제적 재앙에 대한 이야기가 끝난 후에 애스터 저택 파티의 손님 몇 명이 주식시장에서 자신들이 잃은 것에 대해 한탄했다.

버건디 두 잔을 마시는 동안 그들의 비판을 듣고 나서 내가 깔깔 웃으면서 선언했다.

"그렇게 많이 잃었다니 참 안됐네요. 부자들이 가진 것 중에 내가 유일하게 좋아하는 게 돈인데 말이죠."

이번 시즌 발레 첫 공연의 막간 휴식 시간에 우리 피어폰트 모건 도서관 최고의 자산인 구텐베르크 컬렉션에 관한 사교계 여성 원로의 설명에 나는 이렇게 응답했다.

"피어폰트 모건 도서관 최고의 보물은 바로 나예요."

사람들은 요란하게 웃었다.

이런 식의 재담이 나를 뉴욕의 유명인사로 만들었고, 나는 가장 많은 초대장을 받는 사람이 되었다. 그들이 내 뒤에서 나에 관한 이야기를 한다는 건 알지만, 신경 쓰지 않았다. 나의 충격적인 말이나 술에 취해서 부리는 교태, 대단히 비싼 밝은색 스카프에 관한 험담은 중요한 단 한 가지 문제, 바로 내 피부색에 대한 소문으로부터 그들의 관심을 돌려주었다.

용감하게 말하는 건 사람 사이에 친밀감을 나누는 데는 도움이 되지 못했지만, 내가 원하는 것이 바로 그런 거였다. 사실 나는 관객의 즐거움을 위해 매번 과장된 연기를 해야 하는 서커스 공연자 같은 기분이 들기 시작했다. 사회는 자신들이 후원하고 종종 초대하는 예술가들과 동등한 입장이 아니라 마치 나를 애완동물처럼 받아들이려고 했다.

계속 그렇게 행동하기는 했지만 내 마음은 불안했다. 나는 이 불안감을 와인을 지나치게 많이 마시는 걸로 잠재웠다. 엄마는 그것을 알아챘고, 저녁 내내 나를 기다리는 것이 습관이 되었다. 가끔은 자매들과 러셀 오빠가 잠들고 한참 뒤인 자정 넘은 시각까지도 나를 기다렸다.

"너 대체 요즘 뭘 하는 거니, 벨? 네가 걱정되는구나."

매번 내가 비틀거리며 아파트로 들어올 때마다 엄마가 말했다.

나는 엄마에게 한 손을 흔들어 보이고 비틀거리며 걸어와 소파에 풀썩 앉았다.

"별거 아니에요. 일 때문에 이런 사교 행사를 전부 가야 된다는 거 아시잖아요, 그렇죠? 파티랑 오페라랑 극장이랑, 심지어 모건 가 사람들이랑 사적인 저녁 식사와 모임까지요. 이게 엄마가 원하셨던 거 아닌가요? 제가 밴더빌트 가, 카네기 가, 심지어 모건 가 사람들이랑 어울리는 거요. 음, 이게 벨 다 코스타 그린으로 살기 위해 제가 해야 하는 일이에요."

엄마는 엄격한 눈으로 나를 보다가 시선을 돌렸고, 엄마의 조용한 비판은 비명보다 더 크게 들렸다. 엄마의 질문과 비난은 점점 더 거세졌고 나는 더 이상 참을 수가 없었다. 5월 마지막 주말에 나는 집으로 선물을 가져왔다.

"깜짝 선물이 있어요."

나는 늦은 저녁 식사를 하기 위해 온 가족이 부엌 식탁에 모였을 때 말했다.

"뉴욕의 여름이 얼마나 끔찍한지 잘 알잖아. 그래서 애디론댁 호숫가에 방 2개짜리 오두막을 8주 동안 빌렸어. 플로리다에서 새 일자리를 얻은 러셀 오빠는 거기 함께 못 가서 아쉽네."

언니 동생들이 기뻐서 비명을 질렀고, 엄마까지도 행복해했다.

"정말 근사하구나. 하지만 네가 그렇게 긴 시간을 낼 수 있겠니?"

엄마가 말했다.

"오, 아뇨. 이건 엄마랑 언니, 동생들을 위한 거예요. 전 도서관에서 할 일이 너무 많아요."

엄마의 얼굴이 흐려졌고 나는 엄마가 남들 눈을 걱정한다는 걸 알아챘다. 뉴욕에서 젊은 독신 여자가 혼자 지낸다니. 하지만 엄마의 걱정은 여름 휴가라는 기쁨에 밀려 사라졌다. 몇 주는 가족들이 도시의 가차 없는 더위와 악취로부터 휴가를 떠나기 위한 준비를 하느라 에너지가 넘쳤다. 하지만 엄마의 감시 눈길로부터 3백 킬로미터 떨어져 두 달이라는 여유를 갖게 된 나보다 더 기쁜 사람은 없을 것이다.

가족들을 떠나보내는 일요일은 러셀 오빠가 처음 엔지니어 일을 시작하러 플로리다로 떠나는 날이었다. 우리는 오빠가 떠나서 슬펐지만, 오빠가 일자리를 얻어서 다행이기도 했다. 기차역에서 아파트로 돌아온 후 나는 고요함을 찬양했다. 나는 혼자였다.

그 즉시 나는 다음 8주 동안 하고 싶은 모든 계획을 세우기 시작했다. 일과 사교적 의무 외의 삶을 누리고 싶었다. 버너드가 내 안에 일깨운 삶을 살고 싶었다. 뭔가 진짜 삶을 원했다.

상류층이 여름용 맨션과 요트로 서둘러 떠나는 이 계절 동안 평소의 수많은 사교 행사들이 멈췄다. 나는 프린스턴으로 가서 오랜 친구인 거트루드와 샬럿을 만났고, 추억을 곱씹으며 즐겁지만 지루한 오후를 보내고서 충동적으로 교육대학 시절에 알던 두 명에게 연락해보기로 했다.

카트리나와 이블린은 그 시절에 내가 받아들일 수 있는 한 가장 가까운 친구였지만, 프린스턴으로 간 이후에는 연락이 끊겼다. 일주일쯤 후에 나는 카트리나로부터 딱 그녀다운 발랄한 내용의 답장을 받았다. 그녀의 편지에는 내가 성공해서 기쁘다는 내용과 다음 주말에 그리니치 빌리지의 술집에서 이블린과 함께 만나자는 초대가 담겨 있었다. 나는 전통적인 사교를 거부하고 허물없는 분위기를 선호하는 뉴요커들이 가득한, 미국의 보헤미아라고 알려진 그 지역에서 시간을 보낸 적이 별로 없었다. 친구들과 만날 계획을 세우는 동안 엄마의 목소리가 들릴 것만 같았다. 벨, 이 젊은 아가씨들을 네 삶에 초대하는 건 네 가장 귀중한 보석을 훔쳐 갈 도둑을 집으로 초대하는 것과 똑같아. 네 문을 걸어 잠그고 살아야 한다는 거 알잖니. 하지만 상상 속 엄마의 반대는 가고 싶은 결심을 더욱 굳게 만들 뿐이었다. 나를 백인으로 만들어주는 제단에 이미 많은 제물을 바치지 않았는가?

7번가의 술집에 들어서자 카트리나와 이블린이 벌써 나를 기다리고 있었다. 나는 작고 빨간 머리에 초록 눈의 카트리나와 검은 머리에 파란 눈으로 키와 색깔이 정반대인 이블린이 나란히 앉아 있는 것을 보며 활짝 웃었다. 우리는 흑맥주를 주문했고, 나는 첫 번째 밴더빌트 파티처럼 어울리지 않는 곳에 와 있는 기분을 약간 느꼈다. 나는 이블린이 내미는 담배를 받아 들었고, 내가 어디든 어울리는 곳이 있을까 잠시 생각했다.

남자들 무리와 나란히 앉은 여자들의 열띤 대화로 술집 안은 귀가 먹먹할 정도였고, 우리는 이마가 맞닿을 정도로 바싹 붙어 앉았다.

"너희 선생 일에 대해 얘기해줘."

내가 말했다. 친구들은 서로를 힐끗 보고서 웃음을 터뜨렸다.

"선생 일?"

둘이 동시에 말했다.

카트리나가 먼저 입을 열었다.

"난 지방 공립학교에서 2학년을 가르치다 석 달 만에 그만뒀어. 애들을 참을 수가 없었고 난 세상에 더 큰 변화를, 큰 물결을 일으키고 싶었거든."

작은 얼굴에 활짝 웃음을 띠고 그녀가 말을 이었다.

"난 지금 뉴욕의 여성 참정권당 당원이야."

"와."

나는 그녀가 레이첼 코스텔로를 알까 생각하며 반응했다.

"그리고 난 애들 가르치는 걸 그만두고 붓을 들었지."

이블린이 말했다. 그녀는 이제 하루 종일, 대체로 초상화를 그렸고 매주 주말마다 그리니치 빌리지의 다양한 쇼에서 그림을 팔았다.

나는 친구들이 자신들의 정해진 길에서 쉽게 벗어난 그 대담함에 감탄했다.

"부모님들은 뭐라셔?"

"우리 아빠는 이해했지만, 엄마는 펄펄 뛰셨어. 엄마는 늘 내가 적당하고 얌전한 일자리를 갖길 바라셨거든."

카트리나는 어깨를 으쓱이며 덧붙였다.

"하지만 난 여기에서 진짜 우러나는 일을 해야 했어."

그녀가 가슴을 한 손으로 눌렀다.

"나도 그랬어. 교사로 버는 만큼의 돈은 못 벌지만, 그래도 난 행복해."

이블린이 말했다.

"부모님은 이제는 받아들이셨어?"

내가 물었다.

"음, 내가 독립한 후로는 좀 나아졌어."

이블린이 대답했다.

"나도."

카트리나가 뒤이어 말했다.

"집에서 안 살아?"

나는 뭐가 더 충격적인지 알 수가 없었다. 카트리나가 여성 참정
권주의자이고 이블린은 화가라는 사실인지, 아니면 그들이 독립해
서 산다는 사실인지.

"응, 난 바로 여기 모퉁이에 있는 여성 전용 마사 워싱턴 호텔에
살아."

카트리나가 말했다.

"뭐라고?"

"어떻게 이걸 모르니, 벨? 오픈한 지 5년도 안 됐지만 전문직 여성
5백 명을 받을 수 있는 규모의 거주용 호텔이야. 우리 각자의 방이랑
근사한 식당이 있을 뿐만 아니라 잡화점, 의상실, 모자 가게, 손톱 관
리실, 신문 가판대까지 있고 전부 다 여자들이 운영해. 직원이 전부
다 여자야. 천국이지."

그녀가 한숨을 쉬며 말했다.

"그런 곳이 있는 줄도 몰랐어."

내가 말했다.

"광고는 안 하지만, 전문직 여자들에게는 잘 알려져 있어. 사실 뉴
욕의 여성 참정권당이 설립한 도시 간 여성 참정권 위원회 본부도
우리 건물에 있어. 벨 너도 마사 워싱턴에 살면 정말 좋아할걸. 비슷
한 생각을 하는 여자들이 정말 많거든."

그녀가 자신이 하는 여성운동에 대해 설명하는 동안 나는 레이첼을 떠올렸고, 당연히 버너드 생각이 나서 맥주를 한 잔 더 주문했다. 카트리나의 여성운동에 대한 열정은 레이첼만큼이나 강력했고, 나는 이 믿음직스러운 여자들에게 감탄했다. 하지만 참정권 운동에 대해 신문에서 읽기는 해도 나는 그런 자리에 갈 만한 여유도 없고 잘 알지도 못했다.

카트리나가 말을 이었다.

"이런 얘기해서 네가 부끄러워하지 않으면 좋겠는데, 내가 같이 살고 같이 일하는 여자들 중 다수가 널 본보기로 여겨."

"전에도 그런 말을 들었지만, 난 여자들이 왜 나를 그런 식으로 생각하는지 모르겠어."

"넌 우리 시대에 가장 성공한 전문직 여성 중 한 명이야. 세계에서 가장 강력한 권력을 가진 남자 중 한 명의 지원을 받아 예술계에서 수천 달러를 움직이고 있어. 그리고 아마도 결혼해서 아이를 낳으라는 압박도 받지 않는 것 같고."

그녀의 열정에는 전염성이 있었고, 나는 어느새 미소를 짓고 있었다. 설령 카트리나가 그렇게 활발하지 않다고 해도 나는 그녀의 이상적인 생활에 웃음을 지었을 것이다. 뉴욕으로 돌아왔을 때 나는 가족이랑 따로 살 생각조차 하지 않았다. 카트리나의 삶은 얼마나 자유로울까.

"이블린 너도 거기 사니?"

내가 물었다.

"아니, 넌 내가 사는 곳 이름도 못 들어봤을걸."

이블린이 말했다.

"난 허드슨의 트로마트 여관에 방을 빌려서 살아. 거긴 새로 생긴 곳이고 마사 워싱턴만큼 사치스럽지는 않지만……."

그녀는 잠깐 뜸을 들이며 카트리나를 힐끗 보았다.

"딱 내가 필요로 하는 곳이자 내가 버는 돈으로 가능한 곳이야."

"둘 다 천국 같겠다."

나는 진심으로 말했다.

"내 쇼에 꼭 한 번 와줘."

이블린이 말했다.

"그리고 우리 집회에도."

카트리나가 끼어들었다.

그들이 내가 사는 세계에 대해 모든 것을 듣고 싶어 하는 동안, 특히 카트리나의 말처럼 "그 악당 모건과 그의 악명 높은 바람둥이 같은 행동을 에둘러 피하는 방법"을 궁금해하는 동안 나는 그들의 삶에 대해 끊임없이 물어보았다. 그들은 나름의 사는 방식, 일, 사교 생활을 즐길 뿐만 아니라 자유롭게 생각하고 종종 데이트를 하는 것 같았다. 그래서 친구들이 나보다 사회적으로나 성적으로나 더 앞서 있다는 기분이 들었다. 그들의 삶은 목적으로 가득했고, 그들이 고른 남자들 역시 가득했다. 게다가 얼마나 대담한지. 전에는 오직 나만 대담한 여자인 줄 알았는데.

우리가 팔짱을 끼고 워싱턴 스퀘어파크를 가로질러 아치문을 지나 다른 술집으로 가는 동안 나는 우리 세계의 차이에 대해 생각했다. 나는 이 나라에서 가장 부유한 사람들 사이에서 세련된 미술 전문가 역할을 하고 있는 반면 카트리나는 모든 여성들이 투표할 수 있는 법적 권리를 얻기 위해 모든 걸 걸었고, 이블린은 예술가로서 진정 자유로운 삶의 본보기가 되었다. 나는 이 오랜 친구들 덕분에 방향을 잃은 동시에 고무된 기분이었다.

나는 좀 더 자주 이들을 만나기로 마음먹었다. 이 친구들은 뉴욕에서의 삶이 내가 지금껏 살아온 것보다 더 자유로울 수 있다는 걸 보여주었다. 어쩌면 나도 그들의 대담함을 따라 해야 할지도 모른다. 특히 버너드와의 관계에 있어서. 아니면 단순히 유색인 여자가 뭘 할 수 있는지에 대한 은밀한 본보기 역할을 하는 것 이상으로 평등한 권리를 위해 대담하게 행동해야 할지도 모르겠다. 여성의 투표권도 물론 중요하지만. 어느 쪽이든 나에겐 변화가 있을 것이다.

그날 밤 아파트로 돌아오니 자정이 넘었지만, 나는 나름의 방식으로 세상을 변화시키고 있는 친구들 덕분에 힘이 나고 또 고무된 기분이었다. 하지만 침실에 자리 잡고 나니 고요함이 즐거웠고, 곧 나는 아직까지 읽지 않은 버너드의 편지 두 통에 손을 뻗었다. 그의 글과 단둘이 남은 지금이 그가 떠나고 다섯 달 동안 내 하루 중 최고의 시간이었다. 그가 매일 편지를 쓰겠다는 약속을 지켜서 편지가 좀 많긴 했지만.

나의 벨, 내 사랑하고 사랑하는 벨…….

나는 읽기를 멈추고 미소 지었다. 버너드는 매 편지마다 이렇게 시작했다.

당신은 나에게 무슨 일을 한 건가요? 잠을 잘 수가 없고, 먹을 수도 없어요. 심지어 내 집의 벽에 장식된 예술품에서도 기쁨을 찾을 수 없고, 지오토와 베네치아노의 그림조차 당신과 비교할 수 없습니다. 이 세상 전체, 역사 전부에서도 당신처럼 나에게 깊은 영향을 미친 여자는 없습니다, 나의 벨…….

그의 편지는 우리가 짧은 시간 동안만 함께 있었음에도 불구하고 그가 얼마나 나에게 깊이 빠졌는지를 계속 이야기했다. 이 선언은 과하거나 진부하다고 느껴지지 않았다. 나도 똑같은 기분이었으니까. 그가 나에게 보낸 편지를 하나하나 볼 때마다 나는 점점 더 깊이 그의 마법에 빠졌다.

나도 버너드에게 편지를 보냈지만, 일 때문에 매일 보내기는 어려웠다. 그래서 나는 일종의 일기를 써서 그에게 정기적으로 보냈다. 그의 편지를 한참 동안 바라보다가 나는 펜과 종이를 들고 이불 속으로 들어가서 편지를 썼다.

내가 보낸 내 소형 초상화는 마음에 들었나요? 지오토는 아니지만 그게 어젯밤 그리니치 빌리지에서 오랜 학교 친구들과 술집에 있던 내 모습을 떠올리는 데에 도움이 되기를 바랍니다. 나는 맥주를 마시며 그들이 우리 사회를 변화시키기 위해 어떤 일을 하는지 이야기를 들었어요. 그들은 나의 독특한 지위를 더 큰 목적을 위해 사용하고 더 멀리까지 몸을 뻗어 더욱 훌륭한 여자가 되어달라고 이야기하더군요. 나도 그런 여자가 되고 싶고, 당신을 위해서도 그런 여자가 되고 싶어요…….

나는 잠시 멈추고 버너드가 지난번 편지에서 썼던 내용을 떠올린 다음 글을 이었다.

우리의 관계는 내가 알거나 예상했던 그 어떤 것과도 다릅니다. 당신이 메리와 맺은 합의가 내 상황에도 딱 맞다는 사실에 당신이 놀랐을지도 모르겠어요. 나는 나만의 직업을 가진 현대 여성이고, 당신은 나에게 어떤 것도 설명할 필요가 없답니다, 내 사랑. 난 당신의 벨이에요……

21장

1910년 6월 2일
뉴욕

모건 씨 서재의 선명한 스테인드글라스가 살짝 열려 있는 틈새로 따뜻하지만 상쾌한 산들바람이 방 안으로 들어왔다. 잠깐 동안 나는 모건 씨의 맞은편에 앉아 책상 위에 펼쳐진 베지크 게임을 하면서 숨이 좀 쉬어진다고 생각했다.

환기가 되자 텁텁한 분위기가 조금 누그러졌다. 여러 겹의 옷 때문인지, 방 안에 가득한 시가 연기 때문인지, 아니면 점점 강해지는 모건 씨의 집착으로 인한 숨 막히는 분위기 때문인지는 모르겠지만.

모건 씨가 일반적으로 요구하는 시간과 관심은 나도 상관하지 않는다. 아니, 그럴 거라고 기대했다. 특히 도서관과 사회에서 점점 커지는 나의 의무를 고려하면 어쩔 수 없을 것이다. 하지만 버너드가 유럽으로 돌아간 가을 이후부터 모건 씨는 삶의 모든 측면에서 내가 옆에 있을 것을 요구하기 시작했다.

그것은 잭의 생일 축하 저녁 식사 '초대'에서 시작되었다. 엄격하게 가족만의 행사에 내가 불려간 적은 없었기에 놀라운 일이었다.

처음에 나는 그가 단지 친절의 표시로 나를 초대한 거라고 생각했다. 내가 그 파티를 계획하는 걸 도왔기 때문이다. 그래서 정중하게 거절했다.

"자네는 가족이야, 벨. 하지만 이건 예의상의 초대가 아니야. 참석해달라고 요청하는 거야."

나는 모건 씨의 요청이라는 게 어떤 의미인지 알기에 참석했다. 모건 씨 본인만 아는 이유로 갑자기 그의 가족 행사에 참석하는 게 내 임무 중 하나가 되었다. 내가 도착했을 때 그의 가족들은 따뜻하게 환영해주었지만, 내가 이 초대에 어리둥절했던 만큼 그들의 찌푸린 얼굴에서 그들 역시 의아해하는 속내를 알 수 있었다. 이것은 나와 아무 상관 없는데도 의무적으로 참석하게 된 수많은 모건 가의 사적인 행사 중 첫 번째였다. 나는 더 많은 가족 생일 식사 자리의 고정 손님이 되었다. 손자들의 생일, 루이사의 기념일을 위한 소규모 모임, 심지어 앤이 콜로니 클럽에서 이룬 것들을 축하하는 하버 크루즈까지. 그 뒤에는 명절에도 참석해야만 했다.

이런 변화는 대단히 혼란스러웠다. 그가 우리 관계를 재고하는 걸까 생각도 해보았으나 이런 일들을 제외하면 우리가 직업적인 관계에서 개인적인 관계로 되돌아간 적은 한 번도 없었다. 어떤 행사에서든 나는 그의 개인 사서로 소개되었고, 딱 그렇게 대우받았다. 하지만 하나 분명한 것은 모건 씨가 점점 더 강력하게 나를 필요로 하게 되었다는 점이다.

스테인드글라스 창문을 통과한 파란빛 한 줄기가 그의 책상 위로 내려왔고, 빛과 함께 바람이 갑자기 거세게 불어와 탁자 위의 카드들이 날렸다. 나는 넓은 서재 안을 돌아다니며 카드를 주운 다음 힘들게 그것을 원래 있던 자리에 하나하나 놓았다. 그런 다음 완벽한 순간을 기다렸다.

내 차례에 카드를 놓으며 내가 말했다.

"한스 멤링이 삽화를 그린 원고가 몇 달 안에 시장에 나올 거라는 이야기를 들었어요."

내 말투는 며칠이나 이 대사를 계획한 적이 없는 것처럼 태연했다.

"그럴 리가."

모건 씨는 고개도 들지 않고 대답했다. 그는 카드를 한참 쳐다보다가 다음 카드를 놓았다. 그의 생각은 내 말이 아니라 게임에 쏠려 있었다.

"정말이에요. 이걸 저희 컬렉션에 더하면 도서관의 명성이 얼마나 더 높아질지 정말 흥분됩니다."

내가 말했다. 대체로 도서관의 평판을 언급하면 그도 관심을 보이는데, 오늘은 계속 카드만 응시했다.

나는 포기할 생각이 없었다.

"이걸 구하면 저희는 대영박물관과 프랑스 국립도서관에 버금가거나 심지어는 더 올라서게 될 거라고 생각해요."

그 말에 그가 카드에서 눈을 들었다. 드디어 그의 관심을 끌었다.

"그렇게 생각하나?"

"네. 그렇게 되면 대표님의 채식 필사본 컬렉션은 대영박물관이나 프랑스 국립도서관에 있는 것보다 더 완전해질 거예요. 그 두 곳이 대표님의 컬렉션과 비견될 만한 유일한 컬렉션이니까요. 그리고 한스 멤링의 채식 필사본은 더 이상 없을 것이고요. 대표님께서는 유일한 사본을 갖게 되시는 거예요."

특정 분야에서 멤링의 유일한 작품을 갖는다는 게 모건 씨의 마음을 끌 것임을 나는 잘 알고 있었다. 15세기 초 네덜란드 회화의 거장은 종교적 주제의 제단화와 후원자들의 초상화로 유명했다. 모건 씨는 이미 갖고 있는 두 점의 멤링 회화를 대단히 아꼈다. 나는 그에게 사실을 말하고 있었다. 멤링의 유일한 채식 필사본을 갖는 건 엄청난 성공일 것이다. 유일한 거짓말은 원고가 실제로 멤링의 것이라는 주장을 내가 완전히 믿지 않는다는 거였다. 나는 아마도 시몬 베닝의 것일 가능성이 더 높다고 생각했다. 하지만 이 사실은 내 현재의 목적에 도움이 되지 않으니까.

그가 시가를 집어 들고 피웠다.

"흠, 이 원고 이름은 뭐지?"

그가 물었다.

나는 얼굴을 붉혔다. 그건 아직 밝히고 싶지 않았는데.

"일반적으로는 다 코스타 기도서라고 해요. 포르투갈 왕가의 사(Sá) 가문이 갖고 있던 기도서라서요. 그들의 상징이 다 코스타 문장에 합쳐졌죠."

원고 이름을 듣고 그가 폭소를 터뜨렸다.

"그거참 재미있군, 벨. 원고가 자네 가족 이름이랑 관련이 있어서 관심이 생긴 건 아니라는 거 확실하나?"

오, 이 작은 농담에 깔려 있는 겹겹의 비밀이여. 나는 당면 문제로 대화를 돌렸다.

"애머스트 경의 캑스턴을 대표님의 캑스턴 컬렉션에 더하면서 도서관의 명성이 어떻게 되었는지 기억나세요?"

그는 고개를 끄덕였다.

"또 그렇게 할 수 있어요. 이번에는 도서관의 명성을 몇 배로 올려 주겠죠."

"맙소사, 자네의 용기가 정말 존경스럽군."

그가 껄껄 웃으며 말했다.

"내 밑에서 일하는 남자들이 자네의 반만큼이라도 투지가 있었 다면 우린 금융시장 전체를 맘대로 주무를 수 있었을 거야. 내 아들 이 자네의 반만큼이라도 대담했더라면. 가끔 난 며느리인 제시가 더 ……."

그가 말끝을 흐렸다. 내가 그 끝을 채울 필요도 없었다. 잭과 그 아내에 대한 그의 생각을 전에도 들었으니까. 또 모건 씨가 잭에게 회사에서 좀 더 대담하게 행동하라고 재촉했으나 잭이 안전한 길을 택해서 결국 실망한 일도 수없이 목격했다.

"그래서 자네 계획은 뭔가?"

그가 물었다.

태연한 태도를 유지하며 내가 대답했다.

"원고가 런던의 경매에 나올 거라는 소문을 들었어요."

그다음에 나는 뒤늦게 생각난 것처럼 덧붙였다.

"몇 달 안에요."

"그래서 이 원고에 입찰하기 위해 런던으로 출장을 갈 생각인가?"

"어느 정도는 맞아요, 대표님. 경매에 맞춰 런던에 있고 싶긴 한데, 캑스턴 때와 똑같은 방법을 다 코스타 기도서에도 썼으면 합니다. 경매 시작 전에 그걸 구매하는 거죠. 그리고 공식적으로 시장에 나 오지 않은 여러 가지 구매 가능한 물건들을 찾아보고 연줄도 좀 만들기 위해 이탈리아도 방문하고 싶습니다."

그는 고개를 끄덕였고, 내가 미소 지을 때 그가 갑자기 말했다.

"거기서 캑스턴의 《아서 왕의 죽음》을 찾을 수 있을 것 같은가?"

그의 말이 이어지자 내 미소가 사라졌다.

"여기 있는 4년 동안 자네는 아주 훌륭하게 내 컬렉션을 키웠어. 난 불만이 딱 하나 있을 뿐이야."

그가 뭐라고 할지 알기에 나는 숨을 들이켰다.

"내 망할 캑스턴은 어디 있지, 벨? 그게 내가 진짜로 원하는 거야. 자네도 처음부터 알고 있었잖아."

"물론 압니다, 모건 대표님, 그리고 대표님을 위해 그걸 구해오는 게 제 가장 큰 소망입니다. 하지만 그사이에 대표님의 컬렉션을 키우는 일을 중단할 수는 없지 않겠습니까?"

나는 잠깐 뜸을 들였다.

"제가 그걸 구해 오겠다고 약속드리죠. 하지만 동시에 이 책도 중요한 추가물이 될 거고, 그걸 구하는 최선의 방법은 제가 런던에 가는 거예요."

마침내 그가 말했다.

"캑스턴 때 쓴 그 방법은 실제로 통했지."

잠깐 생각한 후에 그가 덧붙였다.

"런던과 이탈리아 여행을 가겠다는 자네의 요청을 승인하지. 자네가 한 가지 조건만 따르겠다면 말이야."

"캑스턴을 계속해서 찾아보라는 건가요?"

"그건 당연하지. 조건은 그게 아니야."

모건 씨가 나에게 뭘 바라든 중요하지 않았다. 마침내 버너드를 다시 만나기 위해 나는 이 여행을 해야 했다. 그를 다시 보려면 내가 유럽으로 가야 하기 때문이다. 약 1년 반이 지났지만 버너드가 사업 상 다시 미국으로 올 기회는 좀처럼 생기지 않았다. 그리고 내가 확 실하게 해외로 나갈 수 있는 타이밍이 왔다.

"뭐든 따르겠습니다."

나는 진심이었다.

의자 끝에 앉아서 나는 모건 씨가 내 여행에 관한 요구 사항을 말 하기를 기다렸다. 그는 대단히 짙은 시가 연기를 뿜어내며 그 사이 로 나를 보느라 눈을 찡그렸다. 그리고 말했다.

"이 여행의 유일한 이유가 멤링 원고를 구하고 잘 알려지지 않은 이탈리아 르네상스 시대 보물을 구할 가능성이 있기 때문이라고 나 에게 맹세하게. 이 여행이 그 유대인 녀석, 베런슨과 밀회를 하려는 수작이 아니라고 말이야."

시가 연기가 걷힌 다음에야 나는 그의 콧수염 아래로 미소가 슬쩍 떠오른 것을 볼 수 있었다. 마침내 내가 숨을 내쉬었다. 그가 날 놀 리는 건가? 아직 확신은 가지 않았고, 심장이 쿵쿵 뛰어서 나는 의자 가장자리에서 꼼짝할 수가 없었다. 간신히 대답하는 내 목소리는 놀 랍게도 차분하고 긴장한 기색이 없었다.

"물론 멤링 원고를 확보하고 대표님 컬렉션의 명성을 높일 다른 그림들을 찾으려는 목적으로 이 여행을 가는 겁니다."

모건 씨는 시가를 내려놓고 책상 앞쪽으로 몸을 기울였다.

"벨."

그의 목소리는 부드럽고 말투는 약간 슬프게 들렸다.

"그 유대인 버너드 베런슨은 자네를 가질 가치가 없어. 자네가 정말 그 녀석을 염두에 두고 있다면 말이야."

잠깐 동안 모건 씨는 아빠 같은 말투, 나를 무언가로부터 구하기 위해 경계경보라도 울리는 것 같은 태도였다. 아니면 지키기보다는 소유욕에 더 가까운 행동인지도 모르겠다. 그래서 버너드 이야기를 할 때 계속해서 '유대인'이라고 말하는 걸까? 그가 날 조종할 수 있다고, 그가 민족성을 의심하는 버너드를 내가 멀리하게 만들 수 있다고 생각하는 걸까?

모건 씨는 자신의 경고가 나에게는 아무 의미 없다는 걸 절대 모를 것이다. 그는 벨 다 코스타 그린에게 말하고 있지만 버너드와 사랑에 빠진 건 벨 마리온 그리너였기 때문이다. 대화를 통해서, 편지를 통해서 버너드는 내 영혼 깊숙이까지 나를 건드렸다.

"제가 약속드리죠. 유럽에 있는 동안 전 피어폰트 모건 도서관에 이득이 될 일만 할 거고, 저는 항상 그래 왔듯이 전적으로 대표님의 명령하에 있을 겁니다."

그는 내가 여전히 그의 질문에 대답하지 않았다는 사실을 깨달은 것처럼 나를 가만히 응시했다. 그러다 고개를 끄덕였다.

"내가 딱히 걱정하는 건 아니야. 자네가 누구를 만나고 뭘 하든 간에 자네는 나의 개인 사서이니까. 자네가 나한테 속한 사람이라는 걸 항상 유념하게."

22장

1910년 8월 8일~14일
영국 런던

우리 배가 런던항으로 들어가는 동안 내 뺨은 웃느라 아플 정도였다. 낯익은 도시의 윤곽이 뚜렷해지고, 내 앞에 펼쳐질 박물관과 개인 컬렉션들, 예술품 옆에서 벌어지는 열띤 지적 대화를 기대하면서 나는 크리스마스 아침의 어린애처럼 흥분했다.

버너드와의 재회는 영원히 오지 않을 것처럼 느껴졌다. 그와 헤어지고 거의 1년 반이 흘렀기 때문만은 아니었다. 모건 씨가 내 여행을 허락하고 실제로 출발하기까지 10주가 고통스러울 정도로 천천히 흘러갔던 것이다.

모건 씨는 '커세어 3호'를 타고 평소처럼 항해를 떠났다. 내 모든 시간을 자기 좋을 대로 쓰는 모건 씨가 없는 동안 나는 사교계 사람들이 죄다 도망친 후 도시에 남은 유일한 지인들인 예술 전문가들과의 만남으로 점심과 저녁 일정을 채웠다. 엄마와 자매들도 내가 터커호에 빌린 방갈로에서 편안하게 지내고 있어서 내 관심을 돌리는 데에는 쓸모가 없었다. 그사이 나는 카트리나와 이블린을 통해서 만난 친구들과 지인들 무리와 함께 자유 시간을 활기차게 보내려고 노력했다. 작가, 예술가, 정치인, 댄서 등이었고 그중 새로운 친구 이사도라 던컨은 사회적 관행에 대한 저항과 자기 기준대로 삶을 살려는 고집으로 정말 존경하게 되었다. 하지만 그래도 누군가가 빠진 것처럼 느껴졌다. 버너드 말고 아무도 이 공허를 채워줄 수 없었고, 나는 떠날 날만을 손꼽아 기다렸다.

그리고 이제 여기 왔다.

"마드무아젤 그린."

엄마 대신 이번 여행에서 내 보호자 역할로 따라다니게 된 프랑스인 하녀가 나를 불렀다.

나는 작은 키의 검은 머리 여자를 향해 몸을 돌렸다. 그녀는 여행할 때나 집에서 매일 입어야만 하는 슬립, 슈미즈, 코르셋, 스타킹, 가터 등 수 겹의 옷을 입는 걸 도와줄 뿐만 아니라 나와 프랑스어 연습도 해주었다.

"위, 마리?"

나는 능숙하게 해야만 하는 프랑스어로만 대화하려고 노력했다. 어쨌든 다른 사람이 번역한 것에만 의존하면 어떻게 프랑스어 원고를 평가할 수 있겠는가?

"Voulez-vous inspecter les bagages?(짐을 확인해보시겠어요?)"

"Non merci, Marie. Je compte sur toi.(괜찮아, 마리. 당신을 믿어.)"

내가 대답했다. 그녀를 믿으니까 우리 짐을 내가 직접 점검할 필요는 없었다. 어떻게 믿지 않을 수 있겠어? 그녀가 내 3주간의 여행 내내 함께 다닌 척하는 데 동의해주었는데. 실제로는 대부분의 시간을 스위스에 있는 자기 가족과 보내겠지만 말이다. 내가 에스코트할 필요 없는 일정이 있다고 털어놓지는 않았으나 그녀는 이해했다.

이제는 습관이 되어버린 담배를 몰래 마지막으로 빨고 나서 나는 하선을 준비하는 다른 1등석 승객들과 합류했다. 마리와 우리 트렁크를 나르는 승무원 옆에서 나는 트랩을 내려와 사람들이 많은 항구를 걸어갔다. 수증기와 안개로 트랩 아래쪽 빨간 줄 뒤로 대기 중인 사람들이 흐릿하게 보였다. 이륜마차를 모는 마부들의 고함 소리에 가족과 친구들이 부르는 소리가 잘 안 들렸다.

나는 빨간색 장애물 뒤쪽에 있는 사람들을 관찰하며 얼굴들을 살폈다. 노동계층과 상류층 사람들이 다 함께 우글우글했고, 지난번 런던에 왔을 때처럼 뉴욕 길거리에서 본 것에 필적할 정도로 놀랄 만큼 다양한 피부색이 눈에 들어왔다. 하지만 버너드를 닮은 사람은 어디에도 보이지 않았다. 불안한 생각이 떠올랐다. 내가 1년 반 사이에 그의 얼굴을 잊어버렸을 수도 있나?

이런 생각이 잠깐 멈췄을 때 그가 보였다. 꼼꼼하게 다듬은 갈색 수염, 작고 동그란 안경, 독특하고 근사한 회녹색 눈. 그가 나를 보고 활짝 웃었다.

나는 마리를 돌아보았다.

"아, 저기 내 동료 베런슨 씨야. 우리를 호텔까지 데려다주기로 하셨지."

"Pourquoi vous ne parlez pas francais, mademoiselle?(왜 프랑스어로 말하지 않으시는 거죠, 아가씨?)"

마리는 내가 프랑스어를 쓰지 않자 대화에서 벗어났다는 사실에 깜짝 놀랐다.

흥분해서 프랑스어 쓰는 걸 깜빡했고, 솔직히 지금은 그런 걸 신경 쓸 겨를이 없었다. 내가 생각할 수 있는 건 마지막 편지에 적혀 있던 버너드의 말뿐이었다. '당신에 대한 내 사랑은 끝나지 않길 바라는 여행과 같답니다.'

마리와 승무원을 뒤에 남겨두고 나는 버너드의 옆으로 달려갔다. 이게 모든 예의범절을 깨뜨릴 뿐 아니라 모건 씨가 내건 엄격한 여행 조건에 반하는 것임을 잘 알면서도 나는 기다리는 그의 품으로 달려들어 안겼다. 아주 잠깐 동안만 이런 행동을 누릴 수 있다는 건 나도 잘 알았다. 그나마도 뉴욕의 지인들이 근처에 아무도 없으니 가능한 일이었다. 나는 그의 품에서 빠져나와 한 걸음 물러섰다.

"와줘서 고마워요, 베런슨 씨."

나는 살짝 미소 지으며 말했다.

"나야말로 기쁘지요, 그린 씨."

그는 내 손을 놓아주지 않고 대답했다. 그가 목소리를 낮추는 바람에 나는 몸을 기울이고 들어야 했다.

"이 순간을 너무나 오랫동안 기다려서 안 오는 게 아닌가 싶을 지경이었어요, 벨."

"나도 같은 기분이었어요, 버너드."

나도 똑같이 낮은 어조로 말했다.

"당신에게 어서 런던 전역을 보여주고, 그다음에는 이탈리아에 있는 내 모든 비밀 장소들도 소개해주고 싶군요. 우리 둘이서만 말이죠."

"우리가 편지에 썼던 것처럼 말이죠?"

나는 희망 어린 어조로 말했다.

"바로 그렇죠."

"그럼 내 편지를 통해서 우리가 이탈리아에 도착하고 마리가 떠나면 내 비밀 장소도 당신에게 보여주고 싶다는 걸 잘 아시겠군요."

내가 속삭였다.

나는 원하던 반응을 얻었다. 자신만만하고 어떤 일에도 동요하지 않는 버너드가 얼굴이 새빨개져서는 나를 꼭 끌어안았던 것이다.

철없는 아이들처럼 우리는 활짝 웃으며 거기 서서 서로를 계속 쳐다보았다. 하지만 우리 뒤에서 마리가 목을 가다듬는 바람에 결국 그 순간은 끝이 났다. 대기 중인 승무원은 목적지로 가야 하는 네 개의 무거운 트렁크 옆에 서 있었다.

몇 분 안에 우리는 기다리던 마차 뒤에 타고 내 스위트룸이 있는 클래리지 호텔로 향했다.

이후 며칠 동안 나는 버너드가 짜둔 일정표에 따라 움직였다. 나는 그의 안내가 정말 즐거웠다. 나의 어린 시절 《르네상스의 베네치아파 화가들》의 현실판이었으니까. 그리고 고급 예술품 컬렉팅에서 국제세계가 어떤 식으로 돌아가는지 새롭고 명확한 안목을 갖게 되었다. 시장을 좌지우지하고, 물품의 인기와 구매 가능 여부를 결정하고, 가격에 영향을 미치는 중개인과 컬렉터와 큐레이터들의 네트워크에 대해서도 알게 되었다. 버너드는 예술의 세계를 보고 그 안에서 내 자리를 찾을 새로운 렌즈를 나에게 선물해주었다. 나는 카트리나와 이블린이 자신들의 세계에서 느낀 것처럼 버너드와 함께 일하며 소속감과 목적성을 느꼈다. 예술과 우리 관계에서 기쁨을 느끼며 나는 생각했다. 그를 항상 내 곁에 둘 수 있다면 얼마나 좋을까.

점심을 먹다가 설탕에 동시에 손을 뻗어 손가락이 스칠 때든, 그가 내 등 아래쪽에 손을 대고 상냥하게 문을 지나는 걸 도와주는 예의 바른 행동이든 간에 나는 절실하게 그를 더 갖고 싶었다.

하지만 우리는 큐레이터와 중개인과 전문가와 컬렉터들하고만 시간을 보낸 건 아니었다. 사흘째 아침, 호텔 레스토랑에서 아침 식사를 할 때 버너드가 말했다.

"당신이 오늘 오후의 경매 전에 약속이 있다는 건 알지만, 오늘 우리의 점심 계획을 좀 세워봤어요."

"당신이 고른 근사한 식당 어디를 가든 기대할게요. 오늘 약속만 제외하면 내 모든 시간이 당신 거라는 거 알죠?"

나는 잠깐 말을 멈췄다가 이었다.

"그리고 이탈리아에 가게 되면 다른 모든 것들도 전부 당신 것이 될 거예요."

버너드는 더 이상 나의 대담한 행동에 놀라지 않고 내 유혹에 장단을 맞췄다. 그가 내 쪽으로 몸을 기울이자 나는 그가 몇 가지 도발적인 말을 속삭일 거라고 생각했는데, 그는 이렇게 말했다.

"이 특별한 계획은 특정 레스토랑에 관한 게 아니에요. 함께 식사할 상대에 관한 거죠. 메리가 우리와 함께할 거예요."

그의 말에 나는 충격을 받았다.

"메리요? 당신 아내요?"

나는 마치 또 다른 메리라도 있는 듯 말했다.

"그 사람은 일 때문에 옥스퍼드로 가는 길에 당신을 보고 싶어 해요."

그는 이런 만남이 지극히 정상적인 것처럼 설명했다.

그 여자가 나를 보고 싶어 한다고? 왜? 메리의 남편에 대한 나의 욕망이 내 머리와 마음속에만 있을 때 그녀와 한자리에 있는 건 그렇다 쳐도 이제 우리 감정을 서로가 인정하고 나니 기분이 전혀 달랐다. 하지만 어떻게 싫다고 하겠는가? 내가 그녀의 남편과 바람을 피우는 쪽인데.

나는 깊게 숨을 들이쉬면서 그리니치 빌리지에서 카트리나와 이블린과 보았던 기묘한 커플과 독특한 로맨스들을 떠올렸다. 남자가 여자처럼 옷을 입는 파티에도 가봤다. 자기들이 서로와 결혼했다고 생각하는 남자 한 명과 여자 두 명도 만나보았다. 그리고 빌리지 외부에서 보스턴식 결혼에 대해서도 배웠다.

레스토랑에 버너드를 놔두고 내 방으로 돌아왔다. 엄마에게 편지를 쓰며 정신을 돌려보려고 했지만, 한 마디 한 마디 쓸 때마다 내 생각은 약속된 점심 식사로 향했다. 결국 겨우 두 문장을 쓰고 펜을 내려놓았다. 마리와의 프랑스어 대화도 내 정신을 돌려놓지는 못했다.

의상을 고를 시간이 되자 차라리 안도감이 들었다. 최소한 이거라면 집중할 일이 생기는 셈이니까. 마리는 오늘 아침에 보라색 드레스를 입혀주었지만, 나는 좀 더 얌전한 옷을 입기로 했다. 내 옷과 내 행동 둘 다 대담해야 한다고 생각하지는 않았다. 나는 새 회색 드레스를 골랐다. 내가 산 옷 중에서 가장 보수적인 것이었다. 마리는 그 짙은 색 천을 내 몸에 둘러 입히기 시작했다.

호텔 레스토랑으로 이어지는 널찍한 계단을 내려가는 동안 심장이 쿵쿵 뛰었다. 계단 맨 아래 칸에 이르자 식당 가장자리의 탁자에 앉아 있는 버너드와 메리가 눈에 들어왔다. 얼마나 저러고 얘기를 나눈 걸까? 나는 계단을 도로 뛰어 올라가고 싶었지만, 내가 반응하기 전에 버너드가 나를 보고 손을 흔들었다.

내가 다가가는 동안 두 베런슨의 얼굴은 따뜻하고 환영하는 기색이었다. 메리가 일어나서 팔을 벌리며 나를 맞았다. 그런 다음 내 양뺨에 키스했다. 정말 이상한 기분이었다.

"다시 만나서 정말 반가워요, 벨."

그녀가 말했다.

"저도요."

내 목소리가 떨리는 걸 그녀가 알아채지 못했기를 바라며 말했다.

메뉴판을 보고 주문할 동안 메리와 버너드는 잡담을 나눴지만 나는 뻣뻣하게 앉아 있었다. 제대로 이야기를 하기가 너무 어려웠다.

마침내 메리가 나를 돌아보았다.

"며칠 있으면 이탈리아로 간다고요?"

그녀는 우리가 날씨에 대해 잡담이라도 하던 것 같은 투로 물었다.

나는 말이 나올 것 같지 않아서 고개만 끄덕였다.

"전에 가본 적이 있나요?"

이번에는 고개만 흔들었다.

그녀는 남편을 힐끗 보고서 미소 지었다.

"버너드가 근사한 시간을 가질 수 있도록 분명히 도와줄 거예요."

내 뺨이 달아올랐다. 적당한 대답을 단 한마디도 떠올릴 수 없었다. 나는 밴더빌트 가 사람들과 한자리에 있어봤고, 록펠러와 카네기 가 사람들과 함께 파티에 참석했으며, 그 유명한 J. P. 모건 밑에서 일한다. 하지만 평생 이렇게 부적절한 곳에 있는 느낌을 받은 적이 없다.

메리와 버너드는 런던의 레스토랑과 다가올 경매 등에 관해 편안하게 이야기를 계속 나눴지만, 나는 가끔 고개를 흔들거나 끄덕이는 것 말고는 이야기에 전혀 참여하지 못했다. 내가 매춘부처럼 느껴졌다. 이 자리에 남아 있는 게 내가 할 수 있는 전부였다. 내가 사랑에 빠진 남자의 아내와 어떻게 편안하게 지낼 수 있겠어? 내가 이탈리아로 단둘만의 로맨틱한 여행을 떠나려고 계획 중인 남자의 아내하고.

레스토랑의 시계가 종을 두 번 울리자 나는 약속이 있어서 자리를 떠야 한다는 사실이 너무나도 기뻤다.

"하지만 식사를 거의 안 했잖아요."

메리가 내 접시를 힐끗 보고 말했다.

"정말 맛있었지만, 일은 해야죠. 날 위해 시간 내줘서 정말로 고마워요."

메리는 나와 함께 일어나서 나를 껴안았다.

"우린 분명 다시 만나게 될 거예요. 어쩌면 다음엔 이탈리아에서?"

나는 점심시간이 끝났다는 사실에 안도했다. 하지만 레스토랑 문까지 가기 전에 버너드의 목소리가 들렸다.

"그린 씨, 기다려요."

나는 멈춰서 돌아보았다.

"네, 베런슨 씨?"

"당신의 경매 전 약속에 나도 동행하고 싶군요."

그가 말했다.

나는 그가 내 옆에 올 때까지 기다렸다가 조용히 물었다.

"베런슨 부인에게도 그게 괜찮을까요?"

"그 사람이 나더러 당신과 같이 가라고 한 거예요, 벨."

그가 솔직한 어조로 말했다.

"그 사람은 당신이 놀랍고 근사한 여자라고 생각하고, 내가 당신과 행복을 누리길 바라요."

내가 깜짝 놀란 표정을 지어서인지 그가 말을 이었다.

"이 모든 게 굉장히 이상하게 느껴지겠지만, 우리는 서로에 대한 경의와 우리 일에 대한 공통된 열정으로 관계를 맺고 있긴 하지만 더 이상 로맨틱한 사랑은 없어요."

그의 말에 나는 안도감을 느꼈다.

"이 말이 이상하게 느껴질 수도 있겠지만, 버너드, 그 말을 들으니 다행이에요. 내가 편지에 썼듯이 당신과 부인의 합의와 당신이 나에게서 바라는 종류의 관계가 나한테는 완벽하게 잘 맞거든요. 다만 당신 부인과 함께 있는 게 좀 이상하게 느껴졌어요."

본햄 경매장의 화려하게 장식된 로비로 들어가자 네모난 턱에 진지해 보이는 중세 전문가 테일러 씨가 우리를 기다리고 있었다. 나는 버너드가 옆에 있어서 기뻤다. 며칠 동안 예술품에 대한 그의 예리한 감각을 직접 목격했고 런던의 동료들이 그의 말을 얼마나 잘 따르는지도 보았다. 이제는 내 전문적인 지식과 기량을 그에게 보여줄 기회였다.

로비를 지나 기도서 원고를 보관한 방을 향해 좁은 복도를 걸어갈 동안 직원들이 입에 침이 마르도록 나를 칭찬했다. 작은 방 안에서 나는 버너드와 테일러 씨, 그의 보조들에게 둘러싸였다. 나는 보조가 내미는 하얀 장갑을 끼고 원고를 살피기 시작했다. 이것은 전형적인 기도서 형식으로 구성되어 있었다. 우아하고 둥근 고딕 글자로 기도문이 쓰여 있고, 각기 다른 계절 장면을 묘사한 아름다운 소형화가 삽입되어 있고, 그다음에는 각 달에 꼭 필요한 농사일을 사려 깊게 묘사한 장면이 장마다 번갈아 들어가 있었다. 하지만 약 5백 년 전 이 그림을 그린 날만큼이나 생생한 색깔과 뛰어난 붓질이야말로 내 호흡을 앗아갔다. 놀랄 일도 아니지만, 아빠에 대한 추억이 머릿속에 떠올랐다. 아빠가 이 걸작을 얼마나 숭배하셨을까. 그리고 내가 이 책을 보고 있다는 사실에 얼마나 감탄하셨을까.

피어폰트 모건 도서관에 이 책을 보유하고 싶었다.

"여긴 굉장히 갑갑하네요."

나는 손부채질을 하면서 말했다. 나와 버너드, 테일러 씨만 빼고 모두 내보내야 했다. 숙녀가 기절할 수도 있다는 두려움을 이용하는 건 내 목적을 달성하는 확실한 방법이었다.

테일러 씨가 보조들을 작은 방에서 쫓아내자 나는 내 일로 돌아갔다.

"이게 멤링이라고 확신하시나요?"

내가 눈을 들지 않고 물었다.

테일러 씨는 내가 농담이라도 한 것처럼 낄낄 웃었다.

"고명한 버너드 쿼리치에게 바치기에 적당한 물건이었다면 우리에게도 적당할 거라고 생각합니다만."

지난 세기 가장 뛰어난 서적상 중 한 명이었던 쿼리치를 언급해서 내 입을 다물게 할 작정이었던 모양이다.

"여기에 다 코스타 문장이 보이긴 한데-"

나는 책의 처음 몇 장 중 한 군데로 조심스럽게 돌아와서 말했다.

"잘 아시겠지만 이 장에는 색이 여러 겹으로 입혀져 있어서 이 문장이 언제 추가되었는지 확실하게 알 수 없고, 그래서 이 상징만 갖고 포르투갈 왕가 소유였다고 특정할 수도 없죠. 다른 출처 증명서가 있나요?"

"그- 그-"

테일러 씨가 말을 하려고 애썼다. 누가 의문을 제기하는 것에 익숙하지 않은 모양이었다.

"물론입니다, 그린 씨. 서류를 갖고 올 동안 잠깐 기다려주시겠습니까?"

나는 고개를 끄덕이고 남자가 양털을 깎는, 특히 세밀한 소형 그림을 몰두해서 보았다. 기도문과 함께 있는 목가적 풍경은 정말 매력적이야, 나는 그렇게 생각했다. 그의 뒤로 문이 닫히는 소리가 들리자마자 나는 버너드에게 몸을 돌렸다.

"잠깐 문 좀 봐줘요. 알겠죠?"

인상을 찌푸리고서 그가 말했다.

"대체 무슨-"

"쉿."

나는 오른손에 낀 하얀 장갑을 벗고 검지를 핥았다. 그런 다음 훌륭한 그림 하나의 가장자리를 따라 문질렀다.

"벨-"

버너드가 기겁을 했다.

"이게 위조라면 안료가 벗겨질 거예요."

"하지만 거기 손상을 입힐 수도-"

그가 저항했다.

손에 시선을 고정한 채로 나는 다시 그를 조용히 시켰다.

검지를 불빛 쪽으로 들어 올리고 엄지로 문질러보았다. 손가락을 자세히 보니 깨끗했다. 안료가 벗겨지지 않았다.

"좋아, 좋아."

내가 중얼거렸다.

문이 열리고 테일러 씨가 다급하게 모은 종이 다발을 들고 들어왔다.

"여기 있습니다, 그린 씨."

나는 그가 계속해서 사과하는 동안 종이를 보는 척했다.

"출처 증명서에 대해 제가 설명해도 되겠습니까? 순서대로 정리되어 있지 않은 점은 죄송합니다만-"

나는 집중하느라 인상을 찌푸린 채 그가 설명하도록 놔뒀다. 그리고 마침내 고개를 끄덕이고 물었다.

"초기 호가에서 20퍼센트 올린 금액을 받아들이시겠어요? 지금, 경매가 시작되기 전에요."

테일러 씨가 헉 하고 숨을 들이쉬었고, 버너드 역시 날카롭게 숨을 들이쉬는 소리가 들렸다.

본햄의 중세 전문가가 말을 더듬었다.

"그- 그린 씨. 여기서는 그런 식으로 하지 않습니다. 아마도 미국인이셔서 잘 모르시는 모양입니다만."

나는 남자를 빤히 쳐다보았다.

"그런가요, 테일러 씨? 영국에서는 그런 식으로 하지 않는다고요? 그럼 제가 어떻게 1년 반 전에 애머스트 경의 캑스턴을 먼저 사들여서 런던 경매에서 빼낼 수 있었을까요?"

그의 눈이 커졌다.

"그게 그런 씨였습니까?"

"바로 저예요."

내가 대답했다.

"소문을 듣긴 했습니다만, 다들 들었지만, 진짜인 줄은 몰랐습니다. 어쨌든 죄송합니다, 그런 씨. 저는 조약을 위반하고 경매 전에 그런 씨에게 먼저 팔 수는 없습니다."

나는 그가 내 먹이라도 되는 것처럼 좁은 방 안에서 그의 주위를 천천히 빙 돌았다. 어떻게 보면 그는 내 먹이가 맞았다.

"흠, 입찰자들이 이게 멤링이 아니라는 소문을 들으면 경매에서 얼마에 낙찰될지 궁금하군요."

내가 마침내 말했다.

"무슨 말입니까? 이 필사본을 사기 위해서 그런 악의적인 소문을 퍼뜨리겠다는 건가요?"

그의 분노는 과장되어 보였고, 실제로 나는 이런 반응을 예상했다. 이번에는 내가 충격을 받고 경악한 표정을 지을 차례였다. 나는 적당한 표정을 지어냈다.

"어떻게 제 진실성을 의심하실 수 있죠! 저는 악의적인 소문 같은 건 퍼뜨리지 않아요. 그저 동료 입찰자들에게 사실을 이야기할 따름이죠. 이 기도서는 멤링이 아니에요."

"그게 무슨-"

그의 눈이 가늘어졌고, 그는 내가 그를 궁지에 몬 방식에 감탄한 것 같았으나 어떻게 반응할지 마음을 아직 완전히 결정하지 않은 태도였다.

"다 코스타 사본이라는, 그 출처에 대해서는 저도 이의가 없습니다만, 15세기에 한스 멤링이나 그의 계파가 그린 게 아니에요. 심지어는 16세기 초에 헤라르트 다비트가 그린 것도 아니죠. 이건 16세기 중반에 플랑드르파 삽화가인 시몬 베닝이 그린 거예요. 그리고 전 이 주장을 뒷받침할 만한 서류도 갖고 있어요."

나는 가방에서 원고를 베닝의 것으로 연관 지어줄 서류를 꺼냈다.

테일러 씨는 알아들을 수 없는 말만 더듬더듬 중얼거렸다.

"저는 베닝이 기도서의 삽화를 그린 건 상관하지 않아요. 사실 저와 모건 씨의 관점에서는 그게 오히려 이점이에요. 저희는 베닝을 아주 좋아하거든요. 그는 플랑드르파 최후의 위대한 채식사(彩飾師)였고, 그 시대에 엄청난 추앙을 받았죠. 하지만 다른 입찰자들도 이렇게 기뻐할지는 잘 모르겠네요. 대부분의 입찰자들은 컬렉션에 멤링을 추가하고 싶어서 올 테니까요. 아니면 최소한 다비트를요."

나는 뜸을 들였다.

"다 코스타 기도서가 실은 베닝의 것이라는 사실을 알면 가격이 상당히 내려가지 않을까 싶어요."

"저한테 뭘 원하십니까, 그린 씨?"

테일러 씨의 목소리는 그야말로 냉정했다. 방금 전까지 보였던 세심한 배려가 전부 차가운 분노로 바뀌었다.

나는 우리가 특히 근사한 날씨에 대해 이야기하고 있었던 것처럼 밝은 목소리를 유지했다.

"제가 분명하게 밝힌 것 같은데요, 테일러 씨. 다시 말할까요? 저는 피어폰트 모건 도서관을 위해 오늘 다 코스타 기도서를 구매하고 싶고, 경매 시작가에서 20퍼센트를 얹어드릴 용의가 있어요."

힘이 내 몸을 타고 흘러 넘치는 게 느껴졌다. 얼마나 많은 여자들이 남자를 상대로 지적 기량과 경제적 우위를 발휘할 기회를 얻을 수 있을까? 비록 그 우위가 다른 사람에게서 빌려온 거라고 해도 말이다. 그리고 더 큰 의문, 내 머리에서 거의 사라지지 않는 의문은 얼마나 많은 유색인 여자들이 이런 기회를 가질 수 있을까 하는 것이었다. 이 느낌은 수많은 이유에서 대단히 짜릿했다. 그리고 중독적이었다.

우리는 합의를 보았고, 테일러 씨는 서류를 가지러 잠시 방에서 나갔다. 단둘이 남자 버너드가 고개를 흔들며 나를 쳐다보았다.

"맙소사, 정말 능수능란했어요. 이렇게 무시무시한 솜씨로, 거기다가 엄청나게 대담한 방식으로 해치우는 협상은 본 적이 없어요."

그는 낮게 휘파람을 불면서 말했다.

"대담한 방법을 취하지 않으면 대담한 결과를 얻을 수 없으니까요. 속아서 위조품을 사게 되거나 내가 과소평가한 다른 입찰자에게 귀중한 물건을 빼앗길걸요. 내 대담함이 피어폰트 모건 도서관 컬렉션이 비길 데 없는 수준으로 발전하고 있는 이유예요."

나는 조금의 겸손함도 보이지 않고 말했다.

그는 닫힌 문 쪽으로 나를 끌어당겨서 이 작은 방에 들어오거나 나갈 수 있는 유일한 수단을 막았다. 나를 문에 기대 세우고서 그가 길고 강하게 키스했다. 내가 입술을 뗄 무렵에는 우리 둘 다 숨을 헐떡이고 있었다.

"우리가 이미 이탈리아에 있다면 얼마나 좋을까요."

그가 말했다.

내 심장이 쿵쿵 뛰고 내 욕망도 버너드와 마찬가지로 솟구쳤다.

갈망이 몸을 채우는 것을 느끼며 내가 대답했다.

"나도 그래요."

내 눈을 바라보며 그가 속삭였다.

"당신은 정말 비범한 존재예요."

23장

1910년 8월 18일
이탈리아 베로나

우리는 베로나의 좁은 자갈 깔린 길을 걸으며 슬쩍 손을 잡았다. 내 맨손에 그의 손가락이 스치자 몸이 바르르 떨렸고 우리가 감수하고 있는 위험뿐만 아니라 오늘 저녁의 예정 때문에 나는 흥분됐다.

버너드와 나는 지금까지 우리 감정을 이렇게 공개적으로 표현해 본 적이 없다. 너무 위험하니까. 남녀가 단둘이 함께 여행을 한다는 건 당연히 사람들이 눈살을 찌푸릴 만한 일이었다. 영국의 수도를 여행하는 동안에는 하녀 마리가 곁에 있고 동료들까지 있어서 이런 친밀감을 드러내기 어려웠다. 우리를 이탈리아까지 실어 나른 오리엔트 익스프레스에서도 경계를 늦출 수가 없었다.

하지만 이제 우리는 피렌체 북쪽으로 320킬로미터 떨어진 베로나에서 경계심을 좀 풀 수 있었다. 우리는 이탈리아의 작은 시골 마을로만 일정을 짰다. 아무도 모르는 그저 두 명의 연인이 되고 싶었기 때문이다.

나는 어깨 너머를 돌아보고 버너드에게 미소 지었다. 늦여름의 아름다운 금빛 속에서 그는 몸 안에서부터 빛이 나는 것처럼 보였다. 늦은 오후에, 따뜻하지만 찌는 듯이 덥지는 않고 기분을 활기차게 만들지만 눈이 부실 정도는 아닌 이 산란된 햇빛 속에서 우리는 베로나의 거리를 즐겼다.

그날 일찍 열차역에 처음 도착했을 때 버너드는 우리의 목적지가 내 섬세한 신발로 걸어가기엔 너무 멀 거라며 마차를 타자고 했다. 하지만 나는 걸어가자고 고집했다. 솔직히 걸어와서 기뻤다. 안 그러면 이 붐비고, 낡아서 무너져가면서도 근사한 도시의 삶을 어떻게 직접 보겠는가? 고대의 다이아몬드 모양 도시 중심지인 피아차 델레 에르베 바깥 시장에서 풍기는 치즈의 자극적인 냄새와 우리가 지나치는 여러 개의 석조 가톨릭 성당에서 흘러나오는 강렬한 향냄새를 어떻게 맡겠는가? 마을 사람들 사이를 걸어보지 않고서 어떻게 이 동네 사람들 피부색이 나와 꼭 맞는지 알겠는가? 남부 유럽 혈통이라는 내 주장에 신빙성이 있는지 확인해야 하는데 말이다.

평생 내 곁에 있었던 듯한 남자와 함께 있는데, 달리 어떻게 내가 한 번도 방문한 적 없는 곳에서 집에 돌아온 것 같은 기분을 느끼겠어?

"벨, 아디제강 위쪽 언덕을 바라봐요."

버너드가 두 건물 사이의 틈새를 가리키며 말했다.

"이런 세상에."

나는 근처 언덕으로 구불구불 이어지는 강을 낀 마을의 건너편을 보고 외쳤다.

"여긴 베로네세와 안토넬로 다 메시나가 그림에 그렸던 배경이군요."

이탈리아 도시와 언덕에는 예술이 살아 숨 쉬었다. 나는 고대의 건물들 옆으로 굽이치는 초록색과 금색 풍경을 한참 바라보고 수많은 르네상스 시대 화가들이 묘사하려 했던 장면에 감탄하며 그 생생한 색깔 속으로 완전히 빠져들었다. 상상해보라. 내가 어린아이였을 때, 아빠와 함께 앉아 중세와 르네상스 시대 미술에 완전히 사로잡혀 있던 시절에, 언젠가는 내가 사랑하는 걸작들에 영감을 준 언덕 앞에 설 날이 오게 될 줄을 알았을까? 나와 아빠가 그렇게나 아꼈던 바로 그 책을 썼던 남자와 함께 말이다.

버너드의 손가락이 내 팔을 쓰다듬자 나는 몸을 떨었다. 그가 상냥하게 말했다.

"당신을 이 풍경에서 떼어내는 건 싫지만, 그래야만 할 것 같군요, 내 사랑. 바실리카에서의 약속 시간이 다 됐어요."

우리는 오래된 연인처럼 자연스럽게 다시 손을 잡았다. 남은 네 블록을 걸어가며 우리는 총안이 있는 성벽을 배경으로 흩어진 빨간 벽돌로 된 중세식 건물들과 대리석으로 된 르네상스식 건물들을 지나쳤다. 우리는 다정한 침묵 속에서 목적지인 로마네스크식 교회를 향해 걸어갔다. 산 제노 마조레의 바실리카였다.

청동 문을 지나 신도석으로 들어서자 교회의 13세기 장미꽃 무늬 창을 통해 다채로운 빛이 우리를 비쳤다. 우리의 구두 굽이 넓고 텅 빈 공간에 달칵거리며 울렸다. 제단에 도착하자 버너드가 위에 걸린 그 유명한 만테냐의 세 폭 제단화를 가리켰다.

처음 안드레아 만테냐의 세 폭 제단화를 보았던 건 버너드의 책에서였다. 그 인쇄본도 열렬하게 보았지만, 아름답고 사실적으로 구슬퍼 보이는 마돈나가 무릎에 어린 예수를 안고 노래하는 아기 천사들과 성자들에게 둘러싸여 있는 실제 산 제노의 제단화와는 비교할 수 없었다.

"이 그림을 볼 때면, 벨, 우리는 시간을 뛰어넘어 문자 그대로 그림 속 공간에 대한 르네상스 시대 화가들의 지식이 진화하는 걸 보는 거예요. 만테냐는 원근법을 만들어냈죠. 레오나르도에게서 영감을 받아서 말이에요."

그는 그림의 배경에서 크기가 줄어든 몇 가지 건축학적 도구와 형태를 가리켰다.

"어떤 면에서는 아직도 특정한 핵심 형체들은 중세의 평면적인 2차원으로 그려놨죠. 하지만 그는 3차원적 공간의 환영을 만들어냈어요. 이 이탈리아 교회들의 아름다움은 나를 로마 가톨릭 신자로 개종하게 만들었죠."

나를 쳐다보는 그의 목소리에는 엄청난 기쁨이 어려 있었다.

"오, 당신 우는 거예요, 내 사랑스러운 벨? 당신은 세상에서 가장 매혹적인 존재예요."

그는 주머니에서 자수 장식 손수건을 꺼내 내 눈을 두드렸다.

"처음 이 걸작 앞에 섰을 때 나도 똑같은 반응을 했죠. 오래전 내가 피렌체에서 하루 벌어 먹고사는 젊은이였을 때였지만, 바로 그 순간 나는 이 그림과 르네상스 시대의 모든 작품들을 오랫동안 그 어떤 사람도 시도한 적 없는 방식으로 사랑하게 됐어요. 수많은 화가들과 그들의 작품이 잊혀졌죠. 그리고 잘 알려지지 않은 이 르네상스 시대 화가들과 다른 유명한 화가 및 조각가들을 현재 사회에 다시 소개함으로써 난 부유한 예술 후원자들 사이에서 높은 자리를 차지하고 내가 갖고 태어나지 못했던 계층으로 올라설 수 있다는 사실을 깨달았어요. 르네상스 시대 장인들이 그랬던 것처럼요. 그리고 당신 자신이 해낸 것처럼. 우리는 르네상스 시대의 창조물이에요."

그는 자기 손으로 내 양손을 잡았다.

"이게 당신과 내가 서로에게 지금처럼 느끼는 이유 중 하나라고 생각해요. 우린 많은 면에서 비슷해요. 그중 몇 가지는 말로 언급하지 않았지만요."

나를 더욱 가까이 당기고서 그가 속삭였다.

"우리가 꼭 산 제노 제단화에 있는 성자들처럼 콘베르사초네 사크라(conversazione sacra, 성스러운 대화)를 하고 있는 느낌이에요. 지금 이 순간이 성스러운 대화가 아니고 뭐겠어요?"

누군가 목을 가다듬는 소리가 우리를 방해했다. 바실리카의 신부였다. 그와 버너드는 이탈리아어로 친근한 인사를 나누었고, 신부가 우리에게 자신을 따라 제단으로 올라오라고 손짓했다. 거기서는 만테냐의 붓질이 바로 보였고, 나는 화가가 물러서서 이 정신 없는 공간에서, 걸작을 만드는 데 꼭 필요한 영감으로 타오르며 자신의 작품을 바라보고 경탄하는 장면을 상상할 수 있었다.

우리는 바실리카를 나와서 마차를 타고 호텔로 향했다. 오늘 하루는 근사했지만 길었고, 우리에게는 특별한 저녁 식사 계획이 있었다. 마차의 축복 같은 시원함 속에서 나는 버너드의 어깨에 머리를 기대고 지나치는 베로나의 풍경을 바라보았다. 르네상스 시대 그 자체에서 잘라낸 순간처럼 느껴졌다.

마차가 우리 호텔 앞에 덜커덕 멈췄다. 우리 짐가방은 기차역에서 미리 보내두었다. 버너드가 먼저 마차에서 내려 나를 도와주려 했고, 마차 의자를 지나 내려가려고 할 때 뭔가가 나를 붙잡는 느낌이

들었다. 고개를 숙여서 보니 남색 여행용 드레스의 치맛단이 의자의 못 머리 부분에 걸려 있었다. 그걸 빼내려고 몸을 구부릴 때 마차 밖에서 목소리가 들렸다.

"버너드! 버너드 베런슨, 당신 맞아요?"

굉장히 억양이 강한 목소리가 영어로 외쳤다. 그런 다음 프랑스어가 이어졌다.

"무슈 베런슨?"

나는 여전히 고개를 숙인 채로 버너드가 대답하는 소리를 들었다.

"아."

그의 목소리가 멋모르는 행인에게는 다정하게 들리겠지만 나는 그가 경계하고 있음을 알아챘다.

"무슈 셀리그만, 당신을 여기 베로나에서 만날 확률이 얼마나 될까요."

그는 나를 위해 이름을 크게 외쳤다.

자크 셀리그만. 안 돼, 안 돼, 안 돼. 어떻게 우리 둘 모두를 잘 아는 미술 중개인을 마주칠 정도로 운이 나쁜 거지?

버너드가 셀리그만 씨의 주의를 끄는 동안 나는 마부에게 떠나라고 지시했다. 마차가 베로나를 한 바퀴 도는 동안 나는 뭘 해야 하나 고민했다. 버너드와 나는 이런 식으로 함께 있는 모습을 들킬 수 없었다. 내 평판에는 엄청난 해가 되고, 그의 평판에도 약간은 해가 될 것이다.

베로나의 길거리를 1시간쯤 돌아다닌 후에 나는 마부에게 호텔로 돌아가자고 했다. 호텔에 도착했지만 안에 들어가기가 무서웠다. 하지만 버너드가 내 쪽으로 황급히 오는 걸 보자 안도감이 가슴을 채였다.

"그 사람을 어떻게 보냈어요?"

셸리그만 씨는 버너드에게 자신과 자신의 동행과 함께 저녁 식사를 하자고 초대했을 게 분명했다.

"다음번에 프랑스에 가면 그의 파리 갤러리를 방문하겠다고 약속했어요. 그리고 그에게 작품 몇 개에 관해 조언해주고."

"수많은 사람 중에서 하필 자크 셸리그만과 여기서 마주치다니 믿을 수가 없어요."

그는 고개를 끄덕였다.

"나도 알아요, 내 아름다운 벨. 하지만 이제 우린 다시 단둘이 되었고, 이 밤은 우리 거예요. 더 이상 문제 생기지 않도록 여기 호텔에서 저녁을 먹죠."

나는 동의하는 의미로 고개를 끄덕였다. 중요한 건 마침내 우리가 단둘이 남았다는 것뿐이었다. 위층으로 올라갈 무렵 우리에게는 인내심이 거의 남아 있지 않았다. 우리의 욕망이 너무 오랫동안, 수천 번의 밤쯤으로 느껴지는 수백 일 동안 쌓였고 런던에서 머무는 동안 더욱 강력해졌다. 런던에서는 자제하는 하루하루가 끝이 없는 것처럼 느껴졌다.

우리 뒤로 문이 닫히기도 전에 버너드의 입술이 내 입술을 덮쳤지만, 놀랍게도 그의 키스는 이제 우리가 서로를 탐색한 그 수천 일의 시간이 되돌아오기라도 한 것처럼 상냥하고 부드러웠다. 그러다 그 한 번의 키스에 그의 상냥함을 모두 써버린 것처럼 그가 나를 품에 안아 들고 거실을 지나 호텔 직원이 남겨놓은 가스등 하나만 켜진 어두컴컴한 침실로 데려갔다. 그는 나를 침대에 내려놓고 자신의 몸으로 나를 눌렀다. 그의 욕망이 뚜렷하게 느껴졌다.

내가 상상했던 것보다 훨씬 더 깊고 긴 키스를 한 후 그의 혀가 내 귀 뒤쪽의 부드러운 부분을 지나 내 목 아래쪽까지 긴 선을 그리며 새로운 여행을 시작했다. 그의 손가락이 솜씨 좋게 내 드레스의 수많은 단추를 풀고 코르셋 줄을 풀자 나는 거의 숨을 쉴 수가 없었다. 그의 입술과 혀는 내 피부를 따라 움직였다. 갑자기 그가 내 슈미즈를 벗겼고, 나는 그의 앞에 벌거벗은 채 누워 있었다. 그는 안경을 벗고 나를 바라보았다. 감정적으로 약간 잠긴 목소리로 그가 말했다.

"당신은 정말 아름다워요, 나의 벨."

나는 그의 입술을 나에게로 끌어당기고 내 몸에 그의 손을 얹는 걸로 대답했다. 그의 손가락이 내 몸 위를 움직이며 내 가슴과 배꼽, 그 아래를 쓰다듬었다. 나는 그의 손길에 몸을 떨었고, 그가 옷을 벗는 걸 도우며 나 자신의 탐험을 시작했다. 그가 내 앞에서 벌거벗자 내가 수두룩하게 본 벌거벗은 남자의 대리석 조각은 진짜 남자의 촉감이 주는 매력을 드러내지 못한다는 걸 깨달았다. 나는 그가 나를 만진 것처럼 그를 만졌고, 결국에 우리 둘 다 숨이 가빠졌다.

그의 눈은 갈망으로 번뜩였다. 그가 내 위에서 머뭇거렸다.

"정말 괜찮겠어요, 벨?"

"제발요. 난 너무 오래 기다렸어요."

작년에 수많은 밤에 꾸었던 꿈처럼 우리의 몸이 합쳐졌고, 우리는 움직임과 감정에 항복했다. 우리의 목소리가 높아지며 다른 모든 소리와 생각을 삼켰다. 그러다 그가 중얼거렸다.

"Моя любовь.(나의 사랑.)"

그리고 내 위로 쓰러졌다. 잠시 후에 그가 나를 안은 채 몸을 옆으로 굴리고 나를 꼭 끌어안았다.

우리는 몇 분 동안 무겁게 숨을 쉬었고, 버너드가 마침내 나에게 키스하고 속삭였다.

"벨?"

그가 뭘 물어볼지 끝까지 들을 필요도 없었다.

"맞아요, 버너드. 당신이 처음이에요."

그 말에 그는 나를 더욱 꼭 끌어안았다. 그의 품은 세상으로부터 보호해주는 보호막이었고, 나는 여기서 평생토록 쉬고 싶었다.

"난 몰랐어요. 짐작조차 못 했어요."

그는 약간 죄책감 어린 어조로 말했다.

그의 말에 내 심장이 가슴속에서 더 쿵쿵 뛰었고, 이름들이 머릿속에 떠올랐다. 과거에 그와 잠자리를 했다는 소문이 있었던 아름다운 여자들의 이름, 베런슨 부부가 뉴욕에 방문하는 동안 사교계 가십으로 들었던 속삭임들. 내가 레이디 사순이라고도 알려진 앨린 드 로스차일드 같은 여자에게 어떻게 필적할 수 있을까? 내가 그들 중 어느 누구에게든 감히 필적할 수 있을까?

그가 아무 말이 없기에 내가 물어봐야만 했다.

"나한테 실망했어요?"

그가 재빨리 대답했다.

"아니, 내 사랑. 절대로 그럴 일은 없어요. 그저 난 그걸 몰랐을 뿐이에요."

그가 내 이마에 키스하고 나를 더 꼭 안은 후 그의 가슴에 내 머리를 기대게 했다.

"당신은 좀 더, 뭐랄까-"

그가 말끝을 흐렸다.

버너드가 말을 끝낼 필요도 없었다. 이해하니까. 내 인종에 대한 의문으로부터 주의를 돌리기 위해 나는 유혹적인 행동 뒤에 숨어야 했다. 하지만 나의 교태가 주는 메시지에 대해서는 제대로 생각해본 적이 없다. 나는 실제와는 정반대로 경험 많은 분위기를 풍겼을 것이다.

우리 다리가 얽혔고 내 생각은 멈추지 않았다.

"버너드?"

내가 불렀다. 그가 나를 더욱 가까이 끌어당겼다.

"근사했어요, 내 사랑."

그는 내가 좀 더 위안을 바란다고 생각한 듯이 말했다.

가스등의 불꽃이 드리운 그림자가 그의 얼굴을 절반이나 가렸고, 내가 말했다.

"나도 정말 멋졌어요. 하지만-"

내가 머뭇거렸다.

"왜 그래요?"

그가 내 머리카락을 쓰다듬었다.

"우리가 사랑을 나눌 때 당신이 영어가 아닌 말로 뭐라고 했어요. 뭐라고 그런 거예요?"

내가 정말로 묻고 싶었던 건 그 말의 의미가 아니라 그 연약한 순간에 외국어를 사용한 이유였다.

그는 내 입술에 손가락 하나를 눌렀다.

"이게 내가 했던 말이에요."

그는 조금 전보다 더 열정적으로 나에게 다시 키스했고, 나는 숨이 가빠졌다.

"이게 당신이 알아야 하는 전부예요."

나는 그의 품에 웅크렸고, 곧 그의 부드러운 코 고는 소리가 주위를 채웠다. 가스등의 그림자가 벽에서 춤을 췄고, 나는 버너드의 말을 곱씹었다. 이게 당신이 알아야 하는 전부예요. 나는 만족스러운 동시에 불안한 기분으로 계속 깨어 있었다. 버너드가 열정의 순간에 어느 나라 말을 뱉은 걸까? 그리고 왜 내 질문에 대답하지 않은 걸까?

이 의문은 등불이 다 타고 침실이 완전히 어두워질 때까지 남아 있었다. 버너드는 대체 누굴까? 그가 오늘 밤에 했던 말은 러시아어 같았다. 어쩌면 모건 씨가 붙인 꼬리표가 진실인지도 모른다. 버너드는 러시아계 유대인 이민자이고 버너드 베런슨은 그가 갖고 태어난 이름이 아니라 그가 속하지 않은 세상에서 자기 자리를 만들기 위해 그가 만들어낸 이름일지도 모른다. 벨 다 코스타 그린처럼.

웃기는 생각이야. 나는 즐거운 기분으로 생각했다. 입가에 미소를 띤 채 나는 버너드 베런슨, 혹은 누가 됐든 간에 그의 품에서 만족스러운 잠에 빠졌다.

24장

1910년 9월 23일
이탈리아 오르비에토

내가 지난 1시간 동안 글을 쓰고 있는 책상 쪽으로 열린 발코니 문을 통해 이른 아침의 빛이 새어 들어왔다. 빛은 새벽의 회청색에서 오전의 화려한 금빛 햇살로 바뀌었다.

"침대로 돌아오지 않을 거예요?"

버너드는 하얀 리넨 시트와 마틀라세 이불에 뒤엉킨 채 누워 있었다. 안경을 벗은 그의 눈은 잠으로, 그리고 욕망으로 묵직해 보였다.

"나도 그럴 수 있으면 좋겠어요, 내 사랑. 하지만 이 편지를 오늘 아침에 모건 씨에게 부쳐야 해요."

내가 그를 놀렸다.

"당신이 지난 몇 주 동안 낮에는 예술로, 밤에는 당신의 애정으로 나를 너무 바쁘게 만들어서 모건 씨에게 편지 쓸 시간이 거의 없었다고요."

버너드가 신음했다.

"그 사람도 하루쯤 더 기다릴 수 있겠죠."

그가 나를 향해 팔을 들어 올리자 나는 갈망과 욕구로 가득 찼다. 어젯밤과 그 이전 많은 밤의 기억에 기분이 들떴다. 하지만 그 어느 밤도 한 달 전 베로나에서 우리의 첫날밤만큼, 내 첫경험만큼 인상적이지는 않았다.

"벨?"

버너드가 부드럽게 나를 다시 불렀다.

유혹은 강했다. 예스러운 마을, 근사한 풍경, 잊혀진 이탈리아의 걸작들보다 더 버너드와의 밤을 즐겼다. 종종 아침에도 했다는 건 말할 필요도 없을 것이다.

하지만 이 긴 편지를 마무리해서 오늘, 즉 금요일 정오 전에 부치지 않으면 주말이 끼어서 배송일이 사흘은 더 걸릴 것이다. 모건 씨는 일주일이 넘도록 나에게서 보고서를 받지 못했다. 머잖아 그는 의아해하고 심지어 걱정하기 시작할 것이다. 대리인에게 전보를 쳐서 내 뒤를 쫓을 수도 있다.

그때 버너드가 말했다.

"당신이 모건 씨에게 쓰는 그 두툼한 책에 버금가는 보고서의 반만큼도 나에게 편지를 써주지 않았다는 걸 믿을 수가 없어요. 그리고 당신은 거의 계속해서 그 사람을 만나잖아요."

이게 우리 여행에서 반복되는 불만이었다. 왜 버너드가 나에게 편지를 쓰는 것만큼 자주, 거의 매일 나는 버너드에게 편지를 쓰지 않았는가?

"음, 모건 씨는 내 고용주이고, 그 사람을 위해 일을 하고 있으니 정기적으로 내 시간을 어떻게 쓰는지 보고를 원하시죠."

버너드는 한참이나 침묵을 지켰다.

"당신이 나에게 비밀을 만들고 있다는 느낌이 들어요, 벨. 당신에게는 뭔가 침묵하는 부분이, 내가 풀 수 없는 미스터리가 있어요. 비밀이라면 나도 익숙한데 말이죠. 어떤 면에서 비밀에는 내가 가장 능숙하고, 당신도 그런 것 같아요. 하지만 난 당신을 해석할 수가 없어요."

모건 씨에게 보내는 편지가 내가 버너드에게 뭔가를 숨기고 있다는 결론으로 이어진 이유가 뭐지? 아니면 그가 이걸 핑계로 자신이 들은 가십에 대해 물어보려고 하는 건가?

"어떻게 그런 말을 할 수 있어요, 버너드?"

나는 이게 최상이자 유일한 대응이라고 결론 내렸다.

내가 버너드를 아무리 친밀하게 느낀다 해도, 지적으로, 감정적으로 아무리 연결되었다고 해도, 절대로 내 비밀을 말하지는 않을 것이다.

내가 덧붙였다.

"다른 사람들과 함께 있을 때 난 항상 가장 즐거운 모습만을 보이기 위해 내 일부분을 조합하는 중이라는 기분을 느껴요. 하지만 당신과 함께 있을 때는 완전하고 진실된 나 자신으로 있는 것 같아요. 그런데 당신의 비난이 내 기분을 어떻게 만드는지 알아요?"

"그건 그- 그저-"

그가 드물게도 말을 더듬었다.

"당신이 모건 씨와 이상할 정도로 친밀한 것 같아서요."

그는 질투하는 말투였으나 어쩌면 농담을 하는 것이거나 약간 모욕적인 주장으로부터 물러서느라 그런 걸지도 몰랐다. 어느 쪽이든 나는 새로운 접근법을 사용해보기로 했다. 일어나서 내가 라일락

색 실크 드레싱 가운을 발치로 떨어뜨리는 동안 우리의 시선이 마주쳤다.

그에게로 몸을 기울이고 내가 가르랑거리듯이 말했다.

"피어폰트가 부러워요?"

나는 그에게 입술을 눌렀으나 그는 마주 키스하지 않았다.

내가 몸을 떼자 그가 물었다.

"혼자 있을 때면 그 사람을 그렇게 부르나요?"

이 소유욕 가득한 행동에는 농담이 전혀 없었다. 사람들 앞에서 보이는 차분한 버너드의 모습, 침실이라는 은밀한 공간에서 나에게 보여주는 좀 더 너그럽지만 여전히 억제된 버너드의 모습과도 전혀 달랐다. 오, 우리가 얼마나 닮았는지.

"물론이에요. 우리 둘뿐일 때는 피어폰트와 벨이죠."

나는 웃으면서 약간의 진실로 그의 질투심을 진정시키려고 했다. 모건 씨는 실제로 나를 벨이라고 불렀지만, 나는 그를 감히 다른 이름으로 부르지 못했다.

어떤 면에서 버너드의 질투는 안심이 되었다. 질투하는 버너드라면 감당할 수 있다. 하지만 의심하는 버너드는 쉽지 않았다. 그리고 최근에 그는 좀 걱정스러운 데가 있었다. 두 번의 친밀한 시간 중에 그는 순수한 생각이라기보다는 폭로에 더 가까운 어조로 곤란한 부분을 지적했다. 당신 머리카락은 아침에 굉장히 다르군. 그리고 당신 피부는 이탈리아의 태양 아래서 굉장히 짙은 색깔이야.

매번 나는 가벼운 웃음과 키스로 그의 말을 피했으나 끝나지는 않았다는 생각이 들었다. 그래서 지금 나는 심문 대신 질투를 마주하고 안도감이 들었다.

"날 갖고 놀지 말아요, 벨."

버너드의 말에 나는 현재로 돌아왔다. 나는 그가 굉장히 진지하다는 걸 깨달았다. 이런 기분일 때의 그를 놀려서는 안 된다. 그의 감정은 나의 명랑한 놀림을 참지 못할 정도로 강렬하고 생생했다.

"난 당신에게 다른 어떤 사람한테도 느낀 적 없는 감정을 느껴요. 그래서 그 사람이 당신에게 어떤 의미인지 알아야겠어요."

그가 말했다.

나는 침대에 앉아서 손가락으로 그의 뺨을 쓰다듬었다.

"모건 씨는 그저 내 고용주일 뿐이에요, 버너드. 나에게 그 엄청난 부와 권력을 맡겨주어서 나로서는 큰 은혜를 입은 사람이죠. 난 그 사람에게 그냥 충성을 보이는 거예요."

나는 그에게 길고 강렬한 키스를 했고, 그도 키스를 되돌려주었다. 나는 입술을 떼고 그에게 말했다.

"그 사람에게 내 마음을 주진 않았어요. 그건 오로지 당신만 가졌다는 걸 알아줘요."

그의 입가가 미소로 올라갔고, 그가 나에게 다시 키스하자 나는 오늘 모건 씨에게 편지를 보내지 못하리라는 걸 깨달았다. 나는 완전히 넘어갔다. 이탈리아에게. 버너드에게.

25장

1910년 9월 29일~10월 1일
이탈리아 베네치아

처음에는 가슴이 버너드의 손길에 약간 아플 정도로 예민해졌을 뿐이었다. 그러다 이틀 후 아침에 일어나 겨우 몇 시간 만에 엄청난 피로가 느껴지면서 배가 아팠다. 나는 병에 걸렸거나 상한 음식을 먹은 모양이라고 생각했지만, 곧 내가 마지막으로 생리한 날짜가 언제인지 떠올려보았다. 대체로 굉장히 규칙적이었는데, 유럽에 도착하기 전에 했으니까, 두 달이 넘었다. 나는 끔찍한 가능성을 머릿속에서 밀어놓았으나 아침 식사로 달걀 반숙을 보고는 그 자리에서 일어나 화장실로 달려갔다.

임신이었다.

하루 동안 나는 그 사실을 혼자만 간직했다. 어떻게 해야 하지? 다음 날 아침, 나는 그 질문에 대답할 수 없다는 걸 깨달았다. 다른 모든 중요한 질문들, 버너드와 내가 이 아기를 키우며 산다는 게 가능한가 하는 제일 중요한 질문을 해결하기 전에는 불가능했다.

나는 내 직업을 포기해야 할 것이다. 모건 씨는 내가 임신했다는 걸 알면 절대로 나를 계속 고용하지 않을 것이다. 엄마와 형제들도 뉴욕을 버리고 떠나야 할 것이다. 어쩌면 유럽의 좀 더 유연한 도덕적 규범과 작은 보헤미안 사회들이 우리를 좀 더 상냥하게 반겨줄지 모른다. 하지만 아이가 나처럼 밝은 피부색이 아닐 경우 사회와 버너드의 반응을 예상해둬야 할 것이다.

이 아이를 낳기로 결정하면 버너드에게 모든 것을 고백해야 할 것이다. 그는 내가 유색인이고 내 진짜 이름이 벨 마리온 그리너라는 걸 알아야 한다. 그리고 그를 내 인생에 잡아둬야 한다. 사회는 미혼모에게 냉정하다. 여자가 백인이든, 유색인이든, 흑인이든 간에 말이다. 그가 나를 사랑한다는 건 알지만, 이 소식을 반길 정도로 나를 사랑할까? 이 일을 견디며 나를 사랑할 수 있을까?

스위트룸에 혼자 있을 때 나는 거울 앞에 서서 아주 살짝 나온 내 배를 손가락으로 쓰다듬었다. 내 복부가 커다랗게 부풀고, 버너드의 팔이 내 어깨를 감싼 모습을 떠올려보았다. 그리고 어린 남자아이를 내 품에 안고 있는 우리 모습을 상상해보았다. 버너드의 피부색과 내 고집을 닮은 남자아이. 제 아빠처럼 매력적이고, 엄마 같은 야망을 갖고, 우리 둘 모두와 마찬가지로 예술을 사랑하는 남자아이.

내 상황을 머릿속으로 생각하고 또 생각해봐도 이 아이를 낳기 위해서는 버너드의 관여가 꼭 필요하다는 사실이 명확해졌다. 나에 대한 버너드의 사랑이 진실이기만을 바랄 뿐이었다.

다음 날 아침, 이불 속에 껴안고 누운 채 내가 속삭였다.

"버너드, 당신에게 할 말이 있어요."

그가 나를 꼭 안았다.

"나한테 뭐든 말해요, 벨. 사실 당신이 나에게 모든 걸 다 말하기를 바라요."

그가 강한 어조로 속삭였다.

그의 어깨에 얼굴을 묻고 내가 말했다.

"나 임신한 것 같아요."

그의 몸이 굳어졌고, 곧 그가 침대 반대편으로 휙 물러났다.

"그런 일은 있을 수 없어요, 벨. 우린 아이를 가질 수 없어요."

그의 눈이 천장을 쳐다보았다. 나는 몸을 일으켜 그를 보았다.

"이미 가졌어요. 난 확신해요."

"당신이 그런 건 미리 처리해뒀을 줄 알았어요."

잠깐 동안 나는 그의 말이 무슨 뜻일까 생각하다가 곧 그가 피임에 대해 이야기한다는 것을 깨달았다. 그 말에 나는 충격을 받았다. 내가 그런 걸 어떻게 알겠어? 나는 혼전관계는 생각조차 하지 못하는 엄격한 집안에서 자랐고, 이런 이야기를 할 수 있는 친한 여자친구가 있는 것도 아니었다.

"아뇨. 난 당신이 했을 줄 알았어요. 더 경험 있는 쪽은 어쨌든 당신이니까요."

차가운 목소리로 그가 말했다.

"난 아이를 원하지 않는다고 말했잖아요."

"당신은 메리와의 사이에서 아이를 갖고 싶지 않다고 말했어요. 아이 자체를 싫어한다는 말은 한 번도 한 적이 없다고요."

어떻게 이 사람은 내 감정은 한 번도 고려해보지 않고 이렇게 빠르고 냉혹하게 꿈을 앗아가 버릴 수 있을까? 나는 분노와 실망감을 꾹 억누른 채 그에 못지않을 만큼 냉정하게 말했다. 이렇게 하지 않으면 눈물이 펑펑 쏟아질 텐데, 그것만은 용납할 수 없었다.

그가 침묵을 지키자 내가 말을 이었다.

"하지만 그건 중요하지 않아요. 나도 이럴 계획은 아니었으니까요, 버너드. 당신도 알아둬요. 나한테는 다른 수많은 것들을 포함해서 고려해야 할 직업이 있어요."

그가 황급히 일어나 앉았다.

"당신이야말로 우리 상황에 아이는 걸맞지 않다는 걸 이해했어야죠. 무엇보다도 난 결혼했다고요, 맙소사. 게다가 메리는 내 사업 파트너예요. 당신 문제는 당신이 어떻게든 해결해야 할 거예요."

내가? 내 문제를 어떻게든 해결해? 그도 이 문제에 나만큼이나 책임이 있었다.

나는 화장실로 달려가 울면서 문을 잠갔다. 나 자신에게 계속해서 나는 엄마가 되고 싶지 않고 그럴 기회를 가질 수도 없다고 말했다. 하지만 임신하고 보니 아이를 정말로 갖고 싶었다.

다시금 나는 이 아찔한 방정식에서 모든 변수를 계산해보려고 했다. 나 혼자 어떻게 아이를 낳아 키울 수 있을까? 뉴욕에 살면서 모건 씨 밑에서 계속 일하는 건 불가능한 선택지였다. 설령 내 아이가 피부가 하얗고 내가 백인 여성이라는 가면을 유지할 수 있다 해도 미혼모라는 오명은 나를 예술과 도서관 세계에서 몰아내고 우리 가족에게 수치를 안겨줄 것이다. 내 임신과 그로 인한 우리 상황의 변화로 인해 사회적, 경제적으로 추락하면 엄마와 내 형제들의 백인이라는 가면이 벗겨질 수도 있다.

워싱턴 DC로 돌아가 내 아이의 피부색이 문제되지 않는 사회에서 플리트 가 친척들이랑 같이 살아야 하나? 거기서도 미혼모라는 불명예는 그대로 남을 것이다. 설령 그게 아니라 해도 나는 엄마의 말에 귀 기울였다. 인종분리 정책과 백인우월주의자들이 남부를 조이고 있는 점을 고려할 때 점점 악화될 게 뻔한 억압적 삶에 나 자신과 내 아이를 매어놓을 수는 없었다.

솔직히 말해서 내가 갈 곳은 아무 데도 없었다. 미혼의 유색인 여성은 미국 전역에서 절대 사서나 미술 전문가로 고용되지 못할 것이다. 모건 씨의 추천장이 없으면 유럽에서도 아무도 나를 고용하지 않을 것이다. 그리고 내가 버너드의 아이든 다른 누군가의 아이든 가졌다는 걸 알면 모건 씨는 절대로 추천장을 써주지 않겠지. 아이를 낳으면 나는 갈 곳도, 의지할 사람도 없을 것이다. 버너드의 동의와 지지만이 이것을 바꿀 수 있는데, 그는 욕실 문으로 다가와 내가 어떤지 확인해보려고도 하지 않았다.

나는 버너드의 거부에 멍한 상태로 바닥에 미끄러졌다. 화장실 바닥의 차갑고 딱딱한 타일을 한 손으로 치면서 나는 타월을 쥔 채 거기에 대고 소리를 질렀다. 이 불공평한 세상에서 아이를 낳을 자격조차 없다니, 내 피가 뭐가 그렇게 잘못된 거지?

내가 생각할 수 있는 것은 2년도 더 전에 들었던 말, 내가 명심했어야 했던 말뿐이었다. 자네한테는 실수도 사치야, 그린 양.

26장

1910년 10월 12일
영국 런던

나는 고통으로 인해 반으로 쪼개지는 느낌이었다. 가르고 찌르는 고통으로 미칠 것 같다가 고통 말고는 아무것도 생각할 수도, 느낄 수도 없게 되었다. 고통의 파도가 가라앉았을 때 나는 거기에 완전히 삼켜지지 않았다는 사실을 깨닫고 안도했다. 그 뒤에 남은 명한 감각 속에서 기억이, 혹은 꿈이 조각조각 의식 속으로 스며들었다. 금색 후광을 내비치는 마돈나와 성자들, 빨간 타일 지붕, 아름다운 태양을 보던 것. 라벤나에서 모건 씨의 친구들을 피해 식당 뒷문으로 빠져나가서 웃던 것. 산마르코 성당의 거대한 광장이 솟아오르는 밀물에 잠기는 동안 좁은 베네치아 골목에 퍼붓는 비를 보던 것. 세공 장식이 있는 이탈리아 침대에서 빳빳한 하얀 이불을 덮고 잠이 드는 동안 보들레르의 시 읽는 소리를 듣던 것. 손을 맞잡고 베네치아 근처 무라노 섬의 얼룩덜룩한 햇살 속을 산책하던 것. 남자들이 선명한 파란색, 빨간색, 금색의 유리를 불어 마치 마법처럼 여러 가지 근사한 모양을 만들던 것.

뭐가 꿈이고 뭐가 현실이지?

목소리가 들렸다. 나는 간신히 눈을 떴다. 하얀 옷을 입고 수녀의 머릿수건 같은 하얀 모자를 쓴 하얀 치마의 금발 여자가 평범해 보이는 회색 소모사 정장 위로 얇은 하얀색 면 코트를 입은 남자 옆에 서 있었다. 나는 눈을 가늘게 떴지만 사실 눈꺼풀을 아주 조금 움직였을 뿐이다. 모든 동작이 아팠다. 하지만 이 두 사람은 누구지? 내가 어디 있는 거지?

"그린 씨, 내 말 들리시나요?"

남자가 영국식 억양으로 물었다. 이 창백하고 마른 남자에게는 이탈리아인다운 구석이 전혀 없었다. 그가 목에 매달린 물체 쪽으로 손을 뻗었다. 나는 이 의료기구 이름을 아는데도 단어가 입술로 나오지 않고 뇌 한쪽 구석에 꼭 박혀 있는 것 같았다. 아, 그래, 청진기다. 저 남자는 분명히 의사일 것이다. 내가 병원에 있나? 왜?

나는 말을 하려고 입을 벌렸으나 나오는 건 동물 같은 신음 소리뿐이었다. 이게 내 소리야? 나를 인도해줄 실마리를 좀 더 찾아서 방 안을 살펴볼 수 있으면 좋겠지만, 베개에서 머리조차 들 수 없었다. 그래도 나는 제대로 소리 내서 말해야 했다. 이 의사와 간호사에게 고통이 내 의식을 완전히 끊어놓지 못했다는 걸 알려야 했다. 알아들을 수 있을 만한 소리를 내기 위해 나는 다시 시도했다. 하지만 들리는 거라고는 끄르륵거리는 소리뿐이었다. 정말 나한테서 나온 소린가?

나는 베개에서 머리를 들려고 힘껏 애썼고, 그러다 문득 갑자기 세상이 새카맣게 변했다.

이번에 깨어났을 때는 내가 어디 있는지 깨닫는 데 얼마 걸리지 않았다. 움직이려고 하자 팔다리가 아주 무겁게 느껴졌다. 나는 오른쪽 다리, 왼쪽 다리를 차례로 들어보려고 했으나 소용없었다. 손과 팔이 납처럼 무거웠다. 손가락만이 침대 표면에서 겨우 몇 센티쯤 들려 올라갔다. 그래도 한 가지만은 다행이었다. 통증이 잦아들었던 것이다.

"그린 씨, 오늘 아침에는 눈이 맑고 또렷한 걸 보니 다행이군요."

목소리는 내 오른편에서 들렸다. 고개를 돌리자 조금 전과 똑같은 간호사가 있었다. 내가 말을 하려고 할 때 어둠이 다시 덮쳤지만 목과 입이 너무 바싹 말랐다. 마침내 나는 간신히 말했다.

"물 좀."

내 목소리처럼 들리지 않았다.

"그럼요."

효율성의 화신 같은 간호사가 내 옆 탁자 위에 있던 물컵을 들어서 내 입술에 갖다 댔다.

컵으로 물을 마시며 나는 살풍경한 병실을 둘러보았고, 간호사가 일어서서 종을 울렸다. 그리고 덧붙였다.

"환자분 때문에 걱정했어요. 벌써 이틀 동안 엄청난 고열을 앓으셨거든요."

이틀? 내가 이틀 동안 거의 의식 없이 이 침대에 누워 있었단 말이야? 내가 여기 영국에서 뭘 하는 거지? 마지막으로 분명한 기억은 베네치아에서 버너드의 친구인 에델 해리슨 부인과 함께 기차를 타고 런던으로 출발한 거였다.

에델 해리슨. 버너드. 베네치아. 런던.

기억이 순식간에 솟구쳐서 빈자리를 메웠다. 내가 왜 여기 있는지 떠올랐다. 그 기억에 헐떡이는 흐느낌이 목 안쪽에서 올라왔고, 다른 종류의 고통이 나를 덮쳤다. 갑자기 나는 울기 시작했다. 눈물이 뜨겁게 뺨을 타고 흘렀고 나는 숨을 못 쉴 정도로 울었다.

"자, 자, 그린 씨. 걱정하실 필요 없어요. 환자분은 힘든 감염을 겪으셨어요. 열이 떨어진 지 채 2시간도 안 됐고요. 기운이 돌아오면 금방 말끔하게 나을 거예요."

어떻게 그렇게 말할 수 있지? 내가 '말끔하게 나을' 수 있을까? 그런 일을 했는데? 버너드가 나에게 이런 일을 시켰고, 나도 거기 동의했는데?

내 울음이 그치지 않자 간호사가 제의했다.

"친구분을 데려올까요? 복도에서 의사 선생님과 이야기하고 있거든요."

나는 간호사가 누구 이야기를 하는 건가 생각하느라 잠깐 가만히 있었다. 그러다 에델이라는 걸 깨닫고 고개를 끄덕였다. 에델은 사실 처음에는 버너드의 친구였다. 하지만 지난 며칠 동안 여기 병원에서, 그리고 그 전에는 이탈리아에서 영국으로 오는 동안 나를 위해 해준 일을 생각하면 나에게도 충성스러운 친구임이 입증된 것 같다. 내 눈은 붓고 욱신거렸고, 나는 좀 쉬기로 했다. 막 눈을 감았을 때 문이 삐걱 열리고 구두 굽 소리가 났다. 간호사의 부드러운 밑창 소리는 확실히 아니었다. 나는 눈을 떴다. 내 위로 에델의 슬픈 갈색 홍채가 보였다.

"오, 벨. 눈을 뜨고 뺨에 혈색도 좀 돌아온 것 같아서 정말 다행이에요. 우린 정말 걱정했어요."

에델이 안도한 어조로 말했다.

"우리요?"

베네치아에서 런던으로 우리와 함께 온 다른 사람은 기억나지 않았지만, 그렇다고 해서 다른 사람이 꼭 없었다는 건 아니다. 내 기억은 아직 중간중간 끊겨 있었다.

"버너드와 나 말이에요. 우리만 그-"

그녀가 목소리를 낮추고 적당한 비유를 찾으려고 애썼다.

"당신의 시술에 대해 알고 있거든요."

나는 그 말에 눈을 깜박였다.

"버너드가 여기 있어요?"

나는 세상 그 무엇보다도 그가 내 손을 잡고 다 괜찮을 거라고 말해주기를 바랐다.

하지만 정말 다 괜찮을까? 내 행동, 우리 행동의 무게가 나를 짓눌렀다. 우리가 무슨 일을 했는지 알고, 만약에 내 진짜 정체로 다른 선택을 할 수 있었다면 내가 과연 동의했을까 고민하면서 그의 눈을 쳐다보는 건 어떤 기분일까. 하지만 어쨌든 간에 그는 여기 있어야만 했다. 특히 '시술' 이후 내가 아팠던 것까지 고려하면 말이다.

"아뇨. 버너드는 아직 파리에 있어요. 런던까지 올 수가 없었던 모양이에요."

그녀는 머뭇거리며 바닥을 내려다보고 말했다. 그리고 다시 고개를 들었다. 이번에 그녀의 말투는 조금 더 발랄했다.

"하지만 내가 전보로 계속 소식을 알리고 있고, 그 사람도 사랑을 전했어요."

나는 버너드와 메리에게 오랫동안 우정과 충성을 지켜온 상냥한 여자 에델이 버너드의 사랑에 관한 마지막 말을 지어냈을 거라고 직감했다.

런던까지 올 수 없었던 걸까, 오고 싶지 않았던 걸까? 버너드가 그의 편지와 이탈리아에서 지내는 동안 나에게 고백했던 그 모든 감정이 진심이라면 그는 무슨 일이 있어도 다음번 런던행 배를 타고 나를 보러 오지 않을 수 없었을 것이다. 특히 그가 내 문제의 원인이자 시술의 원흉이니만큼 말이다. 그가 오지 않았다는 사실이 모든 것을 말해주었다. 뗄 수 없을 정도로 강하게 엮여 있다고 생각했던 관계는 풀리기 시작했다. 아니면 애초에 내가 생각한 그런 관계가 아니었을지도 모르겠다.

나 혼자 앞으로 나아가야만 했다.

"모든 게-"

나는 적당한 단어를 찾느라 말을 더듬었다.

"잘 처리됐나요?"

에델이 물었다.

"당신 문제 말인가요?"

나는 고개를 끄덕였다. 아무도 '낙태'라는 단어를 쓸 수 없나 보다. 나조차도.

"네. 당신 문제는 시술로 해결됐어요. 이후의 감염은 당신이 베네치아에서 먹은 '간장약' 때문에 일어난 거라고 병원에서는 생각해요."

그녀가 고개를 흔들었다.

"그 약은 효과가 없었죠."

'간장약'이라는 말에 새로운 기억이 몰려들었다. 이제 버너드와 내가 약 2주 전에 처음 베네치아에 도착한 이후에 일어난 끔찍한 일련의 사건들이 생각났다. 버너드에게 임신 이야기를 했고 선택지가 별로 없자 그는 충성스러운 에델을 불렀다. 그리고 그들 사이에 내가 실험동물처럼 앉아 있는 동안 버너드와 에델 둘 다 내 상황에 대해 충격적일 만큼 전문적으로 조용히 의논했다. 나는 첫 단계에 동의했고, 에델은 동정심 많은 이탈리아인 의사에게서 낙태약인 '간장약'을 받아냈다. 구역질은 계속되었고 내 '문제'는 해결되지 않았다.

'간장약'을 먹은 다음 날 아침에 버너드는 '다음 단계'를 언급했다. 내 몸에 끔찍한 냉기가 흐르도록 만드는 완곡어법이었다. 처음에 나는 이 '단계'를 상세하게 논의하는 것도 거부했다. 단순한 약을 삼키는 것보다 훨씬 더 야만적으로 느껴졌기 때문이다. 내 침묵에 버너드는 우리가 동의한 것을 단호하게 상기시켰고, 결국 나는 항복했다. 버너드의 말은 임신을 끝내려는 그의 흔들림 없는 결의를 나에게 다시금 보여주었다. 그는 내 '문제'(절대로 내 아기가 아니었다)를 영구적으로 해결할 수 있는 런던의 특수 병원으로 가야 하고, 버너드가 아니라 에델이 이 여정에 동행할 것임을 알려주었다. 버너드는 처음으로 나에게 일 때문에 파리에 있어야 한다고 말했다. 겁쟁이, 나는 그렇게 생각했으나 말하지는 않았다.

"벨? 감염에 관해 내가 한 말 들었나요?"

에델이 나의 끔찍한 기억을 깨뜨리고 물었다.

"네."

사실은 듣고 있지 않았지만 나는 황급히 대답했다.

"감염이 '간장약' 때문에 일어난 거라고요."

그리고 나는 뜸을 들이다가 꼭 답을 알아야만 하는 질문을 던졌다. 설령 끔찍한 답이라 해도.

"버너드가 파리에서 런던으로 오긴 올 건가요?"

에델이 머뭇거렸다. 그러다 의자를 내 침대 가까이 끌어당겼다. 그녀의 손이 기도하는 것 같은 삼각형을 이루었다.

"벨, 정말로 유감이지만 조금 전에 전보를 받았어요. 버너드가 인사를 전하긴 했지만, 런던에는 아예 올 수 없을 거예요."

27장

1910년 10월 26일
뉴욕

"벨, 벨, 가지 말아요!"

엘렌 테리가 외치며 나에게 에델과 P. G. 그랜트 같은 오래된 뉴욕 친구들과 엘렌처럼 새로 알게 된 지인들 무리에 합류하라고 손짓했다. 엘렌은 내가 샴페인을 몇 잔 같이 마신 유명한 영국 배우였다. 하지만 나는 웃으면서 그녀에게 손을 마주 흔들었다.

"신선한 바람 좀 쐬어야겠어요."

'오셔닉'의 중심 중 하나인 1등석 라운지의 바는 오늘 밤에 붐볐다. 1899년에 진수된 화이트스타 라인 여객선은 식당 위쪽으로 프레스코화가 그려진 금색 돔 지붕부터 개인실을 꾸며놓은 훌륭한 나무 패널과 청동까지, 모든 면에서 호화로웠다. 그리고 1등석 라운지도 예외가 아니었다. 모건 씨라면 기꺼워할 것이다. 어쨌든 그의 지주회사인 국제상업해양회사를 통해 그는 화이트스타 라인의 소유주 중 한 명이었다.

"하지만 자기가 신선한 바람이라고요, 달링."

엘렌이 응수했다. 엘렌은 배에 탈 때 바로 옆에 있었다. 곧 그녀는 나를 자기 친구들에게 소개했고 우리 모두 바에서 만날 수 있는 자리를 만들었다. 샴페인 두 잔을 마시고서 그녀는 우리 두 사람이 이 배에서 유일하게 아방가르드한 영혼이라고 선언하고 이 항해 기간 동안 우리가 떨어져서는 안 된다고 주장했다. 여배우들이란 쉽게 친구를 사귀는 것 같았다.

꽉 쥐고 있던 샴페인 잔을 들어 올리고 나는 멀리서 사람들을 향해 건배했다.

"저녁 식사 때 봐요!"

나는 다른 승객들 사이를 지나며 갑판을 산책했다. 난간 쪽에서 빈 구석 자리를 발견하고 거기서 런던 해안이 멀리 점점 작아지면서 어둑해지는 하늘과 바다를 배경으로 알아보기 힘든 얼룩이 되어가는 것을 바라보았다. 버너드와의 마지막 나날과 런던에서의 지난 몇 주도 저렇게 매끄럽게 지워질 수 있으면 얼마나 좋을까. 나는 예전의 나 자신으로 돌아가고 싶을 뿐이었다.

버너드. 그의 이름만 떠올려도 새삼 상처가 아파왔다. 런던에서 회복기를 거치는 몇 주 동안 우리는 서로 상황이 달랐다면 어땠을지에 관한 달콤쌉쌀하고 서글픈 편지를 주고받았다. 포르투니의 잠옷과 파리제 향수 같은 선물이 딸린, 미래에 관한 희망적인 편지도 몇 통 있었다. 어떤 면에서 그런 게 가장 고통스러웠다. 편지마다 곧 영국해협을 건너 나를 보러 오겠다는 그의 약속이 담겨 있었다.

하지만 그는 오지 않았다. '오셔닉'에 탈 무렵 나는 화가 난 상태였다. 나는 작별 편지에 그 기분을 그대로 적었다.

겨우 몇 시간 거리에 있으면서 어떻게 변명에 변명을 주워섬기며 오지 않을 수가 있죠? 내가 사랑했던 남자가, 나 자신을 바쳤던 남자가 어떻게 이런 식으로 행동할 수 있죠? 그런 상실과 고통을 겪은 나한테 어떻게 이럴 수가 있어요?

편지에 쓰지 않았지만 확실하게 생각했던 질문은 이거였다. 난 어떻게 그 사람이 그러도록 놔뒀던 걸까?

나는 난간에서 몸을 뗐다. 몇 명만이 여전히 갑판을 돌아다니고 있었다. 대부분은 선실로 돌아가서 쉬거나 저녁 식사를 하기 위해 옷을 차려입고 있을 것이다. 나무 바닥을 걸어가는 동안 내 구두 굽이 따각따각 소리를 냈다. 내 개인실이 위치한 복도로 막 들어가려고 할 때 낯익지만 예상치 못했던 사람과 맞닥뜨렸다. 앤 모건이었다.

"앤?"

내가 외쳤다.

"벨?"

그녀가 대답했다.

"벨을 보고 깜짝 놀란 것처럼 말하지 마, 앤. 벨이 타고 있다는 거 이미 알고 있었으면서."

앤의 옆에 서 있던 베시 마버리가 끼어들었다. 그녀는 커다란 덩치에 딱 어울리는 커다랗고 쩌렁쩌렁한 목소리였다. 나는 유명한 연극 및 문학 대리인인 그녀를 알게 되면서 차츰 좋아하게 되었다. 그녀는 자기 분야에서는 대단히 영향력 있는 인물이었다. 그녀는 오스카 와일드가 죽기 전에 그의 작품을 대리했는데, 그 말은 그녀가 대담하고 사회의 멸시 따위는 신경 쓰지 않는다는 뜻이었다. 조지 버나드 쇼의 뛰어난 극본을 대리한 것 역시 그녀의 능력을 보여주는 또 다른 업적이었다. 앤과 엘시 드 울프는 나에게 안 좋은 감정을 갖고 있다 해도 베시는 나를 좀 좋아하게 된 것 같았다. 우리는 서로를 향해 솔직하게 활짝 미소를 지었다. 나는 그들의 보스턴식 결혼의 세 번째 인물로 소문난 엘시가 그 자리에 없다는 것을 알아채고 어디 갔을까 생각했다. 사교계 행사에서 그들은 거의 떨어져 있지 않았다.

베시가 나를 따뜻하게 포옹하며 큰 소리로 말했다.

"만나서 아주 기뻐요, 벨."

"나도 만나서 반가워요, 베시."

다정하게 목례한 후 내가 덧붙였다.

"당신도요, 앤. 두 사람은 파리에서 탔나요? 모건 씨가 당신이 지난 몇 달 동안 빌라 트리아농에 있다고 하시던데요."

하지만 앤이 나와 같은 배를 타고 뉴욕으로 돌아갈 줄은 몰랐다. 다행히 앤은 아버지와 정치적 관점에 차이가 생기면서, 특히 앤이 여성 의상 노동자들을 공개적으로 지지해서 아버지를 격분하게 만들면서 도서관에 별로 들르지 않았다.

"맞아요."

베시가 대답했고, 앤은 그저 뜨뜻미지근하게 고개만 끄덕일 뿐이었다.

"정말 근사한 시간이었죠. 물론 마지막에는 파리에 머물렀고요."

"아, 파리는 어땠나요?"

나는 여자들을 데리고 좁은 복도에서 나와 좀 더 널찍한 갑판으로 자리를 옮겼다.

"언제나처럼 마법 같았어요. 환상적인 음식과 그보다 더 환상적인 연극에."

베시가 두 사람을 대신해 답했다. 그녀는 그 강력한 존재감으로 앤을 약간 묻히게 만드는 몇 안 되는 사람 중 하나였다.

"두 사람 다 정말 좋았겠군요."

"당신은 이번 여행에서 파리는 들르지 않았나요?"

베시가 놀란 표정을 지었다.

"잠깐 들렀어요. 대부분 런던에서 큐레이터와 중개인들을 만나고, 그다음에는 한 달 동안 이탈리아에서 도서관 컬렉션에 걸맞은 미술품들을 감정하고 다녔죠. 불행히도 파리는 이탈리아로 가는 길에 이틀만 머물렀어요."

베시가 나를 향해, 그다음에는 앤에게 손가락을 흔들었다.

"자기 마음대로인 J. P. 모건 씨한테 파리에서 좀 더 시간을 보낼 수 있도록 일정을 여유 있게 달라고 설득해야 돼요."

앤을 힐끗 보면서 내가 베시에게 말했다.

"솔직히 난 불만 없어요. 작은 이탈리아 동네들을 돌아다니면서 근사한 시간을 보냈거든요."

앤이 마침내 끼어들었다.

"어디를 갔나요, 벨?"

이 질문이 보통의 대화에서는 자연스러운 것이긴 해도 앤과 나는 보통의 대화를 해본 적이 없다. 한 번도. 그녀가 내 존재를 인지하는 것조차 굉장히 오랜만의 일이었다. 내가 신중하게 대답했다.

"우선 당연히 피렌체와 베네치아처럼 잘 알려진 도시들을 갔어요.

하지만 진짜 보물은 작은 마을들, 베로나, 라벤나, 시에나, 오르비에
토 같은 곳이라는 걸 알게 됐죠."

"그런 마을들을 어떻게 찾아낸 거죠?"

앤이 물었다.

나에 관한 앤의 호기심은 평소답지 않은 행동이라서 나는 신중하
게 말을 골랐다.

"뛰어난 안내인이 있었거든요."

앤이 승리의 기색으로 히죽거리면서 베시를 힐끗 보았다.

"물론 그랬겠죠. 그리고 그 안내인이 누군지 알 것 같군요."

내 속이 울렁거렸다. 그녀가 별것 아닌 듯한 질문을 던지면서 함
정을 깔아두었던 것이다. 내가 버너드와 함께 지냈다는 것, 심지어
그와 연애했다는 소문을 퍼뜨릴 만한 사람으로 앤은 최악이었다. 그
녀는 이미 나의 열대지방 혈통에 대해 짐작하고 있었다. 나에 관해
두 개의 비밀을 알아냈다고 생각하면 과연 무슨 일을 할까?

"벨."

베시가 앤을 향해 실망스러운 눈길을 던지고서 말을 이었다.

"앤이 내비치는 얘기는, 실은 우리가 '오셔닉'에 타기 이틀 전 파
리에서 버너드 베런슨과 저녁 식사를 같이 했다는 거예요."

"네?"

나는 그들에게 버너드가 이미 이야기한 것 외에는 어떤 것도, 단
한 가지 사실도, 단 한 가지 감정도 드러내지 않기로 마음먹었다. 버
너드가 우리가 함께한 시간에 관해 앤 모건에게 한마디라도 했다는
사실에 화가 났다. 그는 나와 그녀의 관계가 얼마나 위태로운지 잘
알고 있었다.

"그 사람이 당신에게 이탈리아에서 어떤 마을을 방문하면 좋을지 조언해줬다고 하더군요."

베시가 말했다.

"그랬죠."

나는 달리 무슨 이야기가 나오나 보려고 그 사소한 부분만 인정했다.

"그리고 일정에 여유가 있을 때 본인도 당신이 구경하던 곳을 두어 군데 들러서 함께 걸작들을 봤다고요."

베시가 말을 이었다.

"그 사람은 실제로 이탈리아 르네상스 미술에 관해 세계에서 손꼽히는 전문가죠. 그의 안내는 굉장히 유용했어요."

내가 억지웃음을 지었다. 앤이 단호하게 말했다.

"그 사람은 여행 안내원 이상이었던 것 같은데요. 당신이 그 사람 마음을 부숴놓은 것 같더군요."

차분하고 침착하게 있으려던 의도와 달리 내가 불쑥 말했다.

"내가 그 사람 마음을 부숴요? 그 사람이 그런 말을 했을 것 같지는 않은데요."

베시가 앤을 향해 꾸짖는 듯한 시선을 보냈다.

"그 사람은 그런 말을 하지 않았어요, 벨. 버너드는 함께 보낸 짧은 시간 동안 당신이 거부할 수 없을 정도로 매혹적이라는 걸 알게 되었고, 당신이 떠나고 나니까 세상이 더……."

그녀가 단어를 찾는 것처럼 뜸을 들였다.

"흐릿해졌다는 투로 말하더군요."

앤이 큰 소리로 말했다.

"교회와 박물관을 잠깐 보여주었을 뿐인데 그 사람이 그렇게 실의에 빠졌을 것 같지는 않아요. 안 그래요?"

버너드가 실의에 빠져? 잠깐 동안 나는 앤의 말에 담긴 암시를 알아채지 못했다. 그러다가 그녀의 은근한 말뜻이 명백해졌다.

나는 방어적으로 행동하기보다 사교계에서 효과가 좋았던 방식을 사용하기로 했다.

"내 매력에 그 사람이 넘어갔다 해도 별수 없죠. 의도적으로 내가 애교를 떨지는 않았지만, 남자들은 자기가 보고 싶은 대로 보더군요."

내가 스카프를 휙 넘기면서 말했다.

베시가 굉장히 숙녀답지 않은 태도로 요란하게 웃음을 터뜨렸다. 하지만 사실 베시의 모든 것이 숙녀답지 않았다.

"대부분의 남자들이 자기들 관점이 얼마나 멍청한지 모른다니까요, 벨. 셰익스피어도 '바보는 자신이 현명하다고 생각하지만, 현명한 사람은 자신이 바보라는 것을 안다'고 하지 않았던가요?"

그녀는 고개를 흔들고는 말을 이었다.

"앤과 나는 버너드에게 '오셔닉'에 함께 타자고 설득하려고 했어요. 상쾌한 바닷바람과 배에서의 사치스러운 생활에 기운이 좀 날 거라고 말했죠. 하지만 그 사람은 당신이 여기 타는 걸 알고 있더군요. 그리고 당신이 자신을 보고 싶어 하지 않을 거라고 했어요."

앤이 버너드에게 '오셔닉'에 같이 타자고 설득한 게 순수한 의도였을 거라고는 생각하지 않았다. 우리가 서로의 비밀이라고 생각하는 것을 말하지 않겠다는 조용한 합의를 깨고 연애의 증거를 아버지에게 갖고 갈 계획이었겠지.

버너드가 자신이 나를 얼마나 실망시켰는지 깨달았다는 게 그나마 위안이 되었다. 그가 괴로워하고 있다는 것도. 나만 고통을 겪는 건 불공평한 일이니까.

"그 사람이 무슨 이야기를 한 건지 전혀 모르겠네요."

내가 대답했다.

"아, 남자들의 생각이라는 건 앞뒤가 없으니까요."

베시가 그렇게 말하고 덧붙였다.

"이제 우리 방으로 돌아갈 때인 것 같아. 그렇지 않아, 앤?"

두 여자가 한 방을 쓴다고? 베시가 나에게 앤과 베시, 엘시가 실제로 보스턴식 결혼 관계라는 확고한 증거를 자신도 모르게 넘겨준 것 같았다. 이런 정보는 소문을 사실로 바꿀 수도 있다.

"먼저 가, 베시. 나도 따라갈게."

앤은 나에게 시선을 고정한 채로 말했다. 그녀는 베시가 사라질 때까지 기다렸다가 다시 말했다.

"베시는 그저 외교적으로 말했을 뿐이에요. 버너드 말에 따르면 당신네 두 사람이 상당한 연애 관계였던 것 같더군요. 당신은 사랑이 아니라 일 때문에 유럽에 온 걸 텐데요. 아빠가 이 사실을 어떻게 생각하실까 궁금하군요."

모건 씨가 어떻게 생각할지 나는 정확하게 알고 있다. 이 여행이 버너드와 아무 관계 없다고 맹세했으면서 그를 속였다는 사실에 격분할 것이다. 내가 수많은 남자들 중 버너드에게 마음을 빼앗겼다는 사실에 화를 내겠지. 그리고 다른 사람이 내 관심을 모건 씨 본인에게서 떼어냈다는 사실에도 화를 낼 것이다.

이제 뭐라고 대답해야 할지 달리 선택권이 없었다.

"모건 씨가 당신이 베시 마버리와 한 방을 쓴다는 사실을 어떻게 생각하실까 궁금하군요. 방이 넓고 화려하긴 하지만, 침대는 딱 하나밖에 없을 텐데요."

앤의 턱에 힘이 들어갔다.

"그 조그만 위협을 갖고서 자기가 되게 영리하다고 생각하겠지만, 전체적으로는 내가 우세하다는 거 잊지 마. 난 이제 당신 비밀을 두 개나 알고 있어. 당신은 내 비밀을 하나밖에 모르지만."

나는 고개를 흔들고 억지웃음을 지었다.

"앤, 난 당신이 무슨 말을 하는지 정말 모르겠어요. 난 숨길 게 아무것도 없어요."

"당신을 주시할 거야, 벨. 아빠는 당신의 간계와 속임수에 눈이 멀었을지 몰라도, 난 아니야."

이 협박에 나는 겁먹어야 했지만, 기묘하게도 오히려 대담해졌다. 이것은 버릇없는 부잣집 언니가 아빠의 사랑을 독차지한 귀염둥이 동생에게 화를 퍼붓는 그런 옹졸한 행동일 뿐이었다. 앤은 나를 고용인이 아니라 가족의 일원으로 보았다. 그리고 이 여행에서 버너드로 인해 엄청난 고통을 겪었고 결국 그를 내 것으로 만들 수 없었지만, 이제 모건 씨와 내가 깨뜨릴 수 없는 유대감을 공유하고 있다는 걸 확실하게 알았다. 누구도, 어떤 것도 그걸 나에게서 앗아가도록 놔두지 않을 것이다.

28장

1910년 12월 14일
뉴욕

나는 방 안이 핑핑 도는 걸 멈추기 위해 관자놀이를 손끝으로 눌렀다. 누군가 내 이름을 불렀고, 나는 빙빙 도는 샹들리에 불빛과 여자들의 밝은 드레스 색깔 속에서 그 소리에 집중하려고 노력했다. 파리의 코메디-프랑세즈와 비슷하게 설계된 센추리 극장의 정문 로비에서 나는 뒤쪽 벽에 한 손을 짚고 몸을 바로잡으려고 애썼다. 내 주위는 온통 극장 오프닝을 축하하느라 난리였고, 나도 함께 열렬히 즐긴 참이었다.

"정말 괜찮아요, 그린 씨?"

아름다운 하늘색 눈의 남자가 다시 물었다.

이 사람이 누구였더라? 그의 이름이 기억의 흐릿한 가장자리에서 맴돌았으나 확실하게 낚아챌 수가 없었다. 하지만 파티장 맞은편에서 나에게 손을 흔드는 신사가 누구인지는 알았다. 그는 메트로폴리탄 오페라 관장 줄리오 가티-카사자였고, 나도 마주 손을 흔들었다.

남자는 계속해서 나를 쳐다보았고, 나는 뭔가 말을 해야 할 것 같왔다.

"괜찮아요. 여기가 너무 시끄러워서 그래요."

내 말소리는 들렸으나 말투가 좀 이상했다. 혀가 꼬인 건가?

"아, 그렇군요."

그가 로비를 둘러보았다.

"이곳의 음향은 극장치고는 좀 문제가 있어요, 그렇지 않나요? 지휘자도 좀 광기가 느껴지고요. 안 그래요?"

그는 계속 말했지만 나는 그의 말에 주의를 집중할 수가 없었다.

극장은 사람들로 가득했지만, 몇 시간 전에 내가 도착했을 때보다는 상당히 줄었다. 그래도 여전히 많은 뉴욕의 부자와 권력자들이 남아 있었고, 그중 몇몇은 이 거대한 극장 프로젝트의 후원자들이었다. 하지만 오늘 밤 이 부자들의 예의범절은 어디로 간 거지? 아무리 화려한 행사라 해도 사람들은 대체로 조용하고 점잖은 어조로 말한다. 예기치 못한 말이나 행동이 튀어나오지 않도록 말이다. 하지만 오늘 밤은 아니었다. 알코올 때문에, 그리고 버건디를 너무 많이 마신 것 같은 지휘자가 이끄는 오케스트라 음악 소리와 경쟁하느라 목소리가 크고 요란했다.

나는 관찰 결과에 낄낄 웃었고, 남자가 다시 내 이름을 불렀다.

"그런 씨, 아무래도 오늘 저녁은 여기서 그만하는 편이 좋을 것 같군요. 그 마지막 샴페인이 당신을 무너뜨린 것 같아요."

그는 내가 들고 있는 샴페인 잔을 가리켰다.

"아니에요. 밤은 이제 막 시작인걸요."

나는 웃으면서 남은 샴페인을 들이켜고 지나가는 웨이터에게 잔을 건넸다. 유색인 웨이터에게.

웨이터는 잔을 받고 나에게 새 잔을 건넸다. 그러고서 나는 백인 여자로서 평생 한 번도 한 적 없는 일을 했다. 유색인 남자의 눈을 똑바로 쳐다본 것이다. 그는 나를 마주 보았고, 나는 그가 나를 꿰뚫어 본다는 것을 알았다. 하지만 항상 그랬던 것처럼, 엄마가 가르친 것처럼 시선을 돌리지 않았다. 그의 시선을 마주 보며 그에게 말을 해보라는 듯이, 뉴욕 백인 사회의 최고 엘리트들로 가득한 이 파티장에서 그가 아는 사실을 말해보라는 듯이 미소 지었다.

백인 여자 역할을 하는 동안 처음으로 나는 두려움을 느끼지 않았다. 어떤 것도 내가 지금 느끼고 있는 것보다 더 끔찍할 수는 없을 테니까. 지난 한 달 동안 내가 겪은 죄책감과 고통과 상실감보다 더 끔찍한 게 뭐가 있겠는가?

하지만 웨이터는 말하지 않았다. 그는 나에게 그저 예의 바른 목례를 하고 다시 극장 안을 돌아다니며 흥청거리는 사람들에게 샴페인을 권했다.

"그린 씨, 한 잔 더 마셔도 정말 괜찮겠어요? 이미 너무 많이 마신 것 같은데요."

옆에 있는 남자가 말했다. 나는 어깨를 으쓱했다.

"대체로 뭐든 너무 많으면 안 좋죠. 샴페인만 빼고요. 샴페인은 너무 많이 마셔줘야 하는 법이에요."

나는 웃어대며 몇 모금 더 마셨고, 남자가 나와 함께 웃자 그 소리가 굉장히 유혹적이라고 생각했다.

"시간이 많이 늦었어요, 그린 씨. 이만 떠나는 게 좋지 않을까요?"

나는 눈썹을 치켜올렸고, 다시금 이 남자의 이름을 떠올리려고 노력했다. 나는 이 남자를 알았다. 경매장 통로 너머에서, 그리고 파티장에서도 이 남자를 보았지만 이름은 이 샴페인 잔 안쪽 어딘가에 잠겨 있었다.

나는 목소리를 낮추고 그에게 한 걸음 다가섰다.

"음, 당신과 함께라면 어디든 갈게요."

그는 내 잔을 받아 들고 팔을 내밀었다. 고마운 행동이었다. 머리가 어지러웠으니까. 출구로 가는 동안 하인이 우리 코트를 들고 달려왔고, 남자는 내가 털 달린 숄을 두르는 걸 도와주었다. 극장을 나가면서 나는 다른 손님들에게 손을 흔들고 돌아서다가 문턱에 발이 걸려 비틀거렸다.

"휴!"

나는 그의 팔을 붙잡고 외쳤다.

"괜찮아요?"

그가 나를 위아래로 살피고 덧붙였다.

"아마도 괜찮은 것 같군요."

"네, 당신이랑 같이 있으니까요."

12월의 공기는 싸늘했지만 그에게 달라붙어 있으니 따뜻하게 느껴졌다. 센트럴파크 웨스트로 걸어가는 동안 나는 그의 어깨에 머리를 기대려고 노력했지만, 균형을 잡는 데에 너무 많은 에너지를 썼다.

샴페인을 더 마실 수 없다 해도 최소한 이 남자와 함께 집에 갈 수는 있을 것이다. 이 남자 이름은 기억이 안 나지만 상관없었다. 내가 지금 원하는 건 오늘 밤 다른 사람에게서 뭔가를 느끼고, 아침이 되면 버너드에게서는 아무것도 느끼지 않는 것뿐이었다.

남자가 한 손을 들자 마차가 나타났다. 삯마차가 아니라 자기 마차일 것이다. 그의 도움으로 나는 애써 사치스러운 내부에 올라타고 그가 앉을 자리를 만들기 위해 천이 덮인 의자 안쪽으로 들어갔다. 하지만 그는 고개만 끄덕이고는 마차 옆부분을 두드려 떠나도 좋다는 신호를 보낸 후에 말했다.

"다시 만나서 반가웠어요, 그린 씨. 피어폰트 씨에게 내 인사를 전해줘요."

"우리가 같이 집에 가는 게 아닌가요?"

그의 눈썹이 위로 올라갔다.

"안 그러는 게 좋겠어요. 당신은 샴페인을 너무 많이 마신 숙녀이고, 난 신사이니까요. 곧장 집에 가는 편이 아침에 기분이 더 나을 거예요."

"난 오늘 밤에 기분이 더 나아지고 싶어요."

내가 말했다. 본의 아니게 그는 낄낄 웃었다.

"잘 가요, 그린 씨."

마지막에 마신 샴페인이 나를 조종하듯이 나는 그의 손을 잡으려 했다.

"뭐가 문제죠? 내 검은 피가 겉으로 드러나나요?"

그는 내 말이 전혀 이해되지 않는 것처럼 인상을 찌푸렸다가 마부에게 고개를 끄덕였다. 마차가 덜그럭거리며 출발하자 나는 한숨을 내쉬고 의자에 기대서 마부에게 집주소를 알려주고 울렁거리는 속을 가라앉히기 위해 눈을 감았다. 이건 내가 바랐던 오늘 밤의 끝이 아니었다. 나는 머릿속에서 지울 수 없는 남자를 잊게 만들어줄 남자와 함께 있고 싶었다.

몇 분 안에 우리 아파트에 도착했다. 나는 길로 내려섰다. 싸늘한 기온이 느껴지자 몸이 휘청거리지 않았다. 하지만 아파트 안으로 살금살금 들어가다가 입구 탁자에 부딪치는 바람에 부치려고 놓아두었던 편지들이 바닥으로 흩어졌다.

"젠장."

내가 중얼거렸다. 비즈 장식의 버건디색 이브닝드레스에 꼭 갖춰야 하는 단단한 코르셋을 입은 채 이걸 줍기는 쉬운 일이 아니었다.

좀 더 고급스러운 아파트로 이사를 왔음에도 불구하고 엄마 침실문은 여전히 삐걱거렸다.

"벨, 너니?"

엄마가 눈가의 회색 머리를 쓸어 올리며 속삭였다.

"너 괜찮니?"

"괜찮아요, 엄마."

"술을 너무 많이 마신 것 같구나."

엄마가 벽난로 위의 시계를 힐끗 보았다.

"새벽 2시가 넘었어. 미혼 여자가 나다니기에는 너무 늦은 시간이야. 그것도 제대로 된 보호자도 없이 말이지."

엄마가 슬쩍 덧붙였다.

'오셔닉'에서 가족의 아파트로 돌아온 그 순간부터 엄마는 다시 나를 관습이라는 줄로 꽁꽁 묶으려고 했다.

"엄마, 사교도 제 일의 일부라는 거 아시잖아요. 그래서-"

"유럽에서 무슨 일이 있었던 거니, 벨?"

엄마는 지난 몇 주 동안 이 질문을 여러 번 던졌기에 나는 놀라지 않았다.

"아무것도요, 엄마. 모건 씨를 위해 작품을 샀을 뿐이에요."

나는 마지막으로 들이켠 샴페인에도 불구하고 말은 분명하게, 자세는 차분하게 유지하려고 애썼다.

"건방 떨지 마라, 벨. 넌 집에 돌아온 이후로 달라졌어. 넌……."

엄마가 날카로운 어조로 말하면서 적당한 단어를 찾느라 잠깐 뜸을 들였다.

"산만하고 초조해하고 있어. 심지어는 무모하고."

무모하다. 그게 내가 느끼는 기분이었다. 조용한 순간을 잠깐도 참을 수가 없었으니까. 조용해지면 버너드에 관한 생각이나 더 심하면 내 아기에 대한 생각에 압도될 것만 같았다.

하지만 내가 돌아오고 겨우 몇 주 만에 다시 편지를 주고받기 시작했기에 버너드 생각을 완전히 지운다는 건 불가능했다. 그것은 '나의 사랑스러운 벨, 당신을 경애합니다'라는 문장의 한 쪽짜리 편지로 시작되었다. 내 심장박동이 빨라졌지만, 나는 이성적으로 인사도 없이 이렇게 답장을 보냈다. "버너드, 당신은 이 말을 진짜로 실행하는 것보다 말로 훨씬 잘하는 것 같군요." 나는 내 모든 고통과 그의 모든 책임에 관한 기나긴 이야기를 덧붙였다.

하지만 그는 계속해서 편지를 보내고 계속해서 애정을 표현했다. 내 머리는 진실을 기억하라고 외쳐도 내 심장은 우리가 차츰차츰 관계를 쌓아온 한 해와 그의 사랑의 힘과 경이를 발견하게 된 이탈리아에서의 나날들을 자꾸만 떠올렸다.

마침내 나는 엄마의 말에 대답했다.

"사실 오늘 밤 파티 참석자들도 내가 달라 보인다고 그랬어요. 하지만 지금껏 본 중에 가장 근사하다고 그러던데요."

나는 말을 또박또박, 목소리는 차분하게 유지하려고 애썼다. 내가 얼마나 취했는지 엄마한테 들키지 않으려고 말이다.

"네 파티용 말재주를 감히 나한테 쓰려고 하지 마라, 벨. 그 멍청한 사교계 사람들한테는 통할지 몰라도 네가 말을 돌리려고 그러는 거 알아."

엄마의 아름다운 눈에는 비난과 분노가 어려 있었다.

"배에서 무슨 일이 있었던 거니?"

'오셔닉'에서? 그 즐거움과 망각의 성채에서 안 좋은 일이 일어날 수 있다는 생각만으로도 나는 큰 소리로 웃고 싶을 정도였다. 내가 겪은 가장 불쾌했던 일은 앤과의 만남이었고, 그 첫날 이후로 나는 그녀와 가까이하지 않으려고 주의했다. 그 외에는 흥청망청 즐거운 시간만 보냈다.

"물론 아니에요, 엄마. 엄마도 그런 배 타보셨잖아요. 음식과 즐거운 행사들이 넘치는 곳이에요."

엄마가 고개를 흔들었다.

"무슨 일이 있었어, 벨. '오셔닉'에서든 유럽에서든. 난 안다."

엄마의 끈질긴 말에 나는 머뭇거렸다. 터질 것만 같아서 엄마에게 말하고 싶은 마음이 굴뚝같았다. 엄마는 여행 전까지 내 비밀을 털어놓는 상대였고, 여행에서 나는 버너드가 그 사람이 될 거라고, 그가 진짜 나를 알게 될 거라고 믿었다. 하지만 그는 나에게 상처를 주었고, 바꿔놓았다. 그는 절대 나의 가장 친밀한 상대가 되지 못할 것이다. 심지어 내 친구조차 될 수 없을 것이다.

내가 말했다.

"며칠 밤 늦게 들어오는 건 큰일이 아니에요. 엄마는 괜한 걱정을 하시는 거예요."

나는 코트를 벗어서 소파에 던져놓고는 거기 앉았다. 이 이야기를 계속하려면 서 있는 것보다 앉는 게 나을 것이다. 방이 빙빙 도는 게 좀 멈추니까.

"난 파티 이야기를 하는 게 아니야, 벨."

엄마의 목소리가 좀 부드러워졌다.

"난 그런 파티에서 네 술버릇에 대해 이야기하는 거란다. 그리고 매일 밤 늦게 온다는 얘기고. 네가 속이 안 좋고 피곤하고 집중하지 못하는 상태로 아침에 일어나서 아파트를 나간다는 얘기고. 네가 안고 있는 모든 위험 요소에 대한 이야기야."

잠깐 동안 유색인 웨이터의 모습이 머릿속에 떠오르더니 내가 한 말이 생각났다. "검은 피." 내가 무슨 생각을 했던 거지? 하지만 그걸 인정할 수는 없었다. 엄마에게 걱정을 끼칠 수는 없었다.

"일 때문에 꼭 참석해야만 하는 파티에 늦게까지 있는 건 위험한 행동이라고 할 수 없어요."

나는 눈을 감고 관자놀이를 문질렀다. 지금 이 시점에서 내가 바라는 건 그저 자는 것뿐이었다.

"그런 파티에서 취한 나머지 소위 네 친구라는 사람들 앞에서 실수로 네 진짜 혈통에 대해 말하는 건 우리 중 누구도 감당할 수 없는 위험이야, 벨. 네 밤 생활 때문에 피어폰트 모건 도서관에서 네 업무에 안 좋은 문제가 생기는 것 역시 우리 가족 전부에게 영향을 미칠 거고. 그거 모르겠니?"

엄마가 걱정하는 진짜 이유 때문에 순식간에 화가 솟구쳤다. 나는 서른한 살이고, 성인이 된 이래로 평생 경제적 책임과 내 진짜 정체라는 짐을 짊어지고 살아왔다.

"내가 언제 내 일을 제대로 못 한 적이 있어요? 내가 우리 가족에 대해 책임을 못 진 적은요?"

엄마가 눈썹을 치켜올리고 내 분노를 받았다. 이번에는 엄마의 목소리가 좀 더 차분했다.

"네 아빠와 내가 사우스캐롤라이나주의 컬럼비아에서 지낸 시절에 대해 말해준 적이 있던가? 네 아빠가 교수였던 때."

나는 깜짝 놀랐다. 이야기가 갑자기 바뀌었을 뿐만 아니라 엄마가 아빠 이야기를 꺼내셨다. 나는 고개를 흔들었다. 아빠가 교수였다는 건 물론 알고 있었지만, 엄마 아빠의 결혼 초기에 대해서는 아무것도 몰랐다.

엄마가 내 옆자리에 앉았다.

"네 아빠는 정말 근사한 남자였고 장래가 유망했어. 1874년에 우리가 결혼했을 때 난 기꺼이 부모님의 편안한 집을 떠나 사우스캐롤라이나로 갔지. 그의 옆에서 기차와 마차를 타고 그곳까지 가는 건 낭만적인 모험 같았어. 난 메이슨-딕슨 선(메릴랜드주와 펜실베이니아주의 경계선으로 미국 남부와 북부의 경계)에서 그렇게 남쪽까지 가본 적이 없었거든. 유색인 자유인들이 종종 납치되어 대농장에 팔려가던 전쟁 전에는 꿈조차 꿀 수 없는 일이었지. 하지만 전쟁이 끝나고 우리를 보호해줄 법이 통과됐어. 네 아빠와 난 나라가 정말로 바뀌었다고 믿을 정도로 순진했지. 우리가 결혼하기 1년 전에 리처드는 주도인 컬럼비아에서 막 흑인 입학이 가능해진 사우스캐롤라이나 대학에 최초의 유색인 교수로 임용됐어."

내가 눈썹을 치켜올리자 엄마가 덧붙였다.

"네가 거창한 광경을 떠올리기 전에 말하자면, 이 주도라는 것이 알고 보니 나무 건물로 이루어진 대학, 흙길이 나 있는 도시, 그리고 그 지위나 주의 정치적 의향보다 훨씬 높은 포부만 갖고 있는 곳이 었지. 대학 캠퍼스는 약간 더 인상적이었지만, 말 그대로 약간일 뿐 이었어. 예쁜 잔디밭에 열두 채의 커다란 벽돌 건물이 서로 마주 보고 있고, 2미터 높이의 벽돌담으로 둘러싸여 있었지. 솔직히 말해서 그 벽 때문에 약간 안전한 기분이 들었어. 마차를 타고 역에서 캠퍼스까지 가는 동안 우리는 남부 백인들의 싸늘한 눈길을 받았고, 유색인들이 호기심으로 입을 딱 벌리고 쳐다보는 것도 그와 별반 다르지 않았단다."

엄마의 표정이 상냥해졌다.

"처음에는 굉장히 의기양양한 분위기였어. 지금은 인정하마, 벨. 우린 긴장을 풀 수 있었지. 네 아빠는 심리학과 윤리학 정교수였고, 사서까지 겸임했어. 우린 백인이자 화학 교수인 윌리엄 메인과 그 가족들과 근사한 2세대용 빌라를 함께 썼지."

나는 엄마의 말을 자르고 싶었다. 물어볼 게 너무나 많았으니까. 하지만 절대 과거를 떠올리려 하지 않는 엄마가 이 이야기를 해준다는 사실에 술이 번쩍 깨고 완전히 사로잡혀서 아무 말도 하지 않았다.

엄마가 말을 이었다.

"굉장히 화기애애한 시절이었단다. 네 아빠는 하버드 졸업장 덕분에 어느 정도 명망이 있었지. 하지만 시간이 흐르면서 그것도 바뀌었어. 그 지역 보수파들은 백인 청년들이……."

엄마는 잠깐 말을 멈췄다. 엄마는 분노를 억누르고 있었다.

"유색인과 한 교실에 나란히 앉아서 유색인 교수에게 배운다는 것에 격분했지. 그들의 감정이 점점 위로 전달되어서 주 의회까지 도달했어. 너희 아빠는 거기서 벌어지는 일을 무시할 수가 없었지. 그래서 그 싸움에 뛰어들어 교수단과 주 의원들과의 만남에 나갔어. 교회 모임과 집회를 조직했고. 거기서 시민권에 관한 뛰어난 연설로 알려지기 시작했던 거란다. 특히 네 아빠 친구 찰스 섬너가 죽기 직전에 도입한 공민권법을 지지하는 걸로 유명해졌지."

"아빠가 찰스 섬너와 친구였어요?"

엄마의 말에 나는 깜짝 놀랐다. 전쟁 후 자유노예들의 시민권과 투표권을 위해 싸웠던 메사추세츠주의 그 유명한 의원과 아빠가 어떻게 친구였던 거지?

"음, 그래. 네 아빠는 당시 시민운동에 관여했던 대부분의 사람들과 친구였단다. 프레더릭 더글러스, 부커 T. 워싱턴, W. E. B. 두보아. 그 사람들과 평등을 이루는 최선의 방법이 뭔지를 놓고 말다툼을 하지 않을 때는 그랬달까."

몇 주 전에 나는 새로운 시민권 조직인 전미유색인종지위향상협회(National Association for the Advancement of Colored People)에 관한 기사를 읽었고, W. E. B. 두보아가 창립자 중 한 명으로 나왔다.

엄마의 눈은 더 이상 내가 아니라 과거를 보고 있었다.

"그랜트 대통령이 승인한 공민권법이 우리가 원한 것보다 약하긴 했지만, 대학의 인종분리 철폐를 놓고 분노가 커져간다는 것도 알긴 했지만, 우린 모든 시민들의 시민권과 법적 권리를 보장한다는 법안의 정신이 이길 거라고 여전히 낙관했지. 우린 여전히 희망에 차 있었고, 여전히 행복했단다."

엄마는 자신도 끼어 있었다는 듯이, 결혼생활 동안 내가 한 번도 본 적 없는 방식으로 아빠와 엄마가 일종의 파트너였다는 듯이 '우리'라고 표현했다. 나는 다시금 놀랐다. 물론 아빠가 하는 일에 대해 알았고, 그게 엄마 아빠의 결혼생활이 종말을 맞은 이유라는 것도 알았다. 하지만 나는 엄마가 반대편에 있었을 거라고 믿었다. 엄마가 미국에서 유색인의 권리 상승을 원하지 않았다는 말은 아니다. 그저 백인 우위의 환경에서 평등이라는 게 절대 이루어질 리 없으니 엄마는 싸울 의미가 없다고 늘 생각했을 거라고 여겼다.

새로운 이해의 눈으로 엄마를 보게 된 것 같았다.

"거기서 네 아빠는 평생의 꿈 중 하나를 이루었단다. 법대에 등록했던 거야. 그리고 네 아빠의 경력이 쌓일 동안 나는 임신을 해서 우리 첫아이를 낳았단다."

이번에 엄마가 말을 멈췄을 때, 나는 엄마가 그 이름을 과연 이야기할까 궁금했다.

"어린 호레이스."

엄마의 눈에 눈물이 고였다.

우리는 어릴 때 루이즈 언니 전에 태어났던 아이에 관해 수군거리는 이야기를 들은 적이 있다. 하지만 나지막한 대화는 우리가 방에 들어가는 순간 끝나곤 했다. 그리고 엄마는 우리 앞에서 절대 그 아기 이야기를 꺼내지 않았다.

나는 잃어버린 아이에 감정 이입이 되어 내 배 위에 한 손을 올렸다. 하지만 그 생각을 계속할 수는 없었다. 내가 뭘 하고 있는지 깨닫자마자 나는 손을 다시 내렸다.

"우리에게 어둠이 한꺼번에 내려온 것 같았지. 호레이스는 태어난 지 겨우 9개월 만에 죽었어. 정말 작은 아이였고, 태어날 때부터 아팠지. 우린 그 애를 바로 거기 캠퍼스 묘지에 묻어야만 했어. 내가 루이즈를 이미 임신하고 있지 않았다면 그냥 몸을 둥글게 말고 거기서 죽어버렸을지도 몰라. 네 아빠가 매일 저녁 집으로 가져오는 소식들을 들을 때마다 더더욱."

엄마의 목소리는 이제 거의 속삭임 수준이었다.

"보수적인 민주당원들이 사우스캐롤라이나에서, 사실상 남부 전역에서 더욱 힘을 갖기 시작했어. 쿠 클럭스 클랜(Ku Klux Klan, KKK)도 그랬고. 유색인들이 집회에서 살해되었지. 네 아빠의 목숨도 여러 차례 위협받았고. 그 사람은 위험을 무릅쓰고 연설을 계속했어. 특히 선거 무렵에는 더 많이. 백인들은 무지한 자기들 무리 사이에 자부심 넘치고, 세련되고, 강한 유색인 남자가 있다는 걸 끔찍히도 싫어했어. 특히 자기들이 노새나 다름없다고 여기는 사람들이 평등권을 갖는 걸 참을 수 없었던 거야. 네 아빠는 의회와 주지사 사무실에서 공화당원들이 권력을 유지할 수 있도록 치열하게 싸웠어."

엄마는 자부심 어린 어조로 말을 이었다.

"하지만 결국 민주당에 패했고, 그들은 재건시대에 이루었던 모든 걸 순식간에 해체해버렸어. 사우스캐롤라이나 대학의 인종차별 없는 문은 몇 주 만에 닫혔지. 거긴 작은 백인 전용 특권층 대학으로 되돌아갔어. 그 마지막 날에 대학 문을 나와 컬럼비아로 들어서면서 난 우리가 지나치는 백인들이 우리를 얼마나 증오하는지 알았단다. 그리고 느낄 수도 있었지……."

엄마는 숨을 들이쉬지 않고는 말을 이을 수 없는 듯 뜸을 들였다.

"그들이 우리 얼굴에 침을 뱉고 등에 쓰레기를 던졌으니까. 집단 폭행을 당하지 않은 것만도 다행이었어. 네 아빠와 나는 평등이 가능했던 역사상의 아주 짧은 시간을 살아봤단다. 하지만 유색인과 나란히 서라는 요구를 받자마자 인종차별 의식과 두려움이 백인들 속에서 솟구쳐서 그 가능성을 없애버렸지. 바로 그 순간 나는 미래를 뚜렷하게 볼 수 있었단다. 우리의 작고 훌륭한 유색인 사회는 곧 사라질 거야. 인종화합이라는 고상한 전후의 이상도 그와 함께 사라질 거고. 오로지 흑인과 백인만 남을 거고, 두 인종은 분리될 거야. 절대 평등하지 않게. 난 네 아빠가 이걸 이해하거나 받아들이기 한참 전부터 알았단다, 벨. 그 사람의 행동이 소용없다는 걸 알고 있었어. 우리가 뉴욕으로 왔을 때 선택지는 하나뿐이었어. 할 수 있는 선택은 딱 하나뿐이었단다."

엄마의 시선이 과거 먼 곳을 바라보다 내 얼굴로, 현재로 돌아왔다.

"우리의 유일한 희망은 백인으로 사는 거야."

엄마가 엄격한 눈으로 나를 응시했다.

"네가 유럽에 있는 동안 무슨 일이 있었는지 나에게 말하고 싶지 않다면, 벨, 그건 네 마음이야. 하지만 네가 감수하는 위험 요소를, 네 가족에게 어떤 위협을 가하는 것인지 알아야 돼. 네 진짜 정체가 밝혀지면, 그와 함께 가족들의 정체까지 밝혀지면, 우리 모두 다시 유색인이 될 테니까. 그리고 넌 벨 마리온 그리너로 돌아가고 싶지 않을 거야. 내가 장담하마."

나는 엄마의 이야기에 놀라서 침묵을 지켰다. 엄마가 과거의 핵심적인 부분을 나에게 이야기해주었다는 사실은 고맙지만, 이건 성인이 된 딸에게 자신의 내밀한 삶을 털어놓는 게 아니라 엄마의 교훈적인 이야기였다. 이건 역사에 관한 이야기도 아니었다. 미래에 관한, 내가 태양에 너무 가까이 날아가면 나를 둘러싼 세상이 어떻게 될지에 관한 이야기였다. 엄마가 나에게 했던 모든 '제안', 엄마가 나에게 했고 내가 최근에 거부한 모든 경고 중에서 이것만큼은 머리에 남았다.

엄마는 일어나 돌아서서 침실로 들어가 문을 닫았다. 나는 거기 앉아 엄마의 말을 곱씹었다. 엄마가 해준 이야기에는 또 다른 메시지가 담겨 있었다. 백인으로 사는 건 엄마가 원한 일이 아니라 해야만 하는 일이었다. 엄마는 아빠를 위협했고, 부모님을 마을에서 거의 몰아냈고, 흑인에 대한 집단폭행이라는 망령을 키워낸 사람들과 한패인 것처럼 가장했다. 그래야만 한다고 생각해서. 엄마는 워싱턴 DC에서 가장 저명한 유색인 집안의 자랑스러운 일원이었음에도 불구하고 그런 집단의 한 명이 되었다. 엄마는 플리트 가 사람인 걸 대단히 좋아했다. 그런데 엄마가 혐오하는 사람들 속에서 살기 위해 엄마가 사랑한 정체성을 포기했던 것이다. 오로지 자식들이 더 나은 삶을 살게 하려고 말이다.

나는 소파에서 일어섰다. 엄마의 이야기와 엄마가 밝힌 사실들 덕분에 술이 깨서 걸음이 훨씬 더 멀쩡했다. 나는 엄마의 희생을 알게 되었고, 우리 모두에게 이 선택이 꼭 필요했다는 사실을 받아들였다. 앞으로는 주의할 것이다.

29장

1911년 4월 20일
뉴욕

넉 달 전 엄마와 대화를 나눈 이래로 나는 최소한 표면적으로는 엄마의 지시대로 얌전하게 행동했다. 일과 관련된 사교 행사에서는 술을 절제했고, 모건 씨와 있을 때면 예의의 화신이 되었다. 약간의 반항을 하는 날에도 늦은 귀가 시간과 행동에 변화를 주었다. 즉, 카트리나와 여성의 권리를 위한 집회에 참석하거나 이블린과 그리니치 빌리지의 시 낭독에 갈 때면 일찍 집에 들어오고 오로지 관중으로서만 행동했다. 사교 모임의 새로운 친구들, 여배우 메리 가든과 엘렌 테리, 사라 번하트와 만나 그들의 독립성과 성생활에 대해서는 즐겨도 내 은밀한 생활은 좀 더 최근의 일이라도 절대 드러내지 않았다.

가끔은 내가 뭐하러 이런 위험을 감수하나 싶기도 했다. 도서관과 그 일에 필요한 사교 행사에만 집중하는 편이 더 안전하지 않을까? 하지만 내 삶에 잠깐이라도 조용한 순간이 생기면, 그 빈자리를 버너드 생각이 채웠다. 그가 계속해서 보내는 연애편지를 읽고 그가 계속해서 보내는 미술품과 드레스 선물을 받긴 해도 그에게 냉정해지기 위해 필요한 모든 일을 해야만 했다. 앨리스테어 배런의 아파트에서 종종 보내는 애무의 밤이나 새뮤얼 야들리와 오페라 극장의 박스석에서 키스를 나누며 보내는 시간이 버너드가 만들어놓은 내 갑옷의 틈을 메우는 데 도움이 되었다. 내가 알게 된 버너드의 진짜 모습 대신 어떤 새로운 버전의 버너드가 나타날 거라는 희망을 가져서는 안 된다.

그리고 지난 몇 주 동안 나는 새로운 시도에 완전히 몰두하느라 바빴다. 이걸로 영원히 모건 씨 밑에서 일한다는 확고한 도장을 찍고 엄마의 두려움을 확실하게 없앨 수 있기를 바랐다. 이 중대한 새 프로젝트 덕분에 버너드를 생각할 마음의 여유도, 시간도 없었다.

"벨!"

내 이름을 부르는 소리에 깜짝 놀라 생각에서 깨어났다. 보통 나는 모건 씨가 나를 소리쳐 부르기도 전에 그의 문 앞에 가 있었으나 오늘은 벌써 열일곱 번째로 그의 곁으로 달려가야 했다.

오늘 아침에는 독특한 문젯거리가 있었다. 모건 씨의 정부 넷 중 세 명이 사교 시즌을 맞아 이 도시에 왔고, 그들의 방문이 겹치는 경우 따로따로 떼어놓는 즐겁지 않은 임무를 내가 떠맡았다. 그 일이 오늘 벌써 세 번이나 일어났다. 이제 겨우 정오 무렵인데 말이다. 하필이면 내가 참석해본 것 중에서 가장 이목을 끄는 중요한 경매가 진행되는 날 아침에. 이 경매에서 나는 굉장히 기대하던 물건을 낙찰할 생각이었다.

"벨! 자네가 거기 있는 거 알아! 자넨 나를 모욕할 뿐만 아니라 내 귀한 손님 레이디 존스톤도 모욕하고 있는 거야."

모건 씨가 다시 소리쳤다.

나는 그 이름에 반색했다. 레이디 존스톤은 모건 씨의 정부 넷 중에서 유일하게 내가 진짜 존중하는 사람이다. 영리하고 지적인 레이디 존스톤과 나는 콜로니 클럽에서 몇 차례 점심 식사를 같이 하며 유대를 쌓았다. 레이디 존스톤의 미술과 문화에 대한 상세한 지식은 내 흥미를 끌었고, 모건 씨에 대한 나의 상세한 지식이 그녀의 흥미를 끌었다.

언제나 완벽하게 치장하고 파리제 최신 드레스를 입는 레이디 존스톤 앞에서 부끄럽지 않기 위해 나는 머리 모양을 바로잡고 책상 앞에서 일어섰다. 나는 막 오늘 밤 로버트 호 경매를 위한 메모들을 정리하기 시작했다. 미술계의 필사본 분야에서 중요 인물들은 전부 로버트 호의 책 컬렉션 판매에 참석하기 위해 뉴욕에 와 있었고, 나는 준비를 해둬야 했다. 하지만 오늘 저녁에 아무리 많은 것이 걸려 있다 해도 모건 씨나 레이디 존스톤을 모욕할 수는 없었다.

오늘 밤은 나에게 그저 중요한 또 한 번의 경매 이상이었다. 오늘 밤, 마침내 모건 씨가 나의 면접에서 요구했던 바로 그것을 해낼 수 있을 것이다. 오늘 밤, 나는 경매의 최고 상품, 몇 달이고 수십 달이고 찾아 헤매다 발견한 바로 그것을 낚아챌 것이다. 오늘 밤 경매가 시작되기 전에 구하려고 했지만 성공하지 못한 물건, 모건 씨가 자신의 성배라도 되는 것처럼 나에게 찾으라고 주문했던 초기 간행 희귀본 윌리엄 캑스턴 판 토머스 맬러리의 《아서 왕의 죽음》.

모건 씨의 사무실로 황급히 들어가서 나는 인사했다.

"안녕하세요, 레이디 존스톤! 레이디 존스톤이 사무실에 계신 줄 알았으면 제 서재에 숨어서 모건 씨의 말을 못 들은 척하는 대신 당장 달려왔을 거예요."

우리는 누군가가 모건 씨를 무시한다는 그 말도 안 되는 일을 생각하며 웃었다.

그가 말했다.

"내가 잠깐 킹을 만날 동안 레이디 존스톤을 접대해줄 수 있겠나?"

"기꺼이 그러죠, 대표님."

그가 책상 뒤에서 일어섰다.

"레이디 존스톤, 오늘 밤에 벨이 나에게 보물을 가져올 거라는 얘기를 내가 했던가?"

"네, 어젯밤에도 했고 오늘 아침에도 또 했어요."

레이디 존스톤이 미소를 지었다.

"그랬나? 흥분해서 잊어버렸던 모양이군."

"대표님을 위해 꼭 낙찰하도록 최선을 다하겠습니다."

내가 그를 안심시켰다. 다시 한 번.

"최선을 다하는 건 좋은 일이지, 벨. 하지만 내 캑스턴을 구해오는 건 당연한 일이야."

모건 씨가 방을 나가자 나는 레이디 존스톤을 향해 미소를 지었다.

"대표님은 캑스턴에 굉장히 흥분하고 계세요. 오랫동안 기다리셨거든요."

그녀가 고개를 끄덕였다.

"그 사람이 오늘 밤에 나와 함께 애스터 가 파티에 참석하지 않으려고 했다는 거 알아요? 애스터 가에 안 가려는 핑계로 경매 이야기를 계속해대면서 당신과 함께 가려고 했죠. 난 단호하게 그 사람도 가야 한다고 주장했어요."

"전 모건 대표님이 뭘 하고 싶어 하시는지에 관해서는 짐작조차 할 수 없어요, 레이디 존스톤."

그녀가 듣기 좋은 종소리 같은 소리로 다시 웃었다.

"피어폰트가 원하고 바라는 것이 무엇인지 확실히 아는 사람이 있다면 바로 당신이겠죠, 그린 씨."

웃음에도 불구하고 나는 그녀의 목소리에 깔린 어두운 저의를 느낄 수 있었다.

"그 사람은 나와 이 파티에 가는 것보다 당신과 경매에 가는 걸 더 좋아할 거예요."

"그건 잘 모르겠네요. 하지만 그렇다면 그건 오로지 몇 년 동안이나 바라던 캑스턴 원고 때문일 거예요."

그녀가 방 안을 서성거리며 값비싼 책들의 책등을 손가락으로 쓰다듬고 신중하게 배치해놓은 자리에서 끄집어내기 시작했다.

"피어폰트가 어젯밤 당신에 관해 뭐라고 했는지 알아요, 그린 씨?"

그녀의 말투가 바뀌었다. 그녀는 더 이상 질문하며 나를 쳐다보지 않았다.

나는 별로 알고 싶지 않았지만, 그녀를 향해 살짝 웃었다.

"아뇨, 대표님이 레이디 존스톤에게 저에 관해 뭐라고 하셨을지 상상도 안 되네요. 제가 그분께 불평 거리를 꽤 많이 만들어드렸을 걸요."

그녀가 멈췄다. 이제 그녀의 얼굴에 웃음기라고는 없었다.

"그 사람은 당신이 자기 인생에서 가장 중요한 사람이라고 하더

330

군요."

그녀의 말에 나는 놀라고 기뻤지만, 그래도 아니라는 뜻으로 손을 흔들었다. 그래야만 했다.

"대표님이 분명 농담하신 걸 거예요. 제가 대표님 머리에 있었던 건 오로지 중요한 원고를 구하기 직전이기 때문일 거예요."

"그 사람 목소리에 농담의 기색이라고는 전혀 없었어요, 그린 씨. 존경심과 감탄만 있었죠."

몇 달 동안 나를 알아봤으면서 이제 와서 별 이유도 없이 나를 경쟁 상대로 여기는 건가? 모건 씨와 내가 은밀한 순간을 겪은 지도 몇 년이나 되었다. 오래전에 우리는 딱히 논의하지 않고서도 우리 둘 사이에 연애는 절대 없을 거라는 결론을 내렸다. 그런데 왜 이제 와서 레이디 존스톤이 이런 이야기를 꺼내는 거지? 내가 알아채지 못한 뭔가를 느낀 건가?

내가 대답하기 전에 사무실 문이 열렸고 나는 그 조각 장식의 가장자리가 레이디 존스톤 때문에 책장에서 살짝 빠져나온 중세 기도서를 할퀼 뻔해서 펄쩍 뛰었다. 모건 씨의 커다란 목소리가 방을 울렸다.

"자, 벨. 레이디 존스톤과 나는 떠날 시간이군."

그가 좀 더 낮고 부드러운 목소리로 덧붙였다.

"하지만 자네 혼자서도 경매장의 자칼 무리들을 훌륭하게 상대하리라는 거 알아. 아침에 보자고. 그때 자네 손에 그 캑스턴이 있기를 기대하지."

레이디 존스톤의 미소가 되돌아왔다. 최소한 잠깐 동안은 그녀가 존 피어폰트 모건의 인생에서 가장 중요한 사람이 될 것이다.

경매가 시작되기 전에 나는 집에 들러서 좀 더 화려한 앙상블로 갈아입었다. 버너드가 보내준 선명한 사파이어색 포르투니 드레스였다. 그의 생각을 지운다고 해서 그가 보낸 선물을 유용하게 쓰지 않는다는 의미는 아니다.

올해 나는 40번가와 파크 가 모퉁이에 있는 도어맨 딸린 건물에 나란히 위치한 아파트 두 채를 구입했다. 피어폰트 모건 도서관에서 걸어올 수 있는 거리였다. 아파트는 출입구가 각각 따로 있지만, 나만 자물쇠를 열 수 있는 문 하나로 가운데가 연결되어 있었다. 이것은 카트리나와 이블린이 누리는 것처럼 자주적인 삶을 위한 시도였다. 나는 피에로 델라 프란체스카 회화를 비롯해 버너드가 선물로 준 미술품과 함께 새로운 밝은색 유선형 가구들로 아파트를 꾸미면서 즐겼다. 사교 행사가 없는 날 저녁에는 나만의 고요한 공간에서 내 귀중한 책과 미술품에 둘러싸여 나만의 소파에서 책을 읽었다.

응접실로 들어가자 엄마와 형제들이 더 큰 아파트 쪽에서 옥신각신하는 소리가 들렸으나 나는 그들의 말다툼을 무시했다. 경매 시간이 가까워졌고 긴 대화나 언쟁에 말려드는 위험을 감수할 수 없었다. 예의규범상 가까이 살아야 하지만, 같은 공간에 사는 것처럼 행동할 필요는 없었다. 그리고 오늘 밤은 우리 가족의 미래를 위해서도 너무 중요한 날이라 현재의 사소한 일에 신경 쓸 겨를이 없었다.

경매장에 도착한 나는 선호하는 세 번째 줄 통로 자리로 안내받았다. 대영박물관의 인쇄물 및 희귀서적 부서장 앨프레드 폴러드가 옆에 있었다. 앨프레드는 런던에 처음 방문한 이래로 동료이자 친구가 되었다. 우리는 다른 경매 참석자들에 관해 잡담을 나누며 목록을 뒤적거렸고, 입찰자들이 앉을 백여 개의 의자가 차츰 채워졌다. 조명이 흐려지고 사람들이 조용해지자 내 심장이 기대감에 떨렸다.

평소처럼 경매인은 판매의 하이라이트부터 이야기했다. 오늘은 희귀본 구텐베르크 성경이었다. 나는 모건 씨에게 이 물건에 관심 있느냐고 물었으나 그는 거부했다.

"망할 놈의 구텐베르크는 너무 많아."

덕분에 나는 경매인이 절차를 시작하자 다른 입찰자들에게 마음 껏 집중할 수 있었다.

나는 두세 명의 경쟁자들이 구텐베르크에 입찰하고, 메트로폴리탄 박물관에서 따갈 거라고 추측했다. 하지만 내 예상은 틀렸다. 잘 알려진 경쟁자들로 가득한 분야에 새로운 경쟁자가 뛰어들었다.

"저 사람 대체 누구예요?"

입찰가가 구텐베르크로서는 전례 없는 5만 달러 가까이 치솟자 내가 앨프레드에게 속삭였다.

"아마도 헨리 헌팅턴일 거예요."

아는 이름이었다.

"캘리포니아 철도 거물요?"

"맞아요."

"아라벨라의 조카 말인가요?"

내 사교계 지인인 컬렉터 아라벨라 헌팅턴과의 가족 관계가 분명 하게 떠올랐다.

앨프레드의 속삭임이 거의 알아듣기 어려운 수준까지 떨어졌다.

"몇몇 사람들은 헨리가 아라벨라를 사랑하고 있고, 이제 삼촌, 그 러니까 아라벨라의 남편이 죽었으니 뒤를 쫓아다니는 중이라고 그러죠. 그녀의 마음을 사로잡는 방법은 그녀의 집 벽과 책장을 걸작으로 채우는 거라고 믿고 있다더군요."

"조카가 숙모를 사랑한다고요?"

나와 버나드를 포함해서 꽤나 특이한 커플들을 많이 봤지만, 이 얘기는 경악할 일이었다.

"소문에 따르면요."

나는 헌팅턴을 응시했다.

"이런 식으로 계속하면 저 사람이 다른 경매 물품들 가격까지 쓸데없는 수준으로 올리겠어요."

"맙소사, 구텐베르크에서 멈춰주면 좋겠군요. 저 사람이 당신 생각대로 한다면 엄청난 가격으로 우리를 몰아낼 테니까요."

앨프레드와 나는 기다리며 관찰했다. 내 예측은 옳았다. 헨리 헌팅턴은 물품마다 끼어들어 경쟁자들보다 훨씬 비싼 가격으로 낙찰받았다. 그는 책이건 공예품이건, 중세든 르네상스 시대든 상관없이 마치 거의 모든 물건에 관심 있는 것 같았다.

나의 캑스턴이 경매대에 나올 무렵, 만반의 준비를 마쳤다. 몸을 꼿꼿이 세우고, 백조처럼 목을 길게 빼고, 흔들림 없는 눈으로 경매인을 쳐다보았다. 경매인은 시작하기도 전에 알았다는 의미로 고개를 끄덕였다.

"받침대 위에 있는 것은 대단히 중요한 희귀 인큐내뷸라 견본입니다. 토머스 맬러리의《아서 왕의 죽음》이라는 제목의 이 책은 1485년 유명한 인쇄공이자 출판업자인 윌리엄 캑스턴이 인쇄한 겁니다. 책은 아서 왕과 원탁의 기사들, 그들이 신비한 성배를 찾아나서는 전설을 담고 있습니다. 다른 인쇄본은 없고, 사라진 책에서 찢긴 몇 장만이 존재할 뿐입니다."

그는 숨을 들이쉬고 억양 없는 독특한 목소리로 외쳤다.

"시작가에 입찰하실 분 계십니까?"

내가 손을 들기도 전에 경매인이 외쳤다.

"1만 5천 달러 나왔습니다. 1만 6천 달러 계십니까?"

나는 대단히 놀랐다. 아무도 초반가를 그렇게 과도한 수준으로 높이지 않는다. 헌팅턴이 분명했다. 나는 보스턴 경매 이후로 나의 특징이 된 빨간 스카프를 들어 올렸다.

"2만 달러."

사람들 사이에 헉 소리가 퍼졌다.

헌팅턴과 나는 다른 모든 입찰자들이 포기할 때까지 엄청난 금액을 계속 주고받았고, 금액은 4만 5천 달러까지 올라갔다. 경매인이 입찰 금액을 5백 달러씩 높였고, 우리는 계속해서 금액을 올렸다. 솔직히 나는 긴장했다. 모건 씨가 이 귀한 상을 얻는 데 얼마를 쓰든 상관없다고 말하긴 했지만, 5만 달러 가까이 올라갈 줄은 생각지도 못했다.

"4만 6천."

내가 스카프를 흔들고 입찰했다.

"4만 7천."

헌팅턴이 대답했다.

"4만 7500."

경매장 안이 조용해졌고, 한참 동안 그는 대답하지 않았다.

"4만 8천."

그가 마침내 말했다.

"5만 달러."

나는 경매인과 경쟁자에게 내가 이 물건을 가질 거라는 신호를 보냈다. 내가 외칠 거라고는 예상하지 못했던 금액이지만, 모건 씨에게 이 탐나는 보물을 꼭 안겨드리기로 결심했으니까.

나는 헌팅턴이 금방이라도 5만 1천 달러를 부를 거라고 예상하며 기다렸다. 하지만 작게 웅웅거리는 소리가 나기 시작했다. 그의 침묵을 사람들이 알아챈 거였다.

"낙찰! 5만 달러에 낙찰됐습니다."

경매인이 외쳤다.

내 심장은 쿵쿵대는 걸 멈추지 않았고, 나는 캑스턴이 경매 마지막에 나온 것에 감사했다. 다른 물건이 낙찰될 동안 얼마나 오래 가만히 있을 수 있을지 잘 모르겠으니까. 캑스턴이 마지막에 나왔기에 헌팅턴이 포기했는지도 모른다. 경매에 할당된 현금을 다 써버렸기 때문이다. 내가 일어서자 오늘 밤의 보물 중 하나를 낙찰한 것에 대한 축하의 인사가 사방에서 날아들었다. 나는 성공으로 아찔했다 ─ 밖으로 나올 때까지는.

경매장 계단에 기자들이 모여 있었다. 나는 그들이 나의 캑스턴을 제외하면 경매장을 완전히 지배했던 영예의 헌팅턴을 기다리는 거라고 생각했다. 하지만 단 한 명의 기자도 철도 거물을 찾지 않았다. 그들이 나를 향해 소리치기 시작하자 나는 속으로 움찔했다. 꽤 빠르게 사라졌던 〈뉴욕 타임스〉의 간단한 기사를 제외하면 나는 매스컴의 관심을 지금까지 피했다.

"그린 씨, 그린 씨!"

기자들이 차례로 내 이름을 불렀다. 전에도 신문사 기자들이 접근한 적이 있지만 이 정도는 아니었다.

나는 질문을 알아들으려고 애쓰다가 결국 한 손을 들어 올렸다.

"신사분들, 한 번에 한 명씩요."

첫 번째 기자가 말했다.

"안녕하세요, 그린 씨. 저는 〈뉴욕 타임스〉 조지 소이고, 우선 감사의 인사를 드리고 싶습니다. 우리 뉴요커 중 한 명이, 그것도 아름다운 젊은 여성이 경매에서 승리한 것이 대단히 기쁩니다. 우리는 저 캘리포니아의 수집가가 우리 도시에서 모든 귀중품을 다 훔쳐가기를 바라지 않으니까요."

군중이 환호를 지르는 동안 경매장에서 내 옆에 앉아 있던 뻣뻣한 자세의 콧수염 기른 남자들이 경계하는 표정으로 내 옆을 지나 계단을 내려갔다. 지루한 예술계에서는 유명세를 점잖게 여기지 않았다.

그들의 반응을 보고 나는 어떤 위험 부담이 있어도 이 기회를 잡아야겠다는 생각이 더 굳어졌다. 언제나처럼 나는 꼿꼿이 서서 대담하게 말함으로써 훤히 보이는 곳에서 비밀을 감췄다.

"상냥한 말씀 고마워요, 소 씨. 나 역시 기쁘군요. 헌팅턴 씨 같은 부유한 수집가들이 개인 컬렉션 용도로 입수 가능한 모든 보물들을 가져간다면, 그 보물들은 학술적 연구의 범위 바깥에 남게 될 겁니다. 그럴 수는 없죠. 제가 모건 씨를 대신해서 오늘 구입한 희귀본 서적은 뉴욕에 남을 뿐만 아니라 피어폰트 모건 도서관에서 학자들도 볼 수 있을 겁니다."

기자들로부터 더 많은 환호가 터졌다. 그들 앞에 서서, 그들의 백인 세계에 있는 유색인 여성으로서 나는 승리감을 느꼈다.

30장

1911년 4월 20일
뉴욕

저녁 10시가 거의 다 됐지만 나는 경매에 참석하느라 미뤄두었던 일을 좀 더 처리하기 위해 도서관으로 돌아왔다. 그리고 오랫동안 기다렸던 캑스턴의 《아서 왕의 죽음》을 모건 씨가 내일 아침 그 사자의 왕좌에 앉았을 때 가장 먼저 볼 수 있도록 책상 위에 올려두고 싶었다. 이것은 우리 둘 모두에게 승리였다. 전혀 다른 두 종류의 승리이긴 했지만.

하지만 보안요원을 지나 내 사무실로 들어가니 모건 씨가 그 커다란 몸으로 내 조그만 의자를 압도하며 책상 앞에 앉아 있었다.

나는 문 바로 안쪽에 멈춰 서서 미소 지었다.

"여기서 뵙게 되다니 놀랐습니다, 대표님."

"자네에게 축하의 말을 하기 위해 들르지 않을 수 없었지, 벨. 날 위해 귀중한 캑스턴을 확보했을 뿐만 아니라 자네가 이 도시의 인기인이 됐다는 이야기를 들었지."

어떻게 벌써 들은 거지?

"제가 캑스턴을 따내긴 했죠."

"그건 어느 모로 보나 겸손한 말이로군. 내 도시에 쿵쿵대며 들어와 나에게서 모든 보물을 빼앗아갈 수 있다고 생각한 악당 놈으로부터 캑스턴을 낚아챘다면서."

"대표님이 기뻐하시니 저도 기쁩니다."

"기뻐? 그걸로는 반도 표현이 안 돼. 몇 년이 걸렸지, 벨?"

"5년이요, 모건 대표님."

"자네 손에 있는 게 그건가?"

"네."

활짝 웃으며 나는 그의 옆으로 걸어가서 그에게 내밀었다. 그가 우아하게 글자가 쓰인 책장을 넘기고 장식과 삽화를 살피는 동안, 나는 쳐다보며 기다렸다.

"자네가 해냈어, 벨. 이건 축배를 들 일이야."

그가 그렇게 선언하고 일어나서 내 찬장에 놔둔 술병들 중에서 우리가 마실 술을 따랐다.

"내일 모든 주요 일간지에 기사가 나겠지."

맙소사, 그걸 어떻게 아는 거지? 그는 사방에 정보원 네트워크가 있는 모양이었다.

"정말로요?"

크리스털 잔을 부딪치며 나는 약간 걱정스럽게 말했다.

"자네의 승리에 관해서는 당연하고, 자네에 관해서도 나올 거야. 경매장을 지배하고 캑스턴을 따낸 J. P. 모건의 아름답고, 젊고, 영리한 사서. 이건 미국식 성공 이야기지. 게다가 그게 전부가 아니야."

그가 말을 이었다.

"자네의 명성이 뉴욕을 넘어서 퍼진 것 같더군. 자네에 관한 기사는 런던과 시카고에서도 나올 거야."

나는 깊게 숨을 들이쉬었다. 아빠가 시카고에 살고 계신다. 모차르트 외삼촌이 거의 6개월마다 나에게 보내는 편지에서 평소에는 아빠 이야기를 언급하지 않는데도 이 소식은 전해주었다.

네 아빠 이야기도 하고 싶구나. 그 친구에게 2년쯤 소식을 못 들었는데, 지난주에 나에게 연락했단다. 네 아빠는 글을 쓰고 종종 강의를 하지만, 변호사나 학자로서 의미 있는 일을 찾느라 애쓰고 있다더구나. 내가 알 수 없는 이유로 그는 정치계의 친구들로부터 외면당했어. 시카고에서의 삶은 쉽지 않지만, 네 아빠의 사촌들이 경제적으로나 감정적으로나 최대한 네 아빠를 계속 지지해주고 있단다. 네 아빠의 일본인 가족 이야기를 듣기는 힘든 일이겠지만, 그들은 그와 함께 여기로 오지 않았다고 해……

아빠가 나에 관한 신문기사를 읽는다고 생각하니 굉장히 긴장되면서도 짜릿했다.

모건 씨가 내 생각을 중단시켰다.

"내가 더 젊었으면 얼마나 좋을까, 벨."

그는 그렇게 말하고 다시 잔을 입술로 들어 올렸다.

나는 고개를 옆으로 기울였다.

"왜죠? 대표님께서는 건강도 최고조이시고 권력의 정점에 계시잖아요."

"그러면 자네와 더 오래 함께 있을 수 있으니까."

그의 눈은 슬펐고, 말투는 감상적이었다.

나는 놀랐으나 분위기를 가볍게 만들기 위해 재빨리 이야기를 바꾸었다.

"절 놀리지 마세요."

"난 놀리는 게 아니야."

그의 눈은 강렬하고 표정을 읽을 수 없었지만, 그는 곧 크리스털 잔을 내려다보았다.

그가 위스키를 마저 마시고 잔을 찬장에 도로 놔두는 동안 사무실 안은 조용했다. 그의 눈이 다시 나를 바라보았을 때 거기에 비친 갈망에 나는 숨을 쉴 수 없었다. 그가 다가오는 동안 나는 물러서지 않았다. 그가 너무 가까이 와서 그의 숨결에서 위스키 냄새를 맡을 정도가 되었어도.

그가 한 손을 들어 올렸고, 그의 손끝이 내 옆 얼굴을 쓰다듬었다.

"벨."

그의 목소리는 탁했다.

"자네 옆에서 더 오래 자네와 함께 세상을 경험할 수 있으면 좋겠어."

곧 그가 나에게로 고개를 숙였고, 우리의 입술이 놀랄 만큼 부드럽지만 열렬하게 맞닿았다. 떨어진 다음 우리는 서로를 바라보며 상대방의 표정에서 답을 찾으려 했다. 곧 그의 입술이 위로 올라갔고, 우리 사이의 긴장감이 풀렸다.

"아, 벨. 난 모르겠어."

그가 깊이 숨을 들이쉬었다.

나도 어떻게 대답해야 할지 몰라서 결국 장난스럽게 받아쳤다.

"그래야 할까요?"

"그럴 수 있을까?"

그가 대답했다. 그의 말투에는 가벼운 구석이라고는 없었다. 그는 진지했다.

우리가 연인이 될 수 있느냐고 묻는 걸까? 이 끌림에 넘어간다면 서로에 대한 모든 역할이 위험해지는 거였다. 우리는 동료 이상이었다. 파트너이고, 예술계에서 연합군이었다. 피어폰트 모건 도서관을 최고로 만든다는 공통된 열정 덕분에 우리는 어떤 면에서 친구와 가족보다 더 친밀한 사이였다. 우리는 부모 자식이었다. 안 좋게 끝날 게 뻔한 일부분 때문에 모든 것을 희생할 수는 없었다.

내가 긴장한 소리로 웃었다.

"아뇨, 안 되죠. 그럴 수 없어요."

5년 동안 나는 그의 세계에서 여자들이 계속 들고 나는 것을 보았다. 나는 모건 씨를 너무 소중하게 여겨서 그의 하렘에 뛰어들 수 없었다. 내 위치는 그대로 확고하게 남아 있어야 했다.

그의 눈이 험악해지는 것을 보고 내가 그를 모욕한 걸까 생각했다. 하지만 곧 어둠이 사라지고 그의 콧수염 아래로 찡그린 웃음이 떠올랐다.

"그게 바로 내가 하려던 말이야."

그가 다시 나를 향해 몸을 기울였지만, 이번에 그의 입술이 향한 곳은 내 뺨이었다. 그는 점잖은 짧은 키스만을 남겼다.

그가 나가자 나는 안도의 한숨을 내쉬었다. 하지만 그의 어깨가 축 처진 것을 보고 말았다. 처음으로 그가 작아 보였다. 무거운 청동 문이 쿵 닫히는 소리가 들리자 내가 무슨 짓을 한 걸까 생각했다. 아무도 모건 씨를 거부하지 못한다. 우리 둘 다 이게 올바른 선택이라는 것에 동의하더라도 최종 결정은 모건 씨가 내렸어야 했던 거 아닐까? 나는 결국에 내 말을 후회하게 될까?

31장

1913년 1월 14일
뉴욕

모건 씨와 나 사이의 관계가 변했다. 정확히 언제부터, 왜 이렇게 되어버린 걸까? 키스 때문인가? 그 한 번의 행동이 서서히 변화를 일으키기 시작했던 걸까? 즐겁고 도전적이었던 우리의 입씨름 시간이 언제부터 불쾌하고 질투심 가득한 취조와 과도한 반대심문으로 바뀐 걸까? 언제부터 우리가 필사본과 중세 미술, 그의 도서관이 남길 유산 이야기 대신 나에 관해 이야기하게 된 걸까? 언제부터 그가 나에게 책을 읽어달라거나 카드놀이를 하자고 하지 않은 걸까?

어쩌면 키스 때문이 아닐지도 모른다. 그 몇 달 후에, 캑스턴을 입수한 이후 나를 찾는 사람이 더 많아지고 나의 소위 연애에 관한 소문이 점점 늘어나면서 시작된 걸지도 모른다. 아니면 지난 4월에 '타이타닉'에 관한 끔찍한 소식을 들었을 때부터였나? 그는 공동 소유주였고 영국에서 뉴욕까지 오는 그 운명적인 첫 번째 항해에 함께할 예정이었다. 1500명의 사망자 중에 우리 둘 다 아는 사람들이 있었다. 그의 집착과 질투가 모든 생명체들에게 그렇듯이 죽음이 다가오고 있다는 두려움에서 비롯된 걸까?

이전의 희미한 우리 관계가 종종 나를 괴롭혔다. 작년 12월의 화려한 몇 주 동안, 이집트 하물리의 한 농장에서 귀중한 보물들의 은닉처가 발견되면서 우리는 다시 한데 뭉쳤다. 50개의 초기 기독교 콥트 필사본을 갖고 싶으냐는 편지를 받자 나는 우리가 그걸 꼭 가져야 한다고 생각했다. 그것은 콥트 구약 및 신약 성서보다 2백 년쯤 앞선 것이었다. 한참이나 이야기한 끝에 모건 씨가 동의했다. 그는 나만큼이나 이 필사본 모음이 피어폰트 모건 도서관을 동양학과 성서 연구의 국제적 중심으로 만들어줄 수 있다는 걸 이해했다.

그는 최종 결정과 협상을 나에게 넘겼고, 나는 4만 파운드에 사본을 획득했다. 그들이 요구했던 6만 파운드보다 훨씬 낮은 가격이었다. 우리는 함께 기뻐했다. 하지만 그달 말쯤에 필사본이 도착하고 나서 그는 다시 질투와 의심투성이로 변했다.

그가 사무실에서 종이 넘기는 소리를 듣고 나는 긴장했다. 내 생각에 너무 깊이 빠져 있어서 그가 네 명의 정부 중 유일하게 남았으나 그 자리마저 위태로운 레이디 존스톤과의 긴 점심 식사를 마치고 돌아오는 소리조차 듣지 못한 것이다.

한때 내가 제일 좋아했던 레이디 존스톤은 친근한 사이에서 경계하는 사이로, 그리고 노골적으로 적대적인 사이로 바뀌었다. 모건 씨의 이상해진 행동을 고려하면 그녀를 비난할 수도 없었다. 내 유일한 위안은 그가 곧 이집트 여행을 떠나면 피어폰트 모건 도서관에서 행복한 몇 달을 보낼 거라는 사실이었다.

"벨!"

나는 그가 다시 소리를 지르기 직전에 그의 사무실로 허락 없이 들어갔다. 레이디 존스톤은 옆에 서서 소유권을 드러내듯 그의 어깨에 한 손을 올리고 있었다. 그녀는 길고 우아한 목 주위로 반짝거리는 다이아몬드가 흩뿌려진 잘 어울리는 옅은 분홍색 드레스를 입고 있었다. 두 사람은 마치 초상화 모델처럼 차려입었다.

내가 들어가자 그녀는 몸을 기울여 그의 뺨에 키스한 다음 말했다.

"당신을 저것에게 남겨두고 갈게요."

그녀가 몸을 펴고 나를 노려보았다.

"그녀에게 말이죠."

부인이 코웃음을 쳤다.

단둘이 남게 되자 모건 씨가 시가를 들고 자기 책상 앞 의자 쪽으로 손짓했지만, 그러고 한참이나 침묵을 지켰다. 나는 은제 펜을 메모지 위에 댄 채로 물었다.

"빅토리아 앤드 앨버트 박물관에서 반환될 물품 목록을 의논하려고 부르신 건가요?"

최근 영국 세법이 유리하게 바뀌어서 모건 씨의 런던 컬렉션을 집으로 가져오는 게 합리적이었다. 나는 그 어마어마한 과정을 감독하는 중이었다.

"오늘은 누구와 점심을 먹었지?"

그가 갑자기 큰 소리로 물었다.

예전에는 절대 이런 종류의 질문을 하지 않았다. 나는 오로지 그를 위해 존재했기 때문에 피어폰트 모건 도서관과 관련 사무 이외에 내가 뭘 하는지에 신경 쓰지 않았다. 그날 밤 이전까지는. 그 키스 이전까지는.

그 키스를 더 진행했더라면 상황이 더 나아졌을까?

나는 솔직히 대답했다.

"아무하고도요. 혼자 먹었는데요."

"믿기 어려운 얘기군."

시가를 뻐끔거린 후에 그가 내 쪽으로 커다란 도넛 모양 연기를 뿜어냈다. 연기가 나를 휘감으며 마치 내 목에 올가미가 걸리는 것 같은 기분이었다.

"미술 관련 동료와 식사할 일이 없으면 제 책상에서 혼자 식사해요. 그게 평소 습관입니다."

그가 믿을 수 없다는 듯 코웃음을 쳤다.

"자네의 숭배자 중 한 명과 점심을 먹지 않았다는 말을 나더러 믿으라고? 허드슨 앤드 맨해튼 철도 대표 윌리엄 깁스 매가두 같은 녀석이랑 말이야."

"아뇨, 모건 씨."

나는 한숨을 쉬었다. 그는 일방적으로 나를 좋아하는 매가두 씨에 관해 여러 차례 물어보았다.

"저는 매가두 씨와 단둘이 식사한 적이 한 번도 없어요. 사실 6개월이 넘도록 그분을 만난 적도 없고요."

모건 씨의 취조는 버너드와 비슷하게 들리기 시작했다. 버너드의 편지는 나를 얼마나 사랑하는지에서 복잡한 연애를 한다고 비난하는 내용으로 바뀌었다. 버너드와 나는 몇 년이나 서로 만나지 않았고, 소문에 따르면 지금 새로운 애인과 유럽을 돌아다니고 있는 쪽은 그 사람이었다. 나에게 유일하게 부도덕한 짓을 했던 사람이 내가 다른 사람과 수치스러운 행동을 했다며 비난한다는 건 얄궂으면서도 고통스러운 일이었다.

"그 벼락부자 젊은 은행가는? 쿠바 녀석, 해롤드 메스트레였나?"

관심을 드러낸 또 다른 젊은 남자. 내가 입 밖에 꺼낸 적은 없지만, 솔직히 나는 메스트레 씨의 관심에 기분이 좋았고 심지어 가벼운 성적 유희까지는 허용했다. 그의 젊음과 활기는 매혹적이었고 심지어는 그의 수많은 청혼 중 한 번은 받아들이는 척하기도 했다. 잠깐 동안 나와 피부색이 비슷한, 올리브빛 피부를 가진 증권중개인과는 결혼과 심지어 아이들까지도 가능할지 모른다고 상상해보았다. 하지만 내가 버너드에게 느꼈던 그 드문 유대감이 해롤드와 사이에는 존재하지 않았고, 게다가 내가 모건 씨의 개인 사서를 그만두면 우리 가족은 어떻게 될까? 그들의 생활방식, 그들의 지출, 백인으로서의 삶은?

"아뇨, 모건 씨. 메스트레 씨와 점심 먹지 않았어요."

그는 시가 연기를 뿜었지만 더 이상 내 쪽으로 연기 고리를 보내지는 않았다.

"자네의 연인들 다수가 유럽에 있다는 사실을 내 마음의 위안으로 삼아야겠지."

이제는 내가 유럽에 많은 연인을 갖고 있는 건가? 그가 몇 년이나 유럽 여행을 승인하지도 않았는데?

"무슨 얘기를 하시는 거죠?"

하지만 유럽 남자들을 끌어들이는 건 새로운 전법이었다.

"대영박물관의 찰스 리드가 자네에게 푹 빠졌다고 들었지. 자네를 자신의 '작은 벨'이라고 부른다더군."

모건 씨의 미술품과 책 컬렉션을 영국에서 가져온다는 결정에 영국 사람들이 보물이 자국을 떠나는 것에 격렬하게 항의하고 있는 와중에도 그를 지지해준 리드 씨에게 어떻게 내가 관심이 있을 거라고 생각하는 걸까? 상냥한 그 영국인이 나를 좋아할지 몰라도, 우리가 연인이라는 생각은 우스꽝스러울 따름이었다.

"리드 씨는 과거에도, 지금도 절대 저에게 연애 감정이 없습니다."

그가 다시 시가 연기를 뿜었다.

"그러면 자네가 버너드 베런슨을 사랑한다는 소문도 전혀 사실이 아니라는 건가?"

그가 반쯤 미소 지었다. 그가 짓누른 경쟁자들에게 보여주는 그런 능글맞은 웃음이었다.

모건 씨가 버너드 이야기를 꺼낸 것은 굉장히 오랜만이었다. 눈도 깜박이지 않고 내가 말했다.

"베런슨 씨와 전, 대표님께서도 아시듯이 그 부부가 여기를 방문한 이후로 서로 알고 지내는 사이예요. 하지만 몇 년이나 그분을 만난 적이 없어요."

내 목소리가 차분하기를 바라며 말했다.

"그러면 왜 그 소문이 자꾸만 도는 거지?"

그의 맹공격을 막을 때임을 깨닫고 나는 살짝 유머를 담아 대답했다.

"제가 대표님의 사생아라는 소문도 여러 번 들었지만, 여러 번 들었다고 해서 더 믿을 만하다는 의미는 아니죠."

하지만 모건 씨는 흔들리지 않았다.

책상 너머에 앉은 채로 그는 한참 나를 쳐다보다가 말했다.

"자네가 결혼이든 다른 이유에서든 나를 떠나려고 계획 중이라면,

그게 내가 자네를 보는 마지막 날이 될 거라는 걸 알아두게. 그리고 내가 자네에게 쓰는 마지막 돈이 될 거라는 사실도."

모건 도서관 사서로서 처음부터 나는 항상 '그의' 벨이었다. 하지만 이건 사랑을 바탕으로 한 소유욕이 아니었다. 이건 경제적으로, 감정적으로 양쪽 모두 영향을 미치는 위협이었다.

모건 씨가 나에게 얼마나 많은 것을 해줬는지 나도 잘 안다. 6년 동안 그는 이미 높은 내 봉급을 세 배로 올려주었다. 나는 일부 의사들만큼이나 돈을 많이 벌었고, 덕분에 나와 가족들이 근사한 삶을 살 수 있었다. 나는 75세의 거물이 앞으로 얼마를 더 살든 그의 곁에 있을 거라고 안심시켜야 했다. 하지만 안심 이상의 것이 필요할 것 같았다. 솔직하게 이야기를 나눌 필요가 있었다.

"우리가 어떻게 된 건가요, 모건 대표님?"

나는 차분한 목소리를 유지하려고 노력했다.

"제가 대표님을 버리면 어떻게 하실 건지 설명하셨지만, 대부분의 시간에 대표님께서는 더 이상 제가 옆에 있는 걸 바라지 않으시는 것 같아요. 혹시 제가-"

나는 캑스턴 경매의 날에 관해 물어보려다 입을 다물었다.

그는 나를 노려보았다. 그의 표정은 나를 향한 그의 마음만큼이나 냉정했다.

"무슨 말을 하려고 했지, 벨?"

그의 질문은 나에게 키스에 대해 말해보라고 도전하는 것 같았다. 그날 밤 내 말을 거부로 받아들인 걸까? 내가 순수하게 그를 아껴서 우리가 가진 걸 지키고 싶었던 그랬다는 걸 이해하지 못했나?

내가 침묵을 지키자 모건 씨가 말했다.

"나를 떠날 생각을 하고 있는 건 자네야."

그의 목소리는 자기연민으로 가득했다.

"내가 자네에게 얼마나 많은 걸 줬는지 한 번도 생각 안 해봤나? 자네가 나한테 얼마나 큰 의미인지?"

"대표님이 저한테 얼마나 큰 의미가 있는지 어떻게 모르실 수가 있죠? 우리가 함께 만들어낸 이-"

내가 주위를 가리켰다.

"-시설이 저한테 얼마나 큰 의미가 있는지를요. 누구보다 대표님은, 대표님께서는 제가 매일 아침 8시부터 저녁 8시까지, 때로는 그 이후까지도 도서관에, 그리고 대표님 사무실에 있는 걸 보셨잖아요. 그런데 어떻게 제가 우리가 함께 만든 것을 위해서가 아니라 다른 이유로 여기 있다고 생각하실 수가 있나요? 그리고 제가 어떻게 여길 떠날 생각을 한다고 여기실 수가 있죠?"

내가 그를 설득했다고 생각했지만, 곧 그가 말했다.

"날 떠난다면 자네를 내 유언장에서 지워버릴 거야."

모건 씨가 유언장이라는 허상으로 나를 위협하는 건 횡포였다. 유언장에 포함한다는 이야기는 수년 동안 종종 암시나 은근히 비꼬는 말에서 나왔지만, 나는 그에게 아무것도 요구한 적이 없다. 날 그렇게밖에 생각하지 않는 건가? 방금 그런 말을 했는데도? 우리의 일과 그의 유산에 대한 나의 헌신을 단지 그렇게밖에 생각하지 않는 걸까?

"〈워싱턴 포스트〉나 〈시카고 데일리 트리뷴〉에 실린 자네에 대한 그 형편없는 설명을 믿기 시작했는지도 모르겠군. 자네가 완벽한 사교계 여자와 진지한 학자를 한데 합쳐놓은 존재라는 소리 말이야.

하지만 자네는-"

그가 책상을 주먹으로 쾅 치며 전에 본 적 없는 분노를 드러냈다.

"-내 개인 사서야. 내가 자네를 오늘날의 자네로 만들었어. 내 돈이 없으면 자넨 아무것도 아니야. 그 사실을 잊지 말라고."

분노가 치솟았다. 어떻게 그런 말을? 나는 언제나 모건 씨가 나를 고용하며 감수한 위험과 그가 나에게 쏟는 신뢰를 잘 알고 있었다. 그가 해준 일에 대해 고마움을 표해왔다. 하지만 나도 내 역할을 했다. 오래 일하고 열심히 연구했다. 매일같이 이 도서관을 만들기 위해 그의 요구를 다 들어주었다. 하지만 내 성공 전체와 피어폰트 모건 도서관의 성공까지도 오로지 그의 돈 덕분이라고 주장하는 건 끔찍한 일이었다. 나는 격분하면서 동시에 굉장히 상처받았다. 그리고 훨씬, 훨씬 더 깊은 감정이 있었다. 모건 씨의 말에 담긴, 내가 더 이상 무시할 수 없는 터무니없는 감정.

"저를 대표님이 돈 주고 산 물건 취급하지 마세요."

내 목소리가 떨렸다.

"대표님의 필사본 중 하나인 것처럼요. 아니면-"

나머지 말이 내 혀끝까지 올라와 입 밖으로 나오려고 버둥거렸다. 아니면 노예인 것처럼, 나는 그렇게 계속 생각했다.

그래, 나는 성인으로서 평생 백인 여자로 살아왔지만, 밤에 침대에 누우면 3백 년 전 이 땅에 도착한 최초의 아프리카 남녀 노예들과 똑같은 유색인이었다. 우리 아빠가 평등을 위해 싸워온 그 모든 것들, 내가 최상의 기회를 가질 수 있도록 우리 엄마가 포기한 그 모든 것들을 생각하면 누군가 나를 자기 소유물처럼 말하는 걸 가만히 둘 수 없었다. 모건 씨든 다른 누구든 간에.

그의 눈이 가늘어졌다.

"왜지? 내가 보기에 난 이미 자네를 소유하고 있는데."

나는 몸을 떨면서도, 비명을 지르고 싶으면서도, 내 심장이 울음을 터뜨리라고 외치고 있음에도, 천천히 일어나서 그의 앞에 차분하게 섰다.

"모건 대표님께서는 그 돈으로 수많은 물건들과 작품들을 사실 수 있겠죠. 하지만 저를 사실 수는 없어요."

그리고 처음으로, 나는 그가 나가라고 하지 않았는데도 그의 서재에서 나왔다. 내 사무실로 돌아와서도 나는 여전히 몸을 떨었고, 절대 안 흘리려고 했던 눈물과 싸웠다. 그는 마치 자신이 내 주인인 것처럼 말했다. 나는 마치-, 나는 거기서 생각을 멈췄다. 생각해서는 안 되는 것을 떠올릴 순 없으니까.

32장

1913년 4월 1일, 10일
뉴욕

나는 배달부에게 전보를 받고 잠깐 급한 협상을 처리할 동안 다른 편지 더미 위에 놔둘까 생각했다. 하지만 그러다 겨우 닷새 전에 받은 전보가 떠올랐다. 모건 씨가 카이로를 여행하던 중에 병에 걸려 추가 치료를 위해 로마의 병원으로 이송되었다는 내용이었다. 그가 완벽하게 회복될 거라는 이야기를 듣긴 했지만, 그래도 전보를 열어 봐야 할 것 같았다. 그의 건강에 대한 소식이 들어 있다면?

나는 편지 칼을 집어 들고 봉투를 연 다음 거의 알아볼 수 없는 글자를 눈을 찡그리고 읽었다.

J. P. 모건 씨가 1913년 3월 31일 로마에서 사망했습니다.
시신을 집으로 모셔가기 위해 준비 중입니다.

전보가 내 손에서 바닥으로 떨어지고 즉시 눈물이 흘렀다. 어떻게 이럴 수가 있지? 눈물 고인 눈을 통해 새빨간 카펫 위에 놓인 상상도

할 수 없었던 내용이 계속 보였다.

"돌아가셨을 리가 없어."

내가 중얼거렸다.

우리는 서로에게 전부였다. 원래도 알고 있었지만, 이제 모건 씨가 돌아가시고 나니 전에는 몰랐던 방식으로 그게 사실임을 느낄 수 있었다. 그에게 나는 갖지 못했던 딸이자 아들이었고, 그가 항상 찾는 비밀 상담자이자 그의 목표를 대담하게 지지하는 사업 및 예술 파트너였고, 그가 꿈꾸었지만 미결로 남겨두었던 연인이었다. 나에게 그는 잃어버린 아버지이자 하루의 소소한 것들까지 의논할 수 있는 친구였고, 내가 꿈꾸던 선 너머까지 후원해주는 사업상의 멘토였고, 내가 갈망했지만 가질 수 없었던 연인이었다.

나는 눈물을 닦았다. 멈춰야 했다. 앞으로 며칠 동안 내가 할 일이 아주 많을 거고, 모건 가족이 내가 그 임무에 걸맞지 않다고 생각해서는 안 된다. 모건 씨가 분명히 원했을 방식으로 그를 기려야 하고, 나만큼이나 그를 애도할 친애하는 주니어스를 돌봐야 했다. 하지만 곧, 내가 생각하고 싶지 않은 것을 홀로 맞닥뜨려야 하는 시간이 올 것이다 - 바로 그가 없는 이 세상을 살아가야 하는 것 말이다.

며칠 후, 나는 모건 씨의 가족과 친구들, 동료들 옆에 서 있었다. 항구로 햇빛이 비치며 파도 끝에 반사된 빛이 장난스러운 춤을 추었다. 하지만 4월치고는 이상하게 공기가 싸늘하고 바람은 쌀쌀했다. 그의 죽음은 모두의 입에 오르내리면서 그곳에 모인 사람들을 통합하는 역할을 했다. 나는 불평에 귀를 기울였지만 끼어들지는 않았다. 나는 슬픔으로 망가진 상태였다.

항구 건너편에서 경적이 울렸다. '프랑스'호가 1시간 지연된 끝에 강인했던 예전 소유주를 위한 마지막 임무를 마치고자 드디어 접근하고 있었다. 그 배가 그를 집으로, 그가 왕족처럼 통치했던 도시로, 그의 지성과 영혼의 집이 되어준 피어폰트 모건 도서관으로 데려왔다.

'프랑스'호가 가까워질수록 나는 점점 더 나만의 생각에 잠겼다. 모건 씨를 중심에 두지 않은 삶이 어떨지 도저히 상상이 되지 않았다. 그와의 즐거운 추억이 머릿속에 떠올랐다. 그의 사무실에 앉아서 그가 좋아하는 성경 이야기를 읽어주었던 것. 파티에서 손님들을 살피며 다음번에 무너뜨릴 우리의 '적수'를 고르는 것. 내가 캑스턴의 《아서 왕의 죽음》을 손에 들고 도서관을 가로질러 들어올 때 그의 얼굴에 떠올랐던 자부심 어린 표정.

그 마지막 밤이 생각나자 우리 사이의 그 끔찍한 싸움을 해결하지도 못한 채 어떻게 나를 떠날 수 있는 건지 다시금 의아해졌다. 몇 달의 여행 동안 우리 편지에는 그 이야기에 대한 언급이 한 번도 없었고, 이제는 더 이상 이야기할 수 없다. 영원히 그에게 사과의 말을 할 수도 없고, 그의 사과를 들을 수도 없다.

그 무게가 나를 무겁게 짓눌렀다. 나는 스스로를 위로하려고 노력했다. 죽음은 언제나 잔인한 노동감독이고, 내가 좌절감에 굴복하는 건 누구에게도 도움이 되지 않는다. 그 순간에 나는 우리의 마지막 대화를 기억 속에 영원히 묻어버리기로 결심했다. 모건 씨는 내가 귀중하게 여기는 수많은 것들을 주었고, 그가 나를 아낀다는 걸 언제나 잘 알고 있었다. 인생 최후의 몇 달 동안에 보여주었던 분노와 절망에 찬 남자로 기억하는 건 그의 인생을 폄하하는 일일 뿐이다.

그 결단을 내리자 엄청난 안도감이 밀려왔다. 덕분에 화려한 장식의 관이 통로를 지나 대기하고 있던 말이 끄는 영구차에 실리는 모습을 보면서도 굳건하게 서 있었다. 모건 씨의 유해는 피어폰트 모건 도서관에 안치될 것이다.

마차가 시야에서 사라지자 우리는 다 함께 한숨을 내쉬었다. 잭이 나를 돌아보았다.

"벨, 우리와 함께 가족 마차를 타고 집으로 가죠."

앤의 눈이 커졌다.

"이건 가족의 일이야, 잭 오빠."

그녀가 끼어들었다.

아버지가 돌아가셨으니 이제 나에 대한 그녀의 혐오가 사라질 거라고 생각했다면, 틀렸다. 앤은 가족 내에서의 자리를 놓고 나와 계속 싸울 생각인 것 같았다. 어쩌면 가족이 세운 기관 내에서 자리를 놓고 싸우려는 걸지도 모른다.

"벨이 가족이 아니면 뭔데, 앤? 벨은 지난 몇 년 동안 다른 누구보다 아버지와 많은 시간을 보냈고, 아버지는 항상 벨이 모든 가족 행사에 참석해야 한다고 주장하셨어. 설령 작은 행사라도."

잭이 말했다.

"오빠가 혹시 모를까 봐 말하는데, 아빠는 더 이상 안 계셔."

그가 움찔하는 게 보였다.

"잭, 나는 괜찮아요. 내 마차를 가져왔고, 어차피 그걸 타고 곧장 도서관으로 갈 계획이었거든요. 내일 사람들이 방문하기 전에 준비할 시간이 별로 많지 않고, 오늘 당신 아버님이 도착할 때 도서관에 있고 싶어요."

존 피어폰트 모건을 조문하러 왔을 때 미국의 위인이라는 위상에 걸맞은 모습을 보여주어야 했다.

"내가 함께 타고 가면 어떨까요, 벨?"

잭이 말했다.

"오늘 같은 날 당신을 가족으로부터 떼어놓고 싶지는 않아요."

나는 앤을 힐끗 보며 말했다.

"말도 안 돼요. 당신도 가족이고, 마차가 당신을 도서관에 내려준 다음 나를 집에 바로 데려다주면 돼요."

"그럼 되겠네요. 동행이 있는 건 저도 좋아요."

잭이 내 옆자리에 올라탈 때 앤의 눈에 혐오감이 떠올랐다. 또 다른 모건 가 남자가 나의 거미줄에 걸리게 놔두지 않을 거라고 그녀가 맹세하는 소리가 들릴 것 같았다.

내가 잭을 자신에게서 떼어놓을 거라고 걱정할 필요는 없다. 잭에게는 존경할 만한 부분이 아주 많았다. 굳건한 결혼과 가정생활, 강한 인내심 등등. 그리고 이런 점 때문에 모건 씨와 내가 가졌던 독특한 친밀감을 잭과는 느끼지 못할 것이다. 하지만 아무도 생각하지 못하는 중대한 차이점이 또 있었다. 무자비하기로 소문난 자본가가 예술과 미에 대한 순수한 사랑을 바탕으로 컬렉션을 모은 반면 잭은 오로지 가치만을 바탕으로 운영할 생각이었다. 잭이 아버지의 유산을 조각조각 분해할까 봐 걱정이었다.

하지만 잭과 나는 지금 그런 문제를 의논하지는 않았다. 우리 사이에 상실감이 세 번째 승객처럼 뚫고 들어갈 수 없을 만큼 무겁고 어둡게 자리하고 있었다. 맨션과 사무실 건물들, 사람 많은 보도, 평범한 뉴욕의 하루처럼 붐비는 거리를 지나갈 동안 마차가 덜커덩거렸다. 아무 생각 없이 내가 말했다.

"그분 없이 이 모든 게 존재할 수 있다는 게, 뉴욕이 평범하게 계속될 수 있다는 게 불가능하게 느껴져요. 그분이 이 도시 자체였는데."

"벨."

잭의 목소리는 잠겨 있었다. 그를 돌아보니 그의 눈이 눈물로 반짝였다.

"우리는 아버지가 이 세계에서 계속 살아남도록 만들 거예요. 당신과 내가."

도서관에 도착한 나는 계단에서 영구차를 기다렸다. 모건 씨의 유해가 안으로 들어오자 나는 로툰다를 빨간색과 하얀색 장미 화환으로 꾸미는 데에만 집중했다. 나는 거의 새벽까지 자지 않고 우리가 함께 만들어낸 이 위대하고 아름다운 건물 내부가 구석구석 완벽하도록 점검했다.

집에 잠깐 들러 목욕하고 새 검은 드레스로 갈아입고 나서야 경의를 표하러 오는 조문객들을 맞이할 준비가 끝났다. 10시 정각에 그들이 들어왔고, 몇 시간 동안 수백 명의 사람들이 도서관으로 입장해서 천천히 로툰다를 돌아보고 관으로 가서 전설적인 거물에게 작별 인사를 했다. 엄마와 내 형제들도 모건 씨의 관대함에 크게 혜택을 본 만큼 조문하러 왔다. 조기를 내걸고 월스트리트는 하루 문을 닫는 방식으로 전국에서 수천 명이 그를 기렸다. 나는 사람들이 조문하는 이틀 동안 내 슬픔을 억누르며 버텼다. 이틀째 날 저녁 7시에 도서관 문을 닫아거는 순간 내 슬픔이 밀려들 걸 알고 있으니까.

마침내 성채 같은 청동 문을 닫고 관을 바라보자, 나와 모건 씨만

이 남았다. 나 혼자 있으려고 보안요원까지 내보냈다. 나는 관 발치에 서서 눈을 감고 매끄러운 나무에 한 손을 올렸다. 우리의 마지막 대화 때 한 말이 머릿속에 떠올랐고, 나는 죄송해요, 하고 말하고 싶었지만 고개를 흔들고 그 생각을 지웠다.

대신 모건 씨의 사무실로 가서 그의 본햄 노턴 성경을 챙겨 와서 몇 달 전 우리의 드물게 평온한 시간에 그에게 읽어주었던 마지막 구절을 펼쳤다. 그가 좋아하는 성경 이야기 중 하나는 아니었지만, 그가 특히 가슴에 새기던 구절이었다. 그 문장을 보면서 나는 이 순간에 기묘하게도 어울린다고 생각했다.

나는 숨을 들이쉬고, 모건 씨가 내 앞에, 그 사자의 왕좌에 앉아 있는 것처럼 읽기 시작했다.

"너희 마음이 산란해지는 일이 없도록 하여라. 하느님을 믿고 또 나를 믿어라."

그 장의 28절 전부를 읽고 나서 나는 조심스럽게 성경을 덮었다. 나는 고개를 숙이고 내 슬픔이 로툰다를 꽉 채우게 놔둔 채 말없이 기도하며 혼자 흐느꼈다. 그가 어디에 있든 이 구절이 그에게 안식을 주기를 바랐다.

내일, 가족뿐만 아니라 정부 관료들과 유명인사들이 탄 마차 50대의 행렬이 모건 씨를 기릴 것이고, 애도의 행렬이 지나가는 걸 보기 위해 보도에는 아마 수천 명의 시민들이 나올 것이다. 하지만 오늘 밤에는 우리 둘뿐이었다. 언제나 그랬던 것처럼, 앞으로도 항상 내가 바라듯이.

33장

1913년 8월 14일, 9월 8일
뉴욕

나에게는 애도의 여름이었다. 나는 모건 씨의 사무실이 내가 느끼는 것만큼 비어 있지 않은 척하며 도서관에서 하루하루를 보냈다. 잭이 도서관에 나타나기 시작하면서 그가 아버지의 책상 앞에 있는 모습을 가끔 볼 때마다 내 마음이 흔들렸다. 닮은 외모 때문에 순간적으로 모건 씨가 살아 돌아왔다는 생각이 들다가 곧 기억이 떠오르며 깨달았다. 다른 누구도 그 사자의 왕좌를 진정으로 채울 수는 없었다.

내 슬픔을 머릿속 한쪽 구석에 밀어놓고 나는 수년 동안 친숙했던 관계 이상으로 잭과의 관계를 다지기 위해 노력했다. 그것은 힘든 일이었고, 나는 좌절감을 감추고 그가 나에게 할당한 보유 목록 및 가치 평가를 하기 위해 노력했다. 그가 나에게 의지할 수 있다는 걸 알려줘야 했다. 그가 가끔씩 그림이나 원고에 흥미를 보이긴 했지만, 특히 구텐베르크에 관심이 있었지만, 모건 씨와 같은 예술적 유대감을 느끼지는 못한다는 걸 잘 알았다. 신진 자본가로서 그는 컬렉

션을 하나의 자산으로 생각했다. 도서관에 대한 그의 아버지의 목표
는, 그리고 나의 목표는 경제성을 바탕으로 한 게 아니었다. 예술에
대한 열정과 유럽과 미국의 기관들 중에서 그 규모와 중요성 면에서
비길 데 없는 컬렉션을 만들겠다는 욕심을 바탕으로 한 거였다. 물
품 일부를 떼어내서 가장 비싼 값을 부르는 입찰자에게 더미로 팔려
는 잭의 앞에서 내가 어떻게 피어폰트 모건 도서관의 자산을 지킬
수 있을까? 모건 씨의 유산이 이런 식으로 쪼개지는 건가? 그리고
나는?

8월 무렵 나는 긴장과 슬픔으로 지쳐서 엄마와 형제들을 다시
금 애디론댁으로 보내고 좀 쉬기로 했다. 나는 이블린의 친구 한 명
의 초대를 받아들여 롱아일랜드의 노스쇼어에서 2주간 보내기로 했
다. 잭과 그의 가족들이 여행을 간 덕분이었다. 낸시는 부모님 별장
을 우리에게 내주었고, 나와 이블린을 포함해 일곱 명은 침실이 열
개나 되는 맨션에서 각각의 방을 배정받았다. 만이 내려다보이는 이
아름답고 거대한 회색 지붕의 장원에서 여자들은 책을 읽거나 그림
을 그렸고, 나는 하루 대부분을 일기장에 글을 쓰며 내 생각을 탐색
하고, 새로운 세상, J. P. 모건이라는 존재가 없는 세상에 적응하려고
노력했다. 어쩌면 피어폰트 모건 도서관에서 일하지 않는 새로운 세
상을 맞이할 수도 있고.

종종 나는 버너드가 계속해서 보내는 편지들도 읽었다. 모건 씨가
죽은 이후 편지가 더 늘었다. 초반에 애도를 표한 후 그는 다시금 나
에 대한 애정을 선언하는 내용으로 돌아갔다. 당신을 아껴요, 나의
사랑스러운 벨, 당신을 다시 내 품에 안게 될 날을 바랍니다. 그의 감
정은 내 마음을 거의 움직이지 못했다. 내가 버너드라고 믿었던 남

자가 아직도 그립긴 했지만, 진짜 버너드에 대해서는 아무런 욕망도 남지 않았다. 아무리 잠깐이었다 해도 버너드나 모건 씨와 가졌던 그런 유대감을 다시 찾을 수 있을까 의문이었다.

모건 씨와 내 미래에 관해 생각하는 고독한 나날은 나를 아쉬움과 불안 속에 빠뜨렸고, 낸시의 집에서 다른 여자들과 머물며 흥청대는 밤 시간은 나에게 꼭 필요한 위안이었다. 우리는 커다란 석조 벽난로 앞의 편안한 소파에 모여 앉아 하늘이 새카맣게 변할 때까지 브리지 게임을 하면서 이야기를 나누고 웃었다. 하루는 와인을 너무 많이 마시고 낸시가 백 년 전 이 집에서 죽은 증조 대고모 에스텔에 대한 슬픈 이야기를 했고, 우리 모두는 그녀의 존재를 느낄 수 있다고 했다. 그날 밤부터 우리는 자러 갈 때 그녀에게 인사했다.

"잘 자요, 에스텔."

나는 이렇게 덧붙이는 유일한 사람이었다.

"잘 자요, 모건 대표님."

뉴욕으로 돌아왔을 때 나는 햇살 아래서 보낸 휴가가 내 슬픔이나 걱정을 덜어주지 못했음을 알게 되었다. 몇 주 후에 잭이 돌아오자 나는 수많은 일이 내 슬픔과 걱정을 몰아내거나 완화해주기를 바랐다. 하지만 일주일도 되지 않아 잭이 대단히 심각한 어조로 나를 자기 사무실로 불렀고, 나는 속으로 겁에 질렸다. 여름 여행을 하는 동안 도서관의 컬렉션을 팔아버리고 나도 쫓아내기로 결정했나? 모건 씨가 돌아가시고 예술과 필사본에 대해 전혀 다른 견해를 가진 잭으로 인해 나는, 그리고 우리 가족은 어떻게 되는 걸까?

잭이 나에게 들어오라고 손짓했으나 내가 평소 앉던 자리에 앉는 동안 아무 말도 하지 않았다. 나는 책상 너머에 있는 잭의 모습이 얼마나 기묘해 보이는지 생각하지 않으려고 노력했다. 그는 안경을 쓰고, 신중하게 서류를 펼친 다음 책상 위의 램프 쪽으로 들어 올렸다. 나는 꼼짝도 하지 않고 그의 평결을 기다렸다.

잭은 서류를 한장 한장 넘기다 마침내 목을 가다듬고 말했다.

"벨, 당신을 내 사무실로 부른 이유는 아버지의 유언에 관해 의논하기 위해서예요."

유언?

"아버지가 피어폰트 모건 도서관과 그 내용물 전부를 나에게 남긴다고 명시한 데에 놀라지는 않을 거라고 믿어요."

아무도 명백하게 그렇게 말하진 않았지만, 그럴 거라고 짐작했다.

"전혀 놀라지 않아요. 아버님께선 항상 당신이 당연히 도서관의 후계자라고 여기셨어요."

나는 잠깐 뜸을 들였다가 말을 이었다.

"종종 당신이 도서관을 그에 걸맞은 세계적 찬사를 받게 만들 거라고 확신한다고 저한테 말씀하셨죠."

"그래요?"

그가 놀란 듯 눈썹을 치켜올렸다.

나는 이야기를 과장한 것에 전혀 죄책감을 느끼지 않으며 고개를 끄덕였다.

"그런 얘기를 들으니 기쁘군요, 벨. 당신도 알겠지만, 아버지와 나는 항상 그렇게……."

그는 머뭇거리면서 적당한 단어를 찾았다.

"매끄러운 관계는 아니었죠. 내가 아버지를 굉장히 존경하고 사랑하긴 했지만요."

"그분도 당신에 대해 똑같이 느끼셨어요."

나는 그렇게 말했고, 우리는 서로를 보고 미소 지었다. 위대한 J. P. 모건의 아들로 살면서 굉장히 피곤했을 것이다. 지금도 여전히 그럴 것이고. 그의 사서로 사는 것도 꽤나 힘들었으니까.

그가 현안으로 되돌아가자는 신호를 했다. 유언. 다른 장으로 넘기고서 잭이 말했다.

"구체적으로 당신에 관해 두 개의 조항이 있어요."

"저요? 두 개요?"

나는 깜짝 놀랐다. 모건 씨가 가끔 유언장에 대해 언급하기는 했지만, 대체로 위협하는 용도였다. 실제로 내가 중요한 무언가를 받을 거라는 생각은 한 번도 해본 적이 없다.

"그래요. 첫 번째 조항은 최소한 1년 동안은 당신의 고용 상태를 유지하라는 거예요."

그가 시선을 들었다.

"아버지가 이걸 지시하실 필요는 없었어요, 벨. 나도 당신을 계속 고용할 생각이었거든요."

"고마워요."

나는 신중하게 무릎 위에 겹치고 있는 손을 내려다보았다. 모건 씨가 유언을 통해 나에게 보낸 두 개의 메시지에 행복과 안도의 눈물을 흘리는 모습을 잭에게 보이고 싶지 않았다. 첫 번째는 우리의 말다툼 이후로도 모건 씨가 유언장에 나를 위해 이런 조항을 넣을 만큼 나를 믿고 용서했다는 사실이었다. 두 번째는 우리가 함께한 목표로 내가 잭을 이끌어주길 바란다는 거였다. 모건 씨는 컬렉션

그 자체의 중요성과 나를 필두로 이것을 지켜나가는 것의 중요성을 잭에게 설득시키기 위해서 이 정도 시간이 필요하다는 걸 알고 있었던 것이다.

그가 머뭇거렸다.

"두 번째 조항은 경제적인 부분이에요. 당신은 가족을 제외하면 가장 큰 재산을 물려받았어요."

나는 감히 금액을 상상할 수가 없어서 숨을 멈췄다.

"아버지는 당신에게 총 5만 달러를 주기로 하셨어요."

"5만 달러요?"

나는 멍해졌다. 그것은 보통 사람이 1년에 버는 돈의 50배에 가까웠다. 엄청난 금액이고, 그 돈이면 가족과 내가 평생 경제적 안정을 누릴 수 있다. 무엇보다도 따뜻하고 관대한 행동이었다. 모건 씨는 그의 바람처럼 내가 도서관을 관리하도록, 또는 만일의 경우에만 내가 돈을 받을 수 있도록 온갖 종류의 추가 조항을 넣을 수도 있었다. 하지만 그 대신 내가 원하는 삶을 살 수 있는 자유를 준 것이다.

"당신은 그걸 받을 자격이 있어요, 벨."

잭이 말했고, 나는 더 이상 눈물을 참지 않았다.

집으로 돌아가는 발걸음은 가벼웠다. 나는 모건 씨가 죽은 후로 느끼지 못했던 새로운 희망과 목표를 갖게 되었다. 나는 내 아파트와 가족의 아파트를 연결하는 문을 벌컥 열고 들어갔다. 내가 간다는 연락은 안 했지만, 날 위해 다들 시간을 낼 거고 내가 없었던 것에 관해 아무도 험담을 하지 않을 것이다. 엄마와 테디, 루이즈 언니와 형부, 에델과 제부가 식탁에 모여 있었고, 모두 나를 따뜻한 포옹으로 맞았다.

가족과 함께 앉아 식사한 지도 오래되었다. 내 형제들은 결혼해서 경력을 쌓고 나와는 전혀 다른 삶을 살았다. 플로리다에서 돌아온 러셀 오빠는 뉴저지에서 엔지니어로 일하고, 거기서 가정을 꾸렸다. 자매 두 명은 여전히 교사였고, 루이즈 언니의 남편은 언어치료사 일을 찾는 중이었다. 에델의 남편은 종류에 관계없이 일자리를 찾았다.

테디는 교사 자격을 따기까지 이제 몇 달밖에 안 남았고, 자신감이 더 커진 데다 외모는 더욱 매력적으로 변했다. 루이즈 언니와 에델의 남편들 둘 다 일자리가 없어서 모두 상황이 나아질 때까지 이 아파트에 살고 있었다. 오히려 잘된 일이었다. 남자들이 엄마를 떠받들고, 엄마도 그것을 즐겼기 때문이다. 하지만 사위들이 빨리 안정된 일을 찾는 걸 아마 가장 좋아하시리라. 엄마가 말로 하지는 않아도 가족이 나한테 온전히 의지하는 걸 좋아하지 않으신다는 걸 나는 알고 있었다.

엄마가 내 접시에 치킨과 감자를 가득 담는 동안 나는 의자를 당기며 말했다.

"이야기할 게 있어요."

"무슨 얘기니?"

엄마가 계속 딸들에게 음식을 떠주면서 물었다.

"모건 씨가 유언으로 저한테 뭘 남기셨어요."

처음에는 모두가 동작을 멈추고 나를 쳐다보았다. 그러다가 자매들과 엄마가 한꺼번에 말을 시작했다. 그들의 목소리에서 나는 엄마의 말을 구분할 수 있었다.

"그분이 너를 유언에 넣으셨다고?"

엄마는 나만큼이나 놀란 목소리였다.

"그분의 선물이 뭐일 것 같아요?"

나는 엄마와 자매들을 번갈아 보면서 물었다.

"네가 사랑하는 걸 남기셨겠지. 르네상스 시대 필사본."

엄마는 그렇게 말하며 단호하게 고개를 끄덕였다.

"아니에요! 그분이 언니한테 워스의 드레스 세 벌이랑 거기 어울리는 보석을 남기셨을 거라고 생각해."

테디가 끼어들었다.

"나도 그렇게 생각해."

루이즈 언니가 동의했다.

나는 그들의 추측에 낄낄 웃었다. 자매들은 내가 안 입는 옷들을 가져가기 위해 드레스와 보석을 바라는 거였다.

"자, 누가 맞혔어?"

테디가 흥분한 눈을 빛내며 물었다.

"모두 틀렸어."

"그럼 뭔데?"

테디는 내가 익히 잘 아는 조급한 태도로 바닥을 발로 두드리며 물었다.

나는 소식을 전했다.

"그분이 나한테 남기신 건…… 5만 달러야."

자매들은 비명을 질렀지만 엄마는 벌떡 일어나서 나를 끌어안았다.

"오, 벨. 모건 씨가 우리 모두를 보살펴주려고 하셨다니 정말로 고맙구나.”

그리고 엄마는 자매들과 함께 기뻐서 비명을 지르고 꼭 껴안았다. 이제는 남자들까지 일어나서 그 축하에 끼어들었다.

“그 정도 돈이면 난 B. 앨트먼에서 본 그 분홍색 드레스도 살 수 있어!”

테디가 외쳤다.

“그 정도 돈이면 넌 그 드레스랑 같이 집도 살 수 있을걸!”

루이즈 언니가 소리쳤다.

그들은 박수를 치고 위아래로 쿵쿵 뛰었고, 형부들은 미소를 짓고 서 있었다. 엄마도 물러서서 활짝 웃었다. 다들 내가 당연히 돈을 내줄 거라고 생각했다. 내 돈에 얹혀가는 것이 다들 얼마나 자연스러워졌는지.

나는 의자에 풀썩 앉았다. 그들은 나한테 고맙다는 말조차 안 했을뿐더러 이 횡재와 함께하는 상실감에 대해서도 한마디도 하지 않았다.

내 뺨을 따라 눈물이 한 줄기 흘렀고, 엄마가 나를 보았다. 엄마는 황급히 내 의자 옆에 무릎을 꿇고 앉았다.

“미안하구나, 벨. 너한테 고맙다는 말도 안 하다니, 우리가 생각이 부족했어.”

자매들과 그 남편들이 축하를 멈췄다.

“그게 아니에요, 엄마. ‘고맙다’는 말을 하면 물론 좋겠지만요.”

“그럼 뭐니?”

“모건 씨가 보고 싶고, 그분이 없으니 갈 길을 잃은 것 같아요. 내가 가진 모든 것, 우리가 가진 모든 게 그분 덕분이에요. 그분이 까다롭고 소유욕이 강하긴 했어도, 지금의 나를 만든 거예요."

엄마가 내 손을 꽉 쥐었다.

"모건 씨가 네 삶에서 강하고 관대한 힘을 발휘했고, 너를 통해 우리 가족의 삶에서도 그러긴 했다만, 착각하지 마라, 벨. 너를 지금의 네 모습으로 만든 건 너 자신이야. 그분이 너에게 기회를 주셨지만, 네 성공은 전부 다 네 것이란다. 네가 벨 다 코스타 그린이야."

34장

1913년 11월 20일
뉴욕

잭이 매년 그러듯이 영국에 머물기 위해 10월에 떠나자 일에서도 반가운 휴식기가 왔다. 잭에게 도서관 컬렉션을 온전하게 유지하는 것의 가치를 가르쳐야 한다는 압박에서 벗어났다는 이유가 컸다. 하지만 내가 몇 달 전 엄마에게 말한 건 여전히 사실이었다. 나는 갈 길을 잃은 기분이었다. 모건 씨가 떠난 이후로 나는 매일 새로운 어둠과 커져가는 초조함 속에서 깨어났다.

모건 씨가 그립고, 그의 죽음은 내가 이전까지 제대로 인정할 수 없었던 다른 종류의 슬픔이라는 문을 열었다. 그 문 뒤에는 버너드와 내 아기가 우리 아빠와 함께 존재했다. 일에서 벗어난 휴식이 만들어준 여유 속에서 나는 모건 씨, 버너드, 엄마가 되는 것, 아빠, 그 모든 것을 그리워한다는 것을 깨달았다. 재회는 불가능하다는 걸 아니까.

나는 그 그리움을 글로 누그러뜨리려고 노력했다. 모건 씨가 아끼던 구텐베르크를 읽으며 그 장엄한 글과 생생한 삽화, 종이 가장

자리의 장식, 그리고 성경 내용 그 자체에서 그를 찾으려 했다. 버너드에게 편지를 쓰며 한때 그 누구보다도 유대감을 느꼈던 이 남자의 영혼과 우리 아이를 갖지 않기로 한 가슴 아픈 결정을 이해하려고 노력하는 한편 나 자신을 보호하기 위해 그와의 거리를 유지하려고 했다. 아빠의 글을 통해 아빠와 유대감을 느낄 방법도 찾았다. 어렵고 잘 이해되지 않는 아빠의 글 '백인 문제'를 분석해보았다. 그다음에는 아빠가 좋아할 만한 글을 읽었다. 사라 홉킨스 브래드포드의 《자기 동포들의 모세, 해리엇》, 자서전인 《프레더릭 더글러스의 삶 이야기》, 부커 T. 워싱턴의 《노예의 굴레를 벗고》, 그리고 피어폰트 모건 도서관의 컬렉션 중에서 18세기 노예 출신으로 노예제에 대해 아름답지만 모순된 시를 쓴 필리스 휘틀리의 시 초판본 등이었다.

 이걸로도 부족하자 나는 아빠와 아빠의 결정, 그것이 나에게 미친 영향을 이해하는 데 도움이 될 만한 책을 더 찾았다. 내가 개인의 성공을 좇느라 가끔씩 무시했던 사건들, 우리가 사는 이 나라에서 벌어지는 일들이 아빠에게는 가장 중요했다. 나는 신문기사들을 광범위하게 읽어보고 나서 윌슨 대통령이 인종평등법을 완전히 무너뜨리고 연방정부 내에서 인종분리를 승인한 것에 아빠가 얼마나 화가 났을까 상상해보았다. 아이다 B. 웰스, 메리 처치 테럴, 그리고 하워드 대학의 유색인 여학생 클럽인 델타 시그마 세타 멤버 22명 같은 유색인 여자들이 다른 사람들이 원하지 않았음에도 불구하고 워싱턴 DC에서 열린 여성 참정권 행진에서 수천 명의 사람들 속에 합류한 걸 알고 아빠의 얼굴에 웃음이 떠오르는 모습도 상상했다. 그들이 해낸 일, 특히 유색인 남학생과 여학생 클럽이 한 일에 감탄하고 그들의 목표에 마음이 끌리면서도 내가 어떻게 도울 수 있을까 의문이 들었다. 백인 여성으로 살고 있는데 내가 유색인을 위한 중대한 일에 참여할 수 있을까? 아니면 내 가짜 신분을 버리고 평등을 위한 싸움에 뛰어들어야 하나? 아빠의 세상에도, 혹은 백인 세계에도 진짜 자리는 없는 것 같아 나는 여전히 방황하고 있었다.

"여자로서 난 남자에 의해 규정되는 걸 거부하겠어."

카트리나가 말하자 탁자를 가득 채운 차분한 색의 블라우스와 치마 차림의 여자들이 동의조로 고개를 끄덕였다. 마사 워싱턴 호텔 레스토랑의 구경꾼들은 멋진 청록색 드레스와 내 특징이 된 선명한 같은 색 스카프 차림의 나에 비해 다른 여자들이 볼품없다고 생각할지 모르지만, 실제로는 그들이 나보다 훨씬 더 독립적이고 급진적인 삶을 살고 있었다.

"맞아. 특히 대부분의 남자들이 여자들은 모름지기 독실하고 말 잘 듣는 아내여야 한다고 생각하는 한은!"

다른 여자, 억센 빨간 머리를 얌전하게 하나로 틀어 올리기를 거부한 여자가 말했다.

"그런 건 우리한테는 전혀 맞지 맞아."

카트리나가 말했다.

"전혀 안 맞지. 우리는 우리만의 정치적 정체성을 가질 자격이 있는 자주적인 개개인이야."

빨간 머리가 말했다.

곧 카트리나와 다른 세 명의 여자들이 다 함께 말했다.

"다음은 자명한 진실이다. 모든 남자와 여자는 평등하게 태어났으며……."

그들은 코디얼을 들고 건배했다. 나도 함께 잔을 들어 올리긴 했지만 그들과 분리된 기분이었다. 카트리나가 자신과 친구 세 명과 함께 코디얼과 디저트를 먹으러 가자고 했을 때 나는 초조한 마음을 가라앉히고 술과 대화로 생각을 돌리기 위해 초대를 덥석 받아들였다. 이 토론이 세상으로부터 고립감을 더욱 강하게 만들 줄은 몰랐다.

카트리나가 내 표정을 보고 속삭였다.

"우린 그냥 세네카 폴스 협의회(1848년 세네카 폴스에서 열린 최초의 여성권리협의회) 감성선언서의 일부를 읊은 것뿐이야."

내 기분은 더욱 우울해졌다. 나도 그걸 알아야 하는 거 아닌가? 나는 어떻게 이렇게 내 성별과 인종에 관한 핵심 문제들과 거리를 두고 살아왔던 거지? 내 독립성은 나 자신에게만 초점이 맞춰져 있고 이름뿐인 것 같았다. 난 그냥 사기꾼인 걸까?

"실례합니다, 손님들, 음료 한 잔 더 하시겠어요?"

나는 고개를 들고 유색인 웨이터를 쳐다보았다. 내가 속한 척하는 백인 세계보다 이 사람과 공통점이 더 많은 게 아닐까 하는 생각이 들었다. 하지만 내가 동병상련의 기분으로 그에게 미소를 짓자 그 조금의 친절에 그는 눈에 띄게 당황했다. 내 웃음 때문인지, 내 외모 때문인지는 모르겠지만 말이다. 하지만 그는 내가 가짜라는 걸 알아채지 못하는 몇몇 유색인 중 한 명인 것 같았다. 그는 백인 눈에는 보이지 않는 흑인으로 사는 데 익숙해 보였다.

"아- 아가씨, 코디얼 한 잔 더 드릴까요?"

카트리나와 그녀의 친구들이 내가 이해하지 못하는 뭔가에 웃음을 터뜨리는 동안 그가 말을 더듬었다.

"그래요."

나는 그렇게 말하고 몸을 기울여 덧붙였다.

"고마워요."

나의 동정심에 그는 어리둥절한 얼굴로 식탁에서 물러섰다.

"어, 음료 갖다 드리겠습니다."

그는 내 선의가 백인의 함정이라도 되는 듯 황급히 가버렸다. 정말 슬픈 일이야, 나는 그렇게 생각했다.

유색인 대신 백인 웨이터가 내 음료를 들고 돌아오자 나는 마치 내가 백인인지 흑인인지 바로 여기 마사 워싱턴 호텔에서 당장 결정해야 할 것처럼, 이런 무모한 행동을 그만둬야 한다는 걸 깨달았다. 내 신분을 들킬 위험 없이 초조한 마음을 달랠 다른 방법이 있을 것이다. 최소한 오늘 밤에는.

마지막 남은 음료를 죽 들이켜고 내가 작별 인사를 하려고 할 때 젊은 남자 세 명이 우리 자리로 다가왔다.

"우리도 같이 앉아도 될까요?"

키가 큰 금발 남자가 우리에게 물었고, 짙은 머리색의 친구 두 명은 기다렸다.

카트리나가 벌떡 일어나 꺅 소리를 질렀다.

"찰스 오빠, 여기서 뭐 해?"

그녀는 자신의 오빠를 우리에게 소개했고, 세 남자가 우리와 합류했다. 카트리나와 나는 학창 시절부터 서로 알고 지냈지만 그녀의 오빠를 만난 기억은 없었다.

짙은 머리색의 남자들 중 한 명이 탁자 끄트머리 내 옆 의자에 앉았다. 어색한 침묵이 한참 흐르고 세 잔째 음료를 주문하기로 결심한 후에 나는 그가 갖고 있는 책에 관해 물었다.

"《흑인의 영혼》이에요. 읽어본 적 있나요?"

그가 제목을 말했다.

"W. E. B. 두보아의 책이죠."

내가 말했다.

"그 사람 아세요?"

내 거짓말이 시작되었다.

"아뇨, 그건 아니에요."

대답할 때 아빠의 모습이 머릿속에 떠올랐다. 그러고 나서 혹시 내가 뭔가 실수할 경우에 대비해서 덧붙였다.

"약간이요."

"여기 이 남자가-"

그가 책을 두드리며 말했다.

"-하버드에서 박사 학위를 딴 최초의 유색인이라는 거 알아요?"

내 눈이 커졌다.

"아뇨, 그건 몰랐어요."

이 순간 나는 자부심이 솟구쳤고, 그 저명한 학교를 최초로 졸업한 유색인 남자에 관해 말하고 싶은 충동이 들었다. 하지만 나는 젊은 남자가 이 책에 대한 애정과 인종평등에 대한 희망을 말하는 동안 아빠에 대해 아무 말도 하지 않았다. 그런 위험을 감수할 수가 없었다.

"이 책을 읽고 이 나라에서 흑인으로 사는 게 어떤 건지 크게 깨닫게 됐어요. 흑인들이 어째서 항상 두 종류의 눈을 가져야 하는지 말이죠. 그 두 종류의 시선은 완전히 따로따로예요. 왜냐하면 자기 자신을 보는 방식을 염두에 둬야 하는데, 그건 세상이 그들을 바라보는 방식과는 완전히 반대이기 때문이죠. 어느 쪽에도 치우치지 않고 균형을 잡고 걸어가는 것과 비슷해요."

나는 이 젊은 백인 남자가 이 책과 내 인생에 대해 이렇게 많은 것을 알아챘다는 사실에 감탄했다. 그가 계속 얘기하는 내용은 아빠의 말과 비슷했다. 백인의 입에서 나오긴 했지만, 마찬가지로 진심이 가득했다. 놀라워, 서로 다른 피부색의 두 남자가 똑같은 이야기를 하다니, 나는 그렇게 생각했다. 이 백인 남자는 부유한 집안에서 태어났지만 그래도 평등을 갈망했다. 우리 아빠의 갈망은 생존에 기반한 거였다. 이 사실이 나에게 희망을 주었다.

하지만 네 잔째 술을 다 마신 후쯤 또 다른 일이 일어났다. 나는 더 이상 이 젊은 남자에게서 아빠를 보지 않았다. 버너드를 보고, 느꼈다. 이 생각이 들자 나는 떠나야 한다는 걸 깨달았다. 내가 작별 인사를 하기 시작하자 카트리나가 내가 방금 전까지 이야기하던 젊은 남자를 가리켰다.

"조너선, 그린 씨를 마차에 태워 집으로 좀 보내줄래요?"

그는 우아한 로비를 지나 바깥으로 나를 데려갔다. 마차가 전혀 보이지 않아서 우리는 종종 마차들이 줄지어 기다리는 공원 쪽으로 걸어갔다. 그의 팔이 내 팔로 미끄러졌고, 나는 마지막 잔으로 머리가 핑핑 돌아 일반적으로 예의 바른 거리를 유지하는 대신 그에게 몸을 기울였다. 내가 발뒤꿈치를 들고 키스하자 그는 깜짝 놀랐다. 응답의 키스는 축축했고 손은 서툴렀지만, 그가 경험이 부족한 건 별로 중요하지 않았다. 나는 딱 하나를 찾는 거였다. 아무리 잠깐이라 해도, 나를 붙들어줄 만한 유대감.

조녀선은 내 손을 잡고 나를 근처의 건물로 데려갔다. 나는 그가 문을 열 때까지 기다렸고, 우리는 조용히 한 층을 올라가서 책이 높이 쌓여 있는 원룸으로 들어갔다. 조녀선은 학생임이 분명했고, 단순한 가구들을 힐끗 보며 나는 그의 나이가 몇 살일까 생각했다. 책상, 간이침대보다 딱히 크지 않은 침대, 작은 원탁이 바싹 붙어 있는 냉장고, 스토브, 작은 싱크대. 하지만 지금 이 순간 나는 그의 나이나 집 실내장식에 전혀 상관하지 않았다.

그가 나에게 손을 내밀어 드레스 단추를 풀기 시작하자 나는 그 분위기에 몰입하려고 노력했다. 우리는 침대에 누웠고, 그가 내 옷을 벗기게 놔두었다. 하지만 키스와 애무는 내가 필요로 하는 것, 공허를 확고한 의미로 채워주지 못했다. 나는 그의 침대에서 일어나 앉아 그를 밀어냈다. 더 이상 아무 말도 하지 않고 나는 속옷과 드레스를 입고 작별 인사조차 하지 않고 나갔다.

나는 밤길을 달려가다가 마침내 욱신거리는 머리와 무너진 가슴으로 내 아파트에 비틀비틀 들어섰다. 이 초조한 어둠 속에 계속 머물 수는 없었다. 모건 씨가 떠나고 없으니 내가 어떤 사람이 될 건지, 진정으로는 아니라 해도 완전하게 벨 다 코스타 그린이 될 수 있을지 그 질문에 대한 답을 찾아야 했다. 내 침대에 누워서 나는 이 어려운 문제를 머릿속으로 계속 생각하고 또 생각했다. 그러다 순식간에 내가 뭘 해야 하는지 깨달았다. 앞으로 나아가기 위해서는 우선 뒤로 돌아가야 했다.

35장

1913년 12월 4일
일리노이 시카고

검은 식탁보에 하얀 덮개를 씌운 수십 개의 네모난 탁자들이 가득한 호텔 레스토랑은 급사장과 2인용으로 세팅된 자리에 앉아 있는 나이 든 남자를 제외하면 텅 비어 있었다. 어디 계신 거지? 이 시간인 것은 분명하다. 지난달에 주고받은 편지에서 확실하게 정해졌으니까.

그러다 나는 짙은 회색 정장을 입은 나이 많은 남자를 좀 더 자세히 쳐다보았다.

남자가 일어서서 듣기 좋은 낮은 목소리로 말했다.

"정말로 너니, 벨?"

나는 그 목소리를 알아들었다. 곱슬머리와 수염은 희끗희끗했지만 길고 가는 코와 윤곽이 뚜렷한 광대뼈가 풍기는 귀족적인 용모는 그대로였다.

"벨."

남자가 다시 나를 부르며 껴안아도 되겠느냐고 묻는 듯 팔을 벌렸다. 그 친숙한 품의 온기 속에 들어가자 몸이 떨리기 시작했다. 아빠가 떠난 이후로 이렇게 안겨본 적이 한 번도 없었다.

아빠가 내 이름을 부르는 방식은 특별했다. 아빠는 내 이름을 길게 늘어뜨려 마치 노래의 후렴구처럼 들렸다. 아빠에게 벨은 그냥 이름이 아니라 나에 대한, 나를 위한 감정의 표현이었다.

"앉으렴, 내 귀여운 딸."

아빠가 내 가죽 여행 가방을 받아 들고 의자를 끌어당겨 주었다.

나는 코트를 벗었다. 시카고는 겨울이었고, 걸어오는 동안 바람이 싸늘했다.

우리는 앉아 서로를 보고 긴장한 채 미소 지었다. 탁자의 하얀 리넨 덮개가 우리 사이에서 건널 수 없는 바다처럼 넓게 펼쳐져 있었다.

마침내 아빠가 말했다.

"벨, 내가 이날을 얼마나 기다렸는지 넌 모를 거다."

흐느낌이 터져 나왔다. 오랫동안 아빠가 그리웠지만, 지금에야 나는 아빠가 없는 고통이 감정적인 것 이상임을, 물리적인 것임을 깨달았다. 아빠가 없는 고통은 항상 그 자리에 있다가 지금 내 안에서 가득 솟구쳤다.

아빠가 먼저 그 바다를 건너왔다. 탁자 너머로 몸을 기울여서 내 손을 잡았다.

"아빠, 아빠가 정말 정말 보고 싶었어요."

내 얼굴이 젖었다. 나는 손을 빼고 손수건을 꺼내서 눈과 뺨을 닦았다.

내가 다시 차분해지기를 기다리고 있었던 것처럼 웨이터가 다가

왔다. 우리는 재빨리 메뉴판을 보고 주문했다. 나는 간단한 치킨 수프, 아빠는 양고기 찹스테이크를 시켰다. 우리 둘 다 빨리 웨이터를 보내고 단둘이 있고 싶었다.

"17년이라. 17년이 지났다는 걸 믿을 수가 없구나. 네가 날 찾아줘서 정말 고맙다."

아빠가 그렇게 말하며 고개를 흔들었다.

"모차르트 외삼촌이 아빠가 어디 계신지 가능한 많은 소식을 저한테 계속 전해주셨어요. 외삼촌이 저한테 아빠 주소도 알려주셨죠."

"네 첫 번째 편지를 받았을 때, 음-"

다시금 아빠가 고개를 흔들고 말을 이었다.

"나도 네 소식을 계속 찾아보고 있었단다."

"정말요?"

"물론이지. 그리고 항상 이날이 오기를 바랐지만, 감히 희망을 품을 수는 없었단다."

"우리 서로 밀린 이야기가 너무 많아요. 어디서부터 시작해야 할까요?"

"네가 원하는 곳에서부터 시작하렴. 난 모든 이야기를 다 듣고 싶구나."

나는 형제들이 뭘 하고 있는지에 대해 활발하게 이야기하는 걸로 시작했다.

"루이즈 언니랑 에델이 어릴 때부터 떨어지지 못했던 거 생각나세요?"

아빠는 고개를 끄덕였다.

"달라진 게 없어요. 둘은 아파트에서 같이 살 방법을 찾아냈어요.

남편들까지 함께요."

그들 모두 내가 돈을 낸 아파트에서, 엄마와 테디까지 함께 살고 있다는 이야기는 하지 않기로 했다. 우리의 재회에 문젯거리를 끼워 넣을 필요는 없으니까.

아빠가 등을 기대고 커다랗게 웃음을 터뜨리자 나는 30년 전으로 돌아가서 우리 모두가 저녁 식사를 하기 위해 식탁에 모여 있고, 아빠가 상석에 앉아 재미있는 이야기로 우리를 웃겨주어 집 전체가 웃음으로 가득 찬 것 같은 기분이었다.

"그럼 러셀은 거기 없니?"

"네, 정말 다행이죠."

내가 그렇게 말하고 우리는 함께 웃었다.

"오빠는 결혼해서 뉴저지에 살아요. 오빠는 엔지니어이고 아빠가 키운 그대로 차분하고 믿음직스러워요."

아빠는 고개를 끄덕였지만 웃음기는 사라졌고, 나는 내 말을 후회했다. 러셀 오빠는 아빠가 떠났을 때 아직 소년이었다. 아빠는 아들을 키우기 시작했으나 끝맺지는 못했다. 우리 형제 중 누구에게도 그 일을 마치지 못했다.

내가 테디 이야기를 시작하자 아빠의 얼굴이 다시 밝아졌다.

"그리고 테디가 있죠. 아, 아빠, 그 애는 정말 사랑스럽고, 곧 교육대학을 졸업할 거예요."

아빠는 몇 가지를 물었고, 우리는 이야기를 나눴지만 엄마 이야기는 꺼내지 못했다. 그리고 형제들의 배우자 이름과 직업 이야기는 했지만, 그들의 인종에 대해서도 말하지 못했다. 인종 이야기는 아직 할 필요가 없었다.

그다음에 아빠가 내 직업에 관해 물었다. 나는 숟가락을 그릇에 내려놓았다.

"아빠, 전 아빠를 떠올리지 않은 날이 하루도 없어요. 뭔가를 제 손에 들 때마다 매번이요. 이를테면 슈바인하임과 판나르츠 판 베르길리우스처럼요."

아빠가 낮은 휘파람을 불었고 내가 말을 이었다.

"그 순간을 아빠에게 얘기하기를 바랐어요. 한번은 우리가 제일 좋아했던 장소의 벽 뒤쪽 깊숙한 곳에 들어간 적도 있죠—"

아빠가 흥분해서 말을 가로챘다.

"메트로폴리탄 박물관 말이니?"

"기억하세요?"

"너와 내가 하루 온종일을 거기서 보냈던 주말을 내가 어떻게 잊을 수가 있겠니?"

아빠도 그 일을 기억한다는 사실에 내 가슴에 평화와 온기가 가득 찼다.

아빠가 말을 이었다.

"벨, 넌 이 희귀 필사본을 모으러 전 세계를 돌아다녔고, 난 네가 정복한 것들을 전부 듣고 싶단다. 하지만 내가 가장 자랑스러웠던 순간은 〈시카고 데일리 트리뷴〉에 실린 그 기사를 읽었을 때였어. 네가 캑스턴의 《아서 왕의 죽음》을 따냈을 때. 엄청난 승리였어!"

나는 미소 지었지만 아무 말도 하지 않았다. 그 경매는 내 인생의 하이라이트였고, 그날 밤 사무실로 돌아가지 않았더라면 아마 계속 좋은 기억으로 남았을 것이다. 하지만 나는 거기에 대해 생각하지 않으려고 노력하며 내 일에 관한 좀 더 작은 일화들을 아빠에게 이야기했다. 내가 매일 다루는 필사본들과 내가 만든 세계적 수준의 컬렉션들, 그리고 내가 살펴보았던 다른 멋진 컬렉션들에 대해 이야기하자 아빠의 얼굴에서 빛이 나는 것 같았다.

"정말 대단한 성공이구나, 벨! 신문은 네 학자적 성취를 제대로 이야기하지 못했어. 네 필생의 업적은 희귀서적과 귀중한 미술품을 연구하고 모은 것이지. 그건 하버드를 졸업한 후에 나한테도 기회가 왔다면 좋았을 직업이야. 정말 대단한 선물이구나."

"그건 아빠가 저한테 주신 선물이에요. 미술의 아름다움과 인쇄된 글과 그 역사의 중요성을 저한테 알려준 사람은 바로 아빠였으니까요."

"네가 사랑하는 일을 하고 있다니 정말 기쁘단다. 내가 바라는 건 단지-"

아빠가 말을 멈추고 눈을 내리깔았다.

"뭔데요, 아빠?"

다시 시선을 든 아빠는 미소 지었지만 그 눈에 즐거운 기색은 없었다.

"내가 너와 함께 있었다면, 널 위해 옆에 있었다면 얼마나 좋았을까 하는 거야. 네 옆에 계속 남았더라면 좋았을 텐데. 러시아에 가서 새로운-"

아빠가 '새로운 가족을 만들지 않고'라고 말하려고 한다는 걸 알아챘지만, 우리 시간이 이렇게 한정되어 있는데 아빠의 일본인 가족 이야기를 꺼내 샛길로 새고 싶지 않았다. 그래서 나는 재빨리 아빠의 말을 막았다.

"아뇨, 아니에요, 아빠. 그렇게 생각하실 필요는 전혀 없어요. 제

일의 시초를 만든 사람은 아빠인걸요."

"그걸 키워서 결실을 맺은 건 너지. 그건 어떤 유색인 여자아이가 꿈꾸었던 것보다 더 대단한 일이고, 유색인 남자로서 내가 가질 수 있었던 그 어떤 것보다 큰 기회야."

아빠가 쓴 단어에 나는 몸이 굳어져 아무도 엿듣지 않았는지 주위를 힐끗 살폈다. 하지만 곧 그런 행동을 그만두었다. 근처에는 어떤 사람도 없고, 시카고에서는 아무도 나를 알지 못했다.

내 반응을 보고 여기 온 이래로 아빠의 미소가 사라졌다. 아빠는 접시를 밀어내고 의자에 몸을 기댔다.

"하지만 그게 대가지, 안 그러니? 네가 아닌 다른 사람인 척하는 것."

아빠의 말투에 비판의 기색은 없었다.

"〈뉴욕 타임스〉에 실린 네 사진을 보았을 때 정말 자랑스러웠단다. 하지만 그러면서도 굉장히 슬펐지. 하나의 꿈을 이루기 위해 너는 핵심적인 정체성을 버려야 했어. 이름을 바꾸는 건 쉬운 일이야. 하지만 영혼을 바꾸는 건 불가능하지."

"아빠는 찬성하지 않으시는 거죠?"

내가 몸을 앞으로 기울였다. 이게 늘 알고 싶었던 것, 늘 아빠가 대답해주길 바랐던 질문이었다.

아빠가 우울하게 허허 웃었다.

"이건 찬성하고 말고의 문제가 아니란다. 우리 사회가 너에게 그런 선택을 강요한 거야. 그리고 그게 웃기는 대목이지. 너나 네 엄마에게 좋은 선택 같은 건 없어. 난 네가 내린 결정을 비판할 자격이 없단다."

아빠에게는 비판할 자격이 얼마든지 있었다. 아빠는 테디만큼 피부색이 하얬고, 우리와 같은 삶을 살 수도 있었다. 하지만 그 대신 아빠는 유색인으로서 진정한 삶을 살기 위해 모든 것을 희생했다.

"모건 씨가 돌아가신 이후로 전 갈 길을 잃은 기분이에요, 아빠. 제가 다른 결정을 내렸다면 이런 식으로 느꼈을까 의문이에요."

아빠는 이해한다는 듯이 고개를 끄덕였다.

"성공을 위해 이렇게까지 희생할 가치가 있었던 걸까 가끔 의문이 들어요."

내 의심을 솔직하게 말하니 마음이 놓였다.

"내 사랑하는 벨."

아빠가 내 손을 잡고 꼭 쥐었다.

"너는 내가 아는 그 어떤 사람보다 진정한 삶을 살고 있어. 넌 그야말로 널 위해 만들어진 삶을 살았지. 단지 인종차별 때문에 백인 여성으로 살 수밖에 없었던 거고."

아빠는 한숨을 쉬었다.

"유색인들이 피부색과 상관없이 당당하게 번창할 수 있었던 시절을, 비록 아주 짧았다 해도 그때를 네가 알았다면 좋았을 텐데."

"알아요, 아빠. 엄마가 사우스캐롤라이나 대학에서 아빠가 교수로 계시던 시절 이야기를 해주셨어요. 그때는 정말 근사한 시절이었을 거예요. 희망으로 가득한 시절이요."

아빠의 표정에 아쉬움이 가득 어렸다.

"그 얘기를 듣고 내가 왜 평등을 위한 싸움을 저버릴 수 없었는지 이해했다면 좋겠구나. 그리고 내가 왜 떠났는지도 이해해주길 바란단다."

나는 엄마를 수많이 비판했지만, 내가 틀렸다. 이제 아빠가 나에게 자기 이야기를 할 기회가 생겼다는 게 기뻤다.

웨이터가 우리 자리를 치웠고, 아빠에게는 생각을 정리할 여유가 잠깐 생겼다. 다시 단둘이 되자 아빠가 이야기를 시작했다.

"그때 집을 나설 때, 나도 내가 뭘 하려는 건지 몰랐단다. 하지만 난 두 개의 세상에 살 수 없었어. 백인인 척하는 건, 백인 가정의 아빠로 살면서 계속 흑백평등을 위해 싸우는 건 불가능했어. 내 가족을 진정으로 보호하는 유일한 방법은 계속해서 적극적으로 우리의 권리를 주장하고 싸우는 것뿐이었어. 난 너희 모두에게 더 밝은 미래를 주고 싶었단다."

우리는 디저트를 주문했고, 아빠는 교수 특유의 말투를 썼다.

"재건시대는 우리를 평등하게 만들었어. 인종차별은 법에 어긋났지. 그리고 연방정부는 우리를 보호해줬어. 하지만 대법원에서 공민권법을 번복하면서 흑백분리가 합법화되는 쪽으로 나아가게 되었고, 보호 장치는 사라졌지. 우리는 자유를 잃었어. 하지만 난 희망을 잃지 않았단다. 난 우리가 판결을 바꿀 수 있을 거라고 생각했어. 싸워야겠지만, 우리가 이길 수 있는 싸움이라고."

아빠는 고개를 흔들었다.

"하지만 그건 우리가 생각했던 것보다 훨씬 더 힘들었어."

"어려웠다 하더라도 아빠는 올바른 편에서 싸우셨잖아요. 자랑스러워하실 만한 일이에요."

내가 아빠를 위로했다.

"그럴지도 모르지. 하지만 우리는 정치적 싸움을 했고, 가끔 지도자들이 서로 싸우기도 했어. 지금 난 예전 동료들을 다 잃었어. 난 부커 T. 워싱턴의 편에 있었단다. 그가 사업가들과 정치인들과 함께 전략을 짜는 방식에 감탄했거든. 하지만 상황이 바뀌었고, 이제는 윌리 두보아가 운동을 이끌고 있어. 난 윌리를 존경하고, 그 친구의 전미 유색인종지위향상협회를 위한 계획도 정말 흥미로워. 하지만 무엇 때문인지 내가 그 친구를 긴장하게 만들고, 그것 때문에 내가 잘 아는 삶에서 밀려나 빈손으로 남게 됐지."

내 걱정스러운 표정에 아빠는 미안해진 모양이었다. 아빠가 억지로 힘을 내고는 미소를 지으며 덧붙였다.

"하지만 여기서 좋은 글도 썼단다."

아빠가 '백인 문제'에 대해 언급하자 나는 고개를 끄덕였으나 아무 말도 하지 않았다. 내가 기억하는 연설가 아빠와 굉장히 비슷하게 말하는 것을 방해하고 싶지 않았다.

"난 유색인과 백인 사이의 문제가 유색인들에게 내재된 어떤 단점 때문이 아니라고 주장했지. 이건 백인들이 우리에 대해 가진 편견과 인종차별의 결과야. 난 유색인들이 인종차별자들의 사슬에 얽매이지 않으면 얼마나 높이 올라갈 수 있는지에 대한 증거를 제시했어. 남북전쟁 때부터 현재까지 예술, 과학, 정치, 사업, 문학, 심지어 군에서 눈부신 업적을 이룬 유색인 남녀 수백 명을 열거했지. 네 엄마도 똑같은 믿음을 가졌던 시절이 있었단다. 결혼 초기에 그 사람은 나만큼이나 '모든 인간은 평등하게 창조되었다'는 말을 믿었어. 하지만 인종차별을 면전에서 보았을 때, 그 사람 눈에는 그것밖에 보이지 않았던 거야. 네 엄마는 가능성을 보지 못했고, 희망도 갖지 않았어. 아이들을 보호해야 한다는 원초적 본능을 느꼈던 거지. 그건 나도 이해한다."

아빠는 말을 멈췄다. 나는 아빠가 떠난 것을 나름 후회하고 있는지 궁금했다. 하지만 곧 아빠가 말했다.

"난 여전히 믿는단다. 여전히 언젠가 이 나라가 평등해지는 날이 올 거라고 믿어. 언젠가 새로운 시민권법이 생기고, 그걸 승인하는 새로운 대통령과 의회가 생길 거라고. 모두가 인종과 상관없이 자신의 꿈을 좇을 수 있을 거라고. 독립선언문에 있는 모든 인간이 평등하다는 말이 실제로 이루어지는 날이 올 거라고."

아빠의 목소리에는 희망이 어려 있었다. 그런 미래를 상상하기는 어렵지만 말이다. 아빠의 뒤를 따르는 유색인 젊은 대학생들에게 감탄하고 있지만, 나에게 가장 큰 영향을 미치는 건 내가 매일 보는 것들이었다. 신문은 여전히 유색인에 대한 구타와 집단폭행 기사로 가득했다. 수많은 유색인 남자들이 호텔 일꾼과 날품팔이로, 유색인 여자들은 호텔 조리사와 재봉사로 최저 수준의 일자리에 고용되었다. 정직한 일이긴 해도 그들은 그런 위치에서 품위 있는 대접을 받지 못했다. 특히 여행을 다니며 나는 상류층 사교계에서 인종차별적 이야기를 수없이 들었다. 이 모든 것들 때문에 나는 아빠가 상상하는 세상을 그려볼 수가 없었다.

나는 고개를 흔들었다.

"저도 아빠처럼 희망을 가질 수 있으면 좋겠네요. 그러고 싶지만, 저도 희망이 보이지 않아요."

내 말이 수년 전 엄마가 아빠에게 했던 말과 얼마나 비슷한지를 생각하며 잠깐 뜸을 들였다.

"그래서 제가 이렇게 갈등하는 거예요. 제가 살아온 이 삶이 제일 중요한 부분에서 가짜라는 걸 알고, 다른 삶을 동경하고는 있지만 우리가 사는 세상 때문에 두려워요."

나는 눈을 깜박여 고인 눈물을 떨궜다.

"아빠가 저한테 너무 실망하지 않으셨으면 좋겠어요."

아빠의 목소리는 부드러웠다.

"아니, 벨, 난 절대로 너한테 실망하지 않는다. 네가 이 삶을 갖기 위해 백인인 척해야만 하는 현실이 실망스러울 뿐이야. 난 네가 유색인 여자로서도 같은 삶을 살 수 있는 시대를 위해 싸우고 있단다."

나는 더 이상 참을 수 없는 눈물을 닦았다.

"전 교차로에 서 있는 것 같아요. 저한테는 나름의 길을 개척할 자유가 있어요. 어쩌면 좀 더 정직하게-"

"너 나름의 길이라. 그 자유를 준 건 모건 씨가 너에게 남긴 유산이니?"

아빠가 물었다. 그 소식은 몇 달 전 신문에 났기 때문에 아빠가 알고 있는 것에 놀라지 않았다.

"어느 정도는요. 하지만 저도 제 직업에서, 인생에서 이제 뭘 할까 고민 중이었어요."

"피어폰트 모건 도서관을 떠나려는 거니?"

아빠는 놀란 어조였다.

"그걸 잘 모르겠어요. 모건 씨는 유언에 제가 머무를 수 있는 조항을 넣어뒀어요."

"여전히 일은 좋으니? 네가 세상에 귀중한 공헌을 하고 있다고 느끼니? 너 자신과 네 엄마, 네 형제들 말고 더 많은 사람들에게 이로운 유산을 만들고 있다고? 네 길에 의미가 있니?"

"그 모든 질문에, 네, 그렇게 생각해요. 제 계획은 피어폰트 모건 도서관을 사설 도서관에서 공공시설로 바꿔서 수천만 명의 사람들이 초기 문자 언어의 중요성과 아름다움, 즉 인류에게 위대한 평등의 도구로서 글과 책의 중요성을 알리는 거예요. 하지만 전 제 삶을-"

나는 목소리를 작게 낮췄다.

"-유색인으로서 솔직하게 살고 있지 않아요. 그리고 솔직해져야 하는 게 아닐까 의문이 들기 시작했어요."

내가 말을 멈추고 아빠에게 대놓고 물었다.

"아빠가 그러신 것처럼 본보기가 되기 위해 사실을 털어놔야 할까요? 아빠 책에 쓰신 것처럼요."

아빠는 한숨을 쉬었다.

"벨, 내가 아이들에게 원했던 건 어떤 혈통이든 상관없이 부상할 수 있는 기회, 의미 있는 삶을 살 기회뿐이었단다. 그게 나의 싸움이었어. 하지만 현재 사회에서 현재의 법으로는 네가 성공한 것, 네 일에서 열정을 좇을 수 있는 것, 네가 수많은 사람들에게, 언젠가는 수많은 유색인들에게도 이로운 유산을 남기는 걸로 충분하단다. 이런 말을 하게 되다니 가슴이 찢어지지만, 지금 당장은 네가 둘 다 가질 수 있을 것 같지 않구나."

나는 깜짝 놀랐다. 그건 평생을 평등권에 헌신한 사람에게 들을 거라고는 생각지도 못했던 조언이었다. 시카고에 도착했을 때 내가 선택할 수 있는 방향이라고 여기기 시작한 길, 즉 내 조상을 받아들이라는 얘기를 들을 거라고 생각했다.

"네 일과 너만의 특별한 목표를 향해 전진하렴, 벨. 그리고 계속해서 위대한 업적을 이루렴. 지금은 방향을 바꿀 때가 아니야. 너는 이 나라에서 가장 중요한 사서이자 미술 역사가, 자수성가로 가장 성공한 여성 중 한 명이고, 지금 가장 중요한 건 너 자신의 유산을 남기는 거란다. 네가 나에게 이야기했던 바로 그것."

내 눈에는 혼란스러운 눈물이, 안도감과 놀라움과 약간의 실망감이 섞인 눈물이 고였다. 아빠가 새 문을 여는 걸 도와줄 거라고 기대했다. 아빠의 조언을 듣고 나 자신을 새롭게 바꿀 수 있을 거라고 생각했다. 하지만 아빠는 그 문을 닫아버렸다. 나에게 벨 다 코스타 그린으로 계속해서 번영을 누리라고 허락해주었다.

"언젠가, 벨, 사람들이 수십 년을 거슬러 올라가서 네가 우리 중한 명이라고 선언하는 날이 올 거야. 네 업적은 역사의 일부가 되겠지. 우리 능력을 의심하는 백인들에게 유색인이 뭘 할 수 있는지를 보여주게 될 거야. 그때가 올 때까지 네 삶을 자랑스럽게 살아라."

아빠는 사랑과 온기로 가득한 미소를 지어 보였다.

"네가 정말 자랑스럽구나."

나는 아빠의 손을 꼭 쥐었다. 그리고 눈을 감고 아빠의 말을 음미하고 아빠의 희망을 받아들였다.

36장

1913년 12월 10일, 22일
뉴욕

나는 벨먼트 호텔 로비에서 기다리며 가능한 무심해 보이려고 노력했다. 메트로폴리탄 미술관의 그리스 로마 전시관의 대리석 석상처럼 냉정하고 고요하게, 그리고 감정을 느끼지 못하는 것처럼. 나는 그렇게 생각했다. 그렇게 보이고 싶고, 느끼고 싶었다. 냉정하고 무감각하게.

그때 그가 보였다. 그는 메리와 함께 넓은 계단을 걸어 내려오고 있었다. 그들이 다가오자 나는 먼저 그녀에게 손을 내밀었다.

"다시 만나서 정말로 기쁘군요."

나는 마치 이 만남을 우리 두 사람이 정한 것처럼 말했다.

"벨, 전보다 더 아름다워 보이네요."

그녀는 언제나처럼 칭찬을 가득 퍼부었다.

"당신도요."

나도 그렇게 말했지만, 사실은 아니었다. 메리는 지난번에 봤을 때보다 더 뚱뚱했고, 피부는 축축하고 약간 창백했다. 어디 아픈가?

버너드는 편지에서 그녀 이야기를 거의 하지 않았다.

버너드는 우아하고 잘 재단된 회색 정장을 입고 있었다. 그의 눈은 내가 기억하던 대로 밝고 지적이었고, 그의 머리와 수염은 여전히 짙은 색깔에 바싹 다듬은 모양이었다. 그가 나를 당겨 반가움의 키스를 하자 그의 자극적인 냄새가 내 코를 꽉 채웠다.

식사 분위기는 좋았고 우리는 여행과 공통의 친구들 이야기를 나누었다. 나는 세련되지 못했던 젊은 시절에는 절대 하지 못했을 방식으로 편안하게 이야기할 수 있었다. 나는 버너드가 이탈리아에서 잠자리를 했던 그 여자가 아니었다.

내가 몇 달 전 그리니치 빌리지에서 겪은 엄청난 사건(나의 여성 참정권 운동가 친구들과 예술가 동료들, 그리고 나라는 기묘한 조합이 불량배 무리와 주먹다짐을 할 뻔했던 소란스러운 밤) 이야기를 해주었더니 버너드가 거의 침을 튀기며 말했다.

"그런 친구들은 당신에 비해 격이 떨어져요, 벨. 당신은 가수, 음악가, 예술가, 말도 안 되는 목표를 위해 싸우는 활동가 같은 어중이떠중이 무리보다 더 나은 사람들과 만나야 합니다."

나는 그리니치 빌리지 친구들 이야기가 그의 반감을 불러일으킬 줄 알면서 이야기를 그쪽으로 이끈 거였다. 우리가 이제 완전히 다른 궤도상에 있고 공통점이 하나도 없다는 걸, 직업적인 부분 외에 우리가 마주칠 이유가 전혀 없다는 걸 이해하기를 바랐다.

"어떤 친구가 격이 떨어지는지는 내가 결정할 일이에요."

나는 그를 날카롭게 쳐다보며 말했다. 그리고 담배에 불을 붙였다.

"어쨌든 그렇게 속 좁게 굴지 말아요, 버너드. 그 여자들은 새롭고 독립적인 삶을 만들어가고 있어요. 남자가 필요하지 않은 삶을요."

메리가 사악한 웃음을 터뜨렸다.

"정말 흥미로운데요."

그녀가 말했다. 나는 말을 이었다.

"우린 새로운 사고방식에 익숙해져야 할 거예요. 우리가 삶을 살아가는 방식과 예술이 창조되는 방식 모두에서 말이죠."

내가 그에게 메시지를 보내고 있음을 이해하기를 바랐다. 나는 보헤미안이나 291 갤러리에서 보았던 것 같은 예술에 관해서만 말하는 게 아니었다.

"무슨 뜻이죠?"

그의 얼굴에 찡그린 표정이 떠올랐다.

담배 연기 고리를 천장으로 불어내고서 내가 말했다.

"당신도 추상미술이 주류가 될 거라는 미래 정도는 예측하고 있겠죠. 우리가 사랑하는 이탈리아 르네상스 시대 거장들 옆에 모더니즘 예술품이 걸리는 걸 환영할 방법을 찾아야 할 거예요. 여기 있는 동안 아모리 쇼(Armory Show, 국제 모던아트 전시회)에 가보지 않을 건가요?"

올해 초 신나고 한편으로 충격적인 파크 가의 전람회가 열렸을 때 고루한 뉴욕의 미술계는 크게 흔들렸다. 폴 세잔, 빈센트 반 고흐, 마르셀 뒤샹의 놀라운 작품들을 포함해 인상파, 야수파, 입체파 작품으로 이루어진, 진지하게 고민해볼 만한 전시였다. 완전히 새로운 관점의 풍경과 초상을 보는 것은 새로운 영화관에서 테디 옆에 앉아 〈폼페이 최후의 날〉을 보며 느낀 짜릿함과 충격만큼이나 들뜨는 경험이었다.

지성과 예술적 의견이 충돌하는 긴장된 순간에 버너드가 잠시 자리를 비우겠다고 말했다. 그가 자리를 뜨자 메리가 내 쪽으로 의자를 당기고 평소의 커다란 목소리와는 다르게 반쯤 속삭였다.

"내가 좀 솔직히 말해도 될까요, 벨?"

내가 어떻게 안 된다고 그러겠어?

"당신과 버너드가 지난번에 함께 있을 때 안 좋게 끝났던 거 알아요."

나는 그녀가 얼마나 알고 있는 걸까 생각하며 숨을 들이쉬었다.

그녀가 말을 이었다.

"하지만 두 사람이 여전히 서로에게 마음이 있는 것도 알아요. 그 사람은 일주일에 몇 시간씩 당신에게 편지를 쓰고 열렬하게 당신 편지를 읽어요. 당신을 만나기까지 하루하루 날짜를 셌죠. 그리고 우리가 도착한 이래로 그 사람은 당신을 위해 계속 꽃단장을 했어요. 당신을 대체할 수 있는 사람은 없어요. 제발 그 사람한테 기회를 줘요, 벨. 아직 준비가 안 됐다면, 다음 주에 우리가 보스턴에서 돌아왔을 때는 어떨까요?"

전 연인에 대해 그의 아내와 이야기하고 있다니 참 이상하기도 하지. 그리고 완전히 잘못됐고.

"내가 그럴 수 있을지 모르겠군요, 메리."

"벨, 당신이 버너드에게 어떤 영향을 미쳤는지, 지금도 어떤 영향을 미치는지 당신은 모르고 있는 것 같아요."

그녀가 계속해서 말했다.

"당신은 그 사람 같은 이민자들에 대한 편견으로 가득한 세상에서 살아남기 위해 그 사람이 젊을 때 심장 주위로 둘러놨던 벽을 뛰어

넘었어요. 리투아니아 출신 소년으로서 그 사람은 보스턴에서 굉장히 힘들게 살았어요. 그 사람이 당신에게 그 이야기를 했겠죠."

나는 미소 지었으나 아니라고 말하지는 않았다.

그녀가 말을 이었다.

"하지만 당신 덕분에 더 이상 그러한 벽은 없어요. 당신이 그를 사로잡았고, 당신이 떠나자 그 사람은 절망했어요. 몇 주 후에 우리 둘 다 이탈리아로 돌아간 다음에도 그 사람은 먹지도, 자지도 못하고 몇 시간씩 창밖만 바라봤어요. 난 당신을 쫓아가라고 했지만, 자기가 런던에 가지 않아 당신이 굉장히 화가 났다고 그러더군요."

자기 남편이 나에게 얼마나 큰 고통을 줬는지 이 여자가 이해할 수 있을까?

그녀는 계속해서 말했다.

"그 사람은 그런 강렬한 감정을 어떻게 받아들여야 하는지 몰라서 파리에 남았던 거예요. 하지만 그 이래로, 벨-"

나는 그녀의 말을 잘랐다.

"그 사람이 지난 3년 동안 나에게만 목을 매고 있었다고는 생각하지 않아요, 메리. 그 사람이 새 친구 에디스 워튼에게서 위안을 찾았다는 이야기를 들었거든요."

메리는 에디스의 이름이 나오자 움찔했지만, 그녀의 불편한 얼굴도 나를 막지는 못했다.

"다른 사람들도 더 있었고 말이죠."

나는 메리가, 혹은 버너드가 아직도 내가 순진하다고 생각하지 않기를 바랐다.

그녀는 그들 역시 가십난을 읽고 나에 대한 소문을 들었다고 말하는 듯한 기나긴 시선을 던지고서 말했다.

"벨, 누구보다도 당신이라면 진정한 감정에서 벗어나기 위해 다른 사람들을 이용할 수 있을 텐데요."

그녀가 내 손을 잡고 꽉 쥐었다.

"에디스는 그 사람한테 아무 의미도 없어요. 하지만 당신은 의미 있죠. 그 사람한테 기회를 주겠어요?"

버너드가 잠이 들자 나는 그를 응시하며 메리의 관대함과 지혜에 가벼운 감사를 보냈다. 지금 내가 여기 그와 함께 있을 뿐만 아니라 지난 사흘 동안 버너드와 내 인생에서 그가 맡아주길 바라는 역할이 뭔지 알게 되었기 때문이다.

메리와 버너드가 일주일 동안 보스턴에 있다가 사흘 전에 뉴욕으로 돌아왔을 때 나는 우선 새 슈베르트 극장에 버너드와 함께 갔다. 거기서 우리는 조지 버나드 쇼의 〈시저와 클레오파트라〉를 보았고, 그다음 오후에 메트로폴리탄 박물관 홀을 거닐었다. 그 두 만남에서 나는 깨달았다. 내가 버너드와 메리를 처음 만났을 때 세운 장벽으로 나를 둘러쌀 필요 없다는 거였다. 왜냐하면 더 이상 그로부터 나 자신을 보호할 필요 없었기 때문이다. 그가 있어도 나는 더 이상 그에게 똑같은 감정과 갈망의 동요를 느끼지 않았다. 그 감정은 이제 배타적인 세상에 사는 외부인으로서 우리가 공유하는 세계관을 바탕으로 한 다정한 관계로, 그의 지성과 예술적 지식, 웃음에 대한 깊은 존경으로 바뀌었다.

머리가 헝클어진 그의 모습을 바라보며 이제 나는 처음으로 진정한 그를, 단점을 가진 인간으로서 그를 보았다. 어린 시절 이래로, 그리고 성인이 된 후에는 더 명확하게 느낀 배척으로부터 자신을 보호하기 위해 만들어낸 겉모습 뒤에서 살아가며 친밀한 관계를 두려워하는 남자. 남들이 진실을 알아낼까 봐 그는 아무도, 심지어 나조차도 가까이 다가오지 못하게 했다. 모건 씨가 버너드를 유대인이라고 했을 때부터 의심했고, 우리가 함께 보낸 첫날밤에 버너드가 러시아어를 중얼거리면서 그 의심은 더 강해졌다. 하지만 버너드가 리투아니아인으로서 어릴 때부터 겪어온 편견에 대해 메리가 말하기 전까지는 나도 그가 연기하듯이 보스턴에서 나고 자란 상류층 출신이 아니라고 확신하지 못했다.

자신의 유대계 혈통이 완전한 비밀이라고 믿는 게 자신뿐이라는 걸 버너드는 모르는 걸까? 자신의 정체를 숨기려고 애쓰는 걸 흠잡을 마음은 물론 없었다. 정체를 들켰을 때의 결과가 나만큼이나 엄청나지는 않겠지만 말이다. 내 경우에는 상상할 수조차 없는 끔찍한 일이었다.

버너드가 눈을 떴다.

"좋은 아침이에요."

그는 그렇게 말하고 나에게 키스했다.

나는 그의 입술이 닿는 느낌을 즐겼지만, 버너드와의 최근 며칠은 내가 그의 영향력으로부터 자유롭다는 걸 입증해주었다. 하지만 그를 내 인생에서 완전히 몰아내고 싶다는 의미는 아니었다. 나는 그를 내 마음대로 부르고 즐길 것이다. 연인으로서 그의 기술까지.

"우리가 정말로 이 관계를 이어갈 수 있을까요?"

나는 이불에서 몸을 빼고 일어나 앉았다.

그는 눈가를 찡그리고서 나에게 팔을 두르고 내 목에 깃털 같은 키스를 했다. 눈을 감고 고개를 기울이며 다시금 나는 그의 침대에 있는 것이 얼마나 고마운지 생각했다.

어제저녁 델모니코스의 개인실에서 우리 둘만 식사할 때 나는 전에 했던 것처럼 미술 이야기로 나를 유혹하는 그에게 넘어갈 준비가 되어 있었다. 버건디와 굴, 필레미뇽을 먹으며 그가 경탄하는 몇몇 현대 화가들, 예컨대 구스타프 클림트 등에 대한 고백으로 나를 유혹하는 걸 받아들였다. 그리고 클림트의 붓놀림과 금박 및 모자이크 사용법에 대한 기나긴 설명으로 나에게 구애하는 걸 허용했다. 그리고 클림트가 자신의 그림에서 에로틱한 여성의 몸을 어떻게 나타냈는지 매혹적으로 묘사하는 데에 빠져들었다.

저녁 식사가 끝날 무렵 나는 웹스터 호텔에 있는 그의 방으로 기꺼이 함께 가기로 했다. 거기서 그의 기술과 매력을 즐겼고, 그가 내 몸과 육체적 욕구를 누구보다도 잘 이해하고 있다는 걸 깨달았다. 그의 손길과 속삭임에 빠져들면서 나는 집에 돌아온 것 같은 기분이었다. 하지만 결국 그의 침대에 들어오긴 했어도 이번에는 버너드 때문에 다시 마음의 상처를 입지는 않을 거라는 것도 알았다.

"우리가 해낼 수 있을 거라고 생각해요. 안 될 이유가 없잖아요?"

버너드가 마침내 내 귀에 속삭였다. 그의 손끝이 내 맨등을 간질이자, 나는 몸을 떨었다.

나는 말을 하기 위해 그에게서 좀 떨어져야 했다.

"이런 문제를 성공적으로 해낸 커플이 있었는지 모르겠군요."

"하지만 우리는 평범한 커플이 아니죠."

그는 내 등으로 내려온 긴 곱슬머리 한 가닥을 잡고 자신의 손가락에 감았다.

"그건 맞는 말인 것 같군요."

"우리의 유대감이 강하게 지속되도록 매일 당신에게 편지를 쓸게요. 당신도 피어폰트 모건 도서관에서 시간 나는 대로 편지를 써줘요. 당신이 보내는 그 일기 같은 편지들 재미있거든요. 내가 당신과 하루 종일 같이 있는 느낌이 들어서요. 당신이 모더니즘 화가들에 대해 이야기하면, 난 클림트 씨의 작품이 특히 매력적이라고 이야기하겠죠. 그 사람의 금색을 사용하는 방식은 거의 르네상스 스타일이니까요."

우리는 함께 웃었다. 버너드와 나는 변화하는 미술계에 관해 열정적으로 대화를 나눴다.

"그건 합리적인 것 같아요. 내가 당신 편지에 매번 답장을 보내지 못해도 내 일을 질투하지 않을 건가요?"

내가 물었다.

"약속해요."

"그리고 우리가 함께 있을 때는 서로에게 전적으로 충실하기로 해요."

"다른 상대는 없이요."

그가 곱슬머리 가닥을 손가락에서 풀어내고 다른 가닥에 손을 뻗었다.

"하지만 떨어져 있을 때는 우리의 열정을 자유롭게 좇기로요. 그게 일이든 쾌락이든 상관없이요."

내가 말했다.

"당신이 주장했듯이 말이죠."

그의 말에 우리 사이가 좀 더 엄격한 일대일 관계가 되어야 한다던 그의 주장이 떠올랐다. 나는 거부했다. 과거에 연애에서 정절을 기대했다가 마음속으로, 그리고 편지 내용에서 다툼과 불안만 생겼을 뿐임을 지적하며 나는 완전히 새로운 시도를 해보자고 주장했다. 그리고 그는 좀 더 유연한 이 협의를 어쩔 수 없이 받아들였다.

"다른 방향은 실패할 게 뻔해요."

전에도 여러 번 그런 것처럼 나는 이 주장을 유지했다.

"그리고 우린 실패하고 싶지 않죠."

그가 내 등 아래쪽에 키스하며 덧붙였다.

"우린 편지로 이 관계를 이어갈 거예요. 그리고-"

"밀회로요."

나는 그의 말을 대신 마무리하고 기다리는 그의 품에 안겼다.

37장

1913년 12월 23일
뉴욕

도서관의 무거운 청동 문이 요란하게 닫혔다. 대체 누구지? 경비를 빼면 여기 나 혼자였고, 오후에는 어떤 약속도 없었다. 사실 내일 잭이 유럽에서 돌아오는 것에 대비하려고 일부러 일정을 비워놓았다.

책상에서 일어나 사무실을 가로질러 로툰다로 가려다가 잭과 마주쳤다.

"놀랍지만 기쁘네요."

내가 말했다. 지난 며칠 동안 버너드와 함께 시간을 보냈기 때문에 내일 아침에 잭을 만날 때 훌륭한 물품들을 보여주려고 오후와 저녁 내내 일할 계획이었다. 하지만 잭이 내가 제대로 준비하지 못한 업무 이야기로 곧장 들어갈까 봐 걱정이 됐다.

"내일 아침까지는 도서관에 오지 않을 거라고 생각했어요."

"오셔닉호가 방금 항구에 도착했고, 제시와 난 당신을 만나러 도서관으로 곧장 와야만 했죠."

두껍고 짙은 눈썹 아래에서 그의 눈이 반짝거렸다. 잠깐 동안 그는 아버지의 모습 그대로였다. 그 닮은 모습에 내 심장이 조여들었다.

나는 현재 상황에 집중했다. 모건 부부가 나를 봐야만 했다고? 연례 런던 여행에서 돌아오자마자? 이건 엄청나게 좋은 소식이거나 끔찍한 소식이 분명했다.

"아버님도 똑같이 그러곤 하셨죠."

내 말투는 추억으로 달콤쌉쓸했다.

"알아요."

그가 내 손을 두드리며 말했다. 그는 모건 씨의 죽음이 나에게 얼마나 힘든 일인지 이해했다. 이 공통의 슬픔이 우리를 하나로 묶어주었다.

"아마 우리가 오늘 온 것과 거의 같은 이유로 그러셨겠죠."

잭의 아내의 가벼운 발소리가 로툰다에 울렸다. 아이 넷을 낳고 결혼한 지도 20년이 넘어서 살짝 아줌마스러워졌지만 그래도 여전히 예쁘고 사랑스러운 얼굴이 내 사무실을 슬쩍 들여다보며 활짝 웃었다. 수년을 런던에 살아서이기도 하지만, 태도도 관심사도 뼛속까지 영국풍인 이 부부는 서로에게 헌신적이었다. 모건 씨가 죽고 잭이 도서관에 자주 나오게 되면서 나는 제시가 그의 삶의 모든 측면에 얼마나 많이 관여하고 있는지 알게 되었다. 그녀는 필요하면 그에게 단호하고 명확한 길을 제시하고 지지해주었다. 그녀는 아버지의 비판으로 그의 심장에 생긴 구멍을 막아주었다.

"아, 벨, 당신을 만나서 정말로 기뻐요."

오랫동안 해외에 머무느라 그녀의 말투에는 영국 억양이 살짝 섞여 있었다. 근사한 선으로 된 짙은 파란색 여행용 드레스는 런던의 최신 패션이 분명했다.

"두 사람 모두 만나서 좋아요. 석 달이나 떠나 있는 건 너무 길었어요."

내가 그들을 껴안으며 말했다.

"우리가 떠나 있는 동안 귀가 간지럽지 않았어요?"

제시가 부드러운 아쿠아마린 색깔의 눈을 반짝거리면서 물었다.

"평소만큼이요."

"런던의 모든 사람들이 당신 이야기를 하던데요."

"저요?"

나는 깜짝 놀랐다. 나는 거의 3년이나 런던에 가지 않았다. 그사이 분명 더 눈에 띄는 일이 일어났을 텐데.

"아, 맞아요. 미술계와 고서 업계의 모든 사람들이 당신을 얼마나 높이 평가하는지 이야기하더군요. 큐레이터, 중개인, 전문가들…… 모두 당신이 여기 도서관에 우리 아버지를 위해서 환상적인 컬렉션을 만들었다고 생각하는 것 같았어요."

"그런 말을 들으니 정말 멋지네요. 제가 당신 아버님을 명예롭게 했다는 이야기가 제일 큰 의미라는 거 잘 아시죠? 그분이 살아 계실 때도, 지금도요."

내가 말했다.

"아, 벨, 심지어는 찰스 리드와 저녁 식사를 하는데 그 사람이 당신을 우리에게서 빼가겠다고 반쯤 위협하더라니까요. 당신을 영국으로 데려가 대영박물관에서 일하게 만들고 싶은 모양이더군요."

제시가 말했다.

나는 대단히 존경받는 영국 및 중세 골동품 부서의 수장이 나에게 그렇게까지 관심을 드러냈다는 사실에 감동했다. 비록 저녁 식사 파티에서 나온 가벼운 얘기라 해도.

"그 사람 한 명만이 아니었어요, 벨."

잭이 진지하게 말했다. 그들은 이 대화를 연습했고, 이제 그가 그녀에게 다음 대사를 하라고 재촉하는 것처럼 서로 쳐다보았다.

제시의 얼굴 역시 이제 침울했다.

"우린 그럴 수 없어, 안 그래, 잭? 우리의 벨을 지켜야 해."

나는 두 사람을 번갈아 쳐다보며 대체 무슨 일이 일어나고 있는 걸까 생각했다.

"그래서 난- 우리는."

그가 제시 쪽으로 의미심장한 시선을 던지고 말을 이었다.

"생각을 좀 해봤어요. 당신은 모건 컬렉션을 온전하게 지키고 싶다는 마음을 분명하게 밝혔고, 우리도 그걸 이해하고 고맙게 여겨요. 그게 우리 아버지의 목표이기도 했으니까요. 우린 여전히 가족의 경제적 자산의 3분의 2나 되는 금액을 예술품에 묶어놓은 아버지의 좀 못마땅하고 문제적인 행동을 고심해봐야 한다고 생각하지만, 여기 도서관에 있는 컬렉션을 처분할 필요는 없을 것 같아요. 피어폰트 모건 도서관은, 특히 여기서 소유하고 있는 희귀서적과 필사본들은 굉장히 중요하게 여겨지고 있는 모양이라서요."

"정말로요?"

내가 불쑥 물었다. 물론 내가 이 결정을 몇 달이나 애걸했다. 하지만 내가 옳다는 사실을 설득시키는 데는 오만한 영국인 남자들 한 무리면 되는 거였나 보다.

"그래요. 아버지의 자산 중에서 일정 부분은 팔아야 해요. 대부분은 여기 도서관에 갖다둔 적이 없고, 어떤 것들은 심지어 당신이 사서를 맡기 이전 거예요."

내 몸이 굳었다. 내가 도서관이나 모건 씨의 집, 혹은 박물관들에 빌려준 물품들 중 무엇 하나 실제로 소유한 건 아니었지만 그것들에 대해 일종의 자부심과 소유욕을 느꼈다. 나는 나에게 소중한 물건들, 문자의 역사와 인류를 부상시킨 그 힘에 대해 이야기해주는 인큐내뷸라와 필사본들이 단두대를 피할 수 있기를 소리 없이 기도했다.

"어떤 물건들을 염두에 두고 있으세요?"

"런던에 있는 동안 당신이 준비한 목록을 살펴봤는데 현재 메트로폴리탄 미술관에 전시되어 있는 중국 도자기 컬렉션이 첫 번째로 보내기에 딱 좋을 것 같아요."

나는 안도감이 뚜렷하게 드러나지 않기를 바라며 천천히 숨을 내쉬었다. 이 4천 개의 물품들, 대다수는 명나라 도자기로 이루어진 컬렉션은 분명 대단히 아름답지만 모건 씨 본인만의 프로젝트일 뿐이었다. 잭이 모건 씨를 위해 그것을 온전하게 보존하면 좋겠다고 생각하지만, 솔직히 한가족, 심지어 한 박물관이 다 갖고 있기도 어려울 정도로 방대했다. 미술관에 한 번 갔다가 나는 불행히도 그 일부가 포장된 채 지하 창고에 보관되어 있는 걸 보았다. 메트로폴리탄에도 그 컬렉션을 전부 다 적절하게 진열할 공간이 없었기 때문이다.

"논리적인 선택이십니다. 그건 3백만 달러까지 갈 수 있을 거라고 생각해요."

그의 눈이 커졌다.

"음, 그 돈으로는 조세 당국에 세금을 다 지불하기까지 한참 더 걸리겠는데."

"처음에 생각하신 다른 건 없으신가요?"

나는 잭이 나한테 특별히 가치 있는 다른 물품을 목표로 할 경우에 대비해 마음의 준비를 하고 싶었다.

"프라고나르 작품?"

그가 말했다.

1902년, 모건 씨는 장-오노레 프라고나르의 걸작 〈사랑의 단계(The Progress of Love)〉를 사서 런던에 그걸 보관할 방을 만들었다. 이것은 루이 15세의 마지막 정부가 주문한 11점의 연작 그림 패널이다. 나는 그걸 본 적이 없고 특별한 감정도 갖고 있지 않았다. 그래서 아끼는 보물들 대신 그걸 판매 목록에서 봤을 때 안도했다.

"그것도 훌륭한 선택이에요. 그건 백만 달러 이상 받을 수 있을 거라고 추측합니다."

그는 낮게 휘파람을 불고 활짝 웃으면서 말했다.

"기쁜가요, 벨?"

"뛸듯이요."

나는 진심이었다. 피어폰트 모건 도서관의 컬렉션, 모건 씨와 내가 함께 만든 유산이 온전히 남을 것이다. 이것은 내가 아빠와 이야기한 더 큰 의미를 만들기 위해 꼭 필요한 단계였다.

잭과 제시는 내 반응을 보고 미소 지었고, 곧 그가 말했다.

"나도 그 말을 들어 기쁘군요. 핵심 컬렉션은 여기에 남겨둡시다. 책과 필사본들, 당신이 가장 중요하다고 생각하는 보물들이요."

나는 웃느라 뺨이 아플 지경이었다. 모건 씨와 내가 함께 구한 미술품 중 뭘 팔든 슬프겠지만, 도서관의 컬렉션 대부분을 지킬 수 있을 거라는 생각은 구원처럼 느껴졌다.

"정말 감사의 말을 다 표현할 수가─"

"오빠, 제시! 어디 있어?"

낯익은 목소리가 내 말을 끊었다.

"벨의 사무실에!"

잭이 동생에게 외쳤다.

착각할 수 없는 느리고 쿵쿵거리는 발소리로 앤이 사무실에 불쑥 들어왔다.

"돌아온 걸 환영하려고 집으로 갔더니 여기부터 들렀다더라고. 무슨 일이야?"

그녀는 오빠와 새언니를 한껏 껴안으면서도 나에게는 인사조차 하지 않았다.

"벨에게 알려줄 좋은 소식이 있었는데, 기다리고 싶지 않아서."

앤은 이제야 내가 있다는 걸 알아챈 것처럼 나를 노려보았다. 눈은 나를 향한 채 그녀가 오빠에게 말했다.

"내일까지 기다릴 수 없는 일이었어? 막 대서양 횡단 항해를 끝낸 거잖아."

잭의 미소는 전혀 흐려지지 않았다. 그는 자신의 계획이 아주 마음에 들었고, 지금 그 생각을 하고 있는 거였다. 미술품을 팔면 세금 낼 돈도 생기고, 좀 더 유동적인 부동산과 사업체를 지킬 수 있다. 그리고 도서관은 거의 건드리지 않고 유지하면 고상한 컬렉팅의 세계에서 모건 가의 명성을 유지할 수 있을 것이다.

그는 앤에게 도서관이 살아남을 거고 책과 필사본의 수호자로서 내 위치 역시 그대로 남을 거라고 설명했다.

"벨을 책임자로 놔둘 거야. 이건 아버지한테 걸맞은 헌사가 될 거

야. 아버지에게 가장 큰 즐거움이 과거의 목소리를 읽는 거였다는
거 너도 알잖아. 책을 모으고, 편지와 서류들을 만지는 거.”

잭이 옳았다. 모건 씨와 나 사이에 유대감을 만들어주었던 게 바
로 그런 과거와의 친밀한 대화였다. 도서관의 책 각각이 수많은 사
람들의 개성과 이야기, 역사를 담고 있었다. 우리는 만족할 줄 모르
는 호기심을 공유했다. 책을 더 깊이 읽을수록 우리가 사는 이 세계
를 더 잘 이해하게 되었고, 더 많은 질문이 생겼다.

앤이 오빠의 결정을 뒤집을 방법이 혹시 없나 고민하는 게 아닐까
궁금했다. 하지만 유언에 따르면 이 결정은 전적으로 잭한테 달렸음
을 그녀도 잘 알았다. 그녀의 아버지가 그녀에게 남긴 것은 아무 조
건 없는 3백만 달러뿐이고 결정권 같은 건 전혀 없지만, 권한이 없다
고 앤이 가만히 있었던 적은 없다.

이렇게 조용한 건 좀 이상하네. 이 조심스러움은 오빠 앞에서 감
히 말을 꺼낼 수 없을 정도로 강한 분노를 암시하는 걸까?

어색한 분위기가 강해지는 걸 감지하고 제시가 끼어들어 잭을 끌
어냈다.

“자기야, 우린 전할 이야기를 했으니까 집에 돌아가서 저녁 식사
준비를 해야지?”

“그래, 내 사랑.”

그가 대답하고 여동생을 쳐다보았다.

“너도 올 거니?”

“갈게. 하지만 지금은 우선 벨이랑 단둘이 할 얘기가 좀 있어서.”

작별의 포옹과 감사의 말이 빠르게 지나간 다음 우리 둘이 남았
다. 장례식 이후 나는 그녀를 딱 네 번 보았고, 그때마다 매번 그녀는

아버지의 죽음으로 아무것도 바뀌지 않았다는 걸 나에게 보여주었다. 늘 자신의 못마땅함을 아주 분명하게 드러냈다.

"당신을 좋아하는 척할 생각은 없어요, 벨."

앤이 입을 열었다.

"난 당신이 아빠를 자기 마음대로 부렸다고 생각하고, 말년에 아빠를 그런 식으로 바꿔놓은 것도 마음에 안 들어요."

내 심장이 쿵쿵 뛰었지만 나는 크게 웃음을 터뜨렸다.

"앤, 아무도 당신 아버님을 조종할 수 없다는 거 잘 알 텐데요. 그분은 천재지변급이고 전 그분의 명령에 따르는 고용인일 뿐이었어요."

이번에는 앤이 웃음을 터뜨렸다.

"날 바보 취급하지 말아요, 벨. 다른 사람은 아무도 못 했지만, 당신은 어떻게든 아빠를 당신 의지에 따르게 만드는 방법을 찾아냈어요."

문득 앤이 왜 나를 그렇게 혐오하는지 이해하게 되었다. 내가 그녀 아버지의 시간을 대부분 차지했기 때문이 아니었다. 사실 앤도 나름대로 바쁘게 사느라 아버지를 위해 내줄 시간이 별로 없었으니까. 내가 그 위대한 사람에게 영향을 미칠 힘을 가졌다는 확신 때문이었다. 그녀는 여성의 투표권 운동 투쟁이든 3년 전 셔츠웨이스트 파업 때 공장 환경을 개선해달라고 파업한 여성 노동자들에 대한 지지든 간에 아버지에게 전혀 영향을 미치지 못했는데 말이다.

"하지만 그건 내가 당신에게 말하려는 것과 관계가 없어요."

그녀가 깊이 숨을 들이쉬자 커다란 가슴이 부풀어 올랐다. 무슨 말을 하려는지 모르지만 아무래도 상당히 마음에 걸리는 내용인 모양이었다.

"당신이 베시와 친구가 됐다는 거 알아요."

그녀가 좀 더 부드럽게 말했다.

"우리 관계를 친구라고 할 수 있을지 모르겠네요. 몇몇 행사에서 서로 마주쳤고, 베시는 항상 상냥했어요."

내가 대답했다.

"우리 아빠가 베시를 굉장히 싫어했다는 거 아세요?"

그녀의 말투와 이야기의 방향이 완전히 바뀌어서 놀랐다. 그녀는 나에게 대답할 틈을 주지 않고 말을 이었다.

"아빠가 돌아가시기 2년 전에 베시가 프랑스의 레지옹 도뇌르 훈장 후보에 올랐어요."

앤이 말했다. 슬픈 어조에도 불구하고 자랑스러운 마음이 배어 나왔다.

"프랑스 극작가들을 대리한 공로였죠. 그건 베시가 받아 마땅한 상이었는데, 아빠가 받지 못하도록 막았어요."

이건 내가 몰랐던 사실이었다.

앤이 말을 이었다.

"우리 관계를 의심하던 아빠가 베시에게 벌을 준 거였어요. 아빠는 베시를 비난했고 아빠가 원하던 딸이 되지 못했다는 이유로 나를 벌주고 싶었던 거예요. 줄리엣이나 루이사 언니처럼 되지 못했다는 이유로요."

그녀의 절망에 찬 표정이 그 어떤 주장보다 베시에 대한 사랑을 드러내고 있었다.

나는 이 이야기에 충격을 받았지만, 놀랄 일이 아니었다. 모건 씨의 도덕적 규범은 고루하고 엄격했다. 본인의 행동은 그렇지 않았다 해도. 그는 자식 중 한 명의 그런 비정상적인 행동을 절대 참지 못했을 것이다. 생각조차 할 수 없는 일이었다.

잠깐 동안 모건 씨가 내 속임수를 알아챘다고 착각하고서 내가 유색인이라는 사실을 고백할 뻔했던 날이 떠올랐다. 앤과 베시에 대한 이야기를 듣자 그가 만약 진실을 알게 되었고 그것이 대중에게 공개되었다면 무슨 일을 했을까 의문이 들었다. 나에게 어떤 종류의 벌을 내렸을까? 이제야 나는 아무 일 없이 빠져나가지는 못했을 거라는 사실을 깨달았다.

새로운 의문이 들었다. 모건 씨가 앤에 대해 알고 있었다면, 왜 그녀는 내가 비밀이라고 생각했던 걸로 위협하는데도 가만히 있었던 걸까?

그녀는 내가 물어보기도 전에 내 질문에 대답했다.

"당신이 나와 베시에 대해 아빠한테 뭔가 말했다면, 예를 들어 우리가 선실을 함께 쓴다고 말했다면, 아빠는 나에 대한 진실이 공개되는 걸 바라지 않으니 추가적인 행동을 취했을 거예요. 내 죄 때문에 베시가 더 많은 벌을 받는 건 참을 수 없었어요."

"유감이에요, 앤. 난 몰랐어요."

내 사과를 받지 않고 앤이 말을 이었다.

"아빠와 내가 같은 생각을 가진 건 아니었다 해도 난 아빠를 사랑했어요. 우리의 다툼이나 아빠가 날 어떻게 생각했는지와 상관없이요."

"그분도 당신을 사랑하셨어요."

이 말을 그녀에게 꼭 해야 할 것 같았다. 그리고 그건 사실이었다.

그는 자신의 방식으로 앤을 사랑했다.

잠시 침묵을 지키다 그녀가 말했다.

"아마 그러셨겠죠. 결혼할 필요 없이 내 삶을 살고 내 목표를 후원할 수 있을 정도의 돈을 남겨주셨으니까. 그것 때문에라도 난 아빠한테 감사하게 생각해요."

나는 고개를 끄덕였다.

"어쨌든 베시는 내가 당신을 잘못 생각했다고 여겨요. 대개의 경우 난 당연히 베시의 생각에 반대하지만요."

여기서 그녀는 살짝 웃어 보였다.

나를 놀리는 걸까, 아니면 그녀의 미소가 다른 메시지를 전달하는 걸까?

그녀의 미소가 한숨으로 변했다.

"내가 확실히 아는 게 하나 있어요, 벨. 모두 아는 우리의 정치적, 사회적 관점의 차이 때문에 난 설령 내가 원한다 해도 아빠의 유산을 계속 지켜나갈 수 없어요."

그녀가 잠깐 뜸을 들였다.

"하지만 당신은, 당신의 전문지식과 아빠의 미래상에 대한 충성심으로 지켜나갈 수 있죠."

내 눈이 커졌다.

그녀는 깊게 숨을 들이쉬고 말을 이었다.

"그러니까 내가 피어폰트 모건 도서관의 사서로서 당신을 지지한다는 걸 알려주고 싶어요."

그러고서 그녀가 씩 웃으며 덧붙였다.

"당신이 실제로 누구든 간에 말이죠."

물어봐서는 안 되지만, 내 안의 모든 것이 여기서 이야기를 끝내라고 말하고 있음에도 불구하고, 나는 알아야 했다.

"나에 대해 어떻게 알아냈죠? 누가, 아니면 뭐가 내 정체를 알려준 거예요?"

그녀는 입을 다물었다. 평소에는 엄격한 그녀의 얼굴에 미안해하는 표정이 떠올랐다.

"지금 이 순간까지는 그냥 의심만 했을 뿐이에요. 당신이 방금 확인해줬죠."

숨이 목에 걸렸다. 내가 무슨 짓을 한 거지? 이 모든 대화가 내가 그녀의 덫에 걸려 내 진짜 혈통을 고백하게 만들려는 미끼였나? 그녀가 날 망가뜨리기 위해 날 꾀었던 건가?

그녀의 목소리가 상냥해졌다.

"걱정 말아요, 벨. 이해 안 가는 사회구조에 의해 평가되는 게, 그것 때문에 고통스러운 비밀을 갖고 살아야 하는 게 얼마나 괴로운지 나도 아니까요. 우리 둘 다 진정한 우리 자신을 드러내고 살 수 없었고, 당신의 숨겨진 정체를 갖고 위협했던 거 미안해요. 지금부터는 우리 비밀을 지킬 수 있기를 바라요."

모건 씨는 더 이상 여기 없지만, 무자비한 세상으로부터 나 자신의 비밀을 보호해야 하는 것처럼 앤도 자신의 사생활은 유지하고 싶은 모양이었다. 내가 잃을 게 훨씬 더 많음에도 불구하고 나는 그녀에게 미소 지었다.

"그래요, 앤. 우리 사이에서 비밀은 안전하게 지켜질 거예요."

38장

1916년 10월 14일, 12월 2일
영국 런던

"그린 씨! 그린 씨!"

내가 건널 판자를 걸어 내려오자 기자들이 소리쳤다.

'리버풀'호의 내 경호원이 그들을 몰아내려 했지만 그들은 끈질 겼다.

"그린 씨, 여기 런던에는 뭘 사러 오신 건가요?"

"그린 씨, 피어폰트 모건 도서관은 이번 여행에서 어떤 걸 염두에 두고 있습니까?"

"그린 씨, 〈이브닝 선〉지에서 그린 씨를 세계에서 직업적으로 가장 성공한 여성이라고 발표했는데요. 그 점을 어떻게 생각하시죠?"

"그린 씨, 여기 계시는 동안 모건 씨의 전쟁 관련 일을 같이 하실 건가요?"

런던의 신문들은 내가 온 것보다 더 중요한 문제들이 없나? 그들의 나라가, 세계가 지금껏 본 적 없는 엄청난 전쟁을 치르는 중이고, 윌슨 대통령은 왠지 모르지만 참전을 거부했다. 기자들에게는 전쟁 관련 기삿거리가 넘쳐날 것이다. 물론 대서양 이쪽 편에서도 피어폰트 모건 도서관의 관장으로서 내 성공이 알려졌다는 사실은 꽤나 어깨가 으쓱해지지만 말이다.

잭의 시내 저택으로 나를 데려다줄 자동차가 부두에서 기다리고 있었다. 그 차는 호텔 방이 부족한데도 모건이라는 이름 덕분에 구할 수 있었던 클래리지 호텔의 스위트룸으로 내 짐가방을 갖다줄 것이다. 잭이 전쟁 중에 이 도시에 넘치는 희귀서적들을 평가하고 어쩌면 그것들을 구매하기 위해 뉴욕에서 나를 불러들였다. 독일이 작년에 '루시타니아'호를 포격한 이후로 대서양 횡단 여행이 위험해졌고, 전쟁으로 난장판이 된 유럽으로 여행을 가는 것에 엄마가 거의 히스테리를 부렸음에도 나는 기꺼이 호출에 따랐다. 런던에서는 여전히 북적거리는 미술계에 빠져들 수 있을 뿐만 아니라 버너드도 만날 수 있었다. 그는 한동안 몸을 숨기고 있는 파리에서 런던으로 나를 만나러 오겠다고 약속했다. 약 3년이나 떨어져 있었지만 그를 다시 생각하자 온기가 몸을 타고 흘렀다.

런던에서 우리의 재회가 얼마나 다르게 진행될까. 나는 사람 많은 길을 지나가면서 생각했다. 뉴욕에서 우리는 내 마음이 가는 대로 일과 다른 남자들을 자유롭게 좇고, 그는 나에게 믿음직스러운 조언과 웃음, 애정이라는 안전한 은신처를 제공해주는 데 합의했다. 나로서는 그게 진짜 결혼에 아주 가까운 관계라고 믿었다. 특히 그에게 더 이상 나를 절망하게 만들 힘이 없으니까.

자동차는 잭이 모건 씨에게 물려받은 타운하우스가 있는 프린스 게이트에 접근하면서 느려졌다. 여기는 잭과 제시가 영국에 소유한 집 두 채 중 하나였고, 다른 한 채는 허트퍼드셔에 있는 화려한 월홀 맨션이었다. 이쪽에서 그들은 사격을 하고 사치스러운 파티를 열었다. 프린스 게이트의 타운하우스에 대해서는 잘 모르지만, 소문에 따르면 장관이라고 했다.

내가 놀랄 만큼 수수한 외부에 달린 노커를 들어 올리기도 전에 현관문이 열렸다. 나는 전면부와 입구 통로에서 아무런 감흥도 느끼지 못했다. 하지만 날래고 유능한 하인이 나를 거실로 안내했을 때는 경탄했다. 프라고나르의 걸작 〈사랑의 단계〉가 벽을 덮고 있었고, 방 전체가 그 웅장함에 찬사를 보내는 형태로 꾸며져 있었다. 패널을 하나하나 살피며 나는 왜 이 그림이 그렇게 칭송받는지 알 수 있었다. 나는 특히 사랑의 마지막 단계를 묘사한 그림에 사로잡혔다. 연애편지를 주고받는 것으로 안정적인 결혼의 조용한 기쁨을 표현한 장면이었다. 이 그림이 버너드와 내가 지금 나누는 것과 같은 관계를 솜씨 좋게 담아내서 특히 매력을 느끼는 걸까?

잭이 마침내 옆방에서 얼굴을 들이밀고는 예전 같은 에너지의 일부나마 보여주면서 안으로 들어왔다. 작년에 영국에 있을 때 잭은 미국 시민들은 중립을 지키라는 윌슨의 명령에도 불구하고 그가 영국과 프랑스를 경제적으로 지원한다는 사실을 알아낸 독일 동조자에게 공격을 받았다. 그는 꽤 잘 회복했고 그 일로 전쟁에 관여하는 일이 줄어들지도 않았지만, 그래도 상처 때문에 도서관에 대한 그의 열정이 꺾이지 않았다는 사실에 나는 안도했다.

"지난 한 달 동안 내가 당신 없이 런던에서 어떻게 일했는지 모르겠어요."

포옹을 나눈 다음 그가 웃음을 터뜨리며 말했다.

나도 그와 함께 웃으면서 버너드에게 잭에 대해 썼던 일부분을 떠올렸다. "가끔 내가 도서관과 나의 이점에 대해 그에게 너무 지나치게 납득시킨 게 아닐까 하는 생각이 들어요. 뉴욕에 있을 때면 그는 그의 아버지처럼 도서관에서 거의 떠나지 않고, 미술과 재정 분야의 파트너 역할을 맡은 나는 다른 일을 할 여유가 거의 없죠." 물론 수많은 면에서 잭과 나의 관계는 그의 아버지와의 관계와 다르다고 버너드에게 말하지 않았다. 명백하게 나는 그에게 아버지 같은 감정을 느끼지 않고, 더 중요한 건 잭과 내가 나이는 비슷해도 우리 사이에는 어떤 끌림도 없다는 거였다. 인정할 수 없는 갈망 같은 것도 없었다. 수많은 복잡한 감정적 층위들이 단순하고 우호적인 합의로 줄어들었다. 모건 씨에게 그랬던 것처럼 내가 잭의 심장의 빈자리를 채워줄 필요가 없었다. 제시가 이미 그 자리를 채우고 있으니까.

그는 금박을 입힌 거실을 손짓했다. 여기는 모든 천, 모든 가구들, 모든 장식이 그림을 빛나게 하기 위해 선택된 것들이었다.

"프라고나르를 어떻게 생각해요?"

"이 걸작이 이 벽에서 떼어져 팔릴 거라는 사실을 믿기 어렵네요. 이게 곧 대서양을 건너가서 다른 맨션에 걸린다는 게 상상도 되지 않아요. 여기가 딱 제자리 같은데 말이죠."

나의 말투에 어린 우울함에 잭이 말했다.

"하지만 이건 다른 중요한 컬렉션에 영향을 미치지 않고 팔 수 있을 거라고 합의하지 않았던가요?"

그는 진짜로 묻는 게 아니라 우리가 이미 도달한 결론을 나에게 상기시키는 것뿐이었다. 사실 나는 이미 듀빈 형제와 다른 중개인들과 이 작품의 판매에 대한 기나긴 논의를 시작한 상황이었다.

내가 고개를 끄덕였다. 자기 말에 충실하게 잭은 모건 씨의 미술품과 필사본 컬렉션에 관한 미래의 결정 하나하나에 나를 전부 연관시켰다. 그 외의 다른 문제들까지도.

그가 나에게 루이 14세 시대의 옅은 청록색 의자에 앉으라고 손짓하고 자신도 똑같은 의자에 앉았다. 서로 마주 보면서 나는 짙고 덥수룩한 눈썹과 숱 많은 콧수염 아래로 그가 얼마나 피곤해 보이는지를 알아챘다. 그에게 이 정도의 대가를 요구한 건 단지 전쟁일까? 아니면 아직도 상처에서 회복되고 있는 중인가? 또는 아버지의 소유물을 파는 게 마음이 무거운 걸까?

"런던 시장에 나온 희귀 필사본과 책의 수는 어마어마해요, 벨. 후보를 살펴보는 건 시작조차 못 했어요."

그가 말했다. 나는 그의 표정에서 지나친 열의를, 거의 탐욕 같은 것을 보았다. 전쟁 중에 사람들은 현금을 마련하려고 안달한다. 이런 상품을 사들이려는 그의 욕망이 기회주의적일까? 하지만 나도 그의 옆에서 전쟁 전리품을 긁어모을 계획을 세우고 있는데 내가 어떻게 판단할 수 있을까?

"그래서 제가 있는 거죠."

나는 그 생각을 지우고서 말했다.

"그렇죠. 참 다행이에요."

그가 한숨을 쉬었다. 그리고 나에게 손수 쓴 목록을 내밀었다.

"이게 내가 이미 만났거나 매력적인 필사본과 희귀서적에 관한 편지를 보낸 중개인들이에요."

나는 종이를 들고 살펴보았다. 목록의 이름들은 친숙했다. 사실 이들 중 상당수를 과거에 상대해봤다. 내가 잭과 있어서 다행이라는 생각이 들었다. 그는 이런 물품들의 진위를 가리고 가격을 가늠하는 내 전문 기술을 인정하는 걸 부끄럽게 여기지 않았다.

"이 사람들 하나하나와 당장 약속을 잡아볼게요. 여기서부터는 제가 맡을 테니 걱정 마세요."

내가 말했다.

"난 당신을 확실하게 믿어요."

목록을 보면서 내가 물었다.

"런던에서 내놓을 수 있는 걸 다 살펴본 다음에 파리로 가도 될까요? 거기에도 숨겨진 삽화 필사본들이 있을 수 있어요."

나는 아버지에게서 물려받은 반유대주의 정서 때문에 버너드를 싫어할 게 뻔한 잭의 곁에서 벗어나 버너드와 파리 풍경을 보면 얼마나 근사할까 생각했다. 사실 그래서 나는 버너드와의 관계를 잭에게 비밀로 하고 있었다.

"그건 금지하겠어요, 벨."

그가 단호하게 말했다.

나는 깜짝 놀랐다. 이러한 감정 분출은 잭의 차분하고 예측 가능한 성격과 너무나 달랐다.

그는 내 반응을 알아챘다.

"벨, 미안해요. 유럽 상황이 얼마나 심각한지 당신은 이해하기 어려울 거예요. 미국에서 받는 소식은 편협하고 자국주의적이라서 필수적인 서류와 특별 허가를 받을 수 있다 해도 여행 자체가 굉장히 위험해서 권할 수 없는 상황이에요. 맙소사, 요즘엔 런던에서 시골 지역으로 여행하려고 해도 그 지역 경찰에게 허가를 받아야 해요."

잭의 말은 끝나지 않았다.

"잘 들어요, 벨. 도서관 관련 업무를 하고, 그 일이 끝나자마자 집으로 돌아가요. 머잖아 미국도 이 전쟁에 끼게 될 거고, 난 당신이 위험한 곳에 있길 바라지 않아요. 지금은 전쟁 중이긴 해도 여행이 불가능하지는 않지만, 당신에게는 불가능하다고 생각하면 좋겠군요. 당신은 위험을 감수하기엔 너무 소중해요."

나는 고개를 끄덕였다. 이 새로운 현실에 관한 한 잭이 옳다는 느낌이 들었다. 하지만 내가 파리로 갈 수 없다면, 버너드가 런던으로 올 수 있을까? 이 형식주의와 관료제가 어떤 영향을 미칠까? 그리고 왜 버너드는 위험과 지연에 관해 나한테 미리 경고해주지 않은 걸까? 잭만큼 내 안전을 걱정해야 하는 거 아닌가? 전쟁이 파리에도 광범위하게 영향을 미쳐서 버너드가 앞서서 나에게 소식을 알릴 수 없었을까?

나는 피곤했지만 하품을 꾹 참았다. 지난 6주 동안 너무 자주 늦게까지 놀았고 고급 와인도 너무 많이 마셨다. 전쟁은 런던의 상류층 생활을 멈추지 못했다. 오히려 불을 지핀 것 같았다. 나는 어떤 식으로든, 심지어는 그냥 지쳤을 경우라 해도 약해 보일 수 없었다. 듀빈 형제는 내 갑옷의 어떤 틈이든 찾고 있을 것이다.

내가 지난 몇 주 동안 만난 수십 명의 다른 사람들보다 왜 듀빈 형제들을 경계하는 걸까? 그들의 예의범절과 협상 방식의 어떤 부분이 나를 이렇게 긴장하게 만드는 걸까? 나는 그 아첨꾼 형제와 일하는 수밖에 없었다. 그들은 탐나는 물품들을 너무 많이 독점하고 있었다. 그래서 그들이 없으면 몇몇 물품들은 아예 접근조차 할 수 없었고, 큰 컬렉션을 가진 아주 중요한 고객들을 너무 많이 대리하고 있어서 피할 수도 없었다. 그래도 어쨌든 그들은 대단히 상냥하다는 평판에도 불구하고 나를 냉정하고 당혹스럽게 만들었다.

나는 호텔 스위트룸 응접실 벽난로 위의 시계를 쳐다보고 서성거렸다. 버건디색 드레스의 스타일 좋은 좁은 치마가 발목에서 찰랑거렸다. 듀빈 형제가 왜 이렇게 늦는 거지? 분노가 가슴속에서 솟아올랐다. 어떤 면에서 내가 화내는 상대가 듀빈 형제가 아니라 버너드라는 걸 알고 있었다.

매주마다 그는 나에게 런던에 오지 못하는 이유를 장황하게 설명했다. 열차 파업과 해안에서 벌어지는 군사작전, 해협을 건너는 배를 위협하는 어뢰. 그의 변명이 사실일 수도 있겠지만, 모두가 버너드처럼 느끼는 건 아니었다. 저명한 중개인 자크 셀리그만은 지난주 파리에서 아무 사고 없이 와서 나에게 피어폰트 모건 도서관을 떠나 자신의 사업체에 합류하라고 설득했다. 버너드를 만나지 못하게 되자 런던에서 마지막 우울한 나날 동안 그가 없었던 기억이 너무 생생하게 떠올랐다. 버너드와 내가 단독 관계를 맺을 수 있을 거라고 생각했다면 난 바보였을 것이다. 하지만 더 이상 나에게 상처 입힐 힘이 없긴 해도, 내 분노에 불을 지를 힘은 여전히 있는 모양이었다.

누군가 권위적으로 문을 두드렸다. 하녀가 문을 열자 나는 마음을 가다듬고 차분하게 물었다.

"항상 고객들을 기다리게 만드나요?"

조셉과 헨리 듀빈이 즉시 기가 죽어서 얼어붙었다. 온갖 계략을 쓰고 부유층과 경쟁 상대인 중개인의 집에 몰래 스파이들을 깔아놓았으면서도 그들은 쉽게 당황하는 것 같았다. 지극히 영국인다운 그들이 예상치 못한 일에 거의 대비하지 않았기 때문인지도 모르겠다.

"정말로 미안합니다, 벨."

"정말 미안해요, 벨. 우린 절대 고객을 기다리게 하지 않으려고 노력하죠."

형인 헨리가 황급히 사과의 말을 했다.

"여성 동료는 어떻죠?"

나는 장난스러운 어조로 그들을 더욱 헷갈리게 만들었다.

"당신이 우리의 유일한 여성 동료이고, 군 수송대가 우리 자동차 앞을 지나가지 않았더라면 절대 늦지 않았을 겁니다."

조셉이 절을 하면서 내 손을 잡고 살짝 키스했다.

예의 바른 행동으로 내 마음을 살 수 있을 거라고 생각하나? 그가 지금쯤은 잘 알았을 거라고 생각했는데.

"전쟁을 두 분 탓으로 돌릴 수는 없겠죠. 안 그런가요?"

내 말에 그들이 낄낄 웃었지만, 내가 보기에는 약간 긴장한 것 같았다. 좋아, 긴장하기를 바랐으니까.

나는 자리에 앉아 형제들에게 내 맞은편 자리에 앉으라고 고개를 끄덕였다. 하녀가 그들의 모자와 코트를 받고 음료 주문을 받는 것을 기다리며 나는 긴장을 누그러뜨리려고 셰리주를 홀짝거렸다.

형제가 맞은편 안락의자에 앉았고, 나는 그들이 예상치 못했을 주제를 꺼냈다. 그들은 가벼운 서두라는 의식에 익숙했다.

"지난번에 프라고나르를 봤는데 정말이지 훌륭하더군요."

형제는 그들 나름의 은밀한 태도로 서로를 쳐다보았다.

"오늘은 여기에 필사본 이야기를 하러 온 줄 알았는데요."

조셉이 말했다.

듀빈 형제가 나에게 팔 필사본과 희귀서적을 엄청 많이 갖고 있긴 하지만, 우리 모두 진짜 중요한 건 모건 씨의 프라고나르와 그들에게 중개를 맡길 다른 예술 걸작들을 판매하고 받을 수수료라는 걸 잘 알았다. 내가 그들을 중개인으로 고용한다면 말이다.

"조만간 그것도 이야기해요."

나는 다시 음료를 마시고 호박색 액체가 가슴속을 데우는 동안 긴장을 풀었다.

"우선은 프라고나르부터 시작하죠. 당신들의 진짜 계획은 모건 가를 대리해서 그걸 파는 것일 테니까요. 모건 가에서 그걸 팔기로 결정하고, 내가 당신들을 고용하기로 결정할 경우에 말이지만요."

그들은 내가 자신들의 전략과 진짜 목적을 이해하고 있다는 걸 알아야 했다. 그래서 그들이 가진 필사본의 가격을 부를 때 그 점을 고려하고 가격을 책정하길 바랐다.

조셉이 목을 가다듬고 말했다.

"먼저 필사본에 관해 논의하는 형식적인 건 뛰어넘기로 했으니까 모건 씨가 가족의 중국 도자기 컬렉션을 팔기로 한 것에 대해 의논하죠. 저희가 이 판매에서 모건 씨 가문을 대리할 기회도 얻게 된다면 환영합니다."

나는 깜짝 놀랐지만 얼굴은 무표정을 유지했다. 우리가 다음번에 도자기를 팔기로 했다는 걸 듀빈 형제가 어떻게 알았지? 잭은 아시아 미술에 빠진 적이 없고, 우리가 갖고 있는 물품을 보완해주지도 못하기 때문에 프라고나르가 팔리고 나면 도자기 역시 구매자를 찾아보는 데 동의했다. 하지만 그는 제시 말고 아무에게도 이야기하지 않았을 것이다. 그리고 나도 아무에게도 이야기하지 않았다 - 버너드를 제외하면.

그 깨달음에 분노가 가슴속에서 치솟았다. 어떻게 그럴 수가? 나는 버너드를 믿었다. 그가 비밀을 털어놓을 수 있는 상대라고 믿었고, 내 사랑은 아니라 해도 내 걱정과 비밀을 안전하게 공유할 수 있는 상대라고 생각했다. 뉴욕에서 다시 결합하고 이후에 오랫동안 편지를 주고받으면서 나는 잭이 도서관을 쪼개고 책을 팔까 봐 걱정이라고 털어놓았다. 잭이 도서관을 전체적으로 온전하게 보존하고 특정 미술품을 파는 데 도움을 요청하자 나는 어떤 물품을 팔아야 할지에 대한 내 생각을 공유했다. 왜 내 비밀을 듀빈 형제들에게 넘긴 거지? 수많은 사람들 중에서?

하지만 나는 지금은 이 문제에 집착하고 있을 수가 없었다. 조셉이 내 생각을 끊었다.

"저기 말이죠, 벨, 우리가 프라고나르나 중국 도자기, 그리고 당신이 없애고 싶은 다른 물품들을 파는 걸 돕는다면, 당신에게도 경제적으로 이득이 될 거예요."

조셉의 말은 전혀 이해가 가지 않았다.

"그게 무슨 말이죠?"

내가 묻자 이번에는 헨리가 말했다.

"우리가 모건 가의 중요한 판매를 전부 담당하는 중개인이 된다면 대단히 고마울 겁니다. 그 대가로 우리 수수료를 당신과 나눌 수도 있겠죠."

이번에는 내가 마음이 불안해졌다.

"도대체 내가 왜 그런 일을 하죠?"

그는 대답이 자명하지 않냐는 듯이 어깨를 으쓱였다.

"당신도 중개인들이 버는 것에서 최소한 일부는 가질 자격이 있지 않을까요? 특히 당신이 대부분의 일을 하고도 수수료를 못 받는 상황이니까요? 모건 가의 고용인으로서 당신은 배당이 아니라 봉급만 받죠. 그리고 당신은 진짜 모건이 아니니까 판매 금액을 당신의 금고에 넣어둘 리도 없겠고요."

"그건 비윤리적이에요."

듀빈 형제는 내가 판매 수수료의 일부를 받고 모건 가의 모든 미술품을 자기들을 통해 자기들이 고른 고객에게 파는 데 동의하는 계약을 하기를 바랐다. 이건 모건 가가 미술품을 가장 비싼 값을 부르는 고객이 아니라 듀빈 형제의 고객에게 전부 팔게 되므로 가장 비싼 가격을 받지 못한다는 뜻이었다. 내가 이런 계약을 하면 나는 모건 가가 아니라 듀빈 형제에게 충성하는 셈이고, 그런 건 생각해볼 가치도 없었다.

"이건 당신이 생각하는 것보다 흔한 일이고, 다른 협의도 있죠. 사실 당신 친구 베런슨 씨도 나름대로 이득이 되는 계약을 맺고 있답니다. 수년 동안 그 사람은 우리를 위해 중요한 이탈리아 르네상스 시대 그림들의 진위를 가려줬고, 우리가 물품을 팔 때 수수료의 일부를 받았죠."

"그럴 리가요."

나는 고개를 흔들었다. 어떻게 그럴 수 있지? 설령 그가 정말로 가치 있다고 생각하는 미술품의 진위만을 가린다 해도, 이 방식 자체가 수상한 사적 거래였다. 미술계에서 이 사실을 안다면, 중립적인 이탈리아 르네상스 시대 전문가로서 버너드의 평판은 추락할 것이다. 심지어 그가 자신의 주의를 끌 만큼 훌륭하지 않은 작품의 진위를 판별하는 것도 나는 상상할 수 없었다.

"아, 정말입니다, 그린 씨. 우리는 베런슨 씨와 몇 년간 이런 협정을 맺고 있죠."

헨리가 동생을 쳐다보았다.

"우리의 계약이 끝나기도 했지만, 베런슨 씨와 관계를 끊어야 할 것 같아요. 우리 모두 이탈리아 르네상스 시대의 인기가 예전 같지 않다는 걸 알잖습니까. 대신 수많은 다른 종류의 미술품들이 인기를 얻고 있죠. 그래서 더 이상 그의 서비스가 필요하지 않아요."

이제야 왜 버너드가 나를 배신했는지 알았다. 그는 몇 년이나 그들과 결탁하고 있었다. 아마 내가 그를 알고 지내온 시간 내내 그랬을 것이다. 그리고 그들에게 나와 모건 가에 관한 정보를 제공함으로써 자신의 유용성이 끝나고도 자신이 가치 있다는 걸 입증하려고 했던 것이다. 그들에게 모건 가의 계획을 알려줄 수 있다면, 그들과 수익성 있는 계약을 끝내지 않을 수도 있으니까.

속이 울렁거리는 것 같았지만 나는 일어섰다. 영국 신사인 척하는 두 명의 사기꾼을 쳐다보면서 내가 말했다.

"난 오로지 잭 모건 씨만을 위해 일해요. 그가 내 충성심을 백 퍼센트 독점하고 있어요."

나는 문을 가리키며 말을 이었다.

"이제 나가보시겠어요?"

나는 응접실을 나와 서재로 들어갔다. 그리고 듀빈 형제들이 들을 수 없도록 흐느낌을 꾹 참고 의자에 무너지듯 앉았다. 오늘 듀빈 형제와의 만남으로 명백해진 것은 내 충성심만이 아니었다. 나는 마침내 버너드의 깊은 배신을 인정하게 되었다. 겉과 속이 똑같은 사람은 아무도 없는 걸까?

428

39장

1916년 12월 10일
영국 런던

내 짐가방들이 카트에 실려 클래리지 호텔의 복도를 따라 내려오는 것을 보면서 그 뒤를 따라 걸어갔다. 언제 다시 런던을 보게 될까? 그때쯤에는 전쟁으로 영국의 수도가 얼마나 달라져 있을까? 한때 사랑했던 도시의 추억에서 결국에 느낀 실망감을 씻어낼 수 있을까? 최소한 개인적으로는 아니라도 업무적으로는 성공한 모습으로 뉴욕에 돌아갈 것이다.

내 짐은 귀중하고 희귀한 인큐내뷸라와 필사본들로 가득했다. 내 짐에 넣을 수 없는 것들은 모건 가족의 가방에 실려 몇 주 안에 도착할 것이다. 이번 런던 여행은 중개인과 컬렉터들을 만나고, 책들이 시장에 나가기 전에 낚아채고, 런던의 마지막 화려함을 느긋하게 즐기는 등 생산적이고 즐거운 시간이었다. 버너드에게 마지막 편지를 보낸 후 그의 생각에 빠져 있지 않은 덕택이었다. '리버풀'호에 타면 슬픔이 덮칠 테고, 거기서만 마음껏 슬픔을 누릴 것이다. 딱 뉴욕에 도착할 때까지만. 그다음에는 나 자신의 역할로 되돌아가서 완전히 거기 맞춰 살아가야 한다.

버너드에게 보내는 마지막 작별 편지에 이렇게 썼다.

어떻게 내가 당신과 나눈 애정을 그렇게 마음대로 오용할 수가 있나요? 내가 필요로 할 때 런던에 오는 걸 한 번도 아니고 두 번이나 거부하고, 이제 와서는 자신의 이득을 위해 나의 비밀을 교환해요? 뭐 하나라도 진짜였던 적이 있나요, 버너드? 아니면 우리의 밀회는 항상 당신 개인의 이익을 위해 계획되었던 건가요? 최소한 우리가 서로를 이해하고 믿는다고 생각했어요.

내 진짜 비밀을 그에게 절대 알려주지 않았던 게 천만다행이었다. 벨 다 코스타 그린이 원래는 유색인이라는 사실을 알았다면 그가 뭘 했을까? 경매에 부쳐? 제일 높은 값을 부르는 사람에게 비밀을 팔아?

제복을 입은 두 명의 벨맨이 내 옆에서 빠르게 걸었다.

"그린 씨, 항구까지 모셔갈 자동차에 짐을 다 실었고, 차가 그린 씨를 기다리는 중입니다."

남자들에게 팁을 주고 멈춰 있는 롤스로이스로 그들을 따라갔다. 모피를 어깨에 두르고 반짝이는 은색 자동차에 타려고 할 때 소리가 들렸다.

"벨!"

몸을 돌리자 나를 향해 뛰어오는 사람이 있었다. 버너드였다.

"벨, 떠나지 말아요!"

언제나 점잖은 버너드가 너무 크게 소리를 질러서 말이 끄는 마차, 자동차, 자전거, 엔진 달린 버스의 소음 가득한 길거리 너머까지 소리가 들릴 정도였다.

"제발 나랑 얘기 좀 해요!"

내가 신경을 써야 하나? 나는 이미 버너드에 대해 결단을 내렸고, 그의 감정이 내 마음을 흔들까 걱정하지 않았다. 그를 만나러 유럽으로 올 때 버너드와 대단한 정사를 벌이겠다는 마음은 전혀 없었지만, 최소한 믿음직스러운 친구의 행동은 기대했다. 신뢰 대신에 얻은 배신으로 그에 대한 내 마음은 완전히 냉정해졌다. 그에게 내 시간을 1초라도 더 낭비할 가치가 있나? 아니. 하지만 마지막 말만큼은 해야겠다는 생각이 들었다.

운전사에게 기다리라고 지시하고 나는 클래리지 호텔 앞 보도에 외롭게 서 있는 버너드에게 걸어갔다. 12월의 추위에도 불구하고 그의 이마는 땀으로 젖었고 숨을 헐떡이고 있었다. 나는 그의 공개적인 애걸을 즐기고 있었고, 그의 소중한 영국인 동료들 중 한 명이 밖에 나와서 이런 버너드를 목격하기를 바랐다.

"내 질문에 답을 하러 왔나요?"

나는 내 기분보다 훨씬 더 차분한 목소리로 물었다.

"미안한데 뭐라고요?"

그는 당황한 얼굴이었다.

"사과하기에는 좀 늦었죠. 안 그래요?"

"오, 벨. 내가 얼마나 끔찍하게 미안한지 말로 다 표현할 수 없을 정도예요."

처량한 그의 얼굴에 떠오른 모든 감정이 의심스러웠다.

"해봐요."

그가 아무리 노력해도 내 마음이 바뀌지는 않겠지만, 그가 애쓰는 걸 보고 싶었다. 최소한 그는 듀빈 형제에게 내 비밀을 말하지 않은 척하지는 않았다. 그건 정말 싸울 기분이 들지 않는 싸움이니까.

그가 고개를 흔들었다.

"내가 왜 듀빈 형제에게 중국 도자기 얘기를 했나 모르겠어요. 그건 실수였어요. 잠깐 마음이 약해졌던 거예요. 하지만 그거 딱 하나뿐이었어요."

그는 진심 어린 표정이었으나 나는 고의적인 망각이라는 걸 알았다. 자신의 잘못을 인정하고 책임지기 싫은 것이다.

나는 웃음을 참았다.

"정말로 당신이 딱 한 번만 나를 배신했다고 생각해요?"

그가 눈썹을 치켜올렸다.

"그 친구들에게 당신과 잭이 미술 컬렉션에 관해 세운 다른 세부적인 계획은 말하지 않았다고 맹세해요."

"배신에는 여러 가지 형태가 있죠. 듀빈 형제에게 내 비밀을 폭로한 게 당연히 그중 하나이고, 용서할 수 없는 배신이지만요."

그는 혼란스러운 듯 얼굴을 찌푸리더니 곧 눈을 휘둥그렇게 뜨고 물었다.

"에디스 워튼 이야기인가요? 아니면 나탈리 바니?"

그는 자신과 관계가 있다는 소문이 도는 외국인 파리 문학 살롱 주최자의 이름을 들먹였다.

"우리가 물리적으로 함께 있을 때가 아니면 다른 사람을 만나도 된다고 합의했잖아요, 벨."

"오, 그 사람들한테는 관심 없어요."

나는 손을 휙 흔들어서 그의 말과 그들의 이름을 무시했다.

"그리고 내가 무슨 이야기를 하는지 당신이 모른다는 사실이 내 결정을 더욱 확고하게 만드는군요. 내가 말하는 배신은 당신이 나를 버렸다는 사실이에요."

"그건 내가…… 내가…… 런던에 오지 않아서요? 내가 당신을 아끼지 않아서 오지 않은 거라고 생각한다면, 당신이 틀렸어요."

그가 말을 더듬었다.

"이번을 뜻하는 건가요? 아니면 첫 번째, 내가 낙태하고 끔찍하게 아팠던 때에 오지 않았던 걸 말하나요?"

그는 수년 동안 그 일을 생각할 때마다 내가 여러 번 그랬던 것처럼 그 단어에 움찔했다. 하지만 왜 그를 우리가 한 행동으로부터 자유롭게 해줘야 하지?

"이번 가을에 당신이 여기 오지 않기로 결정했던 것에 대해 더 이상 공허한 변명하지 말아요. 어쨌든 자크 셸리그만은 건너올 수 있었거든요. 6년 전에 여기 오는 걸 거부했던 것도 마찬가지고요. 난 당신이 왜 오지 않는 쪽을 선택했는지 정확하게 알아요."

그는 내 팔목을 잡으려고 했지만 나는 뿌리쳤다.

"난 그때도, 지금도 당신을 너무 사랑해서 오지 않았던 거예요. 당신은 진정으로 나에게 다가온 유일한 여자이고, 당신을 위해 내가 모든 걸 다 내던질 것 같아서 두려웠어요. 당신은 이해 못 해요."

"난 완벽하게 이해해요, 버너드. 당신은 이미 나에게서 원한 걸 전부 다 가져갔어요. 이번에는 모건 가와 모건 가의 계획에 관한 유용한 정보였겠죠. 그리고 당신은 연인은 고사하고 친구가 될 수도 없을 정도로 자기중심적이고 무정해요."

나는 여전히 차분한 표정을 유지하며 말했다.

내가 그에게서 물러나 걸어가려 하자 그가 내 팔을 잡았다.

"벨, 제발 내 말 좀 들어줘요. 당신은 내 평생의 사랑이에요."

그가 애원했다.

그 말에 내 결심에도 불구하고 잠깐 멈췄다. 그의 모든 실패와 속임수, 애처로운 애원에도 불구하고 버너드는 내 첫 번째이자 어쩌면 유일한 사랑이었고, 내 감정을 끌어내는 법을 알았다. 그가 진짜로 어떤 사람인지, 그리고 그가 절대 내 인생에서 의미 있는 존재가 될 수 없다는 것을 상기하자 단호한 마음이 돌아왔다. 나는 내가 자유임을 떠올렸다.

"내 팔에서 손 떼요, 버너드."

하지만 그는 놓으려 하지 않았다.

내가 팔을 빼려고 하자 클래리지의 도어맨들이 나를 도와주려고 내 옆으로 달려왔다.

"물러나요."

그들이 내 양옆에 서서 말했다. 그들은 함께 버너드의 손가락을 내 팔에서 떼어낸 다음 내가 서둘러 롤스로이스로 가서 차를 탈 동안 그를 붙잡고 있었다. 나는 그쪽을 돌아보지 않고 운전사에게 출발하라고 했다.

엔진이 요란한 소리를 냈지만, 여전히 그의 목소리가 들렸다.

"벨! 벨!"

잠깐 동안 운전사가 머뭇거렸지만 내가 말했다.

"그냥 가요."

운전사는 고개를 끄덕이고 자동차를 출발시켰다. 버너드가 내 이름을 부르는 소리가 들렸지만 나는 앞쪽 길에만 시선을 고정했다.
절대 돌아보지 않을 것이다.

40장

1922년 6월 4일
코네티컷 하트퍼드

묘지까지 길고 구불구불한 길을 걸어가는 동안 발밑에서 자갈이 밟혔다. 태양은 미소를 짓는 것처럼 느껴졌지만 체다 힐 묘지를 지나가는 긴 길은 슬픔으로 가득했다.

헐리와 세이무어 가문의 낯익은 묘비가 눈에 들어왔다. 여기에 매장이 허가된 덕망 있는 명문가를 위한 기념비였다. 몇 분 후에 길의 가장 높은 곳에 솟아오른 묘지의 끝부분이 보였다. 작은 언덕을 내려온 다음에야 모건 가의 직사각형 묘가 완전히 시야에 들어왔다.

돋을새김된 모건이라는 이름은 화강암 표면에서 새것처럼 보였다. 하지만 무덤을 둘러싼 풀은 덥수룩했고, 무덤을 꾸미는 꽃 한 송이도 없었다. 처음에는 깜짝 놀랐지만, 곧 내가 대체로 모건 씨의 기일인 3월 31일, 방문객을 맞을 준비가 되어 있을 때 오곤 했다는 걸 깨달았다.

하지만 오늘은 그를 보러 와야만 했다. 오직 여기만이 아빠의 죽음을 애도하기에 적당한 곳이니까.

나는 기념비 맞은편 돌 벤치에 앉았다. 예상치 못한 눈물이 흘렀고 나는 흐느낌을 참으려고도 하지 않았다. 아빠가 5월 2일, 한 달 전쯤에 돌아가셨지만 아빠가 뇌출혈로 돌아가셨다는 소식은 모차르트 외삼촌의 편지를 받고 이제야 알았다.

불쌍한 아빠는 자식들이 단 한 명도 참석하지 않은 채 장례를 치르셨다. 평생 평등을 위해 싸웠고, 그 싸움을 위해 자신의 첫 번째 가족을 포함해 많은 것을 희생한 사람이라면 우리가 아빠에게 준 것 이상을 받아 마땅했다. 아빠의 일본인 가족은 아빠의 죽음을 알긴 할까?

그날 시카고에서 헤어진 후에 우리는 다시 만나자고 약속했다. 나는 언젠가 아빠와 메트로폴리탄 미술관에서 오후를 보내는 꿈을 꾸었지만, 차마 아빠에게 나를 보러 뉴욕으로 오라고 말하지 못했다. 이후 수년 동안 아빠는 나에게 그런 말을 해볼 생각조차 하지 못했을 것이다.

의미 있는 삶을 위해 나의 백인 신분을 지키라고 아빠가 허락해주었을 때 우리 둘 다 서로 다시는 보지 못할 줄 알고 있었는지도 모르겠다. 벨 다 코스타 그린은 절대로 리처드 그리너와 함께 있는 모습을 들킬 수 없었다. 내가 여전히 받아야 하는 눈길, 내가 여전히 듣는 소문들로 인해 아빠와 내가 함께 있는 모습이 발견되었다면 신문 1면에 나왔을 것이다. 뉴욕에서 아빠와 단지 함께 있는 것만으로도 나와 내 형제들, 엄마까지 들통날 수 있었다.

"난 두 사람 모두를 잃었어요, 모건 대표님. 대표님이랑 아빠요."

내 상실감의 본질을 입 밖으로 말하자 눈물이 더욱 흘렀다. 어쨌든 이런 말을 아무한테도 할 수 없으니까.

"모건 대표님, 우리 관계가 아빠와 딸의 관계보다 훨씬 더 복잡했다는 거 알아요. 특히 캑스턴 경매의 밤 이후로요."

나는 거기서 멈췄다. 그가 살아 있을 때처럼 나는 우리의 키스에 대해 언급하지 않았다.

"하지만 그날 밤 이전에 대표님은 아버지처럼 저를 격려해주시고, 아버지처럼 저를 응원해주시고, 아버지처럼 제 능력을 믿어주셨죠. 그 결과 성인으로서 제 모습의 상당 부분이 대표님의 덕이에요."

나는 그다음으로 하고 싶은 말을 생각해보았다.

"하지만 아빠는 제 다른 면을, 제가 대표님께 숨겨야만 했던 유색인이라는 사실을 알고 계신 분이었죠."

나는 잠깐 말을 멈췄다. 나는 모건 씨가 내 말을 들을 수 있다고 생각했고, 그렇다면 그가 이 사실을 받아들일 시간이 필요할 것이다. 그는 별로 좋아하지 않을 것이다. 하지만 그가 받아들인 것처럼 계속 이야기했다.

"아빠는 조그만 유색인 여자아이였던 저를 아셨어요. 아빠는 저를 키워주셨고, 아빠의 덕분이라고 할 수 있는 것도 아주 많아요."

눈물이 줄어들면서 코를 훌쩍였고, 그러다 뭔가를 떠올렸다. 교회에 대한 내 마지막 기억은 어린 시절, 플리트 일가 전체가 마차에 우르르 타고 메트로폴리탄 침례교회의 로버트 존슨 목사의 예배에 참석하러 간 것이었다. 교회에 가는 의식은 뉴욕으로 온 후에 멈췄다. 하지만 일요일 성경학교에서 배운 일부가 머릿속에 남아 있었고, 나는 지상의 온갖 혼란 끝에 아름다운 내세가 우리를 기다린다고 믿고 싶었다.

"하지만 이제 두 분 덕택에 만든 유산을 두 분이 없는 상태에서도 계속 이어나갈 방법을 찾아야 해요."

다시금 나는 말을 멈추고 정확한 단어를, 특정한 질문을 찾았다. 왜냐하면 모건 씨의 도움과 지도가 필요했기 때문이다.

"하지만 잭을 한편으로 끌어들이지 못한다면 어떻게 제가 대표님과 아빠에게 진 빚을 갚을 수 있을까요? 잭은 도서관 관장으로서 저를 지지해주고 우리의 필사본과 책 컬렉션을 온전히 지키는 데에는 정말 훌륭하지만, 도서관을 공공시설로 만드는 최후의 결정에 대한 문지기예요. 도서관을 계속 사설로 유지하면 제가 어떻게 의미 있는 삶을 살겠다고, 더 넓은 세상에 영원히 한 획을 남기겠다고 아빠에게 약속한 걸 지킬 수 있겠어요?"

나는 잠시 조용히 앉아 있었다. 내가 너무 탐욕스러운 걸까? 내가 미술계에서 가장 영향력 있는 사람 중 하나가 되었고 이렇게 훌륭한 컬렉션을 만들었다는 걸로 만족해야 하나? 헌법 수정 제19조와 여성이 전문직업을 가질 권리를 얻어내는 데 성공한 카트리나와 그녀의 친구들은 만족스러울 것이다. 내가 이뤄낸 자리는 여자들 시야에서는 거의 비길 수 없을 정도이니, 나는 거기서 은근한 만족감을 느꼈다.

모건 씨의 무덤 앞에 앉아서 나는 어떻게든, 어떤 방법으로든 잭을 설득해야 한다는 걸 깨달았다. 잭에게 직접 호소하는 것이 올바른 전략일까? 나는 은근히 암시하고 가볍게 회유해서 정기적으로 학자, 클럽, 강연자들이 드나드는 것에 동의하게 만들었다. 하지만 아직도 도서관을 외부인들이 자주, 특별한 허가증 없이 들어올 수 있고 보통 사람들이 초기 문자의 위대함과 중요성을 즐길 수 있는 공공기관으로 만들기까지는 한참 멀었다. 아빠가 나에게 가르쳐준 것처럼. 아니, 과묵한 잭은 직설적인 말에는 뒷걸음질할 것이다. 그건 올바른 접근법이 아니고, 그러면 그는 자신의 아버지를 너무 많이 떠올릴 것이다.

나는 기념비 주위를 걸으며 햇빛 아래 몸을 데웠다. 아빠와 만난 이후로 수백 번째로 아빠와 모건 씨가 만난 적이 있었을까 하는 의문이 들었다. 시카고 여행 이후로 나는 정말로 아빠에 대해 연구하기 시작했다. 아빠의 글을 더 많이 읽고, 아빠의 과거와 여행에 대해 조사했다. 그리고 1890년대에 아빠와 모건 씨가 그랜트 기념물 협회에서 일한 것도 알게 되었다. 아빠는 전업비서 역할로 월급을 받고 일했던 반면 모건 씨는 모금 외에 거의 할 일이 없는 위원회에 소속되어 있었다. 하지만 그렇다 해도 아빠와 모건 씨, 절대로 마주칠 일이 없어야 했던 유색인 평등권 활동가와 백인 거물의 삶이 실제로 교차했다는 것이 얼마나 기묘한 일인가? 내세에서뿐만 아니라 바로 여기서.

부모 자식 간의 인연은 끊을 수 없지. 그들이 실제로 어떤 관계를 맺고 있든 말이야. 아빠가 내 삶에 계속해서 영향을 미쳤던 방식이 그랬고, 잭도 그럴 것이다.

그 생각이 떠오르자 갑자기 내가 뭘 해야 할지 알 수 있었다.

나는 이 문제를 잘못된 방법으로 접근하고 있었다. 잭의 예술적 감각에 호소하려고 했던 것이다. 하지만 그걸로는 그의 마음을 움직이지 못한다. 내가 해야 할 일은 더 큰 모건 가의 유산, 주니어스 모건이 은행업을 설립하고, J. P. 모건이 월스트리트와 업계를 지배하는 기업금융 제국으로 확장하고, 잭이 이제는 세계적인 기업으로 변모시킨 왕조에 호소하는 거였다.

"공공기관이 된 피어폰트 모건 도서관."

나는 잭을 설득하기 전에 우선 모건 씨와 아빠 앞에서 발표 연습을 하는 것처럼 소리 내서 말했다.

"이것으로 선조를 기리는 가족의 전통을 이어갈 수 있어."

잭은 설령 개인감정으로는 아니라 해도 전통을 존중하는 마음으로는 하려고 할 것이다. 이렇게 그의 아버지를 기림으로써 잭은 실제로 자신의 혈통을 기리고 있었다. 내가 아버지와 나의 비밀스러운 조상을 기리는 것처럼.

41장

1922년 6월 27일
롱아일랜드

"피어폰트 모건 도서관이 금박 장식의 어느 복음서를 레스터 백작에게 사들였을 때 테넌트 씨는 굉장히 화난 것처럼 보이던데요?"

나는 입가에 슬쩍 미소가 떠오르는 걸 억누르지 못하고 물었다. 폴 테넌트 씨는 뉴욕주 롱아일랜드 골드 코스트에 있는 울워스 맨션의 윈필드 홀 베란다에서, 파티의 와중에 내가 근사하게 깔아둔 덫에 걸리기 직전이었다.

"최근에 문화적 보물이 들어온 것보다 더 빠르게 영국을 떠나고 있는 것 같습니다. 영국에 속하고, 영국에 있어야 하는 보물이 말이죠. 그리고 그것들이 미국인의 손에 들어가고 있어요."

테넌트 씨의 영국 억양이 두드러졌다.

"굉장히 흥미로운 관찰이네요."

나는 실제로 그의 어처구니없는 주장을 생각해보는 척하면서 말했다.

우리 주위로 모인 핍스, 밴더빌트, 프릭 가 사람들 등등이 고개를 끄덕였고, 테넌트 씨도 의분에 차서 손을 겹친 채 고개를 끄덕였다. 내가 바랐던 대로.

"하지만 영국의 문화적 보물이 정말 영국 것일까요?"

내가 물었다.

"테넌트 씨가 미국인의 손에 들어간 것에 굉장히 불쾌해하는 그 보물들이 실제로 영국이 만든 건가요? 영국 혈통을 갖고 있긴 하나요? 테넌트 씨의 귀중한 엘진 대리석(고대 그리스의 대리석 조각)을 예로 들어보죠. 제가 착각한 게 아니라면 1800년대 초에 엘진 경이 아테네의 아크로폴리스에서 런던으로 조각상을 가져왔고, 그 이래로 그리스에서는 그걸 돌려달라고 요청하고 있어요."

테넌트 씨의 입이 벌어졌다가 다물어졌지만, 그가 한마디라도 하기 전에 내가 말했다.

"테넌트 씨가 그렇게 걱정하는 레스터 백작의 귀중한 복음서가 실제로는 벨기에에서 온 거라는 사실에 혹시 놀라셨나요?"

테넌트 씨는 자리를 박차고 나가버렸고, 나는 놀랐지만 유쾌해하는 동료 손님들 무리와 함께 남았다.

"오, 벨, 당신은 언제나 날카로운 반박을 준비하고 있군요!"

에이미 핍스 게스트가 낄낄 웃으며 말했다.

"제가 워낙 많은 소재들을 제공받고 있으니까 그런 거죠!"

내 대답에 사람들이 웃음을 터뜨렸다.

내가 지나가는 웨이터에게 샴페인 잔을 채워달라고 하려고 빙 돌자 노란색 시폰 스커트가 발목 주위에서 펄럭거렸다. 그러다 나는 잭과 마주쳤다.

"어머, 깜짝 놀랐어요!"

잭이 소유한 250에이커 넓이의 장원인 마틴콕 포인트가 롱아일랜드 골드 코스트의 울워스 맨션에서 겨우 몇 킬로미터밖에 떨어져 있지 않았다. 그래서 당연히 그와 그의 아내도 이 행사에 초대를 받았겠지만, 그를 보게 될 거라고는 생각지도 못했다. 그는 도서관에 있거나 직계가족이 있을 때만 편안하게 행동했다. 잡담이나 파티에서의 농담은 그의 장점이 아니었다. 그래서 그는 대부분의 사교 행사를 거절했다. 최소한 미국에서는.

"음, 울워스 가에는 상을 받은 장미정원이 있고, 제시가 자기 꽃을 이 집 꽃과 비교해보고 싶어 해서요. 이웃 간의 경쟁이죠."

그는 해포석 담배 파이프를 빨면서 말했다.

나는 몇 년 동안 잭의 버릇을 예리하게 파악했고, 그가 파이프를 만지작거리는 걸로 봐서 마틴콕 포인트에 있는 것보다 러디어드 키플링을 읽거나 낱말 퍼즐을 더 좋아한다는 걸 알았다.

"누구의 장미도 제시의 것에 비견할 수 없죠. 제시의 튤립이나 수선화도 마찬가지고요."

내가 말했다.

"나도 그렇게 말했지만, 아내가 굉장히 확고한 사람이라는 건 당신도 잘 알잖아요, 벨. 내 말은 듣지도 않아요. 그래서 우리가 여기 오게 된 거죠."

"제시의 고집은 내가 제시를 좋아하는 많은 이유 중 하나죠."

그는 고개를 끄덕였다.

"당신도 그런 특징을 가졌으니까요, 벨. 그게 내가 당신을 좋아하는 많은 이유 중 하나일지도 모르죠. 그런 고집이 없었다면 피어폰트 모건 도서관의 책장은 지금보다 훨씬 텅 비어 있었겠죠."

잭에게는 이것이 가장 유혹적인 말에 가까웠다. 그의 아버지와 다르게 이런 애교는, 애교라고 할 수 있을지 모르겠지만, 지극히 순수했다.

"정원에 나가서 제시와 합류할까요?"

내가 물었다.

"당신을 당신의 숭배자들로부터 떼어내고 싶진 않은데요."

그는 내가 들어갈 자리를 만들어놓고 있는 무리를 힐끗 쳐다보며 말했다.

"말도 안 돼요. 당신과 제시보다 더 이야기를 나누고 싶은 사람은 전혀 없어요."

내가 손을 흔들었다. 그는 정원 쪽을 가리켰다.

"앞장서요."

우리는 여전히 몰려 있는 백여 명의 손님들을 지나쳐서 널찍한 베란다를 걸어갔다.

우리는 울워스 장원의 중앙 건물인 윈필드 홀의 사치스러움에 관해 이야기를 나눴고, 나는 최근에 지어진 또 다른 울워스의 건축물이 내가 이달 초, 묘지에 있을 때 생각했던 대화의 화두가 될 거라는 사실을 깨달았다.

"울워스 가에서 우들론 묘지에 자신들을 위한 엄청난 묘를 만든 것도 이해가 가네요. 스핑크스에 상형문자가 있는 기둥, 파라오가 장식된 거대한 청동 문까지 이집트 피라미드를 고스란히 본따 만든 모양이더라고요. 가족에게 대단한 헌사죠."

"설마."

그가 대답했으나 그리 흥미 있는 말투는 아니었다.

"당신은 당신 가족을 어떻게 기릴지 생각 좀 해봤나요?"

내 말에 잭은 놀란 표정이었다. 나는 이 문제를 재촉하기가 좀 불편했지만, 지금 이 주장을 밀고 나가지 않으면 기회를 잃을 게 분명했다.

"내년 3월은 당신 아버님의 사망 10주기인 거 알죠?"

그가 나를 힐끗 보았지만 우리는 걸음을 늦추지 않았고, 나는 요즘 유행하는 짧은 치마의 편리함에 감사했다. 마침내 그가 말했다.

"그렇게 시간이 많이 흘렀다니 믿을 수가 없군요."

내가 한숨을 쉬었다.

"그러게요. 가끔 도서관에 있을 때면 그분이 아직도 거기 계신 것 같은데 말이에요."

이렇게 시간이 흘렀는데도 여전히 내 눈이 눈물로 따끔거린다는 사실에 나는 놀랐다. 특히 중대한 요청을 위한 서막으로 이 주제를 꺼냈는데 말이다. 하지만 내가 눈물을 흘리는 이유는 아빠 때문인지도 모른다. 아빠가 돌아가신 지는 6주밖에 안 됐으니까.

그가 말했다.

"당신 말뜻 알아요. 나도 아버지가 느껴져요. 아버지는 항상 거대한 존재여서 죽음도 아버지를 우리의 마음속에서 사라지게 만들 순 없을 거라고 생각했죠."

"딱 맞는 말이네요."

나는 잠깐 말을 멈추었다가 그저 대화하는 것처럼 물었다.

"당신 아버지께 어떤 식으로 헌사를 올릴지 생각해본 적 있나요?"

처음으로 그의 걸음이 느려졌다.

"무슨 말이죠?"

"당신 아버님은 그 아버지이신 주니어스를 기리는 뜻에서 워즈워스 도서관에 모건 기념비를 세우셨죠. 당신도 비슷한 걸 계획하고 있을 거라고 생각했어요."

그다음에 내가 물었다.

"당신은 어떻게 기억되고 싶은가요?"

의도했던 대로 그는 내 질문에 놀랐다. 지난 2년 동안 죽음은 그에게 발톱을 뻗어왔다. 2년 전 4월에 잭과 그의 가족이 스타이베선트 광장의 세인트조지 교회 예배에 참석했을 때 어떤 무정부주의자가 교회로 들어왔고, 안내원들이 헌금을 가져가는 동안 남자는 집안의 친구이자 모건 가의 주치의인 제임스 마코 의사를 쏘아 죽였다. 나중에 조사 보고서에 따르면 원래의 목표는 잭이었다고 한다. 그리고 겨우 다섯 달 뒤에 말이 끄는 마차가 잭의 사무실 앞에 멈췄고, 마차가 폭발해서 반경 8백 미터까지 피해를 입었으며 모건 가의 고용인 여러 명을 포함해 총 38명이 사망했다. 모건 사무실에서 일하는 서른 살 된 잭의 아들 주니어스도 간신히 죽음을 피했다. 잭은 그날 사무실에 있을 예정이었지만, 마지막 순간에 도서관에 머물기로 결정했다.

잭이 마침내 말했다.

"그 생각은 안 해봤군요."

하지만 나는 그게 사실인지 알 수 없었다.

"당신 아버님은 그걸 생각해보셨던 것 같아요. 그분은 어떻게 기억되기를 바라는지 정확하게 아셨죠."

"아버지는 어떤 지시도 남기지 않으셨어요, 벨."

나는 걸음을 멈추고 그를 쳐다보았다.

"유언장에서 당신 아버지는 컬렉션이 '미국인들의 교육과 즐거움을 위해 영구적으로 사용할 수 있기를 바란다'고 하고, '거기에 투자할 필수적인 시간이 부족해서 내가 아직까지 이 목표를 달성할 수 없었다'고도 하셨죠. 저는 모건 가 재산 전체를 유지하려면 아버지의 최고의 물품 중 일부를 프릭 가에 팔아야 한다는 당신 말에 반대하지 않았어요. 예컨대 프라고나르 방이나 중국 도자기, 렘브란트 초상화 등등이요. 메트로폴리탄 박물관이나 워즈워스 아테나움에 수천 점의 작품들을 기부해야 한다고 했을 때도 반대하지 않았죠. 하지만 우리가 남은 컬렉션들, 도서관에 있는 필사본과 책, 그림들을 보존해서 그분이 말씀하신 것처럼 '미국인들이 영구적으로 사용할 수 있게' 만들지 않는다면 당신 아버지의 유언을 이뤄드리지 못할 거예요. 그러면 그분이 원하신 대로 기억되지 못하겠죠."

잭이 고개를 흔들었다.

"당신이 유언을 과대 해석하고 있다고 생각해요. 그리고-"

"제가요?"

나는 감히 고용주의 말을 끊었다.

"아니면 노골적인 지시가 아니라 모호하게 요청하는 형식으로 쓰여 있기 때문에 당신으로서는 그분의 명백한 소망을 무시하는 게 편해서인가요?"

내 말에 그의 얼굴이 붉어졌지만, 이건 꼭 해야만 하는 대화였다. 나는 모건 씨뿐만 아니라 아빠가 나에게 권한 과제를 위해서도 모건 씨의 유언을 실현할 것이다. 난 어느 쪽 남자도 실망시키지 않을 것이다.

"잭, 당신 아버님이 뭘 원하셨는지 알잖아요. 이제 모건 도서관을 당신의 사설 도서관에서 풀어줄 시간이에요. 그걸 원래의 의도대로 바꿀 때가 됐어요. 당신 아버님을 기리는 공공시설로요."

42장

1924년 3월 28일
뉴욕

기자가 사무실에 도착했을 때 나는 책상 앞에 앉아 한 손에는 만년필을 들고 앞에는 편지 더미를 쌓아두고 있었다. 이 대화를 짧게 끝내고 싶어서 아주 바쁘다는 분위기를 꾸며둔 거였다.

나는 지난달 〈레이디스 홈 저널〉을 포함해서 모든 미디어와의 만남을 계속 거부했다. 하지만 〈뉴욕 타임스〉에서 요청한 피어폰트 모건 도서관과 그 여성 관장에 관한 기사 제안은 할 만한 가치가 있다는 결론을 내렸다.

기자의 이름은 새뮤얼 베넷이었다. 그는 요란하고 자신만만하게 방 안으로 들어왔지만, 내가 보기엔 청년 특유의 생기 있는 분홍색 피부에 드문드문 난 빨간 콧수염을 가진 소년에 불과했다. 나는 그에게 앞에 있는 의자에 앉으라고 손짓했다. 가끔씩 나의 손님용 의자에 앉곤 했던 커다란 남자(비유적으로든 문자 그대로든 양쪽 다)에 비하면 이 아이는 얼마나 작고 하찮게 보이는지.

"그린 씨, 저에게 시간을 내주셔서 감사합니다."

그는 전형적인 기자의 자세로 노트 위에 연필을 들었다.

이렇게 세월이 지났는데도 나는 이 기자가 지나치게 많은 것을 알아내게 할 수는 없었다. 세상은 더 커지는 동시에 점점 더 작아지고 있다. 라디오의 발명과 신문과 잡지의 보급으로 나는 전보다 더 누군가가, 어디선가 진실을 알아낼까 봐 걱정했다.

격앙된 현재의 인종 갈등 속에서 피어폰트 모건 도서관 관장이 나이 마흔의 흑인 여자라는 소식은 모든 것을 망가뜨리고 우리 모두의 세상을 변화시킬 것이다. 오래전에 내가 인정했듯이 엄마의 걱정은 옳았다.

전쟁이 끝나면서 이 나라의 경제는 엄청나게 성장하고 나라 전반이 번영했지만, 인종적 긴장감은 전국적으로 높아졌다. 쿠 클럭스 클랜(KKK)의 집단폭행이 계속되었고, 인종 전쟁과 오클라호마주 털사나 플로리다주 로즈우드 같은 도시에서 유색인에 대한 학살이 이어졌다. 심지어 내가 사랑하는 워싱턴 DC도 엄마가 오래전에 예상한 대로였다. 이 모든 것 중에서 가장 끔찍한 것은 연방 및 주 정부가 하딩 대통령의 지지에도 불구하고 다이어 법 같은 반-집단폭행 법안을 거부하고 타 인종 간의 결혼을 금지하고 '백인'을 코카시안 외에 다른 피가 흐르지 않는 존재로 규정하는 버지니아주의 인종순수 법안 같은 천박한 법안을 통과시킴으로써 커져가는 인종차별적 분위기에 한편을 들었다는 점이다. 이런 환경에서 나는 불필요한 위험을 감수할 수 없었다.

귀중한 미술품의 금박처럼 관심을 분산시키는 것도 없다. 나는 일어나서 물었다.

"구경해보겠어요?"

"그것도 굉장한 영광이죠."

그가 일어나서 내 옆으로 왔고, 우리는 함께 사무실을 나가 로비로 향했다. 하지만 방을 나오기 전에 나는 반짝이는 호두나무 벽과 근사한 그림이 그려진 패널 천장, 벽난로 위에 놓인 중세 흉상과 반암 항아리를 가리켰다.

도서관으로 들어가서 그에게 금박이 가득하고 역사적 인물의 그림과 황도십이궁 기호가 그려진 감탄이 절로 나오는 10미터 높이의 천장, 귀중한 책들이 가득한 3층 높이의 책장을 보여주었다. 그런 다음 구텐베르크 성경, 캑스턴 컬렉션, 그리고 하물리 콥트 필사본의 핵심 부분 등 도서관의 보물 견본을 진열해놓은 탁자와 진열장으로 데려갔다. 그러는 동안 기묘한 기분이 들었다. 이 기자에게 내가 구한 필사본과 공예품들로 특징 지어진 내 삶의 궤적을 안내하고 있는 듯한 느낌이었다.

베넷은 적당한 타이밍에 감탄사를 외치고 구텐베르크 성경에 경탄한 것 같았다. 하지만 그가 나에게 질문 목록을 내놓을 완벽한 기회를 기다리고 있다는 걸 알 수 있었다. 그림과 필사본들을 보면서 실제 인터뷰를 진행하면 민감한 질문들을 피할 수 있을 것 같았다.

"도서관을 둘러보는 동안 언제든지 질문해도 됩니다, 베넷 씨. 끝날 때까지 기다릴 필요 없으니까."

나는 예의와 품위를 갖춰 말했다.

"정말 친절하시군요, 그린 씨. 사실 마감이 급해서요."

내가 20년이 넘는 기간 동안 사들인 우리의 핵심 작품들에 대한 설명을 늘어놓으려고 할 때 베넷 씨가 끼어들었다.

"이렇게 엄청난 자리에 앉기 위해 어떤 교육을 받으셨죠? 이런 어려운 분야에서 공식적인 훈련을 받으셨나요? 어떤 면에서 관장님은 사서라기보다는 큐레이터나 중개인에 더 가까운 것 같은데요."

질문은 논리적이고 수용 가능한 것이었지만, 그래도 나는 약간 당황했다. 그것은 오래전 모건 씨와 면접하기 전날 밤에 엄마가 나에게 대비시켰던 바로 그 질문이었다.

나는 그에게 상대의 주의를 다른 데로 돌리기 위해 수십 년간 써온 최고로 근사한 웃음을 지어 보였다.

"내가 프린스턴 대학의 희귀서적 부서에서 사서로 받은 훈련이 이 굉장한 자리를 위해 가장 좋은 교육이었죠."

그가 노트에 적을 동안 나는 주제를 바꿔서 감상용 탁자 한 곳에 있는 캑스턴 책으로 그의 관심을 돌렸다. 나는 미술계에서는 유명하지만 대중에게는 새로운 이 작품들의 구매에 얽힌 다채로운 이야기를 늘어놓았다. 이것은 희한한 비평이나 충격적인 드레스, 아니면 재미있는 이야기를 이용해서 청중의 혼을 빼놓아 그들의 주의를 돌리는, 수년 동안 개발한 또 다른 전략이었다.

"피어폰트 모건 도서관이 사설 컬렉션에서 공공시설로 어떻게 그 지위를 바꾸게 된 건가요? 그건 대단한 성과이고, 물론 이 나라 사람들에게 커다란 선물입니다만."

한때 모건 씨의 서재였으나 이제 10년 넘게 잭의 도서관 사무실이 된 방으로 걸어가는 동안 그가 물었다.

"네, 미국 역사에서 가장 의미 있는 문화적 선물이라고들 하죠."

나는 도서관이 공공시설이 된 걸 생각할 때마다 활짝 웃곤 했다. 내 오래된 꿈이 현실이, 살아 숨 쉬는 유산이 되었다.

"아, 이미 알겠지만 이 과정은 잭 모건 씨가 관대하게도 도서관과

453

그 자산들의 소유권을 기부금과 함께 신탁관리위원회에 넘기면서 시작되었죠. 그 뒤에 뉴욕주 의회의 특별법안에 따라 이 근사한 건물이 연구 목적의 공공 참고 도서관이자 미술관이 되었어요."

내가 설명했다. 우리는 계속해서 내가 도서관을 위해 계획한 프로그램 후보들과 곧 열리는 조지 워싱턴 같은 건국의 아버지들이 남긴 편지와 문서 전시회에 대해 이야기했다. 모두 다 대중에게 공개되는 행사였다.

나는 모건 씨의 서재 안내를 마쳤다. 기다란 세로 창문에 끼워져 있는 생생한 15세기와 16세기 스테인드글라스 패널, 상감세공된 호두나무 책장, 설화석고로 만든 샹들리에, 한스 멤링과 마크리노 달바, 페루지노, 루카스 크라나흐 등이 그린 훌륭한 르네상스 시대 세폭 제단화와 초상화는 베넷의 주의를 끌 만했다.

당연하게도 나는 모건 씨의 초상화로 그의 관심을 끌었다. 하지만 모건 씨의 거대한 호두나무 책상 근처에 걸려 있는 새로 구매한 그림은 일부러 무시했다.

"관장님 사진을 찍어도 될까요?"

질문을 마치고 나서 그가 약간 부끄러운 듯이 물었다.

"그래요."

나는 머뭇거림을 일부러 감추지 않고 대답했다. 나는 초상화에 익숙한 편이었다. 수년 동안 폴 엘뢰, 르네 피오, 로라 쿰스 힐스, 윌리엄 로덴스타인, 심지어 앙리 마티스까지 나를 스케치하거나 그렸다. 하지만 그건 내 개인용이었다. 대중을 위한 건 아니었다.

"원하시는 특별한 장소가 있으세요? 여긴 멋진 배경이 많으니까 말이죠."

그는 내가 생각하도록 놔두고 바깥에서 기다리는 사진사를 부르러 갔다.

그가 모건 씨의 서재로 돌아왔을 때 나는 적당한 초상에 완벽한 장소를 찾았다. 위험 부담이 있긴 했지만, 적절하고 그럴 가치가 있다고 느껴졌다. 심지어 꼭 그래야만 할 것 같았다.

사진사가 도착해서 장비를 설치하는 동안 나는 자리를 잡았다. 나는 모건 씨의 사자 발이 달린 책상과 최근에 잭에게 구매하라고 조언했던 초상화 사이에 섰다. 〈무어인의 초상(Portrait of a Man)〉이라는 제목의 이 그림은 16세기 말 도메니코 틴토레토의 작업실에서 그린 것으로 베네치아 궁정에 온 무어인 대사를 그린 거였다. 공식 의상을 입은 화려한 모습에 옆에는 대사 임무를 상징하는 밀랍 봉인의 하얀 상자가 있었다. 붓 터치는 훌륭하고 묘사는 놀랄 만큼 실물 같았으나 내가 잭에게 이 그림을 사라고 종용한 건 그런 이유 때문이 아니었다. 〈무어인의 초상〉의 주인공은 피부가 검은 남자로, 아빠와 꼭 닮은 사람이었다. 이것은 내가 이 꼭대기까지 올라오는 걸 지원해준 두 남자의 상징을 양옆에 둠으로써 그들에게 내가 바치는 길이 남을 존경의 표시였다. 이 사진으로 나의 공식적인 초상에는 두 사람의 상징이 함께하게 될 것이다. 모건 씨의 사자 발 책상과 〈무어인의 초상〉.

30분 동안 사진을 찍은 후에 사진사는 작업을 마치고 육중한 카메라를 챙겼다. 베넷 씨가 나를 옆으로 데려갔다.

"그린 씨, 제가 사적인 질문을 하는 걸 용서해주셨으면 합니다."

내가 동의하거나 거부하기 전에 그가 말을 이었다.

"소문이 돌았는데 말이죠, 그걸 물어보지 않는다면 전 좋은 기자가 아닐 겁니다. 관장님과 모건 씨가 좀 더 친밀한 관계였던 적이 있었나요?"

그의 얼굴은 당황해서 벌게졌고, 나는 그의 상사가 이 질문을 하라고 다그쳤을 거라고 생각했다. 숙녀로서 이런 질문에 짜증이 나거나 모욕당한 기분이 들어야겠지만, 실제로는 그냥 재미있었다.

"죄송합니다. 적절하지 않다는 건 아는데-"

나는 말을 더듬는 젊은 남자를 막고서 히죽 웃으며 말했다.

"내가 평범한 사서였다면 화를 냈을지도 모르겠지만, 난 어떤 면에서도 평범한 적이 없어서 말이죠."

"그러면-"

그가 내 답을 기다렸다.

"우리가 시도는 해봤다고만 말해두죠."

내가 웃으면서 말했다. 모건 씨가 내 야한 대답들을 얼마나 즐겼었는지.

그는 당황하고 혼란스러운 것 같았다. 내 대답이 그렇다는 건지 아니라는 건지 제대로 알 수가 없는 모양이었다.

"아, 그렇군요."

하지만 그는 재빨리 정신을 가다듬고 물었다.

"괜찮으시다면 마지막 질문을 하나만 더 하겠습니다, 그린 씨."

나는 고개를 끄덕였지만, 열의 없는 태도까지 전달되기를 바랐다. 그 마지막 질문이 진짜로 마지막이어야 했고, 이 인터뷰를 하는 동안 내 마음이 내키는 대로 최대한 나 자신을 드러내 보였다.

"개인적인 계획을 저희한테 알려주실 수 있을까요?"

마침내 그는 이 인터뷰를 하는 동안 처음으로 내가 기꺼이 대답하고 싶은 질문을 던졌다.

"남은 평생 피어폰트 모건 도서관의 여성 관장으로 일하는 것에 완전히 만족하고 명예로 생각할 거예요."

에필로그

1948년 1월 14일
뉴욕

불에 탄 편지 모서리가 날아올라 벽난로 안쪽에 떨어졌다. 그을린 가장자리가 뜨거울 거라는 걸 알면서도 나는 그걸 불길에서 구출하기 위해 손을 내밀었다. 하지만 손끝이 거기 닿기 전에 동작을 멈췄다. 내 모든 기록을 없애려는 노력을 왜 막으려고 하는 거야? 편지를 구한다고 해서 편지 속에 담겨 있는 사람들을 되찾을 수 있는 것도 아니다. 그리고 어떤 것도 내 유산을 더럽히도록 놔둘 수 없었다.

엄마의 편지를 불길 속에서 끌어낸다고 엄마가 평생을 보낸 내 옆으로 돌아올 수 있겠는가? 엄마는 약 10년 전에 돌아가시며 내 평생 처음으로 나를 진짜 홀로 남겨놓았다. 내 인생 초반에 우리에게 문제가 좀 있긴 했지만, 1913년 시카고에서 돌아왔을 때 나는 그 적개심을 해소했고 우리는 친밀한 관계를 형성했다. 아빠는 우리 모두 평등해지는 아름다운 꿈을 꾸셨지만 엄마는 미국의 흑백분리와 인종차별로부터 나를, 우리 형제들 모두를 구해주었고 아빠가 내게서 본 그 옛날의 가능성을 현실로 이룰 수 있도록 나를 자유롭게 해주었다.

내가 아빠에게 받은 유일한 편지를 남겨둔다고 이제 돌아가신 지 25년이나 된 아빠를 되살릴 수 있을까? 아빠와 함께 진정한 자유라는 아빠의 꿈까지? 나에게 그렇게나 많은 것을 주었던 그 사람을, 그가 재건시대에 청년으로 경험했던 평등이라는 가능성에서 완전히 벗어나버린 이 세계에 돌아오도록 만드는 게 내가 정말로 원하는 건가? 내가 살고 있는 미국은 아빠가 이룩하려 했던 사회와 정반대였다. 전미도시연맹(National Urban League), 전미흑인여성위원회(National Council of Negro Women), 그리고 인종평등회의(Congress of Racial Equality) 같은 집단들이 흑백분리와 불평등 법률에 저항하고 있다고 해도 말이다. 아빠가 흑인과 백인이 분리되고 우리 사이에서 계속되는 뻔뻔한 백인지상주의를 본다면 마음이 산산조각 날 것이다. 전쟁에서는 유색인과 백인 병사들이 함께 싸웠음에도 불구하고 흑인 병사들은 집으로 돌아와 유색인을 사회적, 경제적으로 계속해서 열등한 위치에 묶어놓는 짐 크로 법에 종속되었다. 집단폭행은 여전히 흔한 일이었고, 흑백분리는 다반사였으며, 인종차별로 유색인들은 여전히 더 나은 교육과 더 나은 일자리, 더 나은 집을 가질 수 없었다. 아빠는 이 엄청난 좌절감을 견디지 못했을 것이다.

버너드가 수년 동안 유럽에서 보냈던 길고 우아한 편지들을 놔둔다고 우리가 서로에게 느꼈던 사랑이 되살아날까? 소녀 시절의 나와 내가 알게 된 남자는 다시 재회해서 그 덧없는 열정을 재현할 수 없을 것이다. 수년 전 우리가 한때 공유했던 그 특별한 유대감에도 불구하고 그 순수했던 시절로 돌아가기에 우리는 너무나 변했고, 너무나 망가졌다. 그리고 어차피 나는 날아오르기 위해서 그 문제적 사랑의 끈을 끊어야만 했다.

마지막으로 내 인생에서 가장 큰 변화를 만들어준 남자를 생각했다. 내가 모건 씨의 개인적인 편지를 전부 다 불길에서 *끄집어낼* 수 있다면, 그를 다시 한 번 불러낼 수 있을까? 그와 다시 한 번 웃거나 싸우거나 열띤 베지크 게임을 할 수만 있다면 뭐든 하겠지만, 그가 두고 떠난 사업세계는 굉장히 바뀌고 통제되어서 금융계의 거인이 되돌아온다 해도 더 이상 예전처럼 실수나 책임이라는 부담 없이 마음대로 주무를 수 없을 것이다. 이런 변화에 그가 대체 어떻게 살아남을 수 있을까? 그리고 모건 씨가 돌아왔을 때 그가 유대인에게 갖던 것과 똑같은 감정을 유색인에게 느낄지도 모른다는 내 마음속의 이 두려움은 어떻게 하지?

아니, 이 편지들을 보존한다고 해서 내가 사랑했던 사람들을 되살리거나 그들에 대한 내 기억이 더 생생하게 살아나지는 못할 것이다. 내 기록을 보존하는 건 이 세상의 인종차별주의자들에게 내가 평생에 걸쳐 만들고 수없이 많은 것을 희생시켰으며 나보다 오래 남을 유일한 공적인 피어폰트 모건 도서관, 이 세상 사람들에게 주는 나의 선물을 망가뜨릴 빌미를 제공할 뿐이다.

나는 튀어나온 편지를 청동 부지깽이로 다시 불길 속으로 밀어 넣고 불을 더 키웠다. 하지만 그러는 동안 아빠의 말이 머릿속에 떠오르고 엉뚱한 소망 하나가 내 안에서 자라났다. 아빠의 희망이 현실이 된다면? 우리 사회가 아빠가 꿈꾸었던 방식으로 변화하고 발전하게 된다면? 언젠가 새로운 정부 지도자들과 새로운 법으로 이 나라 모든 시민들이 평등권을 보장받는 세상이 올 수 있을까? 우리 사회가 변화해서 우리가 피부색에 상관없이 서로 섞여서 걸어 다니고,

다 함께 살고, 서로를 사랑할 수 있을까? 그날이 온다면 누군가, 언젠가 시간을 거슬러 내 이야기를 찾아내고 J. P. 모건의 유색인 개인 사서 벨 다 코스타 그린이라는 진짜 나를 자랑스럽게 밝히게 될까?

역사적 배경

우리는 소설 《벨 그린》에서 가공의 벨과 그녀의 세상을 쓰긴 했지만, 그래도 벨 다 코스타 그린의 삶과 유산에 대해 가능한 정확하게 이야기하려고 노력했다. 우리는 입수 가능한 사실들을 기준으로 그녀의 이야기를 한정하려고 노력했다. 당시에는 벨이 J. P. 모건만큼, 그리고 그보다는 덜하지만 벨의 아버지인 리처드 그리너만큼이나 잘 알려진 대중적 인물이었기 때문에 이야기를 끌어낼 만한 자료는 아주 풍부했다.

벨 자신과 리처드 그리너, 쥬네비브 플리트, J. P. 모건, 잭 모건, 버너드 베런슨, 그 밖의 부수적 캐릭터들의 묘사는 실제 인물을 바탕으로 잘 알려진 사항들을 적당히 가감해서 만들었다. 또한 벨이 살았던 역사적 배경도 가능한 사실적으로 담아내려고 노력했다. 벨의 성장 과정, 모건 가의 사서이자 큐레이터로서 그녀의 일, 도금시대의 상류층에서 활동했던 그녀의 사교 생활, 보헤미안과 여성 참정권론자 세계의 가장자리에 발을 담갔던 그녀의 생활 등. 그리고 가장 중요하게도 아프리카계 미국인들에게 적대적이었던 인종차별적 사회에서 백인으로 살기 위한 그녀의 희생과 괴로움을 상상하고 그려내려고 노력했다.

가끔 이야기를 진행시키기 위해서, 또는 이야기의 방향성을 위해 필요하다면 역사적 날짜와 세부 사항을 살짝 바꾸기도 했다. 예를 들어 유명한 건축회사 매킴 미드 앤드 화이트의 스탠퍼드 화이트의 충격 사건을 1906년 1월로 표기된 장에서 이야기했지만, 사실 살인은 그보다 몇 달 후에 일어났다. 비슷하게 뉴욕 사교계 인물인 마저리 굴드와 앤서니 드렉슬의 결혼식을 1908년 3월의 장면에서 언급했으나 결혼식은 1910년에 있었다. 아모리 쇼는 1913년 2월과 3월에 뉴욕에서 열렸으나 우리는 1913년 12월에 아직 진행 중이라고 해두었다. 291 갤러리 전시회의 경우 1908년 5월에 열린 한 번의 전시회에서 로댕과 마티스 전시가 한꺼번에 있었던 것처럼 압축했지만 실제로는 1908년에 두 번의 전시회가 있었다. 또한 울워스의 골드 코스트 맨션에서 열린 여름 파티처럼 어떤 도금시대 파티들은 상상한 것이다. 가공이기는 해도 이 파티들은 전부 다른 화려한 행사를 견본으로 삼았다. 장-오노레 프라고나르의 〈사랑의 단계〉라는 유명한 그림 연작의 판매의 경우 잭 모건이 1913년에 팔려고 생각했다고 썼지만, 실제로는 1915년에 헨리 클레이 프릭이 사들였다. 피어폰트 모건 도서관이 모건 씨의 서재에 걸린 〈무어인의 초상〉을 구매한 날짜는 1924년이 아니라 1929년이고, 그림의 주인공과 벨의 아버지가 닮아서 구매하게 되었다는 것은 우리의 추측일 뿐이다.

여성의 역사와 기록을 다룰 때 흔한 일이지만 중간중간 우리는 특정한 관계의 분위기를 다룰 때 자료 부족을 경험했다. 이런 기록들은 최근까지 보존할 가치가 없다고 종종 여겨졌다. 게다가 벨 스스로가 사적인 생활을 확고하게 비밀로 했기 때문에 알아내기가 상당히 힘들었다. 이런 경우에 우리는 연구를 바탕으로 이야기를 구성하고 빈 부분은 논리적 추론으로 메웠다.

예를 들어 벨과 버너드 베런슨의 연애는 기록이 잘 남아 있다. 하지만 그 친밀한 일화들은 알려져 있지 않다. 우리는 미국과 유럽에서 그들의 교제와 밀회, 외부인이라는 그들의 지위가 둘을 결합시켜 줬다는 세부적인 것들처럼 핵심 사건들에 관해서는 중요한 추론을 해야 했다. 특정 편지와 날짜들이 벨이 낙태를 했고 이것이 그녀에게 오랫동안 영향을 미쳤음을 암시하지만, 세부적인 내용은 기록이 없다. 벨의 삶에 관해 자세히 살펴본 소수의 역사가 중 한 명인 하이디 애디존은 벨의 멋진 전기《빛나는 삶: 벨 다 코스타 그린의 편견에서 특권으로의 여정》을 썼고, 낙태 사건이 있었다고 주장한다. 우리는 거기서부터 소설적 자유를 발휘했다. 또한 버너드는 듀빈 형제들과 오랫동안 업무 관계를 유지했고, 최근 연구에서는 벨이 이것을 반대했다는 행동 몇 가지가 밝혀졌다. 그래서 우리는 벨과 그녀의 업무적 거래에 미친 영향을 상상했다. 벨과 버너드의 연애가 분노로 마무리된 부분에서는 상당한 창작적 재량을 발휘했다는 것을 인정한다. 현실에서 그들의 관계는 수십 년간 지속되었으나 우리는 벨이 그랬으면 하는 방식으로 끝내는 쪽을 골랐다. 그리고 우리의 과장된 상상력을 벨이 허락해주었기를 바란다.

벨의 삶에서 또 다른 중요한 관계에 관해서, 우리는 상황과 캐릭터에 대한 이해를 바탕으로 비슷한 추측을 했다. 예를 들어 J. P. 모건의 경우 이 유명한 자본가와 관계 있는 많은 사람들이 그와 벨이 함께 보낸 엄청난 시간에 관해 기록해두었고, 그들이 참여한 여러 가지 활동 및 사교 행사, 그들의 친밀한 관계에 대해서도 증언했다. 하지만 그들에 관한 수많은 소문과 모건의 정부이냐는 질문에 벨 자신이 "시도는 해봤죠!"라고 했다는 사실에도 불구하고 그들의 관계가 어디까지 갔는지 속속들이 알지는 못한다. 그래서 우리는 그들의 성격으로 보아 분명 있었을 성적 긴장감 가득한 복잡다단한 관계를 상상해서 만들었다.

비슷하게 어린 시절 벨과 아버지가 어땠는지 모른다. 하지만 그들이 서로를 사랑했고 공통의 관심사가 있었다는 기록에 따라 둘의 관계가 어땠을지 상상해보았다. 또한 리처드가 벨과 그 가족을 떠나 해외에 머물면서 다른 가족을 만든 후, 그들의 말년에 무슨 일이 있었는지 분명한 자료는 없다. 하지만 하이디 애디존의 벨 전기에서 벨이 업무상의 목적 없이 기묘한 시기에 시카고에 간 걸 보고 우리는 당시 시카고에 살던 아버지를 만난 게 분명하다고 느꼈다. 그래서 벨과 아버지의 재회를 생각했다. 벨은 아버지를 만날 자격이 있으니까.

비슷한 방식으로 우리는 앤 모건이 잭 모건과 다른 자매들이 그랬던 것처럼 벨에게 상냥하지 않았다는 사실을 알고 앤과 벨 각각 자신들의 정체에 대한 비밀을 숨기고 있어서 힘겨운 관계를 맺은 걸로 만들었다. 앤이 살아 있을 때도 나돌았던 성적 취향에 대한 추측은 유명한 동성애자였던 엘시 드 울프와 엘리자베스 마버리와의 관계 및 결혼 거부, 정치적 경향으로 인한 것이었고, 덕분에 우리도 이런 결정을 하게 되었다. 또한 앤과 벨 모두에게 진정한 자신이 아닌 다른 것이 되라고 강요하는 사회적 압박에 대해서도 탐색해볼 기회가 되었다.

우리는 또한 아프리카계 후손들이 20세기 초에 어떤 식으로 여겨졌는지, 그리고 벨이 자신을 어떻게 생각했는지를 고려해야 했다. 우리가 알게 된 건 '유색인'이라는 단어가 소설의 초반 배경이 되는 시기에 '흑인'이라는 단어만큼이나 많이 사용되었고, 특히 혼혈인 사람들을 존중하는 의미로 쓰였다는 걸 알게 되었다. 그러다 미국에서 법과 인식이 바뀌면서 '니그로' 같은 단어로 바뀌었다. 소설에서 벨이 나이를 먹으면서 우리는 처음에 좀 더 그 시대에 적절한 단어인 '니그로'를 썼지만, 좀 더 생각해보니 벨이 자기 자신을 생각할 때 '니그로'라는 단어를 쓰지 않았을 것 같다. 게다가 이런 종류의 문화적 문제가 사회적으로 논의되고 변화해오는 동안 벨은 그런 변화의 일부가 아니었고, 우리는 그녀가 자신과 자신 같은 사람들을 자라면서 사용했던 '유색인' 외의 다른 단어로 생각하기가 어려웠을 거라고 여겼다.

이런 주제나 역사적 인물에 대해 더 깊이 들어가고 싶다면, 여러 가지 논픽션 책과 글들을 추천한다. 예를 들어 하이디 애디존의《빛나는 삶: 벨 다 코스타 그린의 편견에서 특권으로의 여정》, 론 처노의《모건 가문: 미국 은행 왕조와 현대 금융의 탄생》, 레이첼 코헨의《버너드 베런슨: 그림 거래업계에서의 삶》, 캐서린 레이놀즈 채덕의《타협하지 않는 활동가: 리처드 그리너》, 리처드 그리너 자신의 글 '백인 문제', 그리고 헨리 루이스 게이츠 2세의《돌투성이 길: 재건, 백인우월주의, 짐 크로의 탄생》이다. 또한 모건 도서관의 뛰어난 출간물들도 살펴보고, 그 멋진 시설을 관광해볼 것을 제안한다.

벨의 위풍당당함이나 재치 넘치는 말발, 눈을 사로잡는 패션, 가끔은 별난 행동에 대해 글을 쓰는 게 아주 즐겁긴 했지만, 커다란 과제도 마주하게 되었다. 편지들을 없애기 위한 벨의 길고 의도적인 행동으로 인해 남은 건 오로지 업무적 서신들과 버너드와의 편지들(그가 없애겠다고 약속했지만 하지 않았고, 벨의 인종에 대해서는 이야기한 적이 없다)뿐이었고, 그녀가 살았던 인종차별적 세상에서 백인으로 사는 것에 대해 그녀가 어떻게 느꼈는지, 그리고 그런 감정을 표현한 대화에 관해서는 기록이 거의 없었다. 같은 이유로 그녀가 자신의 혈통에 대해 공공연하게 말한 적이 없다는 사실은 말할 필요도 없을 것이다. 벨은 자신의 진짜 정체가 드러나는 걸 원치 않았다. 그녀가 살던 시절의 인종차별과 그녀의 배경이 널리 알려질 경우에 피어폰트 모건 도서관에서 이룬 자신의 업적이 다 사라지게 될 거라는 근거 있는 걱정을 고려하면 그럴 만도 하다.

그래서 우리는 벨의 내면에 대해, 특히 백인으로 사는 것에 대한 감정을 쓰기 시작하면서 마리가 종종 벨의 내적 자신에게 도달하기 위해서 사실로 구성된 건축물의 기둥 사이 공간 속으로 들어갔다. 여기는 조사 자료, 개인적인 경험, 허구, 논리적 추론을 혼합해서 사용하는 공간이었다. 또한 아프리카계 미국인 여성으로서 빅토리아 자신의 경험과 그녀 가족들의 경험, 특히 피부색이 하얘서 필요하면 백인 노릇을 할 수 있었던 그녀의 할머니의 경험에 의존했다. 이 친숙한 경험에 앨리슨 홉스의 《내가 선택한 망명: 미국인의 삶에서 인종통과의 역사》같은 책에 기록된 인종통과(racial passing, 유색인이 백인이나 다른 인종으로 통과되는 일)의 역사적 예를 바탕으로 한 조사 결과를 합침으로써 우리가 벨의 고충을 올바르게 묘사하고 인종차별과 흑백분리가 개인과 미국 전체에 가한 끔찍한 부당함과 고통을 생생하게 살려냈기를 바란다.

미국은 남북전쟁 이후 몇 년 동안 인종평등을 시도한 적이 있다. 리처드 그리너와 그 가족이 잠깐이나마 경험했고 그가 평생토록 지지했던 바로 그 평등이다. 하지만 그런 노력에 대한 반발로 백인우월주의와 인종분리가 대두했다. 우리는 이 책이 벨 다 코스타 그린의 놀라운 삶과 유산뿐만 아니라 아프리카계 미국인들이 그때와 지금, 평등이라는 가능성에 대한 끔찍한 결과를 겪어야 했던 희생과 고통을 잘 드러냈기를 바란다. 그리고 무엇보다도 이런 중요한 주제들에 대한 논의를 유발하고, 이해와 연민, 행동, 그리고 궁극적으로 변화를 불러올 만한 대화를 자극하기를 바란다.

작가의 말

– 마리 베네딕트

이것은 보통 때의 작가의 말이 아니다. 《벨 그린》 역시 나의 보통 소설이 아니다. 나는 J. P. 모건의 개인 사서, 피어폰트 모건 도서관의 유명한 필사본 컬렉션의 창조자이자 삶을 바꿀 만한 비밀을 가진 여자 벨 다 코스타 그린에 관한 책을 쓰는 일이 나 자신을 바꿔놓을 줄은 몰랐다. 벨을 되살리면서 나 자신도 깨어나고 그 와중에 새로운 자매를 얻게 될 줄이야.

벨을 처음 발견한 건 수년 전, 내가 다른 삶을 살고 있던 다른 사람이던 때였다. 나는 뉴욕의 상업소송 전문 변호사로 세계에서 가장 큰 법률회사 중 한 곳에서 일하며, 끔찍할 정도로 불행한 삶을 살았다. 내가 삶의 목표에 매진하고 있지 않다는 걸 알았고, 이 암울한 시기에 피어폰트 모건 도서관은 나의 피신처 중 하나였다. 그 보석상자 같은 내부를 돌아다니면 내가 숨겨진 과거를 파헤치는 역사학자나 고고학자, 작가가 된 척할 수 있었다. 내가 살고 있던 삶 대신에 그게 내가 살고 싶은 삶이었다.

그러던 어느 날 오후 나는 벨을 발견했다. 피어폰트 모건 도서관에서 그녀의 역할이 쓰여 있는 설명 명패나 그녀의 업적에 대한 전시, 심지어는 그녀의 초상화를 보고 발견한 게 아니었다. 그런 자료들은 당시에는 전혀 흥미롭지 않았다. 나는 지나가는 도슨트에게 벨에 대해 듣게 되었다. 그 사람은 바쁜 일정 중에 몇 분 동안 이 놀라운 여성에 대해 설명했고, 나에게 피어폰트 모건 도서관과 컬렉션들, 그것이 만들어진 시대와 그 밖에 아주 많은 것들을 보는 새로운 렌즈를 선사했다.

벨은 수십 년 동안 나를 따라다녔다. 특히 내가 그녀의 배경에 관해 더 깊이 파고들기 시작하면서 더욱 그랬다. 나는 하버드 최초의 아프리카계 미국인 졸업생인 그녀의 아버지 리처드 그리너가 남북전쟁 이후 인종평등의 유명한 옹호자였고 특히 1875년 공민권법의 지지자였음을 알게 되었다. 이 법은 모든 사람들의 평등을 선언하고 대중교통과 공공 편의시설에서 모든 사람의 평등한 대우를 보장하는 것이었다. 하지만 1883년 대법원에서 이 법을 번복함으로써 노예제를 금지하고 법의 평등한 보호를 보장하는 헌법 수정 제13조와 제14조의 상당 부분을 약화시켰다. 그 결과 리처드 그리너의 딸은 자신의 진짜 신분을 숨겨야만 했다. 당대 직업적으로 가장 성공한 여성이 되기 위해 그녀는 백인 여자로 살았다. 벨 다 코스타 그린처럼 사는 건 과연 어땠을까? 나는 생각을 해볼 수밖에 없었고, 그녀에 관한 소설을 쓰기로 마음먹기 시작했다.

하지만 이 이야기를 나 혼자서는 쓸 수 없다는 걸 깨달았다. 이전 책들을 쓸 때는 다양한 출신과 경험을 가진 수많은 여자들의 삶을 상상해볼 수 있었으나 벨은 혼자서 도저히 상상해낼 수 없었다. 남북전쟁 직후에 노예제도가 폐지되었다고 하지만 백인우월주의, 짐크로 법, 집단폭행이 실제로 횡행하던 시절에 살았던 아프리카계 미국인의 삶이 어땠는지 내가 어떻게 상상할 수 있을까? 그리고 거기서 한 걸음 더 나아가 그녀가 백인인 척하고 사는 게 어떤 건지 어떻게 상상할 수 있을까? 심지어 그녀 아버지의 꿈은 모든 사람들이 자신의 혈통을 공개적으로 찬양하는 가운데 자유롭게 살아가는 세상을 만드는 것이었다. 그런 상상은 건방진 짓일 뿐만 아니라 아프리카계 미국인 작가가 벨의 이야기를 하는 것이 벨에게 올바른 일이었다.

세월이 지났고, 내가 변호사를 그만두고 다른 역사적 여성들에 대한 글을 쓰기 시작했을 때 벨이 초조하게 기다리며 발로 바닥을 두드리는 소리가 거의 들릴 것 같았다. 그러다 어느 날, 빅토리아 크리스토퍼 머레이의 《당신의 주장을 고수하라(Stand Your Ground)》를 읽게 되었다. 중요한 상을 받은, 눈을 뗄 수 없는 이 소설은 백인 경찰을 쏜 흑인 10대 소년의 어머니와 경찰의 아내 시점에서 이야기한다. 나는 내 파트너를 찾은 것이기를 바랐다.

나는 두 가지 아주 다른 관점에서 인종에 대해 의미심장하고 중요한 고찰을 한 놀라운 작가를 빨리 만나보고 싶었다. 하지만 약간은 겁나기도 했다. 빅토리아는 어떤 사람일까? 진짜로 이 책을 나랑 같이 작업하고 싶어 할까? 어쨌든 그녀는 자신의 프로젝트들이 줄지어 있는 데다 업무상의 여행을 끝없이 다녔고, 내가 벨의 이야기를 하려고 하는 것부터 뻔뻔하다고 생각할까 봐 걱정스러웠다. 내가 누구라고 생각하는 거지?

하지만 대화 첫마디부터 나는 이 영리하고 상냥한 여자와 유대감을 느꼈다. 우리는 몇 가지 면에서 굉장히 닮았다는 걸 알게 되었다. 둘 다 전통적인 성공을 거둬 부모님을 기쁘게 해드리려고 애쓰지만 다른 길을 갈망하는 힘겨운 장녀로 살아가고 있었다. 벨과 크게 다르지 않았다. 나는 우리 둘이 함께 과거의 쓰레기 속에서 벨을 발굴하고, 이 중요한 여성의 놀라운 공적을 이야기하고, 남북전쟁 이후 시대, 즉 미국이 평등을 시도했으나 백인우월주의가 부상하던 시대의 역사를 쓸 수 있기를 바랐다. 운 좋게 빅토리아는 나의 글쓰기 파트너가 되는 데에 동의했고, 우리는 이 임무에 착수했다.

오랫동안 꿈꾸어 오던 끝에 빅토리아와 함께 벨 이야기를 쓰는 건 기쁨이었고, 그녀와 파트너가 되고 우정까지 나누게 되어 내가 얼마나 행운인지 종종 생각하게 되었다. 초고를 완성하고 우리의 멋진 편집자에게 전송 버튼을 누르고서 나는 우리가 벨을 되살리고 그녀가 살았던 부당한 인종차별의 세계도 그려냈다고 생각했다. 그리고 그 과정에서 빅토리아를 아주 잘 알게 되었다고 여겼다. 이제 시작이라는 건 전혀 몰랐다.

편집본과 함께 코로나 바이러스와 자가 격리도 도착했다. 빅토리아와 나는 거의 매일 줌으로 이야기를 나눴고, 가끔은 하루에 몇 시간씩 대화했다. 처음에는《벨 그린》교정이라는 힘든 작업만을 중심으로 긴 대화를 나눴지만, 금세 코로나와 책에서 우리가 탐구하고 있는 인종차별 문제 양쪽 모두에 관해 우리의 개인적 경험을 나누는 걸로 바뀌었다. 우리가 이런 글을 쓰기 한참 전부터 인종차별은 우리 사회에 항상 도사리고 있다가 조지 플로이드와 크리스천 쿠퍼 사례처럼 명백하게 그 흉측한 머리를 들어 올렸고 사람들이 전염병에도 불구하고 길거리에 나가 시위를 하면서 그런 논의는 더욱 격렬하고 친숙해졌고 우리의 우정도 더 깊어졌다.

그녀가 나를 믿어주는 것에 감동하며 자신이 겪은 일상적인 수모부터 더 크고 과감한 행동들까지 빅토리아가 전해주는 각종 인종차별 이야기에 귀를 기울였다. 그녀의 부모님이 1960년대와 1970년대에 시민권 행진에 가담해서 체계적인 인종차별을 바꾸려고 노력했

472

던 이야기, 짐 크로 법 시대에 그녀의 조부모님이 겪은 인종분리와 가끔 피부가 하얀 할머니가 은근히 백인인 척해야만 했던 이야기를 듣는 동안 내 심장이 조여들었다. 그리고 우리 눈앞에서 우리 사회에 끔찍한 백인우월주의가 만연한 모습을 빅토리아와 함께 목격하고 내 심장이 에였다. 이것은 우리가 조사해서 알게 되었고 우리 책에 쓴 사건들과 끔찍할 정도로 비슷했고, 나는 빅토리아와 벨을 대신해서 굉장히 화가 났다.

편집 과정에서 바뀐 것은 우리 책만이 아니었다. 나도 바뀌었다. 빅토리아는 나에게 세상을 관대하게 보는 렌즈를 선사했고, 그것이 나를 바꾸었으며 지금도 계속해서 바꾸고 있다. 나는 언제나 나 자신이 모든 사람의 평등을 지지한다고 생각했지만, 빅토리아와의 대화를 통해 내가 그 투쟁과 나 자신에 대해 얼마나 모르고 있었는지 분명하게 깨달았다. 빅토리아의 이야기를 들으며 내가 얼마나 동떨어져 있었는지, 사실은 백인의 특권에 얼마나 보호받고 있었는지 깨달았다. 그리고 내가 얼마나 많이 배워야 하고 얼마나 많은 일을 해야 하는지도 알았다. 나의 파트너, 나의 친구, 나의 자매인 빅토리아를 위해, 우리 인류 전체를 위해, 그리고 벨을 위해.

작가의 말

– 빅토리아 크리스토퍼 머레이

"리자는 어떻게 생각할까?"

나의 문학 대리인(아주 멋진 사람이다)이 다른 작가와 협업을 제안했을 때 내가 제일 처음 생각했던 거였다. 협업은 나에게 새로운 일이 아니었다. 나는 르숀다 테이트 빌링슬리와 여섯 권의 소설을 함께 썼고, 혼자 쓰는 것보다 그녀와 함께 쓰는 걸 훨씬 더 좋아한다. 그래서 이런 종류의 기회에 늘 열려 있다.

하지만 이 프로젝트는 특별했다. 바로 작가 때문이었다. 마리 베네딕트는 역사의 굴곡 속에 그 이름이 사라진 강한 여자들의 근사한 이야기를 쓴 〈뉴욕 타임스〉 베스트셀러 작가였다. 나는 감탄했지만, 역사소설 작가가 왜 나 같은 현대소설 작가와 협업하고 싶어 하는지 알 수 없었다.

도무지 이해되지 않아서 제안서를 읽어보는 데에도 상당한 시간이 걸렸다. 논리적으로 이해가 되지 않아서, 전혀 어울리지 않아서 였다.

이래서 읽는 게 대단히 중요한 거다.

왜냐하면 결국에 《벨 그린》 제안서를 읽고 벨이 누군지 알게 되자마자 나는 여러 가지 이유로 마음을 빼앗겼기 때문이다. 아프리카계 미국인 여성이 J. P. 모건이 그 거대한 미술품과 필사본 컬렉션을 만드는 걸 도왔는데, 아무도 그 여자가 흑인인 줄 몰랐다고? 그녀에 대해 더 알아보기 전부터 그녀의 삶은 내 친구들의 수많은 조부모님과 증조부모님들의 삶처럼 느껴졌다. 그들의 밝은 피부색은 노예제도에서 가장 악랄한 행위 중 하나의 증거였다. 우리 가족 중에서는 우리 할머니가(피부색이 워낙 밝아서 내 동생 세실이 한번은 벽난로 위의 사진을 보고 "이 백인 여자는 누구야?"라고 물었을 정도다) 필요에 의해, 또는 좀 더 편하게 살기 위해서 종종 백인인 척했던 일화를 얘기해주셨다.

우리 가족의 경험을 통해 나는 벨을 이해했다. 그녀가 자신의 혈통을 버리기로 결정한 고통을 이해하고, 그 선택에 딸려온 자신의 신분을 들키는 것에 대한 두려움을 이해했다. 매일 집 밖으로 나가는 순간부터 그녀는 일등급 연기를 해야만 했지만, 밤에 집에 돌아와서 그녀의 '의상'을 벗고 자리에 누우면 여전히 흑인인 것이 어떤 건지 상상할 수 있었다.

나도 참여하고 싶었다. 나도 이 프로젝트의 일부가 되어 벨 다 코스타 그린을 되살리고 싶었다.

하지만 제안서는 첫 번째 장애물일 뿐이었다. 그다음으로 나는 마리를 만나야 했다. 이런 종류의 프로젝트에 착수하려면 우리가 함께 많은 시간을 보내야 한다. 나는 그럴 준비가 되어 있지만, 마리도 그럴까? 우리 앞에 놓인 많은 시간과 많은 노력, 많은 일을 감수할 만큼의 화학반응이 있을까?

우리 대리인들이 우리가 이야기할 수 있도록 통화를 연결했다. 내가 "여보세요"라고 말하고 마리가 "여보세요"라고 말했다. 그걸로 끝이었다. 통화하고 2분, 혹은 3분 만에 우리는 공동저자 후보 이상이 되었다. 이미 친구가 되어버린 것이다. 세 번째나 네 번째로 통화할 무렵에는 서로의 문장을 마무리하는 수준이었다. 실제로 만나서는 그야말로 자매가 되었다.

이후 몇 달 동안 우리는 전화로 몇 시간씩 각 장을 계획하며 끊임없이 일을 해서 벨을 되살렸다. 그렇게 우리는 초고를 끝냈고, 결국 내가 말할 수 있는 건 과정 전체가 아주 멋졌다는 것뿐이다. 마리와 일하는 건 정말 좋았다. 그녀는 나에게 역사에 관해 쓰는 법을 아주 많이 가르쳐주었다. 벨에 관해 숨겨진 진실을 하나하나 찾아내느라 조사하고 또 조사하면서 나는 우수한 조사원이 되었다. 가장 힘들었던 과제는 20세기 초의 미사여구였다. 가끔은 그냥 등장인물 중 한 명의 대사를 "야, 지금 농담해?"라고 쓰고 싶을 정도였다.

물론 쓸데없는 일이었겠지만 상관없었다. 내가 포기하고 그런 것들을 쓸 때마다 마리가 소위 마법의 역사소설 펜을 들고 따라왔기 때문이다. 내가 "'해냈군, 벨' J. P. 모건이 말했다"와 같이 써놓으면 마리가 그걸 "자네의 귀환을 종이눈을 뿌리는 행진으로 환영해야 했다는 기분이 들어, 벨"이라고 바꿔놨다.(저렇게까지 나빴던 건 아니지만, 그래도 대충 비슷했다.)

원고를 제출한 후에 나는 평생의 친구를 얻었다는 걸 깨달았다. 내가 몰랐던 건 나와 마리 앞에 뭐가 기다리고 있는지였다. 세계적인 전염병의 대유행으로 우리 둘 다 집에 갇힌 채 원고를 수정해야 했다. 우리의 이야기를 작업하면서 우리가 전보다 더 많은 시간을, 그것도 거의 매일 함께 보내게 될 줄은 몰랐다. 미니애폴리스 길거리에서 사람이 살해되는 걸 본 직후에도 계속 일을 해야만 할 줄은 몰랐다. 질병이 우리 몸을 위협하고 사회불안이 우리 영혼을 시험하는 동안 마리와 내가 함께 글을 쓰는 경험 이상으로 강하게 유대하게 될 줄은 몰랐다.

우리, 백인 여자와 흑인 여자가 나라가 무너지는 것 같은 상황에서 우리 감정을 이야기하는 동안 혼란 상태의 미국은 배경음악이 되었다. 마리는 매일 나를 확인하고, 내 안에서 타오르는 분노를 분출할 곳을 만들어주었고, 나 역시 똑같이 그녀의 분출구가 되어주어야 했다. 우리는 '흑인의 미국' 역사와 '백인의 미국' 역사를 이야기하면서 서로 간에 안전한 공간을 만들었고, 언젠가 이 두 미국이 하나로 합쳐지는 꿈에 대해 이야기했다.

이 모든 생각들, 이 모든 감정들이 벨의 이야기에 녹아들었다. 우리가 글을 쓰면서 우리 사회에서 경험했던 아주 많은 것들이 백여 년 전에 벨이 백인인 척하면서 피하고 싶어 했던 경험들이었기 때문이다. 그녀는 자신의 피부색이 자신에 대한 무기로, 그녀를 최저 수준의 일자리와 최악의 동네, 더 나은 삶에 대한 가능성이 거의 없는 상황에 묶어두는 변명으로 사용되는 것을 바라지 않았다.

《벨 그린》을 쓰는 것은 나에게 인생이 바뀔 정도의 경험이었기에 이 기회를 얻게 된 것이 정말 고맙다. 타이밍도 이보다 더 좋을 수 없었고, 이보다 더 좋은 프로젝트도 없을 것이다. 그리고 이 모든 것을 함께 헤쳐 나갈 사람으로 마리 베네딕트보다 더 나은 사람도 없었을 것이다. 작가로서의 미래에 무엇이 우리를 기다리고 있을지 모르지만, 확실하게 아는 건 나에게 남은 평생 새로운 자매가 생겼다는 것이다. 그리고 내 희망, 내 욕심이라면 이 이야기를 읽는 모든 사람들이 우리가 이 책에 쏟아부으려 했던 감정과 경험을 느낄 수 있고, 우리만큼 벨 다 코스타 그린을 사랑하게 되는 것이다.

감사의 말

벨 다 코스타 그린은 수년 전에 나의 상상력과 마음을 사로잡았지만, 그녀의 중요하고 시기적절한 이야기(빅토리아와 내가 발견하고 《벨 그린》에서 풀어낸 이야기)는 수많은 사람들의 지지와 도움 없이는 평생 동안 그녀 자신의 정체가 감추어졌던 것처럼 드러나지 않았을 것이다. 언제나처럼 나의 개인적인 지지자, 나의 똑똑하고 관대한 대리인 로라 데일부터 시작해야겠다. 로라가 없었으면 이 책은 아예 불가능했을 것이다. 처음부터 벨의 이야기를 나누려는 욕구와 열정이 뚜렷했고 이 책을 근사하게 이끌어준 우리의 멋진 편집자 케이트 시버에게도 정말로 감사한다. 아이반 헬드, 크리스틴 볼, 클레어 시온, 진-마리 허드슨, 크레이그 버크, 앤서니 라몬도, 진 유, 로렌 번스타인, 대시 로저스, 내털리 셀러스, 미셸 캐스퍼, 메리 기렌 등 펭귄 랜덤하우스의 훌륭한 직원들에게도 무한한 감사를 전한다.

하지만 내 남자들, 짐, 잭, 벤의 끊임없고 흔들림 없는 사랑과 지지가 없었다면 이 모든 것은 불가능했을 것이다. 그리고 나의 유능하고 경이적인 파트너이자 친구, 자매인 빅토리아 크리스토퍼 머레이가 없었다면 《벨 그린》은 아예 존재하지 못했을 것이다.

마리 베네딕트

이 프로젝트는 내가 관여하기 전부터 조직되기 시작했다. 이 기회가 나에게 얼마나 잘 맞고 얼마나 멋진 일인지 알아챈 나의 경이적인 대리인 리자 도슨에게 정말로 감사한다. 그리고 이건 시작에 불과하다. 마리와 내가 케이트 시버와 이야기를 나눈 그 순간부터 우리는 그녀를 우리 편집자로 들이고 싶었다. 우리만큼 벨을 믿어주고 우리와 함께 이 여정을 걸어줘서 고마워요, 케이트. 펭귄 랜덤하우스의 팀에게는 그저 "와!"라고밖에 말할 수 없다. 이 소설이 아직 아이디어 단계였을 때도 모두가 우리의 미래를 내다보고 우리와 함께 흥분해 주었다. 아이반 헬드, 크리스틴 볼, 클레어 시온, 진-마리 허드슨, 크레이그 버크, 앤서니 라몬도, 진 유, 로렌 번스타인, 대시 로저스, 내털리 셀러스, 미셸 캐스퍼, 메리 기렌, 모두 고마워요.

내 직업상 가장 중요한 사람들을 언급하지 않고서는 감사의 말을 마칠 수 없을 것이다. 20년의 여정을 나와 함께 해준 수천 명의 독자들이다.《벨 그린》에 대해 깊은 관심을 보여주어서 고마워요. 여러분이 나만큼 벨을 사랑하게 되기를 바랍니다.

그리고 마지막으로 마리에게. 너에 대해 뭐라고 할 수 있을까? 난 새로운 글쓰기 파트너를 만난다고 생각했는데, 대신에 또 다른 자매를 얻었어. 거기에 대해 벨 다 코스타 그린에게 영원히 고마워할 거야.

빅토리아 크리스토퍼 머레이

벨그린

초판 1쇄 인쇄 2022년 11월 1일
초판 1쇄 발행 2022년 11월 15일

지은이 마리 베네딕트 · 빅토리아 크리스토퍼 머레이
옮긴이 김지원
펴낸이 이범상
펴낸곳 (주)비전비엔피 · 이덴슬리벨

기획편집 이경원 차재호 김승희 김연희 고연경 박성아 최유진 김태은 박승연
디자인 최원영 한우리 이설
마케팅 이성호 이병준
전자책 김성화 김희정
관리 이다정

주소 우)04034 서울시 마포구 잔다리로7길 12 (서교동)
전화 02)338-2411 | **팩스** 02)338-2413
홈페이지 www.visionbp.co.kr
인스타그램 www.instagram.com/visionbnp
포스트 post.naver.com/visioncorea
이메일 visioncorea@naver.com
원고투고 editor@visionbp.co.kr

등록번호 제2009-000096

ISBN 979-11-91937-27-5   03840

도서에 대한 소식과 콘텐츠를
받아보고 싶으신가요?